O assassinato do comendador
Vol. 2

Haruki Murakami

O assassinato do comendador
Vol. 2
Metáforas que vagam

TRADUÇÃO
Rita Kohl

1ª reimpressão

ALFAGUARA

Copyright © 2007 by Haruki Murakami

Grafia atualizada segundo o Acordo Ortográfico da Língua Portuguesa de 1990, que entrou em vigor no Brasil em 2009.

Título original
Kishidancho Goroshi

Capa
Alceu Chiesorin Nunes

Preparação
Fernanda Villa Nova

Revisão
Renata Lopes Del Nero
Marise Leal

Dados Internacionais de Catalogação na Publicação (CIP)
(Câmara Brasileira do Livro, SP, Brasil)

Murakami, Haruki
    O assassinato do comendador, volume 2 : Metáforas que vagam / Haruki Murakami ; tradução Rita Kohl. – 1ª ed. – Rio de Janeiro : Alfaguara, 2020.

    Título original: Kishidancho Goroshi.
    ISBN: 978-85-5652-097-5

    1. Ficção japonesa I. Título.

19-32209   CDD-895.63

Índice para catálogo sistemático:
1. Ficção : Literatura japonesa   895.63

Maria Alice Ferreira – Bibliotecária – CRB-8/7964

[2021]
Todos os direitos desta edição reservados à
EDITORA SCHWARCZ S.A.
Praça Floriano, 19, sala 3001 — Cinelândia
20031-050 — Rio de Janeiro — RJ
Telefone: (21) 3993-7510
www.companhiadasletras.com.br
www.blogdacompanhia.com.br
facebook.com/editora.alfaguara
instagram.com/editora_alfaguara
twitter.com/alfaguara_br

O assassinato do comendador
Vol. 2

33.
Eu gosto tanto das coisas que posso ver quanto das que não posso

O domingo também foi um dia esplêndido. O vento era ameno e o sol de outono fazia as folhas multicoloridas das árvores das montanhas brilharem. Passarinhos de peito branco pulavam de galho em galho, bicando habilmente os frutos vermelhos das árvores. Sentado no terraço, eu contemplava essa paisagem. A beleza da natureza está ao alcance de pobres e ricos, sem distinção. Assim como o tempo... mas, bem, talvez não seja esse o caso com o tempo. Talvez pessoas abastadas possam comprar tempo extra.

Precisamente às dez horas, o Toyota Prius azul-claro subiu pela encosta até minha rua. Shoko Akikawa vestia um fino suéter bege de gola alta e uma calça justa de tecido verde-claro. Uma corrente de ouro brilhava discretamente em seu pescoço. O cabelo estava perfeitamente arrumado, como na última visita. Quando ela se movia, dava para ver a bela linha de sua nuca. Hoje ela usava uma bolsa de couro pendurada no ombro, e não uma bolsinha. Calçava mocassins marrons. Uma roupa casual, mas com atenção a cada detalhe. O contorno de seus seios tinha um formato bonito. Segundo as informações privilegiadas que eu recebera de sua sobrinha, eles não tinham "nenhum preenchimento". Aqueles seios me atraíam um pouco — em um sentido puramente estético, é claro.

Mariê Akikawa, por sua vez, usava um jeans reto e desbotado e tênis All Star brancos, um traje casual completamente diferente do da última visita. Seu jeans tinha vários buracos (estrategicamente feitos, é claro). Vestia um fino moletom cinza e sobre ele uma camisa xadrez grossa, do tipo que um lenhador usaria. Sob a camisa, seu peito continuava não tendo volume. E, como sempre, estava de cara amarrada. A expressão de um gato cujo prato de comida fora levado embora no meio da refeição.

Como da outra vez, preparei um chá na cozinha e o servi na sala de estar. Então lhes mostrei os três esboços que fizera na semana anterior.

Shoko pareceu gostar deles.

— São cheios de vida! Parecem mais com a Mariê do que uma foto!

— Posso ficar com eles? — perguntou Mariê.

— Pode, claro — respondi. — Depois que eu terminar o retrato. Até lá, ainda posso precisar deles.

— Que isso, Mari... Você realmente não se incomoda? — perguntou a tia, preocupada.

— De maneira alguma — falei. — Quando terminar de pintar, já não serão úteis.

— Você vai usá-los como referência? — perguntou Mariê.

Fiz que não com a cabeça.

— Não. Digamos que para, como posso dizer... para eu entender você tridimensionalmente. Acho que, na tela, vou te desenhar de outro jeito.

— Então a imagem já está pronta na sua cabeça?

Balancei a cabeça.

— Não, não está. A partir de agora vou pensar nela junto com você.

— Vai me entender tridimensionalmente? — disse Mariê.

— Isso mesmo — falei. — A tela é uma superfície plana, mas a pintura tem que ser tridimensional. Entende?

Mariê franziu a testa. Imaginei que de alguma forma pudesse ter associado a palavra "tridimensional" ao volume do próprio peito. De fato, ela olhou de relance para os seios da tia, que exibiam suas curvas por baixo do suéter fino, depois me fitou.

— Como você fez pra conseguir desenhar bem desse jeito?

— Desenhar esse tipo de esboço?

Ela fez que sim com a cabeça.

— É, esboço, croqui, essas coisas.

— Prática. Quanto mais você pratica, melhor vai ficando.

— Mas acho que tem muita gente que, por mais que pratique, não melhora muito.

Ela estava certa. Muitos colegas na faculdade de artes nunca se tornaram bons pintores, por mais que treinassem. Podemos espernear à vontade, mas somos dirigidos pelas nossas habilidades inatas, ou pela falta delas. Mas se eu começasse a falar sobre isso a conversa ia perder o rumo.

— Exato, mas isso não quer dizer que você não precisa praticar. Tem muitos talentos e habilidades que só aparecem se a gente puser em prática.

Shoko Akikawa assentiu com a cabeça, concordando enfaticamente. Mariê lançou um olhar duvidoso.

— Você queria aprender a desenhar bem? — perguntei.

Ela fez que sim.

— Eu gosto tanto das coisas que posso ver quanto das que não posso.

Encarei seus olhos, uma luz brilhava neles. Não entendi exatamente o que ela queria dizer. Mas esse brilho no fundo dos seus olhos me interessou mais do que suas palavras.

— Que coisa esquisita de se dizer... — disse Shoko. — Parece uma charada.

Mariê não respondeu, só continuou fitando as próprias mãos. Quando ergueu novamente os olhos, pouco depois, o brilho havia desaparecido. Foi apenas por um instante.

Fui para o ateliê junto com Mariê. Shoko tirou da bolsa o mesmo livro grosso da semana passada — pelo formato, acho que era o mesmo — e logo se pôs a ler, recostada no sofá. Parecia muito absorta. Fiquei ainda mais curioso para saber que tipo de livro seria, mas não perguntei.

Eu e Mariê ficamos frente a frente, separados por cerca de dois metros, como no outro dia. A diferença é que, desta vez, eu tinha diante de mim o cavalete com uma tela. Mas ainda não tinha pincel nem tinta nas mãos. Meus olhos iam e vinham, de Mariê para a tela em branco. Refletia sobre como poderia transportar sua imagem tridimensional para a tela. Aquilo necessitava de um tipo de "narrativa". Não bastava simplesmente olhar para a pessoa e sair desenhando. Nada bom resultaria disso. Poderia acabar tendo apenas uma semelhança razoável. Para um verdadeiro retrato, o ponto de partida essencial era *encontrar a narrativa que precisava ser descrita.*

Passei algum tempo estudando o rosto de Mariê, eu num banquinho, ela, na cadeira da mesa de jantar. Ela fitava meus olhos de volta quase sem piscar. Não chegava a ter uma expressão desafiadora, mas a determinação de quem não vai recuar. Suas feições, delicadas como as de uma boneca, podiam passar uma impressão enganosa, mas na realidade aquela era uma menina de personalidade forte. Tinha a própria maneira de agir e não hesitava. Quando traçava uma linha, não se dobrava facilmente.

Olhando bem, alguma coisa nos olhos de Mariê lembrava os de Menshiki. Eu já tinha sentido isso antes, mas essa semelhança me surpreendeu novamente. Era um brilho que eu gostaria de descrever como "o instante congelado de uma chama". Continha calor, mas ao mesmo tempo era profundamente sereno. Parecia uma pedra preciosa com uma fonte de luz própria em seu interior. Onde duas forças lutavam fervorosamente, uma para sair e se expandir e outra para se ocultar e olhar para dentro.

Porém, talvez eu só sentisse isso por ter ouvido a confissão de Menshiki sobre como Mariê poderia ser sangue do seu sangue. Talvez eu estivesse buscando inconscientemente uma ligação entre os dois.

Qualquer que fosse o caso, o fato é que a *peculiaridade* daquele brilho no olhar era um dos elementos fundamentais de sua expressão, e eu precisava transpô-lo para a tela, como algo que perfurava e abalava a aparência equilibrada de suas feições. Mas eu ainda não conseguia vislumbrar o contexto no qual deveria inserir esse brilho. Se eu falhasse, aquele brilho poderia parecer apenas como uma pedra gélida. De onde vinha, e para onde queria ir, o calor que brotava em seu interior? Era o que eu precisava saber.

Depois de quinze minutos encarando alternadamente seu rosto e a tela, eu desisti. Empurrei o cavalete para longe e respirei fundo várias vezes.

— Vamos conversar.

— Tá bom — disse ela. — Sobre o quê?

— Queria saber um pouco mais sobre você.

— O quê, por exemplo?

— Bem... Como é o seu pai?

Mariê curvou um pouco a boca.

— Eu não conheço bem meu pai.

— Vocês não costumam conversar?

— A gente nem se vê direito.

— Ele é muito ocupado com o trabalho?

— Não sei muita coisa sobre o trabalho dele — respondeu Mariê. — Mas acho que ele não liga muito pra mim.

— Não liga?

— É, ele deixa tudo por conta da minha tia.

Eu não consegui dizer nada sobre isso.

— E da sua mãe, você se lembra? Se não me engano, você tinha seis anos quando ela faleceu, não é?

— Da minha mãe eu só lembro alguns borrões.

— Que tipo de borrões?

— Minha mãe desapareceu da minha frente de repente. Eu era muito pequena para entender o que significava morrer, então eu não sabia de verdade o que tinha acontecido. Ela estava ali e de repente *não estava* mais. Que nem uma fumaça escapando por alguma fresta.

Mariê se calou por algum tempo, depois continuou.

— Ela desapareceu rápido demais e eu não consegui entender a razão, então não me lembro direito das coisas que aconteceram logo antes ou depois da sua morte.

— Foi um período muito confuso pra você.

— Parece que tem uma parede bem alta separando o tempo em que a minha mãe estava viva e o tempo depois que ela se foi. Não consigo ligar os dois. — Ela ficou quieta por algum tempo, mordendo o lábio. — Entende o que quero dizer?

— Acho que sim — respondi. — Eu te falei que minha irmã morreu aos doze anos, né?

Mariê assentiu com a cabeça.

— Ela tinha um problema cardíaco de nascença. Fez uma cirurgia grande, que era pra ter curado esse problema, mas por algum motivo ele continuou. Era como se ela vivesse com uma bomba no corpo.

Então a minha família estava sempre mais ou menos preparada para o pior. Ou seja, a morte dela não foi um ribombar em céu azul como a sua mãe ter falecido com as picadas de vespa.

— "Ribombar"…?

— Ribombar em céu azul. Quando o dia está bonito mas cai um raio de repente. Quer dizer, quando acontece uma coisa inesperada, sem aviso prévio.

— "Ribombar em céu azul" — disse ela. — Como escreve isso?

— Eu não sei escrever os ideogramas de "ribombar". Acho que nunca escrevi. Se quiser saber, pode olhar no dicionário quando chegar em casa.

— "Ribombar em céu azul" — repetiu Mariê, mais uma vez, como se estivesse guardando aquela expressão em uma gaveta mental.

— Enfim, nós já imaginávamos que isso pudesse acontecer. Mas, quando minha irmã teve de fato um infarto e morreu no mesmo dia, não adiantou nem um pouco estar preparado. Eu fiquei paralisado. E não só eu, mas toda a minha família.

— Várias coisas dentro de você ficaram diferentes do que eram antes?

— Sim, mudaram completamente, *dentro e fora* de mim. O jeito que o tempo passa ficou diferente. E, como você disse, é difícil conectar as coisas antes de sua morte e depois.

Mariê encarou meu rosto por dez segundos inteiros. Então falou:

— Sua irmã era uma pessoa muito importante pra você, não era?

Eu concordei.

— Sim, ela era muito importante.

Mariê baixou a cabeça, compenetrada, depois a ergueu:

— Por causa das minhas memórias divididas desse jeito, eu não consigo lembrar direito da minha mãe. O tipo de pessoa que era, seu rosto, o que me dizia. E meu pai também não me conta muito sobre ela.

A única coisa que eu sabia sobre a mãe de Mariê era a descrição extremamente detalhada que Menshiki fizera de seu último encontro sexual. O sexo intenso que eles fizeram no sofá do seu escritório, no qual talvez Mariê tenha sido concebida. Mas é claro que eu não podia falar sobre isso.

— Você deve ter alguma memória dela, não? Vocês viveram juntas por seis anos...

— Só um cheiro.

— O cheiro dela?

— Não, cheiro de chuva.

— De chuva?

— É, estava chovendo. Uma chuva tão forte que dava pra ouvir o barulho das gotas acertando o chão. Mas minha mãe estava andando pela rua sem guarda-chuva. E eu estava andando junto com ela, no meio da chuva, de mãos dadas. Acho que era verão.

— Será que era uma tempestade de verão?

— Acho que sim, porque as ruas tinham aquele cheiro de quando a chuva cai no asfalto quente de sol. É desse cheiro que eu lembro. A gente estava num tipo de mirante, no alto da montanha. E minha mãe estava cantando.

— Cantando o quê?

— Não me lembro da melodia. Só de algumas palavras. Era uma canção que falava sobre como do lado de lá tinha uma enorme campina verde onde o sol estava brilhando, mas do lado de cá a chuva caía sem parar. Você já ouviu alguma música assim?

Eu não tinha qualquer registro da música.

— Não, acho que nunca ouvi.

Mariê encolheu de leve os ombros.

— Eu já perguntei pra muitas pessoas, mas ninguém conhece essa música. Por que será? Será que eu mesma inventei na minha cabeça?

— Talvez sua mãe tenha improvisado a música na hora. Pra você.

Mariê ergueu os olhos para mim e sorriu.

— Nunca tinha pensado nessa possibilidade, mas seria muito legal!

Acho que foi a primeira vez que a vi sorrir. Era como se nuvens pesadas se abrissem, um raio de sol escapasse por entre elas e iluminasse apenas uma pequena área escolhida sobre a terra. Esse tipo de sorriso.

— Se você voltasse a esse lugar, será que ia conseguir reconhecer? Se experimentasse ir nos mirantes dessa montanha?

— Pode ser — disse Mariê. —Não tenho tanta certeza, mas pode ser.

— Sabe, é muito bom você ter uma lembrança assim para guardar — falei.

Mariê só assentiu com a cabeça.

Depois disso, passamos um tempo escutando o gorjeio dos pássaros que entrava pela janela. Lá fora se estendia um impressionante céu azul de outono. Não havia nem vestígio de nuvens. Estávamos cada um em nosso próprio mundo, perdidos em pensamentos.

— O que é aquele quadro virado para a parede? — perguntou Mariê, quebrando o silêncio.

Ela estava apontando para o quadro a óleo que eu pintara (ou tentara pintar) do homem do Subaru Forester branco. A tela estava voltada para a parede porque eu não queria vê-la.

— É uma pintura inacabada. Estava tentando retratar um homem, mas parei no meio.

— Posso ver?

— Pode. Eu apenas comecei, é só um rascunho.

Eu virei a tela para a frente e a apoiei sobre o cavalete. Mariê levantou da cadeira, se aproximou e observou a pintura de braços cruzados. O brilho afiado voltou aos seus olhos. Sua boca estava fechada numa linha reta.

A pintura era composta só de tinta vermelha, verde e preta, e a silhueta do homem ainda não estava definida. O esboço com carvão já fora encoberto. Ele se recusara a tomar mais corpo do que aquilo, a ter mais cor adicionada a sua forma. Mas eu sabia que ele estava ali. Eu tinha capturado sua essência naquela tela. Como uma rede que agarra um peixe no fundo do mar. Agora, eu estava tentando puxá-la e ele lutava para me impedir. E, nesse cabo de guerra, deixei a pintura de lado.

— A pintura parou desse jeito?

— Foi. Cheguei nessa etapa e não consegui ir adiante.

— Parece finalizada para mim — murmurou Mariê.

Eu parei ao seu lado e olhei novamente para o quadro, da mesma perspectiva que ela. Será que ela conseguia enxergar o homem mergulhado na escuridão?

— Você acha que eu não preciso mexer mais nessa tela? — perguntei.

— É. Acho que já está bom assim.

Engoli em seco. Ela estava falando o que o homem do Subaru Forester me dissera. *Deixe o quadro como está. Não mexa mais nele.*

— Por que você acha isso? — perguntei mais uma vez.

Ela demorou um pouco para responder. Depois de olhar o quadro por mais um tempo, descruzou os braços e pôs as mãos no rosto. Como se ele estivesse quente e ela quisesse refrescá-lo.

— Acho que ela já é forte o suficiente do jeito que está.

— Forte o suficiente?

— Eu acho isso.

— E você acha que é *um tipo de força não muito boa*?

Mariê não respondeu. Suas mãos continuavam pressionadas nas maçãs do rosto.

— Professor, você conhece bem o homem na pintura?

Eu balancei a cabeça.

— Para falar a verdade, não sei nada sobre ele. É uma pessoa que conheci por acaso em uma cidade distante, quando estava fazendo uma viagem longa, faz um tempo. Não falei com ele. Nem sei seu nome.

— Eu não sei se a força que tem nesse quadro é boa ou ruim. Talvez algumas horas ela seja boa e em outras seja ruim, depende da situação. Sabe, como as coisas que têm uma aparência diferente dependendo do ângulo que a gente olha.

— E você acha que é melhor não dar forma a essa força, né?

Ela me olhou nos olhos.

— Se você der forma a essa coisa e ela *não for tão boa*, o que você vai fazer? E se ela vier tentar te pegar?

Tem razão, pensei. Caso isso não seja *tão bom*, caso seja *o próprio mal*, e venha atrás de mim, o que vou fazer?

Tirei o quadro do cavalete e o coloquei de volta no lugar, voltado para a parede. Tive a sensação de que, assim que a tela saiu do nosso campo de visão, a tensão no ateliê se dissipou.

Pensei que talvez devesse embrulhar aquele quadro e guardá-lo no sótão. Da mesma maneira que Tomohiko Amada escondera *O assassinato do comendador* longe de todos os olhares.

* * *

— E sobre aquela pintura, o que você acha? — perguntei, apontando para *O assassinato do comendador* que estava pendurado na parede.

— Eu gosto — respondeu Mariê, sem titubear. — Quem foi que pintou?

— Foi Tomohiko Amada. O dono desta casa.

— Esse quadro está se queixando de alguma coisa. Como um passarinho engaiolado gritando para sair. É o que me parece.

Eu olhei para ela.

— Um pássaro? Que tipo de pássaro?

— Não sei que tipo de pássaro nem que tipo de gaiola. Não vejo muito claramente, só tenho essa impressão. Talvez esse quadro seja um pouco difícil demais pra mim.

— Não é só pra você. É pra mim também. Mas eu sinto o mesmo que você. Há um lamento nessa pintura, o pintor tinha alguma queixa que queria desesperadamente demonstrar. Mas não entendo de jeito nenhum o que ele estava querendo dizer.

— Uma pessoa matando a outra. Com um sentimento muito intenso.

— Exatamente. Esse jovem atravessou a espada no peito do outro com muita determinação. E o homem que está sendo assassinado parece não conseguir acreditar no que está acontecendo. Todos ao redor estão boquiabertos.

— Tem assassinatos que são corretos?

Eu pensei sobre a questão.

— Não sei dizer... Porque uma coisa ser correta ou não depende de como você escolhe seus critérios. Muita gente acha que a pena de morte é uma forma adequada de assassinato.

Ou assassinatos políticos, pensei.

— Só que, apesar de ter uma pessoa sendo assassinada e um monte de sangue escorrendo, esse quadro não deixa a gente triste — falou Mariê, depois de alguns instantes. — Ele tenta te levar pra algum outro lugar. Pra um lugar que não tem a ver com esses "critérios", com ser correto ou não.

$*\ *\ *$

Naquele dia eu nem toquei nos pincéis. Fiquei sentado com Mariê no ateliê iluminado conversando sobre o que passava por nossas mentes. Enquanto falávamos, observei cada expressão em seu rosto e cada um dos seus gestos, e fui guardando-os no fundo da mente. Essas memórias dariam corpo e matéria à pintura que eu queria fazer.

— Hoje você não desenhou nada — disse ela.

— Tem dias que são assim — respondi. — Algumas coisas roubam o nosso tempo, outras nos dão tempo. Fazer do tempo nosso aliado é uma parte importante do nosso trabalho.

Ela ficou apenas fitando meus olhos, sem dizer nada. Como quem pressiona o rosto contra o vidro da janela e espia dentro de uma casa. Ela estava pensando sobre o significado do tempo.

Quando o sino soou ao meio-dia, eu e Mariê deixamos o ateliê e voltamos para a sala. Shoko Akikawa estava sentada no sofá, absorta na leitura do livro, usando seus óculos de aro preto. Estava tão concentrada que mal dava para notar sua respiração.

— Que livro você está lendo?

— Para falar a verdade, eu tenho um tipo de azar... — sorriu ela, colocando o marcador entre as páginas e fechando o livro. — Se conto para alguém o título do livro que estou lendo, por algum motivo não consigo ler até o fim. Sempre acontece alguma coisa no meio do caminho e não consigo terminar. É estranho, mas é verdade. Então decidi não contar mais para ninguém o nome do livro, enquanto estiver lendo. Mas quando eu terminar poderei lhe contar com prazer.

— Pode ser depois que houver terminado, é claro. Apenas fiquei curioso ao vê-la ler com tanto entusiasmo.

— É um livro muito interessante, quando começo a ler não consigo mais largar. Então decidi lê-lo somente quando venho para cá. Assim, as duas horas passam em um instante.

— Minha tia lê toneladas de livros — disse Mariê.

— Eu não tenho muito mais que fazer, então a leitura acabou se tornando vital.

— Você não trabalha? — perguntei.

Ela tirou os óculos e respondeu alisando a ruga que se formara entre os olhos.

— Trabalho como voluntária na biblioteca lá na cidade, uma vez por semana. Antes disso, trabalhei em uma faculdade privada de medicina em Tóquio. Era secretária do diretor. Mas deixei o emprego quando me mudei para cá.

— Mudou-se para esta região quando a mãe de Mariê faleceu, não foi?

— Sim. Na época eu achava que seria apenas temporariamente, até que as coisas se assentassem. Mas, depois que vim para cá e passei a viver com Mariê, não consegui mais ir embora. Continuo aqui desde então. Claro que, se meu irmão se casasse novamente, eu voltaria para Tóquio.

— Se isso acontecer, acho que eu vou junto — disse Mariê.

Shoko não fez nenhum comentário, apenas sorriu educadamente.

— O que acham de ficar para o almoço? — perguntei a elas. — Posso preparar algo em um instante, se não se importarem com uma refeição simples, como uma salada e uma massa.

Naturalmente, Shoko hesitou, mas Mariê pareceu gostar muito da ideia.

— Por que não? Mesmo que a gente volte pra casa, o papai não vai estar lá.

— Seria muito fácil, de verdade. Já tenho bastante molho pronto, então não faz diferença preparar para uma pessoa ou para três — falei.

— Você realmente não se incomoda? — perguntou Shoko.

— Claro que não. Não se preocupe. Eu como sempre sozinho, três refeições por dia. Seria um prazer ter companhia, para variar.

Mariê espiou o rosto da tia.

— Sendo assim, podemos aceitar sua gentileza — disse Shoko. — Mas não lhe dará trabalho?

— De forma alguma — respondi. — Fiquem à vontade, por favor.

Em seguida, fomos os três para a mesa de jantar na copa. As duas se sentaram e eu fui para a cozinha, onde fervi água, esquentei em uma panela o molho de aspargos e bacon que já estava pronto e preparei uma salada de alface, tomate, cebola e pimentão. Quando a água ferveu, coloquei o macarrão para cozinhar e fui picar um pouco de salsinha. Tirei um *ice tea* da geladeira e o servi nos copos. As duas me assistiam trabalhar na cozinha com curiosidade, como se fosse algo incomum. Shoko perguntou se podia ajudar com alguma coisa, e eu respondi que não era nada tão complicado e pedi que ela esperasse tranquila na mesa.

— Você parece tão à vontade na cozinha — comentou ela, admirada.

— É que faço isso todo dia...

Cozinhar não é nenhum incômodo para mim. Desde jovem, sempre gostei de trabalhar com as mãos. Cozinhar, fazer pequenos trabalhos de marcenaria, consertar bicicletas, cuidar do jardim. O meu fraco são questões de pensamento abstrato ou matemático. Jogos de *shogi*, xadrez, quebra-cabeças, esse tipo de entretenimento intelectual faz doer o meu cérebro simplório.

Em seguida, nós três nos sentamos à mesa para comer. Foi um almoço agradável em um belo dia de outono. E Shoko Akikawa era a companhia ideal para uma refeição. Não lhe faltava assunto, tinha um bom senso de humor, era culta e polida. Ao mesmo tempo, sua atitude não era afetada. Era a típica mulher criada em uma família refinada e que frequentou escolas caras. Já Mariê praticamente não deu um pio. Concentrou toda a sua energia em comer. Depois, Shoko pediu que eu lhe desse a receita do molho.

Quando estávamos quase terminando, soou o toque alegre da campainha da porta. Não foi difícil adivinhar quem poderia estar tocando. Pouco antes eu tivera a impressão de escutar ao longe o ruído surdo do motor de um Jaguar. Esse som — o extremo oposto do ruído suave do Toyota Prius — tinha alcançado a estreita camada entre meu consciente e meu inconsciente. Então, não posso dizer que o som da campainha tenha sido um "ribombar em céu azul".

— Com licença — falei.

Então me levantei, pousei meu guardanapo e fui até o hall, deixando as duas sozinhas. Não tinha a menor ideia do que poderia acontecer em seguida.

34.
Falando nisso, faz tempo que eu não calibro os pneus

Abri a porta da casa e encontrei Menshiki.

Ele vestia um paletó de tweed cinza azulado e um colete elegante com uma estampa discreta, sobre uma camisa branca de botões. Usava uma calça de sarja mostarda-clara e sapatos de camurça marrom. Como de costume, todas as peças lhe caíam muito bem. Os fartos cabelos brancos reluziam sob o sol de outono e o Jaguar prateado aparecia às suas costas. Ao lado do Jaguar estava o Toyota Prius azul. Ver os dois carros lado a lado era como ver alguém de dentes tortos sorrindo de boca aberta.

Sem dizer nada, sinalizei que entrasse. Seu rosto estava retesado de nervoso, como uma parede de argamassa nova, ainda úmida. Era a primeira vez que eu via uma expressão como aquela no rosto de Menshiki. Ele era sempre sereno e controlado, cuidando ao máximo para que suas emoções não transparecessem. A cor de seu rosto não havia mudado nem mesmo depois de passar uma hora fechado em um buraco escuro. Mas, agora, ele estava quase lívido.

— Posso entrar? — perguntou ele.

— Claro — respondi. — Nós estávamos almoçando, mas já estamos quase acabando. Entre, por favor.

— Não queria incomodá-los no meio da refeição — disse ele, e checou o relógio de pulso quase por reflexo.

Passou bastante tempo fitando os ponteiros do relógio, como se houvesse algo de estranho no seu funcionamento.

— Vamos terminar em um instante — comentei. — É só um almoço simples. Depois disso, podemos tomar um café juntos. Espere na sala, por favor. Farei as apresentações ali.

Menshiki balançou a cabeça.

— Ah, mas talvez seja cedo demais para eu conhecê-las... Eu não vim à sua casa para ser apresentado a elas, achei que já teriam partido. Mas quando cheguei aqui vi o carro parado diante da casa, aí fiquei sem saber o que fazer...

— É uma boa oportunidade — interrompi. — Pode deixar, vou agir com naturalidade. Deixe comigo, por favor.

Menshiki concordou com um aceno de cabeça e começou a descalçar os sapatos. Mas, por algum motivo, parecia não saber tirá-los. Esperei que desse um jeito de se descalçar e o levei até a sala de estar. Ele já estivera naquela sala várias vezes, mas correu curioso os olhos pelo cômodo, como se fosse a primeira vez.

— Espere aqui — falei, pousando de leve a mão em seu ombro. — Sente-se ali e fique à vontade, por favor. Não vamos demorar nem dez minutos.

Deixei Menshiki ali sozinho — apesar de isso me deixar um pouco apreensivo — e voltei para a mesa. As duas já tinham terminado de comer durante a minha ausência. Seus garfos estavam pousados sobre os pratos.

— Você tem visita? — perguntou Shoko, preocupada.

— Sim, mas tudo bem. É só um conhecido que mora por aqui e passou por acaso. Pedi a ele que esperasse na sala. É uma pessoa muito tranquila, então não precisam se preocupar. Vou terminar de comer.

Comi o pouco que faltava do meu almoço. Enquanto elas me ajudavam, recolhendo a louça da mesa, preparei um café.

— O que acha de irmos à sala de estar e tomarmos o café junto com ele? — perguntei a Shoko Akikawa.

— Mas não será inconveniente para sua visita?

Balancei a cabeça.

— De maneira alguma. Gostaria de aproveitar essa coincidência para apresentá-los. Eu comentei que ele mora perto, mas na verdade é do outro lado do vale, então creio que você não o conheça.

— Qual é o nome dele?

— É Menshiki. "Men" como o ideograma usado em "carteira de habilitação" e "shiki" como em "tonalidade".

— Que nome diferente! — disse Shoko. — É a primeira vez que o ouço. Vivendo em lados opostos do vale, realmente deve ser raro nos cruzarmos, mesmo que os endereços sejam próximos.

Fomos para a sala de estar levando uma bandeja com café, açúcar e creme para quatro pessoas. Ao entrar, me surpreendi por não ver Menshiki em parte alguma. A sala estava vazia. Ele também não estava no terraço, nem parecia ter ido ao toalete.

— Onde será que ele se meteu? — falei comigo mesmo.

— Ele estava aqui? — perguntou Shoko.

— Sim, até agora há pouco.

Fui até o hall de entrada, mas não encontrei seus sapatos de camurça. Calcei um chinelo e abri a porta. O Jaguar prateado continuava parado no mesmo lugar. Então, pelo visto, ele não tinha voltado para casa. Os vidros do carro ofuscavam, refletindo a luz do sol, e não dava para ver se havia alguém lá dentro. Caminhei até o carro e encontrei Menshiki sentado no banco do motorista, procurando alguma coisa. Bati no vidro. Ele abriu a janela e ergueu os olhos para mim, atrapalhado.

— O que houve, Menshiki?

— Queria ver a calibragem dos pneus, mas não estou encontrando o medidor. Sempre tenho um no porta-luvas…

— Mas você precisa fazer isso com tanta urgência?

— Não, não preciso… É que eu estava lá sentado e de repente me lembrei que isso estava me incomodando. Falando nisso, faz tempo que eu não calibro os pneus.

— Então não há problema com eles?

— Não, nada de mais, estão normais.

— Então você não quer deixar a calibragem para depois e voltar para a sala? Eu passei um café e elas estão esperando.

— Esperando? — perguntou Menshiki, a voz seca. — Estão esperando por mim?

— Sim, eu disse a elas que iria apresentá-lo.

— Ah, e agora… — disse ele.

— O que foi?

— É que ainda não estou preparado para ser apresentado. Psicologicamente, digamos.

Ele tinha o olhar perdido e aterrorizado de alguém no décimo sexto andar de um prédio em chamas, sendo incitado a pular em colchão de ar de resgate que, dali, parece ser do tamanho de uma bolacha de chope.

— É melhor você vir — declarei com voz determinada. — Vamos, é muito simples.

Menshiki concordou em silêncio, saiu do carro e fechou a porta. Ensaiou trancá-la, mas depois se deu conta de que não era necessário (estávamos no meio de uma montanha deserta) e guardou a chave no bolso da calça.

Quando entramos na sala, Shoko e Mariê Akikawa estavam sentadas, esperando por nós. Ao nos ver entrar, as duas se levantaram educadamente. Apresentei Menshiki a elas em poucas palavras, como quem faz uma ação corriqueira e perfeitamente natural.

— Menshiki também posou para um quadro meu, tive a honra de pintar seu retrato. Descobrimos que morávamos perto, então mantivemos contato desde então.

— Você vive do outro lado do vale, não é mesmo? — perguntou Shoko.

Ao ouvir sobre sua casa, Menshiki empalideceu a olhos vistos.

— Sim, moro lá há alguns anos. Quanto tempo será? Há… acho que três. Ou talvez sejam quatro?

Ele me lançou um olhar inquisitivo, mas eu não disse nada.

— A sua casa é visível daqui? — perguntou Shoko.

— Sim, dá para vê-la daqui — respondeu Menshiki, e acrescentou: — Mas não é nada de mais. E é um lugar muito inconveniente, no alto da montanha…

— Nesse aspecto, a nossa é igual! — exclamou Shoko, gentilmente. — Para comprar qualquer coisinha é um trabalho imenso. Os celulares e o rádio não pegam direito… E pior é quando acumula neve. As ruas ficam tão escorregadias que não tenho coragem de sair com o carro. Bom, felizmente só nevou tanto assim uma vez, há cinco anos.

— Sim, nesta região praticamente não neva — disse Menshiki. — É graças ao vento quente que vem do mar. A influência do mar é realmente espantosa. O que acontece é que…

— Seja como for, é uma sorte que não neve muito, não é? — interrompi.

Menshiki tinha um ar acossado e, se eu deixasse, era capaz de ele sair explicando todo o funcionamento das correntes equatoriais do oceano Pacífico.

Mariê examinava, olhando de um lado para o outro, o rosto da tia e de Menshiki. Não parecia ter uma opinião formada sobre Menshiki. Ele, de sua parte, não olhou nem uma vez para Mariê e não desgrudava os olhos de Shoko, como se algo no seu rosto o atraísse intensamente.

Eu me dirigi a Menshiki:

— Na verdade, agora eu estou pintando um retrato desta jovem, Mariê. Pedi a ela que posasse para mim.

— Então eu a trago de carro toda semana, aos domingos — acrescentou Shoko. — Porque, apesar de morarmos muito perto, geograficamente, pela disposição das ruas é um pouco difícil chegar aqui.

Menshiki finalmente olhou na direção de Mariê. Seus olhos se moviam sem parar, feito uma mosca no inverno, tentando achar alguma coisa em seu rosto sobre a qual pousar. Porém, não pareceu encontrar nada apropriado.

Tentando socorrê-lo, peguei meu caderno de rascunhos e lhe mostrei os desenhos.

— Esses são os esboços que fiz até agora. Ainda estamos neste estágio preliminar, não comecei a pintura propriamente dita.

Menshiki olhou por muito tempo esses esboços, como se quisesse engoli-los com o olhar. Parecia que, para ele, olhar os desenhos de Mariê era muito mais significativo do que olhar para a menina de carne e osso. Mas é claro que não era esse o caso. O problema é que ele não era capaz de olhá-la diretamente. Os desenhos não passavam de substitutos. Aquela era a primeira vez que se aproximava de Mariê, e ele não conseguia organizar as emoções. Ela observava as mudanças desconexas da sua expressão como quem estuda um animal raro.

— Maravilhosos — disse Menshiki. Então se voltou para Shoko e acrescentou: — Todos os desenhos são muito cheios de vida. E captam muito bem a atmosfera.

— Sim, eu também achei! — exclamou Shoko, sorridente.

— Mas Mariê é uma modelo muito difícil — falei para Menshiki. — Não é fácil transformá-la em desenho. Seu rosto muda constantemente, então leva tempo para conseguir captar o que há em sua essência. Por isso ainda não comecei a pintura.

— Difícil? — perguntou Menshiki.

Ele apertou os olhos e fitou Mariê novamente, como quem olha para algo ofuscante.

— A sua expressão é bem diferente em cada um desses três desenhos. E, com cada pequena mudança, a atmosfera de todo o conjunto muda. Para representá-la com uma única imagem é preciso captar, não essas mudanças, mas a essência que existe sob elas. Se eu não fizer isso, estarei retratando apenas uma das várias facetas do todo.

— Entendi — disse Menshiki, admirado.

E comparou os três desenhos com o rosto de Mariê. Enquanto fazia isso, seu rosto pálido foi, pouco a pouco, começando a ficar vermelho. No começo eram apenas pontos vermelhos, que logo ficaram do tamanho de bolas de pingue-pongue, depois de bolas de beisebol, até o rubor se espalhar por toda a sua face. Mariê acompanhava, interessada, essas mudanças. Shoko desviou os olhos com discrição, para não ser indelicada. Estendi a mão, peguei o bule e servi mais café na minha xícara.

— Estou pensando em começar de verdade na semana que vem. Isto é, em começar a pintar sobre a tela, com tinta — falei, para preencher o silêncio.

Não me dirigia a ninguém em particular.

— Você já tem uma ideia de como será? — perguntou Shoko.

Balancei a cabeça.

— Ainda não. Enquanto eu não estiver diante da tela, com o pincel na mão, não consigo visualizar nada concreto.

— Pintou também o retrato do sr. Menshiki, não foi? — perguntou Shoko.

— Sim, no mês passado.

— É um retrato maravilhoso! — disse Menshiki, entusiasmado. — Já está no meu escritório em casa, apesar de estar sem moldura, pois estou esperando a tinta terminar de secar. Mas creio que "retrato" talvez não seja o termo correto. O que há naquele quadro sou eu e ao mesmo tempo não sou eu. Não sei explicar bem, mas é um quadro muito *profundo*. Não me canso de olhá-lo.

— É você, mas não é você? — perguntou Shoko.

— Quero dizer, não é um retrato convencional. É uma obra criada em um nível mais profundo.

— Queria ver como é esse quadro — disse Mariê.

Foi a primeira vez que ela se manifestou desde que nos mudamos para a sala de estar.

— Mariê, não seja indelicada. Está na casa dele, você não pode...

— Não me incomodo, de maneira nenhuma! — declarou Menshiki categoricamente, como se cortasse o final da frase da tia com um machado bem afiado.

A intensidade da sua fala assustou a todos (inclusive ele mesmo). Depois de um instante, ele continuou:

— Venham ver o quadro, por favor. Afinal, moramos tão próximos. Não façam cerimônia. São bem-vindas a qualquer momento.

Depois de dizer isso, Menshiki ficou ainda mais vermelho. Talvez tenha percebido, na própria fala, uma urgência excessiva.

— Você gosta de pinturas, Mariê? — perguntou ele, virando-se para a menina. Sua voz já voltara ao normal.

Mariê assentiu de leve.

— Se não for inconveniente para vocês, eu poderia vir encontrá-las no próximo domingo, neste mesmo horário, e então vamos à minha casa para que vejam a obra.

— Não poderíamos lhe dar tanto trabalho... — disse Shoko.

— Eu quero ver o quadro! — Mariê declarou com firmeza.

No fim, ficou combinado que Menshiki viria buscá-las no domingo seguinte, depois do meio-dia. Perguntaram se eu gostaria de me juntar a eles, mas eu recusei polidamente, dizendo que tinha um compromisso naquele dia. Não queria me envolver ainda mais no assunto. Preferia deixar o resto dos acontecimentos a cargo somente das partes envolvidas. O que quer que acontecesse, eu queria ficar de fora. Tinha apenas servido como intermediário — ainda que não fosse minha intenção — entre os dois lados.

Eu e Menshiki acompanhamos a bela Shoko e sua sobrinha até o lado de fora para nos despedirmos. Shoko passou algum tempo examinando o Jaguar estacionado ao lado do seu Prius, como um criador de cachorros avalia o cão de outra pessoa.

— Este é o modelo mais recente da Jaguar, não é? — perguntou ela a Menshiki.

— Sim, no momento é o modelo coupé mais novo. Você gosta de carros? — perguntou Menshiki.

— Não, não é isso... É que meu finado pai dirigia um sedã da Jaguar. Eu andei bastante nele e cheguei a dirigi-lo algumas vezes. Então este símbolo no capô sempre me traz muitas memórias. Acho que chamava XJ6. Tinha quatro faróis redondos. E um motor de seis cilindros em linha.

— Então era da chamada série 3. Sim, era um modelo belíssimo.

— Acho que meu pai gostava muito daquele carro. Dirigiu-o por anos, mesmo reclamando do consumo de combustível e da quantidade de pequenos consertos que ele precisava.

— Esse modelo tem um consumo particularmente ruim. E o sistema elétrico pode dar muitos problemas... Os Jaguares são famosos por ter um sistema elétrico frágil. Mas quando estão funcionando sem defeitos, e para quem não se incomoda com o custo da gasolina, são carros esplêndidos. O conforto, o manejo... têm muitos encantos que não se acham em outros carros. Mas é claro que a maioria das pessoas se incomoda com consertos e com o preço do combustível. Justamente por isso os Toyota Prius vendem como água.

— Este carro foi o meu irmão quem comprou e me disse para usar quando quisesse. Não fui eu que escolhi — disse Shoko, como quem se desculpa, apontando para o Prius. — Ele disse que era fácil de dirigir, seguro e ecologicamente correto.

— O Prius é um carro excelente — disse Menshiki. — Para falar a verdade, eu considerei seriamente comprar um.

Será?, me perguntei. Não conseguia imaginar Menshiki em um Toyota Prius. Era tão difícil como imaginar um leopardo pedindo uma salada Niçoise em um restaurante.

Depois de espiar o interior do Jaguar, Shoko perguntou:

— É um pedido muito indelicado, mas será que eu poderia entrar no seu carro só por um instante? Só queria experimentar sentar no banco do motorista.

— Claro! — exclamou Menshiki. Em seguida tossiu de leve para limpar a garganta. — Fique à vontade. Se quiser, pode dirigir um pouco para ver como é.

Eu achei surpreendente Shoko ficar táo interessada assim pelo automóvel de Menshiki. Pela sua aparência tranquila e equilibrada, não me parecia o tipo que gosta de carros. Porém, Shoko Akikawa entrou animada no carro, se acomodou sobre o assento de couro cor de creme, examinou o painel com interesse e pousou as mãos sobre o volante. Depois levou a mão esquerda ao câmbio. Menshiki pegou a chave do carro no bolso da calça e entregou a ela.

— Experimente ligá-lo.

Shoko pegou a chave em silêncio, inseriu-a ao lado do volante e girou no sentido horário. Em um instante, aquele grande animal felino despertou. Ela passou algum tempo ouvindo, encantada, o som grave do motor.

— Eu me lembro deste som — disse ela.

— É um motor V8 de 4,2 litros. O xj6, que seu pai dirigia, tem seis cilindros e o número de válvulas também é um pouco diferente, mas talvez o som seja parecido. É uma máquina pecaminosa, que queima sem nenhum pudor grandes quantidades de combustível fóssil. Isso continua igual, desde aquele tempo.

Shoko Akikawa ergueu a alavanca e ligou a seta para a direita. O carro fez o seu *toc, toc* característico.

— Esse som é táo nostálgico!

Menshiki sorriu.

— Só um Jaguar consegue fazer este som. É diferente das setas de qualquer outro carro.

— Quando eu era nova, treinei escondido com o xj6 para tirar minha carteira de motorista — disse ela. — Da primeira vez que dirigi outro carro fiquei confusa, porque o freio de mão era diferente. Não sabia o que fazer...

— Acontece bastante! — disse Menshiki, sorrindo. — Os ingleses focam em uns detalhes curiosos.

— Mas o cheiro do interior do carro é um pouco diferente do carro do meu pai.

— Infelizmente, imagino que seja. Por uma série de motivos, já não se usam os mesmos materiais no interior. O que mais mudou esse perfume foi quando a empresa Connolly deixou de fornecer o couro, em 2002. É que a própria Connolly acabou fechando.

— É uma pena! Eu gostava muito daquele cheiro. Não sei, acho que o guardei na memória junto com o cheiro do meu pai.

— Para falar a verdade — disse Menshiki, hesitante —, tenho outro Jaguar, mais antigo. Quem sabe, tem o mesmo perfume do carro do seu pai.

— Você tem um xj6?

— Não, tenho um E-Type.

— E-Type é aquele conversível?

— Isso. Um *roadster* da série um, feito em meados da década de 1960, mas que ainda roda direitinho. Ele também tem um motor de seis cilindros e 4,2 litros. É um carro de dois lugares, original. Quer dizer, oficialmente não posso dizer que seja original, pois tive que refazer a capota, é claro.

Eu não sabia muito bem do que eles estavam falando, pois não entendo de carros, mas Shoko Akikawa pareceu muito impressionada com essa informação. Seja como for, fiquei mais tranquilo ao compreender que os dois tinham em comum seu gosto por automóveis da Jaguar — talvez um gosto bem específico. Assim eu não precisava mais me preocupar em achar assunto para os dois conversarem naquele primeiro contato. Mariê parecia ter ainda menos interesse em carros do que eu, e ouvia a conversa com ar de extremo tédio.

Shoko saiu do carro, fechou a porta e devolveu a chave a Menshiki. Ele a guardou novamente no bolso. Em seguida, Shoko e Mariê entraram no Prius azul. Menshiki fechou a porta para Mariê. Eu me surpreendi mais uma vez ao notar quão diferente é o som da porta do Jaguar e do Prius. Há realmente muitas variações de um só som neste mundo. Assim como um simples toque de uma corda solta no baixo acústico pode soar completamente diferente nas mãos de Charles Mingus ou de Ray Brown.

— Bom, então até o próximo domingo — disse Menshiki.

Shoko Akikawa olhou para ele e sorriu, depois partiu apertando as mãos no volante. Quando perdemos de vista a traseira gorducha do Toyota Prius, eu e Menshiki voltamos para dentro de casa e terminamos o café, já frio, que havia ficado na sala. Durante algum tempo não dissemos nada. Menshiki parecia estar relaxando a tensão de todo o seu corpo. Como um atleta depois de cruzar a linha de chegada de uma exigente corrida de longa distância.

— É uma menina muito bonita, não é? — comentei, depois de um tempo. — Mariê Akikawa.

— Sim, de fato. E provavelmente ficará ainda mais bela quando crescer — disse Menshiki. Mas parecia estar pensando sobre alguma outra coisa enquanto dizia isso.

— Como você se sentiu, vendo-a de perto?

Menshiki deu um sorriso desconfortável.

— Para falar a verdade, não consegui olhar direito para ela. Estava muito nervoso.

— Mas você a viu pelo menos um pouco, não viu?

Ele assentiu com a cabeça.

— Sim, é claro. — Ele se calou por alguns momentos, depois ergueu a cabeça de repente e me encarou, sério. — E você, o que achou?

— O que achei sobre o quê?

O rosto de Menshiki voltou a se corar de leve.

— Quero dizer, há alguma coisa em comum entre as feições dela e as minhas? Você é um pintor e foi especialista em retratos por muito tempo, então imagino que entenda deste tipo de coisa…

Balancei a cabeça.

— Realmente, tenho muita prática em captar, rapidamente, as características do rosto de alguém. Mas não chego a conseguir identificar rostos de pais e filhos. Neste mundo há pais e filhos que não se parecem em absoluto e pessoas sem parentesco algum que são iguaizinhas.

Menshiki soltou um longo suspiro, do tipo que carrega toda a tensão do corpo, e esfregou as palmas das mãos.

— Não estou pedindo um diagnóstico de especialista. Queria apenas saber a sua *opinião pessoal*. Gostaria que me contasse se qualquer coisa tiver chamado a sua atenção, mesmo que seja algo sem importância.

Eu pensei sobre isso por algum tempo, depois respondi:

— Pensando em cada um dos elementos do rosto, concretamente, vocês não têm muito em comum. Mas tive a impressão de que há alguma coisa semelhante na forma que seus olhos se movem. Foi uma sensação repentina, que tive algumas vezes.

Ele fitou meu rosto com os lábios finos bem cerrados.

— Quer dizer, há algo em comum entre os nossos olhos?

— Talvez o fato de seus sentimentos transparecerem no olhar seja um ponto em comum entre vocês dois. A curiosidade, o entusiasmo, a surpresa, por exemplo, ou então a desconfiança e a relutância. Esse tipo de sentimento sutil aparece nos seus olhares. Apesar de não serem pessoas muito expressivas, os olhos de vocês agem como janelas do coração. É o contrário da maioria das pessoas. Muita gente tem um rosto rico em expressões, mas um olhar que não é tão vívido.

Menshiki pareceu surpreso.

— Meus olhos são assim?

Eu assenti.

— Nunca me dei conta disso...

— Acho que você não poderia controlar isso, mesmo que tentasse. Ou, quem sabe, suas emoções se concentram no olhar justamente porque você controla, conscientemente, suas expressões. Mas só dá para reparar observando com muita atenção. Talvez uma pessoa comum nem perceba.

— Mas você percebe.

— Captar expressões é minha profissão.

Menshiki pensou cuidadosamente sobre a questão.

— Então nós temos esse ponto em comum. Mas você não saberia dizer se nós somos sangue do mesmo sangue, certo?

— Ao ver o rosto das pessoas eu tenho várias impressões artísticas, que valorizo muito. Porém essas impressões são distintas da realidade objetiva. Uma impressão não pode provar nada. É como uma borboleta carregada pelo vento e quase não tem aplicação prática. E você? Sentiu alguma coisa particular, estando diante dela?

Ele balançou a cabeça várias vezes.

— Não dá para saber nada vendo-a somente uma vez, por alguns minutos. Preciso de mais tempo. Preciso me acostumar a estar próximo dela.

Em seguida, balançou a cabeça novamente, devagar. Enfiou as mãos nos bolsos do casaco como se procurasse por algo e as tirou. Como alguém que esqueceu o que buscava. Em seguida, continuou:

— Não, talvez não seja uma questão de quantidade. Talvez quanto mais eu a veja mais confuso fique, e acabe não chegando a nenhuma conclusão. *Pode ser* que ela seja minha filha, sangue do meu sangue, pode ser que não. Mas, pra mim, tanto faz. Só de vê-la à minha frente, de considerar essa possibilidade, de poder tocar nessa hipótese com as mãos, eu sinto correr imediatamente pelas minhas veias um sangue renovado. Talvez até hoje eu nunca tivesse compreendido, de verdade, o sentido de estar vivo.

Eu fiquei em silêncio. Não havia nada que eu pudesse dizer sobre o que se passava na alma de Menshiki, nem sobre a verdadeira definição do que é estar vivo. Ele olhou de relance para seu relógio de pulso, leve e de aparência extremamente cara, e se ergueu desajeitado do sofá.

— Preciso agradecer a você. Eu não teria conseguido fazer isso se não tivesse me incentivado.

Dizendo isso, caminhou com passos incertos até o hall, calçou os sapatos e os amarrou devagar, depois saiu da casa. Assisti da porta enquanto ele entrava no carro e partia. Depois que o Jaguar desapareceu, a quietude da tarde de domingo me envolveu novamente.

O relógio mostrava que passava das duas da tarde. Eu estava terrivelmente cansado. Peguei um velho cobertor no armário, me cobri com ele no sofá e dormi por algum tempo. Quando acordei, já passava das três. O sol que penetrava na sala havia se movido só um pouco. Que dia estranho! Eu não conseguia saber se estava indo para a frente, retrocedendo, ou simplesmente rodando sem sair do lugar. Meu senso de direção estava confuso. Shoko Akikawa, Mariê e Menshiki. Todos os três emanavam um magnetismo especial. E eu estava bem no meio, envolto pelos três. Sem contar com qualquer magnetismo de minha parte.

No entanto, por mais exausto que eu estivesse, o domingo ainda não havia chegado ao fim. Os ponteiros do relógio tinham acabado de passar das três horas. Ainda havia um bocado de tempo até que aquele dia se tornasse passado e o seguinte despontasse. Mas eu não tinha vontade de fazer nada. Mesmo depois de um cochilo, ainda me sentia atrapalhado, como um velho novelo de lã enfiado no fundo de uma gaveta estreita de escrivaninha, que alguém enfiou ali à força e por isso, agora, a gaveta não fecha direito. Talvez, num dia como aquele, eu também devesse checar a calibragem dos meus pneus. Quando a gente não quer fazer nada, é melhor recorrer a esse tipo de coisa.

Mas, pensando bem, eu jamais havia checado a pressão dos pneus sozinho. Às vezes, quando parava num posto de gasolina, me diziam que os pneus estavam "parecendo meio baixos" e que era melhor dar uma olhada, então eu pedia que fizessem isso. Obviamente, eu não possuía um medidor de pressão. Não sei nem que aparência tem esse objeto. Não deve ser muito grande, já que cabe num porta-luvas. E não deve ser tão caro que precise comprar em prestações. Talvez eu compre um para ver como é.

Quando começou a escurecer, fui para a cozinha e preparei o jantar, tomando uma lata de cerveja. Coloquei um pedaço de peixe olho-de-boi marinado para assar no forno, fiz uma salada de pepino com alga *wakame* e vinagre e uma sopa de missô com nabo e tofu frito. Depois comi sozinho, em silêncio. Não tinha ninguém com quem falar nem nada para dizer. Quando estava terminando de comer esse jantar simples e solitário, a campainha tocou. Parecia haver uma conspiração para tocarem a campainha da minha casa quando eu estava prestes a terminar uma refeição.

Então este dia ainda não acabou, pensei. Pressenti que seria um longo domingo. Deixei a mesa e fui abrir a porta.

35.
Era melhor ter deixado aquele lugar do jeito que estava

Caminhei devagar até a porta. Não fazia ideia de quem poderia estar tocando a campainha. Eu teria escutado se algum carro tivesse parado diante da casa. A mesa de jantar ficava nos fundos, mas mesmo assim eu certamente escutaria o motor, os pneus ou os freios se algum carro se aproximasse. Até mesmo os de um Toyota Prius que se orgulha de seu motor híbrido hipersilencioso. E eu não escutara nada.

Ninguém subiria o longo caminho até a minha casa, depois de o sol se pôr, sem um carro. As ruas eram muito escuras, praticamente sem iluminação, e desertas. A casa estava isolada, sozinha no alto da montanha, sem vizinhos por perto.

Por um momento, achei que pudesse ser o comendador. Mas isso não fazia sentido. Ele não se daria ao trabalho de tocar a campainha, já que era capaz de ir e vir quando quisesse.

Sem saber quem era, destranquei a porta do hall e a abri. Encontrei Mariê Akikawa parada. Vestia a mesma roupa da manhã, mas agora com uma fina jaqueta sobre o moletom. O tempo tinha esfriado bastante depois do pôr do sol. Usava um boné de beisebol dos Cleveland Indians (por que será que ela tinha um boné dos Cleveland?) e trazia uma lanterna nas mãos.

— Posso entrar? — perguntou, sem dizer boa-noite ou se desculpar por aparecer subitamente.

— Pode, claro — respondi.

Não falei mais nada, pois as gavetas da minha mente ainda não estavam fechando muito bem. O novelo continuava enfiado lá no fundo.

Levei-a até a copa.

— Eu estava jantando. Posso terminar de comer? — perguntei.

Ela concordou em silêncio, sem cerimônia, porque isso não faz sentido para ela.

— Quer um chá?

Mais uma vez, ela concordou em silêncio. Então tirou a jaqueta e o boné e ajeitou os cabelos. Pus água para ferver e coloquei folhas de chá verde em um bule. Eu também queria tomar chá.

Com os cotovelos fincados na mesa, Mariê me observou como se fosse um espetáculo incomum, enquanto eu comia o olho-de-boi marinado, tomava a sopa de missô e comia arroz. Como alguém que, passeando pela selva, se depara com uma jiboia devorando um filhote de texugo e se senta em uma pedra próxima para assistir.

— Fui eu que fiz essa conserva de olho-de-boi — expliquei, quebrando o silêncio —, porque assim ele dura bem mais.

Ela não teve nenhuma reação. Não dava nem para ter certeza se minhas palavras tinham alcançado seus ouvidos.

— Immanuel Kant era um sujeito de hábitos regrados. Tão regrados que as pessoas da sua cidade ajustavam os relógios de acordo com o horário em que o viam passeando todos os dias — experimentei dizer.

Era uma declaração despropositada, é claro. Eu só queria saber de que maneira Mariê Akikawa reagiria a uma fala sem sentido como aquela. Porém, ela não reagiu. O silêncio só se intensificou. E Kant continuou, taciturno e regrado, o seu caminho pelas ruas da cidade de Königsberg. Dizem que suas últimas palavras foram "Isso está bom". Há pessoas que conseguem viver assim.

Eu terminei de comer e levei a louça para a pia. Depois adicionei a água quente ao chá no bule e voltei para a copa com ele e dois copos de cerâmica. Sentada à mesa, Mariê observava cada um dos meus gestos com o olhar atento de um historiador verificando detalhes nas notas de rodapé de um documento.

— Você não veio para cá de carro, né?

— Vim a pé — Mariê finalmente abriu a boca.

— Veio andando, sozinha, da sua casa até aqui?

— É.

Eu me calei e esperei que ela continuasse. Ela também ficou quieta, e o silêncio durou bastante tempo. Mas ficar calado não é difícil para mim. Tanto é que eu conseguia viver sozinho no alto de uma montanha.

— Tem uma passagem secreta — disse Mariê, depois de algum tempo. — Vindo de carro é longe, mas por esse atalho é pertinho.

— Mas eu caminho bastante por aqui e nunca vi nenhum atalho.

— É que você não sabe procurar — disse a menina, seca. — Não dá pra ver se estiver caminhando e olhando normalmente. Ele é bem escondido.

— Você que escondeu?

Ela fez que sim com a cabeça.

— Eu vivo aqui desde pequena. Todas essas montanhas eram meu quintal, então conheço cada pedaço.

— Então essa passagem é muito bem escondida.

Ela fez que sim de novo.

— E foi por ela que você veio até aqui.

— Foi.

Soltei um suspiro.

— Você já jantou?

— Agora há pouco.

— O que comeu?

— Minha tia não é muito boa na cozinha.

Aquilo não respondia à minha pergunta, mas não insisti, era claro que ela queria mudar de assunto. Provavelmente não queria relembrar o que tinha acabado de comer.

— Sua tia sabe que você veio para cá?

Mariê manteve a boca bem cerrada e não respondeu. Então resolvi responder eu mesmo.

— Claro que não. Nenhum adulto responsável deixaria uma menina de treze anos vagar sozinha pelas montanhas depois de anoitecer. Não é?

Passamos mais algum tempo em silêncio.

— Ela nem sequer sabe que essa passagem existe?

Mariê balançou a cabeça algumas vezes. Sua tia não sabia sobre a passagem.

— Ninguém mais sabe, fora você?

Mariê assentiu com a cabeça.

— Bom, seja como for — falei —, pela direção onde fica sua casa, depois de sair do seu atalho você teve que passar por um bosque onde há um velho santuário, não foi?

Ela concordou com a cabeça e acrescentou:

— Conheço esse santuário. E sei que outro dia veio um trator e revirou aquela pilha de pedras que ficava atrás dele.

— Você estava vendo?

Mariê balançou a cabeça.

— Não vi a hora que reviraram tudo, porque estava na escola. Mas vi os rastros. O chão estava coberto de marcas. Por que fizeram isso?

— É que aconteceram várias coisas.

— Que tipo de coisas?

— É uma história muito comprida pra explicar desde o começo — falei.

E não expliquei nada. Preferia não contar para ela que Menshiki estava envolvido na história.

— Não deviam ter revirado aquele lugar desse jeito — disse Mariê, de súbito.

— Por que você acha isso?

Ela deu de ombros.

— Era melhor ter deixado aquele lugar do jeito que estava. Como todo mundo sempre fez.

— Como todo mundo fez?

— É, o santuário estava daquele jeito há muito tempo e ninguém tinha tocado nele até agora.

Talvez essa menina tenha razão, pensei. Talvez a gente não devesse ter se metido com aquele lugar. Talvez *todo mundo* até agora tenha agido assim. Mas era tarde demais para dizer isso. Agora as pedras já tinham sido movidas, o buraco, exposto, e o comendador, libertado.

— Por acaso foi você quem tirou as tábuas que estavam cobrindo aquele buraco? Você ergueu a tampa, espiou lá dentro, depois fechou de volta e recolocou as pedras que fazem peso em cima. Não foi?

Mariê ergueu a cabeça e me encarou. Como quem pergunta: como você sabe disso?

— É que a posição das pedras em cima da tampa estava um pouquinho diferente. Eu tenho uma memória visual muito boa. Percebo esse tipo de diferença assim que bato os olhos.

— Puxa — comentou ela, surpresa.

— Mas, quando você abriu, o buraco estava vazio. Não tinha nada, só a escuridão e o ar úmido. Não foi?

— Tinha uma escada.

— Você não entrou lá, entrou?!

Mariê balançou a cabeça com força. Como quem diz "imagina se eu faria uma coisa dessas".

— E então… — falei. — Você veio pra cá a essa hora da noite por algum motivo? Ou é só uma visita social?

— Uma visita social?

— É, quer dizer, aconteceu de você estar na vizinhança e aproveitou pra dar um oi.

Ela pensou um pouco sobre isso. Depois balançou de leve a cabeça.

— Não, não é uma "visita social".

— Então que tipo de visita é? — perguntei. — Pessoalmente, fico feliz que você venha me visitar, claro, mas se depois sua tia ou seu pai ficarem sabendo, pode virar um mal-entendido complicado.

— Como assim, mal-entendido?

— Há toda sorte de mal-entendidos na sociedade — falei. — Inclusive alguns que ultrapassam em muito nossa imaginação. Se isso acontecer, talvez não deixem mais você posar para o quadro. Pra mim, isso seria muito chato. Pra você também, não?

— Minha tia não vai descobrir — afirmou Mariê, enfática. — Quando termino de jantar eu vou pro meu quarto, e depois disso ela não entra mais lá. Temos esse acordo. Então ninguém repara se eu sair pela janela. Nunca descobriram, até hoje.

— Você sempre andou pelas montanhas à noite?

Mariê fez que sim.

— Não tem medo de andar sozinha por aí no escuro?

— Tem coisas mais assustadoras que isso.

— Como o quê?

Mariê encolheu um pouco os ombros e não respondeu.

— Sua tia pode não ser um problema, mas e o seu pai?

— Ele ainda não voltou.

— Mesmo sendo domingo?

Mariê não respondeu. Ela sempre parecia querer evitar falar do pai.

— Enfim, não precisa se preocupar, professor, porque ninguém sabe que eu saí. E, mesmo se descobrirem, nunca diria que vim pra cá.

— Tá, então não vou mais me preocupar — falei. — Mas por que você veio até aqui esta noite?

— Porque tenho um assunto pra falar com você.

— Que assunto?

Mariê pegou o copo, tomou um gole do chá-verde bem quente e lançou um olhar atento ao nosso redor. Como se verificasse que ninguém mais estava ouvindo a conversa. É claro que não havia ninguém, fora nós. Isto é, a não ser que o comendador tivesse voltado e nos escutasse de algum canto. Mas, de qualquer jeito, ela não conseguiria vê-lo, a não ser que ele estivesse *corporificado*.

— É sobre aquele seu amigo que veio aqui hoje de tarde — disse ela. — O homem com o cabelo branco bonito. Como ele se chamava? Um nome meio estranho.

— Menshiki.

— Isso, "Menshiki".

— Ele não é meu amigo. É só uma pessoa que conheci há pouco tempo.

— Tanto faz — disse ela.

— O que tem o Menshiki?

Ela estreitou os olhos e me encarou. Então disse, baixando só um pouquinho a voz:

— Eu acho que ele está escondendo alguma coisa. Em seu coração.

— Que tipo de coisa?

— Isso eu não sei. Mas acho que na verdade não foi uma coincidência ele vir pra cá hoje. Tenho a impressão de que ele tinha algum motivo bem específico pra vir.

— E qual poderia ser esse motivo? — perguntei, um tanto assustado com a sua percepção afiada.

Ela me olhou fixamente.

— Isso eu não sei. Você também não sabe?

— Não, nem tenho ideia — menti. Rezando para que essa mentira não fosse desmascarada num instante pelos olhos de Mariê Akikawa. Nunca fui bom mentiroso. Sempre que tento inventar alguma história, fica na cara que estou mentindo. Mas eu não podia contar a verdade.

— Mesmo?

— Mesmo — falei. — Eu nem imaginava que ele viria para cá hoje.

Mariê pareceu acreditar no que eu dizia. De fato, Menshiki não tinha dito que viria e sua chegada fora bastante inesperada para mim. Sobre esta parte eu não estava mentindo.

— Aquele homem tem uns olhos estranhos — disse ela.

— Estranhos, como?

— Parece que seus olhos têm sempre alguma *intenção*. Que nem o lobo da Chapeuzinho Vermelho. Ele pode deitar na cama e fingir que é a avó, mas é só olhar para os olhos dele pra perceber que é um lobo.

O lobo da Chapeuzinho Vermelho?

— Quer dizer então que você sentiu alguma coisa nociva no Menshiki?

— Nociva?

— Alguma coisa ruim, negativa.

— "Nocivo" — repetiu ela. E pareceu guardar aquela palavra em alguma gaveta da mente. Junto com "ribombar em céu azul".

— Não é bem isso — disse Mariê. — Não acho que ele tenha más intenções. Mas acho que esse Menshiki, com seu belo cabelo branco, está escondendo alguma coisa.

— Você sente isso?

Ela assentiu com a cabeça.

— Então achei melhor vir checar com você. Achei que talvez você soubesse alguma coisa sobre ele.

— A sua tia também sentiu a mesma coisa? — perguntei, desconversando.

Ela pendeu a cabeça para o lado, em dúvida.

— Não, minha tia não pensa desse jeito. Ela não tem muitos sentimentos nocivos sobre outras pessoas. Além disso, ela ficou interessada no Menshiki. Apesar de ser um pouco mais velho que ela, ele é bonito, bem-vestido, parece ser rico, mora sozinho…

— Então sua tia gostou dele?

— Acho que sim. Ela estava muito animada enquanto conversava com ele. Com uma expressão alegre e a voz um pouco diferente. Não era o seu jeito de sempre. E acho que ele também deve ter percebido essas diferenças.

Eu servi mais chá, sem comentar nada sobre o assunto, depois tomei um gole do meu.

Mariê passou um tempo refletindo sozinha.

— Mas como será que Menshiki sabia que a gente vinha pra cá hoje? Você falou pra ele, professor?

Escolhi as palavras com cuidado, para evitar outra mentira.

— Eu não acho que ele planejou se encontrar com sua tia aqui hoje. Porque, quando ele viu que vocês estavam aqui, quis ir embora, e fui eu que o convenci a ficar. Acho que ele veio pra cá *por acaso*, ela estava aqui *por acaso*, e ao vê-la ele ficou interessado. Afinal, sua tia é uma mulher bem atraente.

Mariê não pareceu totalmente convencida, mas também não insistiu no assunto. Só passou um tempo com a testa franzida e os cotovelos na mesa.

— De qualquer maneira, no próximo domingo vocês vão visitar a casa dele — falei.

Mariê concordou com a cabeça.

— É, pra ver o retrato que você pintou. Acho que minha tia está muito animada pra ir lá. Para fazer uma visita a ele, quero dizer.

— Não a culpe por se animar. Morando nessas montanhas desertas, sem ninguém ao redor, ela não deve ter tantas oportunidades de conhecer novos homens como tinha na cidade.

Mariê apertou os lábios por um instante.

— Ela teve um namorado por muito tempo, sabe. Um namoro longo e sério — disse ela, como se me contasse um enorme segredo. — Isso foi antes de ela vir pra cá, quando trabalhava como secretária em Tóquio. Mas muitas coisas aconteceram e no fim não deu certo, e ela ficou muito mal. E minha mãe morreu e ela veio cuidar de mim. Quer dizer, é claro que não foi ela mesma quem me contou isso, mas...

— E agora, ela está saindo com alguém?

— Acho que não.

— E você está meio preocupada que ela tenha certa expectativa em relação ao Menshiki nesse sentido? Foi por isso que veio conversar comigo hoje?

— Sabe, você acha que Menshiki está tentando *seduzir* minha tia?

— Seduzir?

— É, sem sentimentos sérios.

— Isso eu não tenho como saber — respondi. — Não conheço Menshiki tão bem assim. Além disso, ele e sua tia se conheceram hoje, ainda não aconteceu nada de fato. E esse tipo de questão fica entre o coração de duas pessoas e vai mudando conforme as coisas acontecem. Tem vezes em que um sentimento pequeno acaba crescendo muito, outras vezes é o contrário.

— Mas eu tenho tipo uma intuição — declarou Mariê.

Eu tive a impressão de que ela podia confiar nessa *coisa tipo uma intuição*, mesmo sem nenhuma prova concreta. Isso também foi *um tipo de intuição* da minha parte.

— E por isso você está preocupada que aconteça alguma coisa e sua tia seja magoada mais uma vez.

Mariê assentiu discretamente.

— Minha tia não é uma pessoa desconfiada. E não está acostumada a se magoar.

— Quando você fala assim, parece que você é quem cuida dela, e não o contrário — falei.

— Em certo sentido — disse Mariê, séria.

— E você? Está acostumada a ser magoada?

— Não sei — disse ela. — Só que, pelo menos, eu não fico me apaixonando.

— Mas um dia você vai.

— Mas agora, não. Até meus peitos crescerem um pouco mais.

— Pode acontecer mais rápido do que você imagina.

Mariê fez uma expressão desconfiada. Pelo visto, não acreditou em mim.

Nesse momento, uma pequena dúvida brotou no meu peito. Será que Menshiki não estaria se aproximando de Shoko Akikawa para estabelecer um vínculo com Mariê?

Menshiki me dissera que não dava para saber nada vendo-a somente uma vez, por alguns minutos. Que ele precisava de mais tempo.

Shoko seria uma intermediária importante para que ele pudesse continuar se encontrando com Mariê. Mas para tanto ele precisava, em maior ou menor grau, tê-la em suas mãos. Isso provavelmente não era uma tarefa difícil para um homem como Menshiki. Não dá para dizer que ele o faria com um pé nas costas, mas não queria pensar que ele estava escondendo uma intenção dessas. É possível que, como dissera o comendador, ele precisasse ter sempre um plano. Mas ele não me parecia um sujeito tão ardiloso assim.

— A casa do Menshiki é impressionante — contei a Mariê. — É bem interessante... No mínimo, uma casa que vale a pena conhecer.

— Você já foi lá, professor?

— Uma vez só. Ele me convidou para jantar.

— Fica do outro lado do vale?

— Sim, quase em frente à minha.

— Dá pra ver daqui?

Eu fingi pensar um pouco.

— Dá, de longe.

— Eu queria ver...

Eu a levei até o terraço e apontei a mansão de Menshiki na montanha do outro lado do vale. As luzes do jardim a destacavam no mar da noite como um navio luxuoso. Ainda havia luzes acesas em alguns cômodos, todas discretas e fracas.

— Aquela enorme casa branca? — perguntou Mariê, espantada, e me fitou por um instante. Depois, sem dizer nada, voltou o olhar para a mansão no horizonte. — Da minha casa também dá pra ver bem essa casa. Mas de um ângulo um pouco diferente daqui. Eu sempre quis saber quem morava num lugar desses.

— É, ela se destaca, com certeza — falei. — Bom, essa é a casa do Menshiki.

Mariê passou muito tempo debruçada sobre o parapeito, olhando a casa. Acima do seu telhado piscavam algumas estrelas. Não havia vento, e nuvens pequenas e firmes pairavam no céu. Como nuvens de um cenário, presas firmemente por pregos a uma paisagem pintada no compensado. Às vezes Mariê movia a cabeça e seu cabelo preto e muito liso brilhava, refletindo o luar.

— Menshiki vive sozinho naquela casa, mesmo? — disse Mariê, voltando-se em minha direção.

— Vive. Sozinho naquela casa enorme.

— Não é casado?

— Ele disse que nunca se casou.

— Com o que ele trabalha?

— Não sei muito bem. Acho que algo relativo à informação, talvez TI. Mas diz que agora não está trabalhando com nada específico. Ele vive do dinheiro que ganhou ao vender sua empresa e da sua cota dos dividendos. Isso é tudo o que eu sei.

— Ele não trabalha? — perguntou ela, de testa franzida.

— Foi o que ele me falou. Raramente sai de casa.

Quem sabe Menshiki não estava nos observando com seu binóculo de alta precisão, enquanto conversávamos daquela maneira. O que ele pensaria, ao nos ver lado a lado no terraço, àquela hora da noite?

— É melhor você voltar para casa logo — falei pra Mariê. — Já está tarde.

— Deixando de lado o Menshiki… Eu estou feliz por você pintar meu retrato, professor — confessou ela, em voz baixa. — Estou muito curiosa pra ver como vai ficar.

— Espero que eu consiga fazer um bom quadro — respondi.

As palavras dela me comoveram. Quando falava de pintura, ela era capaz de abrir surpreendentemente o coração.

Eu acompanhei Mariê até a porta de casa. Ela vestiu a jaqueta fina e ajustada ao corpo e enfiou o boné dos Indians bem fundo na cabeça. Assim, parecia um menininho.

— Quer que eu te acompanhe por um pedaço?

— Tudo bem. Eu conheço o caminho.

— Então, até o próximo domingo.

Mas ela não foi embora tão rápido, continuou plantada ali com a mão sobre o batente da porta.

— Tem uma coisa que ficou na minha cabeça — disse ela. — É sobre o guizo.

— O guizo?

— Quando eu estava vindo para cá, mais cedo, tive a impressão de ouvir o som de um guizo. Acho que era o mesmo som daquele no seu ateliê.

Fiquei sem palavras por um momento. Mariê ficou me encarando.

— Onde você escutou isso? — perguntei.

— Dentro do bosque. Vinha ali do lado de trás do santuário.

Eu apurei bem os ouvidos para tentar ouvir na escuridão. Mas não ouvi guizo nenhum. Não ouvi qualquer som. Só havia o silêncio da noite.

— Você não ficou com medo? — perguntei.

Ela balançou a cabeça.

— Se eu deixar para lá, não chego a ter medo.

— Pode esperar um pouquinho? — falei para Mariê, e fui até o ateliê com passos rápidos. O guizo que deveria estar sobre a prateleira não estava mais lá. Tinha desaparecido em algum canto.

36.
Não falar absolutamente nada sobre as regras do jogo

Depois de despachar Mariê, voltei para o ateliê, acendi todas as luzes e esquadrinhei todos os cantos do cômodo, mas não encontrei o velho guizo em lugar algum. Ele havia desaparecido.

Quando será que vi o guizo pela última vez? No domingo anterior, da primeira vez que Mariê visitara minha casa, ela o pegou na prateleira e o agitou. Depois o colocou de volta. Eu me lembrava claramente disso. E depois, será que eu o vira novamente? Não conseguia me recordar. Eu quase não tinha pisado no ateliê durante aquela semana. Nem tocara nos pincéis. O quadro *O homem do Subaru Forester branco* continuava inacabado, mas eu tinha praticamente abandonado essa obra e ainda não havia começado a pintar o retrato de Mariê. Estava no que se pode chamar de "entre pinturas".

E, em algum momento, o guizo tinha sumido.

Mas Mariê tinha escutado o seu som ao caminhar pelo bosque à noite. Será que alguém o levara de volta para dentro daquele buraco? Será que eu devia ir até lá e checar se ele estava de fato tocando?

Mas a perspectiva de correr sozinho pelo bosque escuro não me atraiu. Eu estava cansado daquele dia repleto de acontecimentos inesperados. Ninguém podia dizer que eu não tinha atingido a minha cota diária de imprevistos.

Fui até a cozinha, abri a geladeira, coloquei umas pedras de gelo em um copo e servi uísque sobre elas. Ainda eram oito e meia da noite. Será que Mariê tinha atravessado sem problemas o bosque e a tal "passagem" e chegado bem em casa? Provavelmente não tinha acontecido nada. Não havia por que me preocupar. Afinal, nas palavras da própria Mariê, desde pequena aquelas montanhas eram seu quintal. Além disso, ela era uma menina muito mais forte do que aparentava.

Bebi devagar dois copos de *scotch*, petiscando umas bolachas salgadas, depois escovei os dentes e fui dormir. Talvez fosse ser acordado pelo som do guizo durante a madrugada. Por volta das duas da manhã, como das outras vezes. Bom, não tem jeito, se isso acontecer eu vejo o que faço, pensei. Mas não aconteceu nada. Pelo menos, eu acho que não. Dormi profundamente até as seis horas da manhã seguinte.

Quando despertei, olhei pela janela e estava chovendo. Era uma chuva gélida, prenunciando a chegada do inverno. Uma chuva persistente e silenciosa, muito parecida com aquela que caía em março, quando minha esposa anunciou que queria se separar. Enquanto ela falava, passei a maior parte do tempo com o rosto voltado para a janela, observando a chuva que caía.

Depois de tomar café da manhã, vesti uma capa impermeável, um chapéu de chuva (ambos comprados durante minha viagem, em uma loja de esportes em Hakodate) e fui para o bosque. Não levei um guarda-chuva. Contornei o santuário e removi só metade das tábuas que cobriam o buraco. Iluminei cuidadosamente o seu interior com a lanterna, mas ele estava vazio. Não encontrei guizo nem comendador. Mas, por via das dúvidas, resolvi usar a escada e descer até o fundo do buraco. Era a primeira vez que eu fazia isso. A cada passo, a escada de metal envergava e rangia de maneira preocupante. Mas, lá embaixo, não havia nada. Era apenas um buraco deserto. Formava um círculo preciso, que à primeira vista parecia com um poço, mas seu diâmetro era grande demais para um. Não havia por que escavar uma circunferência tão larga se o objetivo fosse apenas obter água. E as paredes de pedra ao redor eram construídas de maneira precisa demais. Exatamente como o supervisor da equipe de paisagismo havia dito.

Passei algum tempo parado ali, perdido em pensamentos. Não me sentia enclausurado, podia ver um pedaço de céu acima da minha cabeça. Apaguei a lanterna, me apoiei na parede úmida de pedra e fiquei de olhos fechados, ouvindo o som irregular das gotas de chuva. Nem eu sei dizer exatamente sobre o que estava pensando, mas estava refletindo sobre *alguma coisa*. Um pensamento se ligava a outro, que depois se conectava a mais um. Mas, não sei bem como explicar, tive uma sensação vaga e estranha enquanto estava ali. Como dizer... era como se eu tivesse sido engolfado por completo pela própria ação de "pensar", se é que faz sentido.

Assim como eu tenho meus pensamentos, vivo e me movo, esse buraco tem seus pensamentos, vive e se move. Ele respira, se expande e contrai. Foi isso o que eu senti. E, naquela escuridão, as raízes dos meus pensamentos e dos pensamentos dele se emaranhavam e misturavam suas seivas. A linha divisória entre mim e o outro ficava cada vez mais turva e difícil de identificar, como as tintas na minha paleta, as bordas se mesclando.

A certa altura, fui assaltado pela sensação de que as paredes se fechavam ao meu redor. Meu coração expandia e contraía no peito com um som seco. Parecia até que eu podia escutar o ruído das válvulas cardíacas se abrindo e fechando. A sensação me gelou, como se eu estivesse me aproximando do mundo dos mortos. Esse mundo não era, de forma alguma, desagradável, mas para o qual eu ainda não deveria ir.

Então recobrei de súbito a consciência e interrompi o fluxo autônomo dos pensamentos. Acendi novamente a lanterna e iluminei à minha volta. A escada continuava ali. Não seria surpreendente se ela tivesse desaparecido. Ali dentro, tudo podia acontecer.

Subi a escada devagar, pisando com atenção em cada degrau. Cheguei à superfície, finquei os pés no chão molhado e finalmente consegui respirar. Meus batimentos também foram se acalmando aos poucos. Em seguida, espiei mais uma vez para dentro do buraco e o iluminei com a lanterna. Ele tinha voltado a ser apenas um buraco comum. Não estava vivo nem pensando, e suas paredes não estavam se fechando. A chuva gelada de novembro molhava silenciosamente o seu interior.

Voltei a tampa para o lugar e dispus as pedras sobre ela. Arrumei--as com cuidado, na mesma posição em que estavam antes, de forma que eu logo perceberia caso alguém as movesse. Então recoloquei o chapéu na cabeça e retornei pelo caminho de onde viera.

Mas onde é que o comendador tinha se enfiado?, pensei enquanto caminhava pelo bosque. No fim das contas, já fazia quase duas semanas que eu não o via. Estranhamente, eu estava triste por ele não ter aparecido em tanto tempo. Ainda que ele fosse uma criatura misteriosa, ainda que falasse de um jeito muito esquisito, ainda que assistisse sem permissão a minha vida sexual, eu tinha começado a sentir algo próximo de simpatia por aquele comendador diminuto, de espada na cintura. *Espero que não tenha acontecido nada com ele*, pensei.

Quando voltei para casa, fui direto ao ateliê, me sentei na velha banqueta de madeira (na qual provavelmente Tomohiko Amada costumava se sentar para trabalhar) e fitei, por muito tempo, a obra *O assassinato do comendador* pendurada na parede. Quando eu não sabia o que fazer, costumava ficar olhando para esse quadro por horas a fio. Era uma pintura da qual nunca me cansava, não importava com que frequência a olhasse. Aquela obra deveria estar exposta em um museu como um exemplo precioso de arte japonesa. Mas, na realidade, estava na singela parede de um pequeno ateliê, e eu era a única pessoa que a admirava. Antes disso, estivera escondida em um canto do sótão, fora do alcance de qualquer olhar.

Esse quadro está se queixando de alguma coisa, dissera Mariê. *Como um passarinho engaiolado gritando para sair.*

Quanto mais eu olhava para aquela pintura, mais achava que suas palavras tinham acertado em cheio. Era isso mesmo. Ela parecia estar se debatendo, desesperada, para sair de um lugar enclausurado. Desejava a liberdade e um espaço mais vasto. Quem sabe era esse desejo intenso o que dava força àquele quadro. Ainda que eu não soubesse o que significava concretamente o pássaro ou a gaiola.

Naquele dia, eu queria muito desenhar alguma coisa. Podia sentir essa vontade crescendo dentro de mim, como a maré da tarde que vai subindo pouco a pouco. Mas era muito cedo para começar o retrato de Mariê Akikawa. Preferia esperar até domingo. Também não me animei a trazer *O homem do Subaru Forester branco* de volta para o cavalete. Naquele quadro estava latente, conforme Mariê comentara, alguma força perigosa.

Eu já tinha deixado uma tela nova, de trama média, preparada para o retrato de Mariê. Sentei na banqueta diante dela e observei aquele vazio. Mas a imagem que eu deveria pintar ali não aparecia. O vazio continuou sendo só um vazio. O que eu podia desenhar? Depois de pensar por algum tempo, a resposta surgiu em minha mente.

Eu me afastei da tela e peguei um grande caderno de rascunhos. Então me sentei no chão do ateliê, apoiei as costas na parede e, de pernas cruzadas, fui desenhando a câmara de pedra com um lápis. Usei um lápis HB em vez do 2B que costumava usar. Era um esboço daquele misterioso buraco que surgira sob o montículo de pedra no meio do bosque. Eu trouxe de volta à mente a cena que acabara de ver e a desenhei com a maior precisão possível. Tracei as paredes de pedra, construídas com uma minúcia surpreendente. Desenhei o chão ao redor do buraco, onde as folhas caídas e úmidas formavam belos padrões. O capim alto que crescia escondendo o buraco, pisoteado e amassado pelas esteiras da escavadeira.

Enquanto desenhava, a sensação de ir me tornando um só com o buraco no meio do bosque voltou a me invadir. Sem dúvida, o próprio buraco desejava ser retratado. Com minúcia e precisão. Obedecendo ao seu desejo, eu movia as mãos quase inconscientemente. O que eu sentia naquele momento era a mais genuína alegria da criação. Não sei quanto tempo se passou, mas quando percebi as linhas escuras do lápis cobriam toda a superfície do papel.

Fui até a cozinha, tomei vários copos de água gelada, requentei o café e voltei para o ateliê com uma caneca nas mãos. Apoiei o caderno com a página aberta sobre o cavalete, sentei na banqueta e, a certa distância, fitei aquele desenho. Ali estava recriado, de forma extremamente real e precisa, o buraco redondo do bosque. Ele parecia, de fato, ter vida própria. Na verdade, parecia *ainda mais* vivo do que o buraco de verdade. Desci da banqueta, me aproximei para olhar o desenho, depois me afastei novamente para ver de outro ângulo. E então me dei conta de que aquela imagem lembrava o órgão sexual de uma mulher. O capim esmagado pelo trator era igualzinho aos seus pelos pubianos.

Balancei a cabeça e não pude conter um sorriso constrangido. Era uma interpretação muito classicamente freudiana. Imaginei algum crítico de arte metido a besta falando sobre as implicações psicológicas: "A meu ver, este buraco escuro aberto no chão, que traz à mente uma vagina solitária, deve ser entendido funcionalmente como uma representação simbólica do desejo e das memórias que brotam da esfera inconsciente do artista", ou algo que o valha. Que coisa idiota.

Porém, ainda assim, eu não conseguia desfazer essa conexão entre aquele buraco misterioso no meio do bosque e uma vagina. Então, quando o telefone tocou, pouco depois, só de ouvir o toque já suspeitei que era a minha amante.

E era.

— Oi, consegui um tempo livre aqui, de repente... O que você acha de eu passar aí agora?

Olhei o relógio.

— Pode vir. Podemos almoçar juntos.

— Compro alguma coisa simples no caminho — disse ela.

— Boa ideia. Estou trabalhando desde cedo e não preparei nada...

Ela desligou o telefone. Eu fui para o quarto, arrumei a cama, dobrei as roupas largadas pelo chão e as guardei no armário. Lavei a louça do café da manhã e arrumei a pia da cozinha. Depois fui para a sala, coloquei o disco de sempre, *O cavaleiro da rosa* de Richard Strauss (com regência de Georg Solti), para tocar na vitrola, sentei no sofá e fiquei lendo um livro enquanto esperava minha amante chegar. Pensei, distraído, qual seria o livro que Shoko Akikawa estava lendo. Que tipo de livro ela leria com tanto entusiasmo?

Minha amante chegou ao meio-dia e quinze. Seu Mini vermelho parou diante da casa e ela desceu carregando a sacola de papel de um mercado. Embora continuasse chovendo silenciosamente, ela não tinha um guarda-chuva. Vestia uma capa de chuva de plástico amarelo, o capuz sobre a cabeça, e caminhou até a porta com passos rápidos. Eu abri a porta, peguei a sacola de compras e a levei até a cozinha. Embaixo da capa de chuva, usava um suéter de gola alta verde-claro, sob o qual se via a forma bonita dos seus seios. Não eram tão grandes quanto os de Shoko Akikawa, mas tinham um bom tamanho.

— Você estava trabalhando desde cedo?

— Estava — falei. — Mas não é nenhuma encomenda. Só fiquei com vontade de desenhar alguma coisa, aí estava desenhando, tranquilamente, o que me veio à mente.

— Para matar o tempo?

— É, acho que sim... — respondi.

— Está com fome?

— Não muita.

— Que bom — disse ela. — Então não quer deixar pra almoçar depois?

— Claro, pode ser — respondi.

— Você estava especialmente entusiasmado hoje. Algum motivo especial? — perguntou ela, um pouco mais tarde, deitada na cama.

— Não sei bem... — respondi.

"Talvez porque, desde manhã, estive absorto em desenhar um estranho buraco aberto no chão do bosque, de cerca de dois metros de diâmetro. E, enquanto desenhava, comecei a achar que ele parecia uma vagina, e isso acabou estimulando meu apetite sexual..."

Eu não podia falar uma coisa dessas.

— É porque faz um tempo que não te vejo — escolhi uma resposta mais delicada.

— Fico feliz de ouvir isso — disse ela, correndo os dedos de leve pelo meu peito —, mas na verdade você não preferia estar dormindo com uma mulher mais jovem?

— Eu, não.

— Mesmo?

— Nunca pensei — respondi. E era a verdade. Eu realmente apreciava a relação física que tinha com ela, e não desejava ter esse tipo de relação com mais ninguém (quer dizer, é claro que com a Yuzu esse tipo de coisa era algo totalmente distinto).

Ainda assim, preferi não contar a ela que estava pintando o retrato de Mariê Akikawa. Achei que o fato de eu estar retratando uma bela jovem de treze anos poderia apenas despertar seu ciúme. Para as mulheres, todas as idades são uma idade complicada. Sejam quarenta e um anos ou treze, elas estão sempre diante de uma *idade complicada*. Este foi um ensinamento que obtive nos módicos relacionamentos com o sexo oposto que tive até hoje.

— Mas você não acha que essas relações entre homens e mulheres são um negócio meio estranho? — perguntou ela.

— Estranho em que sentido?

— Por exemplo, a gente se encontrar desse jeito. Faz muito pouco tempo que nos conhecemos, mas nos deitamos juntos assim, completamente nus. Muito vulneráveis e sem constrangimento. Pensando bem, não é estranho?

— Talvez seja — concordei, em voz baixa.

— Pensa assim: e se isso fosse um jogo? Mesmo que não seja puramente um jogo, pensa como se fosse. Senão, fica difícil explicar o que eu quero.

— Tá, vou tentar.

— Então, um jogo precisa de regras, não é?

— Acho que sim.

— Esportes como futebol ou beisebol, por exemplo, têm uns livros enormes cheios de regras, onde está explicado bem direitinho todo o regulamento, e os juízes e jogadores têm que aprender essas regras. Sem isso, não dá pra jogar. Não é?

— É verdade.

Ela fez uma pausa, esperando que a imagem se enraizasse bem no meu cérebro.

— O que eu queria saber é se alguma vez nós falamos, claramente, sobre as regras *deste jogo aqui*. Falamos?

Pensei um pouco antes de responder.

— Acho que não.

— Mas, na prática, estamos jogando esse jogo de acordo com um livro de regras hipotético, não é?

— É, quando você coloca dessa maneira, acho que pode ser.

— Basicamente, eu acho que acontece o seguinte: — disse ela — Eu jogo pelas regras que conheço e você joga pelas regras que conhece. E nós respeitamos, *instintivamente*, as regras um do outro. E aí, desde que essas regras não se choquem e não dê nenhuma confusão maior, o jogo prossegue sem problemas. Não é isso?

Pensei um pouco sobre o assunto.

— Pode ser. Nós respeitamos, no geral, as regras um do outro.

— Mas, ao mesmo tempo, acho que, mais do que uma questão de respeito ou de confiança, é uma questão de boas maneiras.

— Uma questão de boas maneiras? — ecoei.

— É muito importante.

— É, pode ser — admiti.

— Mas se essa coisa, seja confiança, respeito ou boas maneiras, parasse de funcionar direito e as regras começassem a divergir, nós precisaríamos interromper a partida para definir um novo conjunto de regras comuns. Ou então encerrar o jogo e ir embora do estádio. Saber escolher entre essas duas opções é uma questão importante.

Foi precisamente isso o que aconteceu no meu casamento, pensei. Interrompi o jogo e abandonei o estádio em silêncio. Naquela tarde de domingo em março, em que caía uma chuva gelada.

— E então — falei —, agora você queria que a gente discutisse essas regras?

— Não, você não entendeu nada. O que eu quero é *não* ter que discutir as regras do jogo. É justamente por isso que consigo ser tão aberta assim com você. Tudo bem?

— Por mim, tudo bem — respondi.

— Resumindo, confiança e respeito. Sobretudo boas maneiras.

— Sobretudo as boas maneiras — repeti.

Ela esticou a mão e apertou certa parte do meu corpo.

— Parece que já ficou duro de novo... — sussurrou ela ao meu ouvido.

— Talvez seja porque hoje é segunda-feira — falei.

— O que os dias da semana têm a ver com *isso*?

— Talvez seja porque está chovendo desde cedo. Ou porque a colheita de cogumelos foi boa. Ou porque o copo ainda está um dezesseis avos cheio. Ou, quem sabe, porque seus peitos estavam muito provocantes naquele suéter verde.

Ela soltou risadinhas. Pelo visto, gostou da minha resposta.

À noite, recebi um telefonema do Menshiki. Ele me agradeceu pelo dia anterior.

Eu disse que não havia feito nada que merecesse agradecimento. E, de fato, apenas o apresentara às duas mulheres. O que acontecesse a partir daí estaria além da minha interferência, e nesse sentido eu era alheio àquele processo. Ou melhor, gostaria de me manter alheio (apesar de pressentir que as coisas não correriam de maneira tão favorável).

— Na verdade, estou ligando hoje para falar sobre a questão de Tomohiko Amada — continuou ele, depois que encerramos essas cortesias. — Consegui mais algumas informações.

Então quer dizer que ele continua com essa investigação. Não sei exatamente quem ele contratou para investigar, mas um serviço tão meticuloso certamente tinha um custo considerável. Menshiki era o tipo de homem que não hesita em gastar qualquer quantia de dinheiro para obter o que considera necessário. Mas eu não conseguia imaginar que necessidade ele tinha de saber sobre a experiência de Tomohiko Amada em Viena, nem quão profunda era essa necessidade.

— Talvez isso não tenha nenhuma relação direta com o episódio que ocorreu enquanto Tomohiko estava em Viena — começou ele —, mas foi no mesmo período, e sem dúvida foi um acontecimento muito significativo para ele, pessoalmente. Então achei que valia a pena lhe contar, de qualquer maneira.

— O que foi no mesmo período?

— Conforme falei antes, Tomohiko Amada deixa Viena e retorna ao Japão no começo de 1939. Oficialmente, foi uma repatriação forçada, mas na realidade ele foi "resgatado" das mãos da Gestapo. Os ministérios das Relações Exteriores do Japão e da Alemanha nazista deliberaram secretamente e determinaram que Tomohiko Amada deveria ser exilado do país sem que ninguém questionasse seus crimes. A tentativa de assassinato aconteceu em 1938, e foi de certa forma um desenrolar de fatos importantes ocorrido naquele ano: o *Anschluss* (a anexação da Áustria) e a *Kristallnacht* (Noite dos Cristais). O primeiro aconteceu em março e a segunda em novembro. Esses dois eventos explicitaram, para quem quisesse ver, as intenções violentas de Adolf Hitler. E a Áustria foi incorporada nesse aparato violento, de maneira tão entranhada que se viu em um beco sem saída. Movimentos clandestinos, formados principalmente por estudantes, surgiram com a intenção de interromper de alguma forma esse processo, e no mesmo ano Tomohiko Amada foi preso por seu envolvimento em uma conspiração de assassinato. Entendeu o contexto?

— De modo geral, sim — respondi.

— Você gosta de história?

— Não sou especialista, mas gosto de ler sobre o assunto.

— Na história do Japão também houve muitos incidentes importantes nesse período. Incidentes fatais, que nos colocaram em um rumo sem volta em direção à catástrofe. Você tem ideia do que estou falando?

Espanei a poeira do meu conhecimento histórico, largado por muitos anos em um canto do meu cérebro. O que tinha acontecido em 1938, ou seja, no ano 13 da era Showa? Na Europa, a Guerra Civil espanhola se acirrava. Também foi nessa época que a Legião Condor alemã bombardeou Guernica. E no Japão...

— O incidente da ponte Marco Polo foi nesse ano? — perguntei.

— Isso foi no ano anterior — disse Menshiki. — O incidente da ponte Marco Polo acontece em 7 de julho de 1937 e se torna o estopim para a guerra Sino-Japonesa. E então, como consequência, em dezembro de 1938 acontece uma coisa importante.

O que aconteceu em dezembro daquele ano?

— A tomada de Nanquim? — perguntei.

— Isso mesmo. O chamado Massacre de Nanquim. O Exército japonês tomou a cidade de Nanquim depois de uma batalha violenta, e cometeu ali um sem-número de assassinatos. Houve assassinatos ligados às batalhas, e outros que aconteceram depois que elas se encerraram. O exército não tinha como administrar prisioneiros de guerra, então acabou matando a maior parte dos soldados e civis que se renderam. O número preciso de vítimas é um ponto polêmico até mesmo entre os historiadores, mas é fato inegável que um número muito grande de civis acabou sendo envolvido na guerra e assassinado. Há quem diga que foram quatrocentos mil chineses mortos, e há quem diga que foram cem mil. Mas qual é a diferença entre cem e quatrocentos mil pessoas mortas?

Eu não sabia responder, é claro.

— Então, em dezembro, Nanquim foi tomada e muitas pessoas foram assassinadas — intervim. — Mas isso tem alguma coisa a ver com o que aconteceu com Tomohiko Amada?

— É sobre isso que quero falar — disse Menshiki. — Apesar de o Pacto Anticomintern ter sido assinado em novembro de 1936, resultando na aliança entre Japão e Alemanha, há uma distância considerável entre Viena e Nanquim, e provavelmente não chegavam muitas informações detalhadas sobre a guerra Sino-Japonesa em Viena. Porém, o irmão mais novo de Tomohiko Amada, Tsuguhiko, participou da batalha de Nanquim como soldado. Ele foi recrutado e incorporado às tropas de combate. Na época tinha vinte anos e estava matriculado na Escola de Música de Tóquio, ou seja, na atual faculdade de música da Universidade de Artes de Tóquio. Estudava piano.

— Isso é estranho... Que eu saiba, nessa época ainda não estavam recrutando estudantes regularmente matriculados.

— Sim, é verdade. Geralmente, o recrutamento dos estudantes matriculados era postergado até que eles se formassem. Eu não sei o que fez com que Tsuguhiko Amada fosse recrutado e enviado para a China. Mas o fato é que ele foi recrutado em junho de 1937 e passou os doze meses seguintes como soldado raso. Tsuguhiko vivia em Tóquio, mas era registrado em Kumamoto, então foi colocado na Sexta Divisão. Há documentos que comprovam esses acontecimentos. E então, depois de receber o treinamento básico, foi enviado para a China, e em dezembro participou do ataque a Nanquim. Em junho do ano seguinte foi desmobilizado e retornou à escola.

Eu esperei para ouvir o resto da história.

— Porém, pouco depois de ser dispensado do exército e voltar à universidade, Tsuguhiko Amada tirou a própria vida. Sua família o encontrou no sótão de casa, onde ele havia cortado os pulsos com uma navalha. Foi no final do verão.

Ele cortou os pulsos no sótão de casa?

— Final do verão de 1938... Ou seja, Tomohiko Amada ainda estava no intercâmbio em Viena quando o irmão cometeu suicídio no sótão, não é? — perguntei.

— Sim. E ele não retornou ao Japão para o funeral. Se bem que, considerando que naquela época os aviões ainda não estavam tão desenvolvidos e ele teria que vir de trem ou navio, de qualquer maneira não teria chegado a tempo.

— Então você acha que pode existir alguma conexão entre o suicídio de seu irmão mais novo e a tentativa frustrada de assassinato da qual Tomohiko participou, praticamente no mesmo período, em Viena?

— Talvez exista, talvez não — disse Menshiki. — Aí já estamos no campo da especulação. Estou apenas relatando o que veio à tona nas minhas pesquisas.

— Tomohiko tinha outros irmãos além desse?

— Tinha um irmão mais velho. Ele era o segundo filho e o falecido Tsuguhiko era o terceiro. O suicídio do caçula foi ocultado da sociedade para proteger a honra da família. A Sexta Divisão de Kumamoto era conhecida por sua coragem e bravura. Um soldado retornar com honras de sua participação nesta divisão e se matar logo em seguida era muito vergonhoso para a família. Mas, como você sabe, os boatos sempre se espalham.

Eu agradeci a ele pela informação. Apesar de eu não saber o que, concretamente, aquilo tudo significava.

— Estou pensando em investigar um pouco mais a fundo — disse Menshiki. — Se descobrir mais alguma coisa, volto a telefonar.

— Muito obrigado.

— Então, até o próximo domingo. Passarei aí depois do meio-dia — disse ele — e levarei as duas para conhecer minha casa. Para mostrar o seu quadro. Você não se incomoda, certo?

— É claro que não. Aquele quadro é sua propriedade agora. Você é livre para mostrá-lo ou não para quem quiser.

Menshiki passou um tempo em silêncio. Parecia estar buscando as palavras mais apropriadas. Por fim, falou num tom resignado.

— Para falar a verdade, às vezes eu tenho muita inveja de você.

Inveja?

Eu não entendi o que ele queria dizer. Não podia imaginar o que Menshiki poderia invejar em mim. Ele tinha tudo e eu não tinha nada.

— O que, em mim, poderia lhe causar inveja?

— Você não sente inveja de ninguém, sente? — disse Menshiki.

Pensei por alguns instantes antes de responder.

— Realmente, eu nunca senti inveja de ninguém até hoje.

— É isso que eu quero dizer.

Mas eu já não tenho mais a Yuzu, pensei. A essa altura ela já estava em algum lugar nos braços de outro homem. Às vezes eu chegava a sentir que tinha sido largado, sozinho, em um canto no fim do mundo.

No entanto, mesmo assim, eu não sentia inveja de ninguém. Será que eu devia achar isso estranho?

Depois de desligar, sentei no sofá e pensei sobre o irmão mais novo de Tomohiko Amada que se suicidara no sótão de casa, cortando os pulsos. É claro que isso não poderia ter acontecido na casa onde eu estava. Afinal, Tomohiko só a comprou após a guerra. Seu irmão, Tsuguhiko, se suicidou no sótão *da própria casa*. Talvez tenha sido na casa da família, em Aso. Ainda assim, o espaço secreto e escuro do sótão conectava a morte do irmão e o quadro *O assassinato do comendador*. Talvez fosse apenas uma coincidência. Ou talvez Tomohiko Amada tivesse isso em mente quando decidiu guardar o quadro no sótão daquela casa. Mas, de qualquer maneira, por que Tsuguhiko teria se suicidado logo depois de retornar da guerra? Depois de ter sobrevivido àquela batalha violenta e conseguido voltar para casa com todos os membros?

Peguei o telefone e liguei para Masahiko Amada.

— Podemos nos encontrar em Tóquio uma hora dessas? — perguntei a ele. — Em breve terei que ir à loja de material pra comprar tintas e coisas assim, aí queria aproveitar pra conversar um pouco com você.

— Podemos, claro — disse ele, e checou sua agenda. No fim, combinamos de nos encontrar na quinta-feira e almoçar juntos.

— Você vai naquela loja de sempre, em Yotsuya?

— É. Preciso de tecido pra tela, além das tintas que estão acabando. Acho que vai ser bastante coisa, então vou de carro.

— Perto da minha empresa tem um restaurante tranquilo, bom pra conversar. Vamos comer lá, com calma.

— Aliás, outro dia Yuzu me mandou os documentos do divórcio, eu assinei e enviei de volta. Então acho que daqui a pouco seremos oficialmente divorciados.

— Ah, é? — respondeu Masahiko, um pouco melancólico.

— Bom, é a vida. Era só uma questão de tempo...

— Mas pra mim é uma notícia triste. Eu achava que vocês estavam tão bem.

— Acho que, enquanto as coisas estavam indo bem, estavam realmente ótimas — falei.

Que nem um Jaguar antigo. Enquanto não dá problema, é uma maravilha de dirigir.

— E o que você vai fazer agora?

— Não vou fazer nada. Vou continuar assim por um tempo. Não me ocorre mais nada pra fazer.

— Você tem pintado?

— Tenho algumas coisas encaminhadas. Não sei se vão dar certo, mas pelo menos estou pintando.

— Fico feliz — disse ele. E, depois de hesitar um pouco, acrescentou: — Foi bom você ter me ligado. Eu estava querendo falar com você sobre uma coisa.

— Uma coisa boa?

— Não sei se é boa ou ruim, mas é um fato indiscutível.

— É sobre Yuzu?

— É difícil de contar ao telefone.

— Tá, então vamos deixar para quinta-feira.

Desliguei e fui para o terraço. A chuva havia parado e o ar noturno estava límpido e gelado. Algumas estrelas espiavam pelas frestas entre as nuvens. Pareciam lascas de gelo espalhadas pelo céu, de gelo duro que não derretia nem em milhões de anos. Congelado até o âmago. Do outro lado do vale a casa de Menshiki brilhava, iluminada pela luz fria das lâmpadas.

Fitando essas luzes, refleti sobre confiança, respeito e boas maneiras. Sobretudo boas maneiras. Mas é claro que, por mais que pensasse, não cheguei a nenhuma conclusão.

37.
Em todas as coisas há um lado positivo

Foi um longo percurso da montanha nos subúrbios de Odawara até Tóquio. Errei o caminho várias vezes e perdi mais tempo do que esperava. É claro que meu carro velho não tinha GPS, nem sistema para pagamento automático de pedágios (acho que eu deveria ser grato só por ele ter um porta-copos). Logo de cara, já penei para encontrar a saída para a estrada Odawara-Atsugi. Depois segui para a Via Expressa Metropolitana, mas ela estava muito congestionada, então preferi pegar a saída de Shibuya e ir para Yotsuya pela avenida Aoyama. As vias comuns também estavam com trânsito pesado e escolher qual faixa usar era uma tarefa hercúlea. No fim, não foi fácil encontrar uma vaga. Parecia que, a cada ano, o mundo se tornava um lugar mais trabalhoso para viver.

Quando estacionei próximo ao escritório de Masahiko em Aoyama Nichome, depois de comprar tudo o que precisava na loja e deixar as compras no banco de trás do carro, estava exausto. Parecia o rato caipira que vai visitar os parentes na cidade grande. O relógio indicava que já passava da uma da tarde, mais de trinta minutos depois do horário combinado.

Fui até a recepção da empresa e pedi que chamassem Masahiko, que desceu em um instante. Eu me desculpei pelo atraso.

— Não precisa se preocupar — disse ele, tranquilo. — Meia hora a mais não vai atrapalhar nem o restaurante nem meu trabalho.

Ele me levou a um restaurante italiano do bairro, no subsolo de um pequeno prédio. Pelo visto Masahiko era freguês daquele lugar, pois, assim que o viu, o garçom nos levou até uma pequena sala privada nos fundos. Era muito silenciosa, sem música nem falatório. Na parede havia uma pintura de paisagem razoável. Um promontório verde, o céu azul e um farol branco. A temática era clichê, mas no mínimo o quadro dava a sensação de que não seria nada mal visitar um lugar como aquele.

Masahiko pediu uma taça de vinho branco e eu, uma Perrier.

— Ainda preciso dirigir de volta… — expliquei. — É bem longe.

— Realmente — disse ele. — Mas ainda é bom, comparado com Hayama ou Zushi. Eu morei por um tempo em Hayama, e durante o verão era um inferno dirigir entre lá e Tóquio. A estrada fica cheia de gente indo para a praia. Eu gastava metade de um dia só para ir e voltar. Nesse aspecto, pelo menos a estrada pra Odawara ainda é tranquila e vazia.

O garçom trouxe o cardápio e escolhemos um menu fechado de almoço. Uma entrada de presunto de parma, salada de aspargos e espaguete com lagosta.

— Então você finalmente tem sentido vontade de desenhar de novo?

— Acho que é porque agora estou sozinho e não preciso mais pintar para pagar as contas. Aí o desejo de pintar para mim mesmo voltou.

Masahiko concordou.

— Em todas as coisas há um lado positivo. Por trás de qualquer nuvem, por mais densa e escura que seja, há sempre um brilho prateado.

— Mas ter que dar a volta na nuvem pra ver esse brilho é meio chato.

— Bom, estou falando só como teoria.

— Acho que morar naquela casa na montanha também me inspira. É um ambiente perfeito para me concentrar na pintura.

— É, lá é muito quieto, não aparece ninguém pra interromper… Pra maioria das pessoas seria meio solitário demais, mas eu avaliei que pra um sujeito como você não teria problema.

A porta se abriu e o garçom entrou trazendo as entradas. Nós nos calamos enquanto os pratos eram dispostos sobre a mesa.

— E acho que a existência daquele ateliê na casa é mais importante do que eu imaginava — acrescentei, depois que o garçom se foi. — Tem alguma coisa naquele cômodo que faz a gente querer pintar. Às vezes sinto que ele é o núcleo da casa.

— Se fosse um corpo, seria o coração?

— É, ou um tipo de consciência.

— *Heart and mind* — disse Masahiko. — Mas, pra falar a verdade, eu não me dou muito bem com aquela sala. O cheiro *dele* está muito impregnado nela, sabe? Parece que sua presença continua pairando por lá até agora. Afinal, quando meu pai estava naquela casa, passava quase o tempo inteiro enfiado no ateliê, pintando em silêncio. E, pra uma criança, aquilo era um lugar sagrado e inviolável, do qual era proibido se aproximar. Não sei se é porque essa memória continua marcada em mim, mas o fato é que até hoje evito aquele cômodo quando estou lá. É melhor você tomar cuidado também.

— Tomar cuidado? Com o quê?

— Pra não ser possuído pelo espírito do meu pai ou coisa assim. Porque ele era um sujeito de espírito bem forte.

— Espírito?

— É. Espírito ou... talvez possa dizer energia psíquica. Ele tinha muita energia fluindo dentro de si. E talvez isso acabe ficando impregnado no lugar quando alguém como ele passa tanto tempo lá. Como partículas de um perfume.

— E eu vou ser possuído por isso?

— Talvez "possuído" não seja a melhor expressão, mas acho que você pode acabar sendo influenciado de algum jeito. Por essa *força do lugar*.

— Será? Eu estou só cuidando da casa e, além do mais, nem conheci seu pai. Então talvez eu consiga ficar lá sem sentir esse peso.

— Você pode ter razão — disse Masahiko, e tomou um gole de vinho branco. — Talvez eu seja mais sensível por ser da família. E, também, se essa "energia" estiver contribuindo pro seu impulso criativo, aí não digo nada.

— E o seu pai, está bem?

— Sim, ele não tá com nenhum problema de saúde em particular. Não dá pra dizer que seja um poço de saúde, afinal ele já passou dos noventa anos e sua cabeça segue inevitavelmente rumo ao caos, mas consegue caminhar um pouco, com uma bengala, tem bom apetite, tem olhos e dentes bons. Dentes melhores que os meus, inclusive. Ele nem tem cáries!

— A maior parte da memória dele já desapareceu?

— Sim, ele já não se lembra de quase nada. Tanto que não reconhece nem a mim, seu próprio filho. Ele não tem mais os conceitos de pai e filho, de família, esse tipo de coisa. Talvez até a separação entre si mesmo e o outro já esteja meio vaga pra ele. Dependendo do ponto de vista, dá pra considerar que assim tudo fica mais fácil e simples...

Concordei, tomando um gole da água Perrier no copo estreito. Então Tomohiko Amada já não se recordava nem mesmo do rosto de seu único filho. O que quer que tenha acontecido em Viena certamente já desapareceu de sua mente, para muito além do esquecimento.

— Apesar disso, eu acho que aquele fluxo de energia que eu falei antes continua forte — disse Masahiko, comovido. — É um negócio extraordinário. Mesmo depois que todas as memórias do passado desaparecem, resta um tipo de força de vontade. Dá pra perceber isso só de olhar pra ele. Realmente é uma pessoa com um espírito muito forte... Sinto-me um pouco culpado, como seu filho, por não ter herdado esse temperamento. Mas fazer o quê? Cada pessoa nasce com suas capacidades. Esse tipo de coisa não se herda só pelo parentesco.

Ergui o rosto e o fitei diretamente. Era raro Masahiko falar sobre seus sentimentos de forma tão sincera.

— Deve ser muito difícil ser filho de uma pessoa tão notável — comentei. — Não consigo nem imaginar como é... Meu pai era só um administrador em uma empresa média, não se destacava de maneira nenhuma.

— Ter um pai famoso traz algumas vantagens, claro, mas também tem coisas meio chatas. Pensando em quantidade, talvez as coisas chatas sejam um pouco mais numerosas. Você tem sorte por não saber como é isso. Assim, é livre para ser você mesmo.

— Você parece alguém com uma vida livre.

— Por um lado, sim... — disse Masahiko, agitando a taça de vinho. — Mas por outro, não é o caso.

Masahiko era dotado de um senso estético bastante refinado. Tinha entrado para uma importante empresa de publicidade logo depois de se formar na faculdade, e hoje ganhava um salário considerável e parecia viver bem como um solteiro na metrópole. Mas é claro que eu não tinha como saber como era, de fato, a sua vida.

— Tem uma coisa que eu queria te perguntar sobre o seu pai —
aproveitei para puxar o assunto.

— Que tipo de coisa? Na verdade, eu mesmo não sei tanto assim
sobre ele, mas...

— Ouvi dizer que seu pai tinha um irmão mais novo, chamado
Tsuguhiko.

— É, ele tinha um irmão mais novo. Mas esse meu tio faleceu já
faz muito tempo. Antes de Pearl Harbor.

— Soube que foi um suicídio...

O rosto de Masahiko se anuviou um pouco.

— Isso era pra ser um segredo familiar, mas é uma história antiga,
imagino que já deve ter se espalhado um pouco... Então acho que
não tem problema se eu falar sobre o assunto. Meu tio se matou cortando os pulsos com uma lâmina de barbear. Era muito novo, tinha
uns vinte anos.

— Qual pode ter sido o motivo?

— Por que você está interessado nessas coisas?

— É que eu estava olhando uns documentos porque queria saber
mais sobre o seu pai, aí me deparei com essa história.

— Você queria saber mais sobre o meu pai?

— Depois de ver os quadros que ele pintou e ler sobre sua história, fui ficando curioso. Querendo entender melhor que tipo de
pessoa ele foi.

Masahiko Amada me encarou por um tempo, do outro lado da
mesa, antes de responder:

— Bom, tudo bem. Talvez faça sentido você se interessar pela
vida do meu pai. Afinal, você está morando na casa dele, então tem
essa conexão entre vocês.

Ele tomou um gole de vinho e começou a falar:

— Meu tio, Tsuguhiko Amada, era um estudante da Escola de
Música de Tóquio. Dizem que era um pianista muito talentoso. Tinha vocação especial para compositores como Chopin e Debussy, e
havia muita expectativa para seu futuro. Fico sem jeito de dizer isso
eu mesmo, mas parece que na minha família há certa vocação para
as artes. Ainda que o grau de talento varie muito... Só que meu tio
foi recrutado para o exército aos vinte anos, enquanto ainda estava

matriculado na universidade. Ao se matricular, ele enviou a documentação para postergar o recrutamento, mas houve algum problema no processo. Se tudo estivesse certo com essa documentação, ele teria conseguido adiar e, mais tarde, provavelmente teria conseguido dar um jeito de escapar. Afinal, meus avós eram grandes proprietários de terra na sua cidade, influentes na política. Mas houve algum erro administrativo. Foi um choque absoluto pra ele. E, depois que o sistema se põe em movimento, é difícil de interromper. No fim, meu tio foi levado para o exército sem discussão, fez o treinamento aqui no Japão como soldado da infantaria e depois foi despachado para o porto de Hangzhou, na China, em um navio de tropas. Nesse período, o seu irmão Tomohiko, ou seja, o meu pai, estava estudando em Viena, como pupilo de um pintor famoso da época.

Eu escutava em silêncio.

— Todos sabiam, desde o começo, que meu tio dificilmente resistiria ao cotidiano rigoroso do exército e à experiência sangrenta da guerra. Ele não era particularmente robusto, e tinha os nervos delicados. Além disso, a Sexta Divisão de Infantaria, que reunia os soldados do sul de Kyushu, era famosa por sua violência. Meu pai sofreu muito ao saber que seu irmão tinha sido inesperadamente recrutado e enviado para o campo de batalha. Meu pai era o segundo filho, um jovem de personalidade forte e que não gostava de perder, enquanto esse irmão três anos mais novo era o caçula, criado com mimos, um menino quieto e introvertido. Além disso, como pianista, ele tinha que tomar muito cuidado com os dedos. Então, desde pequeno, meu pai estava acostumado a proteger o irmão do mundo exterior. Quer dizer, acabava agindo como uma espécie de responsável ou guardião. Mas agora ele estava muito longe, em Viena, e por mais que se preocupasse não havia nada que pudesse fazer. Só lhe restava esperar notícias através das cartas que recebia vez ou outra.

"A correspondência vinda do front passava por uma censura minuciosa, é claro. Mas os dois eram muito próximos, então Tomohiko conseguia ler, nas entrelinhas daqueles textos vigiados, o que ia no coração do irmão mais novo. Podia ver, bem camuflada no contexto, a mensagem original. Assim, soube que a unidade de seu irmão conseguira sobreviver a batalhas violentas em cada lugar por onde passara no caminho de Xangai a Nanquim e que neste percurso foram incontáveis os assassinatos e saques. E também que essas experiências sangrentas tiveram um impacto profundo no espírito delicado de seu irmão.

"Em uma das cartas Tsuguhiko contou que na velha igreja que sua unidade ocupou na cidade de Nanquim havia um órgão maravilhoso, que sobrevivera intacto à guerra. Porém, a longa descrição do órgão que se seguia foi completamente coberta de preto pelas mãos do agente da censura. Por que a descrição de um antigo órgão em uma igreja católica foi considerada um segredo de guerra? Os critérios usados pelos censores em relação a esta unidade do exército eram bastante misteriosos. Às vezes deixavam passar trechos perigosos, que claramente deveriam ser encobertos, enquanto encobriam outros trechos, aparentemente inócuos, com sua tinta negra. Então Tomohiko nunca pôde saber se seu irmão tinha conseguido tocar esse órgão ou não.

"Tio Tsuguhiko terminou seu ano de serviço militar em junho de 1938, e logo deu entrada no processo para voltar aos estudos. Mas, no fim, acabou tirando a própria vida no sótão da casa dos pais sem nunca retomar as aulas. Afiou muito bem uma navalha de barbear e a usou para cortar os pulsos. Como pianista, ele sem dúvida precisou de grande determinação para cortar os próprios pulsos. Porque sabia que, mesmo que fosse socorrido, provavelmente não conseguiria voltar a tocar... Quando o encontraram, o sótão era um mar de sangue. O fato de sua morte ter sido um suicídio foi cuidadosamente escondido da sociedade. Para os de fora, disseram que ele tinha morrido por uma doença do coração ou coisa do gênero.

"Era evidente que a experiência da guerra havia marcado profundamente tio Tsuguhiko, destruído por completo os seus nervos, e que esta fora a razão que o levara ao suicídio. Afinal, era um menino de vinte anos que por toda a vida só se preocupara em tocar belas composições no piano, e foi atirado de repente na pilha de cadáveres que foi a Batalha de Nanquim. Hoje isso seria chamado de estresse pós-traumático, mas na sociedade absolutamente militarizada da época não existia nem este termo nem este conceito. Sua ação seria vista simplesmente como falta de caráter, de força de vontade, de amor pela pátria. No Japão daquele tempo, esse tipo de "fraqueza" não era compreendido ou aceito. Era apenas enterrado, como uma vergonha para a família."

— Ele não deixou nenhuma nota?

— Sim, deixou — disse Masahiko. — Deixou uma carta bastante longa em uma gaveta da escrivaninha no seu quarto. Mais do que uma nota de suicídio, parecia um relatório, no qual meu tio contava, muito minuciosamente, tudo o que vivera durante a guerra. Os únicos que leram essa carta foram seus pais, ou seja, meus avós, seu irmão mais velho, e por último o meu pai. Depois que meu pai retornou de Viena e a leu, os quatro se reuniram e incineraram a carta.

Eu esperei que ele prosseguisse.

— Meu pai não costumava falar sobre o conteúdo dessa nota de suicídio — continuou Masahiko. — Toda a questão foi tratada como um sombrio segredo familiar, lacrado e lançado ao fundo do mar com pesos para que afundasse, figurativamente falando. Ele me falou sobre isso uma única vez, quando estava embriagado. Eu ainda era criança e só então fiquei sabendo que meu tio havia se suicidado. Não sei dizer se meu pai me contou essas coisas só porque estava bêbado e o álcool soltou sua língua, ou se ele sempre tivera a intenção de falar sobre isso em algum momento.

Os pratos de salada foram levados e, em seu lugar, serviram o espaguete com lagosta.

Masahiko pegou o garfo e o encarou por um tempo. Como se inspecionasse um instrumento construído para uma função complexa. Depois disse:

— Olha, sinceramente, esse não é um tema muito bom para falar durante a refeição.

— Tá bom, vamos falar sobre outra coisa, então.

— Sobre o quê?

— Algo o mais distante possível das notas de suicídio.

Conversamos sobre golfe enquanto comíamos espaguete. Nunca joguei golfe, é claro, nem convivia com ninguém que jogasse. Nem sei as regras direito. Mas Masahiko, por causa dos contatos de trabalho, tinha começado a praticar esse esporte com frequência. Disse que também era bom para evitar o sedentarismo. Então ele comprou todo o equipamento necessário e passou a frequentar os campos nos fins de semana.

— Você não deve saber, mas golfe é um jogo esquisitíssimo. Nunca vi um esporte tão estranho. Não parece com nenhum outro. Na verdade, eu chego a me perguntar se chamar golfe de esporte não é forçar um pouco a barra. Mas o surpreendente é que, depois que você se acostuma com essa esquisitice, não tem mais caminho de volta.

Masahiko discorreu eloquentemente sobre a peculiaridade daquela competição, exemplificando com várias anedotas curiosas. Ele sempre foi um bom conversador, e eu fiz a refeição entretido por suas histórias. Fazia tempo que não ríamos juntos daquele jeito.

Depois que levaram os pratos e me trouxeram um café (Masahiko recusou o café e pediu mais uma taça de vinho branco), ele retomou o outro assunto.

— Sobre a carta que meu tio deixou… — começou ele, mudando de repente de tom. — Pelo que meu pai me disse ela narrava, de maneira muito vívida e precisa, a maneira como foi obrigado a decapitar prisioneiros de guerra. Ele era apenas um soldado raso, que não portava espada. Nunca na vida tinha sequer segurado uma espada katana. Era um pianista, afinal de contas. Capaz de ler partituras complexíssimas, mas não de manejar lâminas para cortar pessoas. Porém, seu superior lhe entregou uma katana e ordenou que cortasse com ela o pescoço de um prisioneiro. Quer dizer, de um homem a quem chamavam de prisioneiro, mas que não usava uniforme nem tinha armas, e já era idoso. O homem afirmava não ter nenhuma relação com o exército. Simplesmente agarravam os homens que estivessem por ali, os arrastavam e assassinavam. Examinavam as palmas de suas mãos — se fossem calejadas, concluíam se tratar de agricultores, e às vezes os soltavam. Mas, se tivessem mãos macias, eram vistos como soldados que haviam se livrado de seus uniformes e tentado escapar com roupas civis, e esses eram sumariamente assassinados. Argumentar era perda de tempo. Isso era feito com baionetas ou cortando seus pescoços com espadas. Se tivesse alguma unidade com uma metralhadora por perto, aproveitavam e botavam todos em uma fila para atirar de uma só vez. Mas tropas comuns, de soldados rasos, usavam lâminas pra não desperdiçar as balas, porque a reposição costumava demorar. Depois juntavam todos os cadáveres e jogavam no rio Yangtzé, onde alimentavam os muitos bagres que viviam ali. Não sei se é verdade, mas dizem que por causa disso o rio Yangtzé tinha bagres do tamanho de potros, naquela época.

"Então, o oficial superior do meu tio, um jovem segundo-tenente, recém-saído da escola militar, lhe entregou uma espada e ordenou que cortasse o pescoço do prisioneiro. Meu tio não queria fazer isso, é claro. Mas era impensável se opor à ordem de um superior. Não seria resolvido com uma simples punição. No exército imperial, uma ordem de um superior era uma ordem do imperador. Assim, meu tio manejou a espada como pôde, com as mãos tremendo. Mas ele não era um homem forte, e a espada era vagabunda, do tipo produzido em massa para a guerra. Não é tão fácil assim cortar um pescoço humano. Meu tio não conseguia dar o golpe de misericórdia, tudo foi ficando coberto de sangue, o prisioneiro se debatendo. Um horror."

Masahiko balançou a cabeça e eu tomei meu café em silêncio.

— Depois disso, meu tio vomitou. Quando não tinha mais nada no estômago, vomitou suco gástrico, e quando não tinha mais suco gástrico, vomitou ar. Os soldados ao redor zombaram dele, e o oficial superior o chutou com toda força na barriga com as botas militares, dizendo que ele era patético. Ninguém demonstrou simpatia. Ao todo, ele foi obrigado a decapitar prisioneiros três vezes. Era um *treino*, para ele *se acostumar*. Para um soldado, era como um rito de passagem. Disseram que passar por essa carnificina faria dele um soldado de verdade. No entanto, meu tio jamais poderia ser um soldado de verdade. Não era feito pra isso, sabe? Ele nasceu para tocar belas músicas de Chopin e Debussy. Não para decapitar ninguém.

— Será que alguém nasce para decapitar gente?

Masahiko balançou a cabeça mais uma vez.

— Sei lá. Mas sei que existem, pelo menos, *pessoas capazes de se acostumar* a isso. O ser humano consegue se acostumar com quase tudo. Pode se adaptar surpreendentemente rápido, em especial quando colocado em circunstâncias extremas.

— Ou quando essas ações são legitimadas.

— Exatamente — disse Masahiko. — E é possível legitimar quase qualquer comportamento. Eu não tenho certeza nem sobre mim mesmo. Se eu estivesse preso em um sistema violento como o do exército e recebesse uma ordem de um superior, não sei se seria forte o suficiente pra me recusar, por mais absurda e inumana que fosse essa ordem.

Pensei sobre mim mesmo. Como será que eu agiria se fosse colocado nessa situação? E então me lembrei da estranha mulher com quem eu passara uma noite na cidade costeira em Miyagi. A jovem que, no meio do ato sexual, me entregara a cinta de um roupão de banho e pedira que eu apertasse seu pescoço com toda a força. Provavelmente nunca me esqueceria da textura daquela cinta, que havia segurado com as duas mãos.

— Tio Tsuguhiko não conseguiu se opor à ordem de seu superior — disse Masahiko. — Não dispunha da força necessária para isso. Porém, mais tarde, afiando uma navalha e tirando a própria vida, conseguiu resolver as coisas a sua maneira. Nesse sentido, acho que meu tio não foi, em absoluto, uma pessoa fraca. Para ele, tirar a própria vida era a única forma de recuperar sua humanidade.

— E a morte dele deve ter sido um grande choque para seu pai em Viena.

— Nem é preciso dizer — respondeu Masahiko.

— Eu soube que, enquanto estava em Viena, seu pai se envolveu com um incidente político e foi deportado para o Japão. Você acha que esse incidente pode ter alguma coisa a ver com o suicídio de seu irmão?

Masahiko cruzou os braços e franziu o cenho.

— Isso eu já não sei. Meu pai nunca me falou nenhuma palavra sobre esse incidente.

— O que ouvi dizer foi que seu pai se apaixonou por uma moça que fazia parte de um grupo de resistência e que ela se envolveu em uma tentativa fracassada de assassinato.

— É, soube de algo assim. Parece que era uma estudante austríaca que frequentava uma universidade em Viena e os dois chegaram a planejar se casar. Quando descobriram esse plano, ela foi presa e enviada para o campo de concentração de Mauthausen. Talvez tenha morrido lá. Meu pai também foi preso pela Gestapo e, no começo de 1939, deportado à força de volta para o Japão, na condição de "estrangeiro indesejado". É claro que não foi meu pai quem me contou isso, são apenas rumores que ouvi de parentes, mas creio que seja verdade.

— Será que seu pai nunca falou nada porque alguém o proibiu de tocar no assunto?

— É possível. Certamente as autoridades alemãs e japonesas o pressionaram, quando ele foi deportado, para que nunca mencionasse. É provável que essa tenha sido uma condição fundamental para que sua vida fosse poupada. Mas, além disso, me parece que ele mesmo não queria falar sobre o assunto. Por isso continuou sem dizer nada mesmo depois que a guerra acabou e não havia mais ameaça.

Masahiko fez uma pausa, depois continuou.

— No entanto, é bem possível que o suicídio do tio Tsuguhiko tenha sido um dos fatores que levou meu pai a se envolver com grupos de resistência antinazista. O Acordo de Munique conseguiu evitar a guerra por algum tempo, mas o eixo Berlim-Tóquio ficou mais forte e o mundo se dirigia a passos largos em uma direção muito perigosa. Meu palpite é que meu pai estava determinado a tentar frear esse movimento. É um homem que valoriza a liberdade acima de tudo. Fascismo e militarismo vão contra tudo em que ele acredita. A morte de seu irmão mais novo pode ter apenas reforçado essas convicções.

— Isso é tudo o que você sabe?

— Meu pai nunca foi de contar aos outros sobre sua vida. Não aceitava convites para entrevistas na mídia nem escreveu nada por conta própria. Pelo contrário, dava a impressão de andar sempre de costas, apagando com uma vassoura as próprias pegadas.

— E, depois de retornar de Viena para o Japão, seu pai manteve o silêncio absoluto até o final da guerra, sem exibir nem uma obra.

— É, oito anos no total. De 1939 até 1947. Durante esse período, se afastou ao máximo de qualquer tipo de convivência no círculo das artes. Ele nunca gostou muito desses lugares, de qualquer maneira, e além disso se incomodava com o fato de muitos artistas terem pintado, alegremente, obras nacionalistas enaltecendo a guerra. Felizmente ele não precisava se preocupar com o custo de vida, pois seus pais eram abastados. E por sorte não foi recrutado. E então, quando a guerra acabou, Tomohiko Amada ressurgiu no mundo das artes completamente metamorfoseado em um pintor de *nihon-ga*. Abandonou por inteiro seu estilo anterior e adotou uma técnica totalmente nova.

— E se tornou uma lenda.

— Pois é. Uma lenda — disse Masahiko, e sacudiu a mão diante de si, como quem espana alguma coisa no ar. Como se essa lenda pairasse feito poeira à sua frente e o impedisse de respirar normalmente.

— Mas, ouvindo essas histórias, tenho a impressão de que as coisas que seu pai viveu em Viena projetaram uma sombra sobre o restante de sua vida. O que quer que tenha acontecido por lá.

Masahiko concordou.

— É, sinto o mesmo. O que aconteceu em Viena mudou totalmente o caminho que ele trilhou desde então. Com certeza o fracasso daquele plano de assassinato teve aspectos terríveis. Coisas tenebrosas, sobre as quais ele não conseguiria falar.

— Mas os detalhes você não sabe.

— Não sei. Nunca soube, e agora seria ainda mais difícil de descobrir. Hoje em dia, nem ele mesmo deve saber direito.

Será mesmo? As pessoas às vezes se esquecem de coisas das quais se lembravam, outras se lembram de coisas das quais tinham esquecido. Principalmente com a proximidade da morte.

Masahiko terminou a segunda taça de vinho branco, deu uma olhada no relógio e franziu a testa.

— Tenho que voltar pro escritório…

— Não tinha alguma coisa que você queria me falar? — lembrei de repente.

Ele também se lembrou disso e bateu de leve na mesa.

— Ah, é mesmo! Preciso te contar uma coisa. Mas acabamos falando só sobre o meu pai. Tudo bem, fica para a próxima. De qualquer jeito, não é nada muito urgente.

Examinei seu rosto mais uma vez, antes de levantar da mesa, e perguntei:

— Por que você se abriu tanto comigo? Contando esse tipo de segredo de família?

Masahiko espalmou as mãos sobre a mesa e pensou um pouco. Depois coçou o lóbulo da orelha.

— Bom, em primeiro lugar, porque já estou um pouco cansado de guardar esses "segredos de família" sozinho. Talvez eu estivesse querendo contar pra alguém. Alguém que não vá sair espalhando a história e que não tenha nada a ganhar ou perder com ela. Nesse sentido, acho que você é a pessoa ideal. E também porque, para falar a verdade, tenho uma espécie de dívida pessoal com você e queria pagá-la de algum jeito.

— Uma dívida pessoal? — exclamei, surpreso. — Que dívida?

Masahiko estreitou os olhos.

— Era sobre isso que eu pretendia falar. Mas hoje não dá mais tempo. Vamos combinar outra hora pra conversar com calma, em algum lugar.

Masahiko pagou a conta.

— Não se preocupe. Esta quantia eu consigo bancar — disse ele. Eu aceitei, agradecido.

Depois disso, dirigi a perua Corolla de volta para Odawara. Quando estacionei o carro coberto de poeira diante da casa, o sol já se aproximava do topo das montanhas a oeste. Vários corvos voavam para seus ninhos além do vale, gritando alto.

38.
Ele nunca poderia ser um golfinho

Antes que a manhã de domingo chegasse eu já tinha uma boa ideia de como iniciar a tela preparada para o retrato de Mariê Akikawa. Quer dizer, eu ainda não sabia concretamente como seria a pintura, mas sabia *como iria começar a pintar.* A ideia de qual tinta eu deveria usar sobre a tela branca, com que pincel, em que direção, havia brotado na minha mente sem uma origem clara, depois começado a fincar raízes e a se estabelecer como um fato. Eu gostava muito desse processo.

A manhã estava gélida, anunciando que faltava muito pouco para o inverno chegar. Fiz café, comi uma refeição simples e fui para o ateliê, onde separei os materiais que ia usar e parei diante da tela sobre o cavalete. Mas, na frente da tela, encontrei o caderno de rascunhos onde havia desenhado, a lápis, o buraco no bosque. O esboço que eu fizera alguns dias antes, num impulso. O próprio fato de ter feito esse desenho havia sumido da minha memória.

Mas, conforme o encarava parado diante do cavalete, a paisagem que ele retratava foi me atraindo mais e mais. A câmara de pedra misteriosa, com sua boca escancarada secretamente no meio do bosque. O chão molhado ao redor, uma colcha de retalhos de folhas caídas. A luz do sol que penetrava em linhas retas por entre os galhos. Essa cena se formou na minha mente como uma imagem colorida. Ativei minha imaginação e fui preenchendo cada um dos detalhes. Eu podia respirar aquele ar, sentir o perfume do mato e ouvir o canto dos passarinhos.

Era como se a abertura desenhada no grande caderno me convidasse para alguma coisa, ou algum lugar. *Este buraco desejava ser retratado por mim*, senti. Era raro eu ter vontade de pintar paisagens. Afinal, passara quase dez anos pintando apenas figuras humanas. Talvez não fosse má ideia pintar uma paisagem. *"Buraco no meio do bosque."* Quem sabe esse desenho a lápis não poderia servir de rascunho para uma pintura.

Fechei o caderno, deixando sobre o cavalete apenas a tela totalmente branca. A tela onde eu desenharia o retrato de Mariê Akikawa.

Pouco antes das dez horas, ouvi o Toyota Prius se aproximar muito silenciosamente, como de costume. Shoko Akikawa vestia um longo casaco cinza escuro, de tecido espinha de peixe, uma saia cinza claro de lá e meias-calças pretas com estampa. No pescoço, trazia uma echarpe colorida Missoni. Um look elegante e urbano de final de outono. Mariê usava uma jaqueta esportiva larga por cima de um moletom, jeans rasgados e tênis All Star azul-marinho. Mais ou menos a mesma coisa que da última vez. Não estava de boné. O ar estava gelado e o céu, coberto de nuvens finas.

Trocamos alguns cumprimentos breves, depois Shoko se instalou no sofá, tirou o livro grosso da bolsa e se concentrou na leitura. Eu e Mariê a deixamos ali e fomos para o ateliê. Como sempre, eu me sentei na banqueta de madeira e Mariê, na cadeira de encosto reto. Havia cerca de dois metros entre nós. Ela tirou a jaqueta, a dobrou e a colocou no chão, perto dos pés. Tirou também o moletom. Embaixo dele, vestia duas camisetas sobrepostas, uma azul-marinho de mangas curtas sobre outra cinza de mangas longas. Seus seios continuavam não tendo volume. Ela ajeitou os cabelos lisos e pretos.

— Não está com frio? — perguntei. Havia no ateliê um velho aquecedor a querosene, mas não estava aceso.

Mariê só balançou de leve a cabeça. Não estava com frio.

— Hoje vou começar a pintar na tela — falei. — Mas você não precisa fazer nada. Basta ficar sentada aí. O resto é comigo.

— Não tem como eu não fazer nada — disse ela, olhando nos meus olhos.

Eu fitei seu rosto, com as mãos ainda pousadas sobre os joelhos.

— O que quer dizer com isso?

— Ué, eu estou viva e respirando, e pensando várias coisas.

— Claro — respondi —, pode respirar à vontade e pensar à vontade. O que eu quero dizer é que não será necessário que você faça nada especial. Por mim, basta que fique aí, sendo você mesma.

Entretanto, Mariê só me encarou ainda mais fixamente. Como quem diz que minha explicação era absolutamente insatisfatória.

— Mas eu quero fazer alguma coisa — disse ela.

— Que tipo de coisa?

— Alguma coisa que te ajude a pintar o quadro.

— Fico muito grato, mas como você poderia me ajudar?

— *Mentalmente*, é claro.

— Entendi — falei.

Mas não conseguia imaginar como, na prática, ela poderia me ajudar mentalmente.

— Se for possível, eu gostaria de entrar na sua cabeça, professor — disse ela. — Enquanto você pinta meu retrato. E me ver através dos seus olhos. Fazendo isso, talvez eu me entenda um pouco melhor. E talvez você também me entenda um pouco melhor.

— Eu adoraria isso — falei.

— Sério?

— Sim, claro.

— Mas, dependendo do caso, pode ser bem assustador.

— Se entender melhor?

Mariê concordou com a cabeça.

— É que, pra se conhecer melhor, é preciso puxar alguma outra coisa, de outro lugar.

— Você quer dizer que não é possível compreender corretamente a si mesmo sem acrescentar alguma outra coisa, um terceiro elemento?

— "Terceiro elemento"?

— É. Ou seja, pra entender claramente a relação entre A e B, você precisa olhar de outro ponto de vista, um ponto de vista C. Fazer uma triangulação — expliquei.

Mariê pensou um pouco e encolheu de leve os ombros.

— Pode ser.

— E, às vezes, essa terceira coisa que se acrescenta pode ser assustadora. É isso que você quer dizer?

Ela concordou.

— Você costuma pensar sobre coisas assustadoras desse tipo?

Mariê não respondeu.

— Se eu conseguir te retratar direito — falei —, talvez você consiga ver, com seus próprios olhos, como é sua imagem vista através dos meus olhos. Se der certo, é claro.

— É por isso que nós precisamos das pinturas.

— Sim, por isso que nós precisamos das pinturas. Ou dos textos, e das músicas, desse tipo de coisa.

Quando dá certo, falei para mim mesmo.

— Vamos começar — disse para Mariê. Então, enquanto olhava seu rosto, preparei a tinta marrom que usaria para o rascunho. E escolhi o primeiro pincel.

O trabalho prosseguiu devagar, mas sem contratempos. Fui traçando seu torso sobre a tela. Era uma bela menina, mas sua beleza não era muito necessária para a minha pintura. O que eu precisava era do que se escondia por trás dela. Em outras palavras, aquilo que era subjacente a sua personalidade. Eu precisava encontrar este *algo* e trazê-lo para a tela. Ele não precisava ser belo. Em alguns casos, poderia até mesmo ser feio. Mas, de qualquer maneira, para encontrá-lo, eu tinha que compreender corretamente aquela menina. Não através das palavras ou da lógica, mas compreendê-la como uma forma singular, um composto de luzes e sombras.

Concentrando toda a minha atenção, fui sobrepondo cores e linhas na tela. Às vezes fazia isso muito rápido, às vezes de forma lenta e cuidadosa. Enquanto isso, Mariê permaneceu serena sentada sobre a cadeira, sem mudar de expressão. Mas eu sabia que ela estava reunindo atentamente toda a sua força de vontade. Eu podia sentir a força que se movia ali. Ela dissera que não tinha como não fazer nada, e *estava fazendo alguma coisa*. Provavelmente para me ajudar. Ocorria uma inconfundível troca, um fluxo entre mim e aquela menina de treze anos.

Eu me lembrei de repente das mãos da minha irmã. No dia em que entramos juntos na caverna na encosta do monte Fuji, ela ficou segurando a minha mão na escuridão gelada. Seus dedos eram pequenos e quentes, mas surpreendentemente fortes. Sem dúvida, uma troca vital estava acontecendo entre nós dois. Cada um dava alguma coisa e, ao mesmo tempo, recebia algo de volta. Era o tipo de troca que só pode acontecer em momentos e lugares específicos, depois começa a minguar e desaparece. Mas a memória permanece, uma memória é capaz de aquecer o tempo. E a arte, quando dá certo, é capaz de dar forma a essa memória, e até de fixá-la na história. Assim como Van Gogh tornou possível que aquele carteiro desconhecido de uma pequena cidade vivesse até hoje, como parte da memória coletiva.

Por cerca de duas horas, cada um de nós se concentrou na sua atividade, sem abrir a boca.

Fui formando sua imagem sobre a tela com uma só cor de tinta, diluída pelo óleo. Essa seria a base para o quadro. Mariê continuava imóvel na cadeira, sendo ela mesma. Ao meio-dia, o sino soou ao longe, anunciando que o tempo combinado havia chegado ao fim. Pousei a paleta e os pincéis e espreguicei bem o corpo. Só então me dei conta de que estava terrivelmente cansado. Respirei fundo, desfiz minha concentração, e finalmente Mariê relaxou a tensão do corpo.

Na tela diante de mim estava uma imagem monocromática do torso de Mariê. Ainda era apenas uma estrutura aproximada, mas no âmago desse esqueleto estava a fonte de calor que fazia com que a menina fosse quem era. Essa fonte continuava escondida, mas conseguir apontar mais ou menos sua localização já era suficiente para que o resto se encaminhasse. Agora era só ir dando substância ao esqueleto.

Mariê não pediu que eu lhe mostrasse a pintura que eu havia começado nem perguntou nada sobre ela. Eu também não falei nada. Estava cansado demais para falar qualquer coisa. Saímos do ateliê em silêncio e voltamos para a sala. No sofá, Shoko Akikawa continuava absorta no livro. Ela colocou o marcador entre as páginas, o fechou, tirou os óculos de armação preta e ergueu os olhos para nós. Uma expressão de leve surpresa surgiu em seu rosto. Devíamos ter um aspecto realmente exausto.

— O trabalho progrediu bem? — perguntou ela, um pouco preocupada.

— Sim, ainda estamos no começo, mas tudo está correndo como o esperado.

— Fico feliz — disse ela. — Se você não se incomodar, eu poderia ir à cozinha e preparar um chá? Na verdade, já coloquei a água para ferver. E já sei onde estão as folhas.

Um pouco espantado, olhei para o seu rosto. Ela retribuiu com um sorriso elegante.

— Fico sem jeito, mas se puder fazer isso seria ótimo — respondi. Na realidade, eu queria muito tomar um chá quente, mas não teria forças para ir até a cozinha e ferver a água. Estava cansado demais. Fazia muito tempo que eu não me cansava dessa maneira pintando. Mas era uma exaustão prazerosa, é claro.

Em cerca de dez minutos, Shoko voltou para a sala trazendo uma bandeja com três xícaras e um bule e bebemos nosso chá preto tranquilamente. Mariê não dissera nada desde que saímos do ateliê. Apenas erguia a mão de tempos em tempos para afastar a franja que lhe caía sobre a testa. Ela vestia novamente a jaqueta esportiva bem grossa, como se estivesse tentando proteger o corpo de alguma coisa.

Distraídos, nos deixamos levar pelo cair da tarde de domingo, enquanto tomávamos educadamente o chá (sem fazer ruído). Durante algum tempo, ninguém disse nada. O silêncio parecia perfeitamente natural e razoável. Até que um som familiar alcançou os meus ouvidos. No começo, soava como ondas indolentes batendo em uma praia distante, mecanicamente, sem entusiasmo. Aos poucos foi aumentando de volume, até se tornar um som contínuo de máquina. Era o som de um motor esbanjando seus oito cilindros de 4,2 litros e queimando, com extrema elegância, combustível aditivado. Eu me levantei da poltrona, fui até a janela e olhei por entre as cortinas até que o carro prateado aparecesse.

Menshiki vestia um cardigã verde-claro sobre uma camisa creme e uma calça de lã cinza. Todas as peças impecáveis e sem dobras, como se tivessem acabado de chegar da lavanderia. Não eram roupas novas, todas já haviam sido usadas por um período razoável, mas isso só fazia com que parecessem ainda mais impecáveis. E seu cabelo farto reluzia, perfeitamente branco. Acho que seu brilho tinha sempre a mesma intensidade, qualquer que fosse a estação ou o clima, fizesse sol ou chuva. Apenas a maneira como brilhava ia mudando de leve.

Menshiki desceu do carro, bateu a porta, ergueu os olhos para o céu nublado, refletiu por um momento sobre o clima (ou pelo menos me pareceu que estivesse refletindo), depois se endireitou e caminhou devagar até a casa. Então tocou a campainha. Com calma e seriedade, como um poeta escolhendo a palavra específica para uma passagem importante. Apesar de aquela ser, indiscutivelmente, apenas uma campainha velha.

Abri a porta e o convidei para a sala. Ele cumprimentou as duas mulheres, sorridente. Shoko se ergueu do assento para recebê-lo. Mariê continuou sentada no sofá, enrolando o cabelo nos dedos. Praticamente não olhou na direção de Menshiki. Pedi a todos que se sentassem e perguntei a ele se gostaria de um chá. Ele disse que não precisava, balançando a cabeça e até a mão em recusa.

— Como vai o trabalho? — perguntou.

Respondi que estava caminhando.

— Posar para uma pintura é bem cansativo, não é? — perguntou Menshiki a Mariê.

Até onde eu me lembrava, aquela era a primeira vez que ele falava com ela diretamente, olhando-a nos olhos. Ainda dava para ouvir uma nota de tensão em sua voz, mas desta vez ele lhe dirigiu a palavra sem ficar vermelho nem empalidecer. Sua expressão também não se alterou muito. Estava conseguindo controlar bem suas emoções. Talvez tivesse treinado para isso.

Mariê não respondeu. Só resmungou qualquer coisa inaudível. Entrelaçava com força os dedos das mãos sobre os joelhos.

— Mas ela gosta muito de vir aqui toda manhã de domingo! — interviu Shoko, para preencher o silêncio.

— Posar para pinturas é uma atividade desgastante — acrescentei, também contribuindo como pude para a conversa. — Mariê está fazendo um ótimo trabalho.

— Eu também posei neste ateliê por algum tempo. Fazendo isso, percebi que posar para pinturas é uma coisa meio estranha. Às vezes sentia que minha alma estava sendo roubada — disse Menshiki, e sorriu.

— Não é assim — declarou Mariê, quase num sussurro.

Eu, Shoko e Menshiki nos voltamos para ela ao mesmo tempo.

Shoko tinha a expressão de quem colocou na boca alguma coisa errada, distraída, e mastigou sem querer. O rosto de Menshiki mostrava genuína curiosidade. E eu era apenas um espectador neutro.

— O que quer dizer? — perguntou Menshiki.

Mariê respondeu numa voz monótona:

— Não estão roubando nada de mim. Eu ofereço alguma coisa e ganho alguma coisa em troca.

— Você tem razão — disse Menshiki em voz baixa, admirado. — Acho que eu falei de forma simplista demais. Precisa haver uma troca, é claro. A atividade artística não é uma via de mão única.

Mariê não falou nada. Ficou encarando o bule sobre a mesa, como uma garça solitária pousada à margem de um lago, encarando imóvel a superfície da água. Era um bule branco de cerâmica, do tipo que se encontra em qualquer lugar. Devia ser antigo (fora usado por Tomohiko Amada), mas era um objeto absolutamente prático, com uma pequena lasca na borda e sem qualquer atrativo que instigasse uma observação demorada. Naquele momento, Mariê só precisava de algo em que fixar o olhar.

O silêncio caiu sobre a sala. Como um outdoor branco, sem nada escrito.

Atividade artística, pensei. Essa expressão parecia ter um eco capaz de atrair o silêncio, do mesmo jeito que a atmosfera preenche o vácuo. Não, nesse caso seria mais preciso dizer que era do mesmo jeito que o vácuo aspira a atmosfera.

— Se as senhoras quiserem visitar minha casa — arriscou Menshiki, voltando-se para Shoko em meio ao silêncio —, o que acham de ir no meu carro? Depois as trago novamente para cá. O banco de trás não é muito espaçoso, mas o caminho até minha casa é bastante estreito e trabalhoso, então creio que seria mais fácil ir em um carro só.

— Sim, não há problema — respondeu Shoko, sem titubear. — Vamos no seu carro.

Mariê continuava imersa em pensamentos, observando o bule branco. Eu não saberia dizer o que se passava em sua mente. Também não sabia o que pretendiam fazer em relação ao almoço. Mas se tratava de Menshiki, que não deixava nada ao acaso. Eu certamente não precisava me preocupar, pois ele teria cuidado de tudo.

Shoko se sentou no banco do passageiro e Mariê se acomodou no banco de trás. Adultos na frente e a criança atrás. Essa distribuição aconteceu naturalmente, sem discussão. Acompanhei com o olhar da porta de casa enquanto o carro saía calmamente e desaparecia ladeira abaixo. Depois voltei para dentro de casa, levei as xícaras e o bule de chá para a cozinha e os lavei.

Em seguida, coloquei na vitrola *O cavaleiro da rosa*, de Richard Strauss, deitei no sofá e fiquei escutando. Ouvir esta ópera quando não tinha nada para fazer havia se tornado um hábito. Um hábito plantado por Menshiki. Conforme ele dissera, havia algo de viciante naquela obra. Um fluxo ininterrupto de emoções, o som infinitamente colorido da orquestra. Foi Strauss quem se gabou, dizendo "Eu poderia descrever com música, minuciosamente, até uma simples vassoura". Ou talvez não tenha dito vassoura. Mas, seja como for, sua música tinha um aspecto visual muito forte. Apesar de ir em uma direção distinta do visual que eu buscava em minhas pinturas.

Pouco depois, quando abri os olhos, encontrei o comendador. Estava sentado na poltrona a minha frente, com a roupa usual do período Asuka e a espada na cintura. Sentado, o homem de sessenta centímetros parecia bastante discreto.

— Há quanto tempo — falei. Minha voz parecia ser arrastada à força de muito longe. — Como vai você?

— Já falei antes, mas para as IDEAS o conceito de tempo não existe — disse o comendador, a voz clara. — Portanto, também não temos essa noção de não ver alguém há muito tempo.

— É só uma expressão habitual. Não ligue para isso.

— Eu também não entendo bem isso de hábitos.

Realmente, devia ser difícil. Onde não há tempo, não podem surgir hábitos. Eu me levantei, fui até a vitrola, ergui a agulha e guardei o disco de volta na caixa.

— Precisamente — disse o comendador, lendo minha mente. — Em um mundo onde o tempo corre livremente nas duas direções, não existe essa história de hábito.

Eu resolvi perguntar sobre um assunto que me intrigava desde o começo.

— As IDEAS não precisam de um tipo de fonte de energia?

— Essa é uma questão complicada — disse o comendador, franzindo dramaticamente a testa. — Todas as coisas, sejam de que natureza forem, precisam de algum tipo de energia para nascer e continuar existindo. É uma lei geral do universo.

— Isso quer dizer que as IDEAS também necessitam de uma fonte de energia, certo? De acordo com o princípio universal.

— Exato. Não há exceções para as leis do universo. Não obstante, um aspecto superior das IDEAS é que elas não têm, originalmente, forma alguma. Nós nos materializamos quando somos percebidos por outrem, e então tomamos forma. Mas esta forma é apenas algo emprestado por conveniência, é claro.

— Ou seja, onde não houver a percepção de outra pessoa, as IDEAS não existem.

O comendador ergueu no ar o indicador da mão direita e fechou um dos olhos.

— E o que os jovens senhores podem inferir a partir disto?

Refleti sobre o que poderia inferir. Demorei um pouco, mas o comendador esperou pacientemente.

— O que eu acho — falei — é que as IDEAS usam a própria percepção do outro como fonte de energia para existir.

— Exato! — disse o comendador, e assentiu várias vezes com a cabeça. — Até que os senhores compreendem rápido. As IDEAS não podem existir sem a percepção do outro, e ao mesmo tempo existem usando essa percepção como energia.

— Então, se eu pensar "o comendador não existe", você vai deixar de existir. Certo?

— Errado! Na teoria, sim — disse o comendador. — Mas isso é puramente teórico. Na realidade, tal coisa não é realista. Isto porque é quase impossível uma pessoa decidir parar de pensar em alguma coisa e parar de pensar nessa coisa. Pois "vou parar de pensar nesta coisa" já é, em si, um pensamento. E, enquanto você tiver esse pensamento, estará pensando sobre a coisa. Para parar de fato de pensar em alguma coisa é preciso parar, inclusive, de pensar em parar de pensá-la.

— Quer dizer, as pessoas só conseguem se livrar de uma IDEA se perderem a memória ou o interesse por ela.

— Os golfinhos têm esse poder — disse o comendador.

— Golfinhos?

— Os golfinhos são capazes de adormecer o lado direito e o esquerdo do cérebro de forma independente. Os senhores não sabiam?

— Não, eu não sabia.

— Por isso, os golfinhos não ligam para as IDEAS. É por isso que pararam de evoluir. Nós nos esforçamos tanto quanto pudemos, mas infelizmente não conseguimos estabelecer uma relação produtiva com os golfinhos. Uma pena, uma espécie tão promissora. Até aparecerem os humanos, eram eles que tinham os maiores cérebros dentre os mamíferos, em relação ao peso corporal.

— E com os humanos, vocês conseguiram estabelecer uma relação produtiva?

— Conseguimos. Pois os humanos, diferentemente dos golfinhos, têm um único cérebro contínuo. Então, uma vez que uma IDEA brote lá dentro, não conseguem extraí-la tão facilmente. Desta forma, as IDEAS conseguem manter sua existência graças à energia que recebem dos humanos.

— Como parasitas — falei.

— Isso não é jeito de falar com os outros! — o comendador sacudiu o dedo como um professor admoestando um aluno. — Nós recebemos energia, é verdade, mas não chega a ser uma quantidade significativa. É só uma parte tão diminuta que a maioria das pessoas nem percebe. Não afeta a saúde das pessoas nem atrapalha sua vida de modo algum.

— Mas você disse que as IDEAS não têm moral. Que são conceitos totalmente neutros, e são os humanos que determinam se elas serão boas ou ruins. Se é assim, pode ser que as IDEAS tenham efeitos positivos para os humanos em alguns casos, mas também deve haver casos em que têm efeitos negativos. Não é?

— O conceito de E = mc² é originalmente neutro, mas acabou levando à produção da bomba atômica. Depois as bombas foram lançadas em Hiroshima e Nagasaki. Seria isso que os jovens senhores querem dizer?

Eu concordei.

— Sinto um aperto no coração; de modo figurado, é claro, porque IDEAS não têm corpo físico e portanto não têm coração. No entanto, senhores, todas as coisas neste universo são *caveat emptor*.

— Quê?

— *Caveat emptor*. Em latim, significa "o risco é do comprador". O vendedor não é responsável pelo que for feito daquilo que ele vender. Por exemplo, as roupas dispostas na vitrine de uma loja podem escolher por quem serão vestidas?

— Me parece uma argumentação um pouco conveniente demais.

— E = mc² pode ter dado origem à bomba atômica, mas por outro lado também deu origem a inúmeras coisas boas.

— O quê, por exemplo?

O comendador pensou por um tempo, mas pelo jeito nenhum exemplo bom lhe veio à mente, pois ele continuou calado e só esfregou o rosto com as mãos. Talvez estivesse começando a achar que aquele debate não tinha futuro.

— Aliás, você não sabe onde foi parar o guizo que estava no meu ateliê? — me lembrei de perguntar.

— Guizo? — perguntou ele, erguendo o rosto. — Que guizo?

— O guizo velho que você ficou tocando no fundo daquele buraco! Eu o deixei em uma prateleira no ateliê, mas quando fui ver ele tinha sumido.

— Ah, aquele guizo? — o comendador balançou a cabeça com força. — Não sei dele. Não mexi em guizo nenhum nos últimos tempos.

— Então quem você acha que o levou embora?

— Como posso saber?

— Quem quer que seja, está tocando em algum lugar.

— Hum… Não tem nada a ver comigo. Aquele guizo já não tem serventia pra mim. Ele nunca foi meu. Pertence ao lugar, fica lá pra quem quiser usar. Seja como for, se ele sumiu deve ter tido seus motivos para sumir. Não se preocupe, ele reaparece em algum canto uma hora dessas. Apenas espere.

— Pertence ao lugar? — perguntei. — Ao buraco, você quer dizer? Ele não respondeu.

— Olha, parece que os senhores estão aqui esperando Shoko e Mariê voltarem, mas não será logo, viu? Não devem chegar antes de escurecer.

— Menshiki está tramando alguma coisa? — tentei uma última pergunta.

— Sim, Menshiki está sempre tramando alguma coisa. Ele sempre planeja a posição de suas peças. É sua única forma de agir. Passa o tempo todo usando ao máximo os dois lados do cérebro. Ele nunca poderia ser um golfinho.

A silhueta do comendador foi ficando mais e mais difusa e se espalhou bem tênue, como neblina em uma manhã de inverno sem vento, até desaparecer. À minha frente ficou apenas uma velha poltrona vazia. Sua ausência era tão absoluta e profunda que eu não conseguia ter certeza de que ele realmente estivera diante dos meus olhos até pouco antes. Talvez eu estivesse apenas olhando para o vazio. Talvez estivesse apenas conversando comigo mesmo.

Conforme o comendador previra, o Jaguar de Menshiki não apareceu tão cedo. As duas belas mulheres não pareciam ter pressa em deixar sua casa. Fui até o terraço e olhei para essa casa branca, do outro lado do vale, mas não enxerguei ninguém. Para matar o tempo enquanto esperava fui para a cozinha, preparei um caldo *dashi*, cozinhei alguns legumes e congelei o que podia ser congelado. Mas, mesmo depois de fazer tudo o que me ocorria fazer, ainda sobrou tempo. Voltei para a sala, escutei o resto de *O cavaleiro da Rosa* de Richard Strauss e li um livro, deitado no sofá.

Shoko tinha gostado de Menshiki, não havia dúvida quanto a isso. Quando olhava para ele, seus olhos tinham um brilho muito distinto de quando olhava para mim. Pensando objetivamente, Menshiki era um homem de meia-idade muito atraente. Era bonito, rico e solteiro, se vestia bem, tinha modos refinados, vivia em uma grande mansão no topo de uma montanha e possuía quatro carros ingleses na garagem. Certamente, boa parte das mulheres do mundo se interessaria por ele (posso afirmar com a mesma certeza com que afirmaria que não teriam grande interesse por mim). Mas Mariê tinha, no mínimo, certo receio em relação a Menshiki. Ela era uma menina muito perceptiva. Talvez sentisse, instintivamente, que Menshiki agia com alguma intenção oculta. Por isso fazia questão de se manter a certa distância. Pelo menos, era o que me parecia.

Como será que as coisas se desenrolariam agora? Dentro de mim, uma curiosidade natural para saber o que ia acontecer competia com certa apreensão, por desconfiar que o resultado não seria muito bom. Como a maré cheia que se choca com a correnteza do rio em uma foz.

Quando o Jaguar de Menshiki subiu a ladeira, já passava um pouco das cinco e meia. Conforme o comendador previra, a esta altura já estava escuro.

39.
Um recipiente camuflado, feito com um objetivo específico

O Jaguar parou devagar diante da casa. A porta se abriu e Menshiki foi o primeiro a descer. Ele deu a volta no carro e abriu a porta para Shoko e Mariê. Abaixou o banco do passageiro e ajudou Mariê a sair. As duas saíram do Jaguar e entraram no Toyota Prius. Shoko baixou o vidro da janela e agradeceu educadamente a Menshiki (Mariê manteve a cara virada e o ar de desinteresse, é claro) e então, sem voltar a entrar na minha casa, as duas foram embora. Menshiki assistiu até o carro sumir de vista, depois mudou de chave na sua mente (supus), refez a expressão do rosto e veio caminhando em direção à minha porta.

— Sei que é tarde, mas se incomoda se eu entrar só por um minuto? — perguntou ele, sem jeito, quando eu abri.

— Claro, fique à vontade. Não estou ocupado agora — respondi, fazendo sinal para que entrasse.

Nós nos acomodamos na sala. Ele se sentou no sofá e eu na poltrona onde, pouco antes, estivera sentado o comendador. Sua voz um pouco aguda parecia continuar reverberando por ali.

— Muito obrigado por tudo hoje — disse Menshiki. — Você foi de grande ajuda.

Falei que não precisava agradecer. De fato, eu não fizera nada.

— Mas se não fosse a sua pintura, quer dizer, se você não tivesse pintado esse quatro, creio que nunca teria essa chance. Nunca teria a oportunidade de me aproximar e conversar com Mariê. Você atuou como um eixo. Apesar de você não gostar muito desse papel.

— Não é que eu não goste. Fico feliz de poder lhe ajudar com isso, mas confesso que não consigo avaliar o quanto é acidental e o quanto é planejado, e não posso dizer que essa seja uma sensação muito agradável.

Menshiki refletiu e assentiu com a cabeça.

— Talvez você não acredite em mim quando digo isso, mas não criei todo este enredo intencionalmente. Não posso dizer que tudo seja uma questão do acaso, mas a maior parte das coisas tem se desenrolado naturalmente.

— E, nesse desenrolar, tive a função de catalisador? — perguntei.

— Catalisador... É, acho que poderíamos dizer isso.

— Mas, sendo sincero, eu me sinto mais como um cavalo de Troia.

Menshiki ergueu o rosto e me fitou como quem olha algo ofuscante.

— Em que sentido você diz isso?

— Aquele cavalo de madeira oco que os gregos construíram, que foi enviado como presente para dentro de um castelo inimigo, com um exército armado escondido dentro. Um recipiente camuflado, feito com um objetivo específico.

Menshiki demorou algum tempo escolhendo as palavras antes de falar.

— Quer dizer, você acha que eu fiz de você um Cavalo de Troia e o usei para meu benefício? Para me aproximar de Mariê?

— Sim. Desculpe se isso lhe causa desconforto, mas me sinto um pouco assim.

Menshiki estreitou os olhos e um sorriso brotou nos seus lábios.

— É verdade... Acho que é natural você pensar assim. Mas, como falei há pouco, tudo tem sido uma sucessão de coincidências. Falando muito claramente, sinto uma afeição natural por você. Isso não me acontece com muita frequência e, quando acontece, tento tratar esse sentimento com cuidado. Não vou usá-lo de maneira unilateral, para meu benefício. Sei que posso ser egoísta, mas gosto de pensar que consigo traçar um limite e não abusar de você. Não farei de você um cavalo de Troia. Então, por favor, não se preocupe.

Eu senti que não havia falsidade em suas palavras.

— E então, você mostrou o quadro a elas? — perguntei. — O seu retrato, no escritório?

— Sim, é claro. Foi justamente para isso que foram até a minha casa. Elas adoraram. Quer dizer, Mariê não fez nenhum comentário. Afinal, ela não é de falar muito. Mas não tenho dúvidas de que o quadro a atraiu, dava para ver pelo seu rosto. Ela ficou bastante tempo parada diante dele, sem falar ou se mover.

Na verdade, eu já não me lembrava com clareza de como era aquele quadro, apesar de tê-lo pintado apenas algumas semanas antes. É sempre assim. Quando termino uma obra e começo a seguinte, acabo esquecendo quase tudo sobre a anterior e só consigo me lembrar, vagamente, do conjunto da sua imagem. Mas a memória da sensação física que tive ao pintá-la continua dentro de mim. Essa sensação palpável é mais importante do que a obra em si.

— Elas passaram bastante tempo na sua casa, não foi? — comentei.

Menshiki inclinou a cabeça para o lado, um pouco sem jeito.

— Depois de mostrar o quadro, servi uma refeição simples e fiz um tour pela casa. É que Shoko pareceu interessada. Quando me dei conta, já estava tarde.

— Elas devem ter ficado admiradas.

— Acho que Shoko pode ter ficado — disse Menshiki. — Principalmente com o Jaguar E-Type. Mas Mariê não disse nada. Talvez não tenha gostado da casa. Ou não se interesse por casas, de modo geral.

É, talvez não se interesse, pensei.

— E você conseguiu conversar com ela? — perguntei.

Menshiki balançou de leve a cabeça.

— Não, acho que não trocamos mais de duas ou três palavras, nada importante. Ela praticamente me ignora.

Eu não dei nenhuma opinião sobre isso. Podia imaginar a cena muito claramente e não tinha nenhum comentário a fazer. Menshiki tentando falar com Mariê e ela sem responder direito, só resmungando, para dentro, uma ou duas palavras sem muito sentido. Quando aquela menina não queria falar, tentar conversar com ela era como estar no meio de um deserto escaldante e tentar molhar o chão ao seu redor com pequenas conchas de água.

Menshiki pegou um bibelô sobre a mesa, um pequeno caracol de porcelana lustrosa, e o examinou minuciosamente. Era uma das poucas peças de decoração da casa. Devia ser uma antiga porcelana Meissen, do tamanho de um ovinho. Talvez Tomohiko Amada o tivesse trazido de alguma viagem. Menshiki devolveu o caracol à mesa com cuidado, depois ergueu o rosto devagar e me encarou na poltrona oposta.

— Quem sabe, ela demora um pouco para se acostumar com as pessoas — disse ele, como se quisesse convencer a si mesmo. — Afinal, nós acabamos de nos conhecer. Ela é uma menina calada por natureza e tem treze anos. O começo da adolescência é sempre uma fase complicada. Mas, para mim, passar algum tempo no mesmo cômodo que ela, respirando o mesmo ar, já é uma experiência preciosa.

— E seu sentimento não mudou?

Os olhos de Menshiki se estreitaram só um pouco.

— Que sentimento?

— O de não querer saber se Mariê é sua filha.

— Sim, não mudou nem um milímetro — respondeu ele, sem hesitação, e se calou por algum tempo, mordendo os lábios. Depois continuou:

— É difícil explicar. Estando junto dela, observando de perto seu rosto e seus movimentos, fui tomado por uma sensação muito estranha. Senti que, talvez, todos os anos que eu vivi até hoje tenham sido desperdiçados. E fui perdendo de vista qual é o sentido de minha existência, o motivo para eu estar aqui vivendo. Como se os valores que eu sempre tive como sólidos se tornassem inesperadamente incertos.

— E isso, para você, é uma sensação *muito estranha*? — perguntei, para checar. Pois, para mim, não parecia tão estranha assim.

— Sim. Até hoje eu nunca tinha sentido nada parecido.

— E isso brotou em você por ter passado algumas horas junto de Mariê?

— Creio que sim. Pode parecer meio idiota, mas...

Eu balancei a cabeça.

— Não acho que pareça idiota. Na primeira vez que me apaixonei por uma menina, na adolescência, acho que senti algo semelhante.

Menshiki sorriu, formando rugas nos cantos da boca. Seu sorriso continha certa angústia.

— Nessa hora, eu pensei o seguinte — disse ele. — Por mais coisas que eu realize neste mundo, por mais sucesso que tenha nos empreendimentos e por mais posses que acumule, não passo de uma existência transitória e oportuna, feita para receber um conjunto de genes e passá-lo adiante para outro alguém. Excluindo essa função prática, o que resta de mim é apenas um torrão de terra.

— Um torrão de terra — repeti em voz alta. Essa expressão tinha um eco esquisito.

— Na verdade, foi naquele dia em que entrei no buraco que essas ideias apareceram dentro de mim e começaram a fincar raízes. Naquele buraco que nós abrimos atrás do santuário, removendo as pedras. Você se lembra?

— Sim, me lembro muito bem.

— Durante o tempo que passei no escuro daquele buraco, percebi muito claramente a minha própria fraqueza. Senti que, se você assim quisesse, eu ficaria abandonado lá no fundo. E, sem água nem comida, iria definhar e voltar a ser apenas um torrão de terra. Senti que a minha existência não era nada mais do que isso.

Eu fiquei calado, pois não sabia o que dizer.

— A *possibilidade* de Mariê ser minha filha biológica é suficiente para mim, neste momento. Não tenho vontade de confirmar os fatos. Estou me examinando novamente sob a luz desta possibilidade.

— Acho que entendi — falei. — Não compreendo exatamente toda a lógica, mas entendi que é assim que você pensa. Mas, neste caso, Menshiki, o que você quer de Mariê, na prática?

— Bom, não é que eu não pense nada sobre isso, é claro — disse Menshiki, fitando as mãos elegantes, de dedos longos e finos. — As pessoas pensam todo tipo de coisa. É inevitável. Porém, para saber que rumo as coisas vão tomar na realidade, só nos resta aguardar a passagem do tempo. Tudo ainda vai acontecer daqui para a frente.

Eu fiquei calado. Não tinha ideia do que havia em sua mente, e também não fazia questão de saber. Se eu soubesse, talvez minha posição ficasse ainda mais complicada do que já estava.

Menshiki passou algum tempo em silêncio, depois perguntou:

— Mas, quando Mariê está sozinha com você, parece que fala bastante e espontaneamente, não é? Shoko comentou.

— É, acho que sim… — respondi, escolhendo as palavras. — Quando estamos no ateliê, acho que a conversa flui bem naturalmente.

Claro que não mencionei que Mariê viera da montanha ao lado, no meio da noite, para me visitar usando uma passagem secreta. Esse era nosso segredo.

— Será que ela já se acostumou com você? Ou será que sente algum tipo de conexão pessoal com você?

— Ela se interessa muito pela pintura, ou pela expressão artística em geral — expliquei. — Não é sempre, mas, em alguns momentos, quando temos o assunto da pintura como intermediário, conseguimos conversar bastante. Mariê é uma menina um pouco diferente mesmo. Nas aulas de desenho também quase não fala com as outras crianças.

— Então ela não se dá bem com jovens da mesma idade?

— Acho que não muito. Sua tia falou que ela não tem muitos amigos na escola.

Menshiki passou algum tempo calado, pensando.

— Mas, pelo visto, com a Shoko até que ela se abre bastante, não é? — disse ele.

— Parece que sim. Tenho a impressão de que é mais próxima da tia do que do pai.

Menshiki concordou em silêncio. Senti que aquele silêncio guardava alguma coisa.

— Como é o pai de Mariê? — perguntei. — Você deve ter verificado...

Menshiki desviou e estreitou os olhos por alguns instantes. Depois disse:

— Ele era uns quinze anos mais velho do que ela. Do que a falecida esposa, digo.

Essa "falecida esposa" era, naturalmente, a mulher com quem Menshiki havia namorado.

— Eu não sei nada sobre como eles se conheceram e como acabaram se casando. Quer dizer, nem tenho interesse em saber — disse ele. — Mas, qualquer que tenha sido a história, não há dúvida que ele tinha grande afeto pela esposa e que sua morte foi um choque muito grande para ele. Dizem que se tornou outra pessoa depois disso.

Segundo Menshiki contou, a família Akikawa fora em certa época uma grande proprietária de terras naquela região (assim como a família de Tomohiko Amada na sua cidade). Com a reforma agrária depois da Segunda Guerra Mundial, suas posses foram reduzidas mais ou menos à metade, mas ainda lhes sobraram bens consideráveis e a renda que provinha delas permitia à família viver confortavelmente.

Como o filho mais velho de um casal de irmãos, Yoshinobu Akikawa (era esse o nome do pai de Mariê) herdou o posto de chefe da família depois que seu pai morreu cedo. Vivia em uma casa no topo de uma montanha de sua propriedade e tinha um escritório em um de seus prédios, na cidade de Odawara, que gerenciava o aluguel de vários terrenos e imóveis — prédios comerciais e residenciais — na cidade e região. Às vezes lidavam com compra e venda de outros imóveis, mas seus negócios não se expandiram tanto. A atividade principal da empresa era administrar as propriedades da própria família Akikawa.

Yoshinobu Akikawa se casou tarde e teve uma filha no ano seguinte (Mariê Akikawa). Seis anos mais tarde, sua esposa morreu picada por vespas. Era começo da primavera, e ela estava passeando por um grande bosque de ameixeiras dentro do seu terreno quando foi atacada por um enxame de vespas grandes e agressivas. Isto foi um golpe violento para Yoshinobu. Ele deve ter desejado apagar, ao máximo, tudo o que o fizesse se lembrar daquela tragédia. Pois, depois que o funeral terminou, mandou cortarem até o último pé de ameixeira e arrancarem suas raízes do chão. Assim, o grande pomar de ameixeiras se tornou apenas um terreno baldio sem utilidade. Isso entristeceu muita gente, pois era um bosque muito bem cultivado e bonito, e também porque os moradores da vizinhança tinham permissão, desde antigamente, para colher um pouco das ameixas que o bosque produzia em abundância, boas para fazer licor e conservas. Então, essa vingança bárbara privou inúmeras pessoas de uma pequena alegria anual da qual desfrutavam havia décadas. Mas aquele pomar era propriedade de Yoshinobu Akikawa, ficava no *seu* terreno. Além disso, todos podiam compreender a fúria que ele sentia — uma fúria pessoal em relação às ameixeiras e às vespas —, então ninguém reclamou.

Depois da morte da esposa, Yoshinobu se tornou um homem muito melancólico. Ele nunca fora uma pessoa muito animada ou sociável, mas depois disso sua personalidade introvertida se intensificou. Ele também passou a ter cada vez mais interesse em questões espirituais e se envolveu com uma seita religiosa cujo nome eu nunca tinha ouvido antes. Dizem que até passou algum tempo na Índia. Construiu, do próprio bolso, um belo espaço para prática dessa religião nos arredores da cidade, onde passou a se enfurnar por longos períodos. Ninguém sabe ao certo o que se passa lá dentro. O fato é que Yoshinobu Akikawa parece ter encontrado, no severo treinamento religioso que realizava ali dia após dia e também no estudo da reencarnação, um novo motivo para viver depois da morte da esposa.

Essas atividades reduziram seu envolvimento com a empresa, mas seu trabalho também não demandava muito. Então, ainda que o dono faltasse, três antigos funcionários que trabalhavam lá conseguiam cuidar de tudo. Yoshinobu também começou a passar bastante tempo fora de casa. Praticamente só voltava para dormir. Não se sabe por quê, mas depois que sua esposa morreu ele perdeu o interesse pela sua única filha. Talvez ela o lembrasse de sua esposa. Ou, quem sabe, ele nunca tivera grande interesse por crianças. Seja como for, naturalmente sua filha também não se tornou muito próxima dele. Quem cuidava dela era Shoko, a irmã mais nova do pai. A princípio, Shoko havia tirado licença de seu trabalho como secretária do diretor em uma universidade de medicina em Tóquio e vindo morar em Odawara apenas temporariamente, mas acabou pedindo demissão e se mudando de forma definitiva para aquela casa. Deve ter se afeiçoado a Mariê, ou simplesmente não conseguiu ficar indiferente à situação em que sua pequena sobrinha se encontrava.

Quando terminou de contar tudo isso, Menshiki tocou os lábios com a ponta dos dedos e acrescentou:

— Por acaso você teria um uísque?

— Tenho quase meia garrafa de um *single malt* — respondi.

— Desculpe a indelicadeza, mas será que você poderia me servir uma dose? Com gelo.

— Claro, sem problemas. Só que você veio de carro, não é?

— Chamo um táxi — disse ele. — Não quero perder minha carteira.

Fui até a cozinha e trouxe a garrafa de uísque, um pote de louça com gelo e dois copos. Enquanto isso, Menshiki colocou sobre a vitrola o disco de *O cavaleiro da rosa* que eu estava ouvindo até pouco antes.

Bebemos juntos o uísque, ouvindo aquela obra do ápice de maturidade de Richard Strauss.

— Você gosta de *single malt*? — perguntou Menshiki.

— Ah, ganhei este de presente de um amigo que veio me visitar. Mas até que eu gosto bastante.

— Tenho em casa um *single malt* raro, da ilha de Islay, que um amigo me enviou da Escócia. Veio de um barril selado pelo próprio príncipe de Gales, quando ele visitou a destilaria. Posso trazer alguma hora, se quiser experimentar.

Respondi que não poderia lhe dar tanto trabalho.

— Falando na ilha de Islay, ela fica próxima da ilha de Jura. Você já ouviu falar?

Eu disse que não.

— É praticamente desabitada. Tem mais veados do que pessoas. E também coelhos, faisões e focas. E uma velha destilaria, perto de uma fonte de água muito saborosa, excelente para a produção de uísque. O uísque *single malt* de Jura, diluído com um pouco da água local recém--tirada, é delicioso. É algo que realmente só dá para saborear naquela ilha.

Comentei que parecia muito bom.

— Essa ilha é famosa por ser o local em que George Orwell escreveu *1984*. Ele alugou uma casinha no extremo norte da ilha, realmente no meio do nada, e por isso acabou adoecendo durante o inverno. As instalações da casa eram muito modestas. Imagino que ele precisava desse ambiente espartano para escrever. Passei cerca de uma semana nessa ilha. Todas as noites, sentava sozinho junto à lareira e bebia esse uísque maravilhoso.

— Por que você passou uma semana inteira sozinho em um lugar tão remoto?

— Negócios — Menshiki respondeu concisamente. E sorriu.

Pelo jeito, ele não pretendia me contar que tipo de negócio era. Eu também não tinha muito interesse em saber.

— Não sei por quê, mas eu estava precisando beber alguma coisa hoje — disse ele. — Acho que estava meio agitado... Por isso acabei abusando da sua gentileza. Venho buscar o carro amanhã mesmo. Pode ser?

— Por mim, não há problema.

Depois disso, houve um momento de silêncio.

— Posso fazer uma pergunta um pouco pessoal? — perguntou Menshiki. — Espero que você não leve a mal.

— Se for algo que eu possa responder, respondo. Não vou me ofender.

— Você foi casado, não foi?

Eu fiz que sim com a cabeça.

— Fui. Para falar a verdade, assinei e postei os documentos de divórcio outro dia mesmo, então não tenho muita certeza de qual é minha situação legal neste momento. Mas, seja como for, eu *fui* casado. Por cerca de seis anos.

Menshiki refletiu sobre alguma coisa, observando as pedras de gelo dentro do copo, depois disse:

— É uma pergunta intrometida, mas você sente algum arrependimento por ter se divorciado?

Eu tomei um gole de uísque e perguntei:

— Como é que se diz mesmo "o risco é do comprador", em latim?

— *Caveat emptor* — respondeu Menshiki, sem hesitar.

— Eu não consigo decorar a expressão direito, mas compreendo seu significado.

Menshiki riu.

— Não é que eu não tenha arrependimentos sobre meu casamento — falei. — Só acho que, mesmo se eu pudesse voltar a algum momento específico do passado e corrigir algum erro, no fim chegaríamos ao mesmo resultado.

— Você acha que existe algo como uma propensão imutável dentro de você, que se tornou um empecilho para seu casamento?

— Ou quem sabe falte alguma propensão imutável dentro de mim, e tenha sido justamente isso o que se tornou um empecilho para meu casamento.

— Mas você tem o desejo de pintar. Com certeza, isso está intimamente ligado ao desejo de viver.

— Entretanto, talvez eu ainda não tenha superado por completo alguma coisa, algo que preciso superar antes disso. Tenho essa impressão.

— O momento da sua provação irá chegar, com certeza. Cedo ou tarde — disse Menshiki. — Provações são uma boa oportunidade de reorganizar sua postura diante da vida. Quanto mais rigorosas forem, mais úteis se mostram depois.

— Desde que você não fracasse nessa provação e aí perca o ânimo de vez.

Menshiki sorriu. Não tocou mais no assunto do divórcio.

Eu trouxe azeitonas da cozinha e servi como aperitivo. Por algum tempo não falamos nada, só tomamos o uísque e comemos as azeitonas salgadas. Quando acabou um lado do disco, Menshiki foi até a vitrola e o virou. Georg Solti seguiu conduzindo a filarmônica de Viena.

Sim, Menshiki está sempre tramando alguma coisa. Ele sempre planeja a posição das suas peças. É sua única forma de agir.

Se o comendador estivesse correto, qual movimento Menshiki estava fazendo, ou pretendia fazer, naquele momento? Eu não tinha ideia. Talvez estivesse se contendo, aguardando a oportunidade. Ele disse que não tinha *intenção* de me usar. Desconfio que não estava mentindo. Porém, uma intenção é somente uma intenção. Aquele era um homem que passara a vida dedicando todas as suas habilidades para garantir o sucesso de negócios inovadores. Se ele estivesse tramando alguma coisa (ainda que de forma inconsciente), eu provavelmente não conseguiria escapar ileso.

— Você tem trinta e seis anos, se não me engano? — disse Menshiki, do nada.

— Isso.

— Talvez seja a melhor idade da vida.

Não me parecia a melhor, de maneira nenhuma, mas não falei nada.

— Eu fiz cinquenta e quatro anos. Velho demais para estar na linha de frente no meu ramo de negócios, mas jovem demais para me tornar uma lenda. Por isso você me vê passeando por aí.

— Tem gente que vira lenda ainda jovem, pelo que eu vejo.

— É, tem quem vire, claro. Mas não há praticamente nenhuma vantagem em se tornar uma lenda ainda jovem. Quer dizer, para mim isso seria um pesadelo. Uma vez que isso aconteça, tudo o que você pode fazer depois é viver os longos anos que restam da sua vida retraçando a própria lenda, e não posso imaginar uma vida mais tediosa.

— Você não se entedia?

Menshiki sorriu.

— Que eu me lembre, nunca me senti entediado. Não tive tempo para isso.

Eu só balancei a cabeça, admirado.

— E você? Já sentiu tédio? — me perguntou ele.

— Sim, é claro. Fico entediado com frequência. Mas acho que hoje o tédio é uma parte indispensável da minha vida.

— Você não sofre por estar entediado?

— Acho que me acostumei. Não sofro por isso.

— É, isso pode se dever à posição tão central que a pintura tem na sua existência. Esse é seu âmago, e sua paixão por criar nasce do que você chama de tédio. Sem um eixo como esse, tenho certeza de que você acharia o tédio insuportável.

— Atualmente você não trabalha, né?

— Sim, estou basicamente aposentado. Como disse antes, mexo um pouco com câmbio e com compra e venda de ações na internet, mas não é por necessidade. É quase como um jogo, uma forma de manter a mente ativa.

— E vive sozinho naquela casa imensa.

— Vivo.

— E mesmo assim nunca fica entediado?

Menshiki balançou a cabeça.

— Eu tenho muitas coisas para pensar. Muitos livros para ler, músicas para ouvir. Uso a cabeça para coletar, categorizar e analisar dados. Estou acostumado a ser ativo, é um hábito. Também me exercito e às vezes, quando preciso de uma mudança de ritmo, pratico piano. E preciso cuidar da casa, é claro. Não tenho tempo para ficar entediado.

— Você não tem medo de envelhecer? De envelhecer sozinho?

— Eu sei que vou envelhecer — disse Menshiki. — Meu corpo vai enfraquecer e é provável que eu me torne cada vez mais solitário. Mas ainda não sei como é envelhecer assim. Tenho uma ideia geral de como deve ser, mas ainda não passei por isso, e sou do tipo de pessoa que só acredita naquilo que vê com os próprios olhos. Por isso, estou esperando para saber com que vou me deparar. Não tenho muito medo. Também não sinto muita ansiedade, mas tenho um pouco de curiosidade.

Menshiki agitou devagar o copo de uísque e me olhou.

— E você? Tem medo de envelhecer?

— Tive um casamento de quase seis anos que acabou não dando certo. E, durante este tempo, não pude pintar nem uma única obra para mim mesmo. Normalmente, acho que eu pensaria que esses anos foram desperdiçados, já que tive que ficar pintando coisas que eu não gostava, para pagar as contas. Mas, no fim, talvez tenha um lado positivo. Comecei a considerar essa possibilidade recentemente.

— Talvez eu compreenda o que quer dizer. Há momentos na vida em que faz sentido abrir mão de seu próprio ego. Seria isso?

Talvez seja. Mas talvez, no meu caso, eu simplesmente tenha demorado muito para encontrar alguma coisa dentro de mim mesmo. Será que acabei arrastando Yuzu junto comigo por esse caminho longo e desnecessário?

— Será que tenho medo de envelhecer? — me perguntei. Será que eu temia a velhice? — Sinceramente, ainda tenho dificuldade de imaginar isso. Pode soar idiota um homem de trinta e tantos anos dizer uma coisa dessas, mas tenho a impressão de que minha vida mal começou.

Menshiki sorriu.

— Não é idiota, de modo algum. Talvez seja verdade e você esteja começando a viver agora.

— Agora há pouco você falou sobre genes. Que você não passa de um recipiente para receber um conjunto de genes e passá-los para a geração seguinte. E que, fora essa obrigação, você não passa de um torrão de terra. Não foi?

Menshiki concordou.

— É, eu disse.

— E você não acha assustador ser apenas um torrão de terra?

— Posso ser só um mero torrão de terra, mas até que sou um bom torrão — disse Menshiki, rindo. — Pode soar um pouco presunçoso, mas diria até que sou um torrão excelente. No mínimo, tenho certas habilidades. Limitadas, é claro, mas não deixam de ser habilidades. Então, enquanto eu estiver vivo, pretendo dar o melhor de mim. Quero testar até onde consigo ir e o que consigo fazer. Não tenho tempo para ficar entediado. Para mim, o melhor recurso para não sentir medo nem vazio é evitar o tédio.

Ficamos bebendo uísque até quase oito horas, momento em que a garrafa ficou vazia. Menshiki aproveitou para se levantar.

— É melhor eu voltar para casa — disse ele —, acabei abusando da sua hospitalidade.

Eu chamei um táxi por telefone. Bastou dizer que estava na casa de Tomohiko Amada para que soubessem o endereço. Ele era um homem famoso. O atendente disse que o carro chegaria em cerca de quinze minutos, eu agradeci e desliguei.

Enquanto esperávamos, Menshiki falou em tom de desabafo:

— Eu mencionei mais cedo que o pai de Mariê está profundamente envolvido com uma seita religiosa, não foi?

Eu concordei.

— É uma dessas seitas novas, meio sombrias, e, pelo que pesquisei na internet, já causaram alguns problemas na comunidade. Estão sofrendo processos civis. Sua suposta doutrina é uma porcaria malfeita que eu não chamaria de religião. O sr. Akikawa é livre para acreditar ou não no que quiser, desnecessário dizer. Entretanto, ele investiu uma quantia significativa nesse grupo, misturando os próprios bens e os da empresa. Ele tinha uma riqueza considerável no início, soube gerenciar os rendimentos dos aluguéis que recebe a cada mês. Mas sua renda é limitada, a não ser que venda terrenos e imóveis. E ele já vendeu terrenos e imóveis demais. Este é um sinal obviamente pouco saudável. Como um polvo comendo os próprios tentáculos para sobreviver.

— Ou seja, você acha que esse grupo religioso está se aproveitando dele?

— Exatamente. Acho que ele era um alvo fácil. E esse tipo de gente, quando agarra uma presa, suga tudo o que puder. Torcem até a última gota. Não fica bem dizer assim, mas a criação privilegiada do sr. Akikawa pode tê-lo feito mais vulnerável nesse sentido.

— E você se preocupa com isso.

Menshiki suspirou.

— O que quer que aconteça com o próprio sr. Akikawa, é ele o responsável. É um homem adulto e ciente de suas ações. Mas não é tão simples assim quando isso envolve uma família, que não tem ideia de nada. Bom, não que minha preocupação com o assunto fosse resolver alguma coisa.

— Estudos sobre reencarnação — falei.

— Em teoria, é um pensamento bem interessante — disse Menshiki, balançando a cabeça devagar.

Enfim, o táxi chegou. Antes de entrar no carro, Menshiki me agradeceu profusamente. Por mais que bebesse, sua expressão e seu decoro não se alteravam.

40.
Era impossível confundir aquele rosto

Depois que Menshiki se foi, escovei os dentes e logo deitei na cama e adormeci. Sempre tive facilidade para pegar no sono, e quando bebo uísque é ainda mais fácil.

E então, no meio daquela madrugada, despertei com um barulho violento. Acho que realmente ouvi algum barulho. Ou quem sabe isso aconteceu em sonho. Talvez tenha sido um som imaginário, originado em minha mente. Mas, seja como for, ouvi um impacto — *blam!* — como se fosse um terremoto. Do tipo que faz seu corpo pular. Essa parte não foi sonho nem imaginação, foi totalmente real. Eu estava dormindo bem fundo, mas quase caí da cama e despertei imediatamente.

Olhei para o relógio na cabeceira e vi que passava das duas horas da manhã. O horário em que o guizo costumava tocar. Mas não escutei nenhum som de guizo. Também não havia canto de insetos, pois o inverno já estava se aproximando. A casa estava imersa no silêncio. Nuvens espessas e escuras cobriam o céu. Escutando com atenção, só pude ouvir o som do vento.

Tateei para acender o abajur ao lado da cama e vesti um suéter sobre o pijama. Decidi dar uma volta pela casa para checar se estava tudo bem. Talvez tivesse acontecido alguma coisa. Vai ver um javali tinha pulado pela janela. Ou o telhado fora atingido por um pequeno meteorito. Nenhuma das duas coisas parecia muito provável, mas achei melhor checar se estava tudo bem. Afinal, eu estava ali na condição de guardião da casa. Além disso, mesmo que eu quisesse ignorar e voltar a dormir, não conseguiria pegar no sono tão cedo. O barulho me deixou alerta, e meu coração batia ruidosamente.

Fui checando cada cômodo da casa, acendendo todas as luzes. Não encontrei nada de estranho, apenas os cenários de sempre. Não era uma casa grande, então se algo tivesse acontecido certamente não me escaparia. Chequei todos os lugares, até faltar apenas o ateliê. Abri a porta que o conectava à sala, entrei e estendi a mão para acender a luz. Mas, nesse instante, *alguma coisa* me conteve. Algo sussurrou ao meu ouvido: *é melhor você não acender a luz*. Com uma voz baixa, mas clara. *Melhor deixar este cômodo no escuro.* Obedecendo ao sussurro, tirei a mão do interruptor, fechei devagar a porta às minhas costas e tentei enxergar na escuridão. Respirava com cuidado para não fazer nenhum ruído.

Conforme meus olhos foram se acostumando, percebi que havia mais alguém no ateliê. Eu podia sentir claramente sua presença. Esse *alguém* parecia estar sentado na banqueta de madeira onde eu sempre me sentava para pintar. No começo, pensei que se tratasse do comendador. Ele podia ter "corporificado" mais uma vez e voltado àquela casa. Mas a figura era grande demais para ser o comendador. A silhueta escura que eu via vagamente indicava se tratar de um homem alto e magro. O comendador tinha só sessenta centímetros de altura, já este homem parecia ter quase um metro e oitenta. Estava sentado com as costas levemente encurvadas, numa pose habitual das pessoas altas. E não se movia em absoluto.

Eu também fiquei imóvel, encostado no batente da porta, observando as costas do homem ainda com a mão esquerda estendida sobre a parede, para poder acender a luz imediatamente se fosse preciso. Ali no escuro, no meio da noite, ficamos os dois paralisados, como estátuas. Não sei por quê, mas eu não sentia medo. Minha respiração estava rápida e curta e meu coração batia com um som seco, rascante. Mas eu não estava assustado. Um homem desconhecido tinha invadido a casa no meio da noite. Talvez fosse um ladrão. Ou um fantasma. Qualquer que fosse o caso, seria óbvio sentir medo. Mas, não sei por quê, eu não tinha a sensação de que aquilo era assustador ou perigoso.

Quem sabe eu já estava acostumado com acontecimentos extraordinários, depois de tudo que vinha acontecendo desde o surgimento do comendador. Mas não era só isso. Acho que estava mais interessado em saber o que a figura misteriosa fazia no ateliê no meio da madrugada do que amedrontado. Minha curiosidade vencia o medo. O homem parecia estar perdido em pensamentos. E, mesmo de longe, dava para ver que sua capacidade de concentração era intensa. Ele nem parecia ter se dado conta de que eu entrara na sala. Ou, quem sabe, não se importava se eu entrasse ou saísse.

Respirando em silêncio e tentando conter as batidas do meu coração contra minhas costelas, esperei até que meus olhos se ajustassem ao escuro. Conforme o tempo passava, comecei a entender qual era o foco de tamanha concentração. O homem parecia estar olhando, muito fixamente, alguma coisa pendurada na parede ao seu lado. O que estava naquela parede devia ser a obra *O assassinato do comendador*, de Tomohiko Amada. Era isso que aquele homem alto encarava, sentado na banqueta, imóvel, o corpo levemente inclinado para a frente. Suas mãos estavam apoiadas nos joelhos.

Nesse momento, as nuvens pesadas que cobriam o céu começaram a se afastar em alguns pontos. Então, a luz do luar conseguiu passar por entre elas e iluminou, por um só segundo, o interior do ateliê — como se uma água límpida e silenciosa banhasse uma velha lápide, expondo os segredos esculpidos. Logo em seguida a escuridão retornou, mas não por muito tempo. As nuvens voltaram a se partir e, por quase dez segundos, o luar tingiu tudo de cinza azulado. Desta vez, consegui ver quem estava à minha frente.

O homem tinha cabelos brancos que caíam até os ombros. Estavam emaranhados, como se não fossem penteados há muito tempo. Pela sua postura, parecia ser bastante idoso. E era magro como uma árvore seca. Dava a impressão de ter sido, no passado, um homem robusto. Mas agora estava esquelético, abatido pela idade e, eu poderia supor, por alguma doença.

Não me dei conta de imediato, pois a magreza havia transformado suas feições. Mas, sob a luz silenciosa do luar, acabei compreendendo quem era. Só tinha visto um punhado de fotos, mas era impossível confundir aquele rosto. O nariz aquilino no perfil e a aura intensa que emanava de seu corpo eram evidências inegáveis. Apesar do frio da noite, minhas axilas estavam encharcadas de suor. O ritmo do meu coração ficou ainda mais rápido e mais forte. Era difícil acreditar naquilo, mas não havia margem de dúvida.

O velho era o autor daquela obra, Tomohiko Amada. Tomohiko estava de volta ao seu ateliê.

41.

Só quando eu não olhava para trás

Aquele não podia ser o Tomohiko Amada de carne e osso. O verdadeiro Tomohiko estava em um asilo em Izu-Kogen. Sofria de demência senil, já bastante avançada, e passava quase todo o tempo na cama. Jamais conseguiria chegar sozinho até ali. Sendo assim, o que eu estava vendo poderia ser o seu fantasma. Porém, até onde eu sabia Tomohiko ainda estava vivo. Então, talvez o correto fosse dizer que era seu *ikiryo*, o fantasma de um vivo. Ou quem sabe ele havia dado seu último suspiro momentos antes, se tornado um fantasma e vindo visitar aquela sala.

Seja como for, eu tinha certeza de que aquilo não era uma ilusão. Era real demais, tinha uma materialidade densa demais para ser uma ilusão. Eu sentia ali, sem sombra de dúvida, uma presença humana e consciente. Tomohiko Amada conseguira, com alguma ação especial, voltar ao *seu* antigo ateliê, onde agora estava sentado sobre a *sua* banqueta, observando a *sua* obra, *O assassinato do comendador*. Sem se incomodar com a minha presença (ou talvez sem sequer notá-la), ele cravava naquele quadro seu par penetrante de olhos, através da escuridão.

O luar, que entrava pela janela ao ritmo do movimento das nuvens, delineava nitidamente o corpo de Tomohiko. Ele estava de perfil. Vestia um velho roupão ou robe. Seus pés estavam descalços, sem meias ou chinelos. Tinha os cabelos brancos emaranhados e a barba por fazer cobria seu rosto das maçãs ao queixo. Seu rosto estava macilento, mas os olhos se destacavam, penetrantes.

Eu não tive medo, mas fiquei atordoado. A cena era extraordinária. Uma das minhas mãos continuava pousada sobre o interruptor na parede, mas eu não tinha intenção de acender a luz. Simplesmente não conseguia mover nenhum músculo. Eu não queria perturbar o que

Tomohiko Amada — fosse ele um fantasma, uma ilusão, ou qualquer outra coisa — estava fazendo. Aquele ateliê era, originalmente, um espaço construído para ele. O lugar ao qual ele *pertencia*. Eu era o intruso, e não tinha o direito de atrapalhar o que quer que ele quisesse fazer.

Por isso, respirei fundo, relaxei os ombros, saí do ateliê andando de costas, sem fazer ruído, e fechei a porta com delicadeza. Tomohiko permaneceu imóvel na banqueta. Acho que não teria percebido nem se eu trombasse com a mesa e derrubasse um vaso de planta. Sua concentração era muito vigorosa. O luar penetrou entre as nuvens e iluminou mais uma vez sua figura cadavérica. Gravei no fundo da minha mente a sua silhueta (aquela imagem que parecia condensar uma vida inteira) junto com as sombras delicadas da noite que se espalhavam ao seu redor. Eu precisava fixar aquela cena em minhas retinas e guardá-la na memória como uma preciosidade.

Voltei para a copa, sentei à mesa e tomei vários copos de água mineral. Gostaria de beber um pouco de uísque, mas a garrafa já estava vazia. Eu e Menshiki havíamos acabado com ela na noite anterior. Não havia outra bebida na casa, fora algumas cervejas na geladeira, mas eu não estava com vontade de cerveja.

No fim, só consegui voltar a dormir depois das quatro da manhã. Fiquei sentado à mesa, pensando sobre qualquer coisa. Estava muito agitado e não conseguia fazer nada. Só me restava fechar os olhos e deixar a mente vagar, mas eu não me sentia capaz de refletir com coerência. Passei várias horas apenas perseguindo retalhos de ideias diversas, como um cãozinho correndo atrás do próprio rabo.

Quando me cansei, trouxe de volta à mente a silhueta de Tomohiko Amada que vira pouco antes. E então, para fixar aquela memória, fiz um desenho simples. Em um caderno de rascunhos imaginário na minha mente, com um lápis imaginário, desenhei a figura daquele homem idoso. Quando estou à toa, faço isso com frequência. Não preciso de lápis e papéis reais. Pelo contrário, é até mais fácil sem eles. Talvez seja um hábito semelhante ao de um matemático que escreve longas fórmulas em uma lousa mental. E, quem sabe, um dia eu acabo pintando de verdade aquela imagem.

Não tive vontade de ir espiar novamente o ateliê. Estava curioso, claro. Será que o velho — aquele que poderia ser um alter ego de

Tomohiko Amada — continuava lá dentro? Será que estava até agora sentado na banqueta, fitando *O assassinato do comendador*? É claro que eu queria saber. Era provável que, ao testemunhar aquela cena, eu tivesse me deparado com uma situação de valor inestimável. Uma situação que poderia oferecer várias chaves para desvendar os mistérios escondidos na vida de Tomohiko.

Porém, não queria perturbar sua concentração. Ele transcendera os limites do espaço e desafiara a lógica para voltar àquele lugar e admirar mais uma vez, sem pressa, o quadro de sua autoria. Quem sabe, para examinar novamente alguma coisa que aquela obra guardava. Isso devia ter exigido dele uma quantidade extraordinária de energia, de preciosa energia vital da qual já não lhe restava muita. Sim, ele precisava, a qualquer custo, ver *O assassinato do comendador* uma última vez, até ficar satisfeito.

Quando acordei, passava das dez. O que era raro para uma pessoa que madruga como eu. Lavei o rosto, passei um café e comi a primeira refeição do dia. Não sei por quê, mas estava morto de fome. Comi quase o dobro do meu café da manhã habitual. Três torradas, dois ovos cozidos, uma salada de tomate, além de duas canecas grandes cheias de café.

Depois de comer, fui dar uma olhada no ateliê, mas é claro que Tomohiko Amada não estava mais lá. Encontrei apenas o ambiente estático que aquele cômodo tinha durante as manhãs. Um cavalete, uma tela apoiada sobre ele (o quadro de Mariê) e, à sua frente, a banqueta redonda de madeira. Um pouco afastada do cavalete, a cadeira em que Mariê se sentava para posar. Na parede ao lado, estava pendurado *O assassinato do comendador*. O guizo continuava desaparecido. O céu sobre o vale estava todo azul, o ar límpido e um pouco gelado. O canto agudo dos pássaros, se preparando para o inverno, perfurava o ar.

Telefonei para a empresa de Masahiko Amada. Já era quase meio-dia, mas sua voz soou um pouco sonolenta. Ecoava nela a preguiça das manhãs de segunda-feira. Depois de cumprimentá-lo, perguntei casualmente sobre o seu pai. Queria me certificar de que Tomohiko ainda não havia falecido e que aquilo que eu presenciara na noite anterior não era seu fantasma. Caso tivesse falecido no dia anterior, seu filho certamente já teria sido informado.

— Seu pai está bem?

— Fui visitá-lo faz alguns dias. A cabeça já não tem mais jeito, mas fisicamente acho que ele não está muito mal. Pelo menos, não parece ter nada muito grave.

Então Tomohiko Amada ainda não morreu, pensei. O que vi ontem não era um fantasma. Era uma personificação efêmera criada pela força de vontade de uma pessoa viva.

— É uma pergunta meio estranha de fazer, mas não tinha nada diferente com seu pai? — perguntei.

— Diferente?

— É.

— Por que você quer saber isso?

Eu dei a resposta que havia preparado de antemão:

— Pra falar a verdade, tive um sonho esquisito outro dia. Sonhei que seu pai voltava pra esta casa, de madrugada, e eu o via por acaso. Foi um sonho muito vívido, do tipo que a gente acorda num susto. Isso me deixou pensando se tinha acontecido alguma coisa.

— Puxa… — comentou Masahiko, interessado. — Que curioso. E o que meu pai estava fazendo de volta à casa no meio da noite?

— Estava sentado, imóvel, na banqueta do ateliê.

— Só isso?

— É, só isso, não estava fazendo mais nada.

— A banqueta que você diz é aquela redonda, de três pés?

— Isso.

Masahiko pensou um pouco sobre o assunto.

— Talvez a morte dele esteja se aproximando… — disse Masahiko, sem emoção na voz. — Porque dizem que, no final da vida, a alma das pessoas costuma visitar o lugar que foi mais importante pra elas. Acredito que para o meu pai esse lugar seria aquele ateliê.

— Mas ele não tem mais memória, tem?

— Não, no sentido corrente ele não tem mais memória. Mas ainda deve ter alma. É só que sua consciência não consegue mais acessá-la. Quer dizer, as linhas se cortaram e a consciência não é mais acessada, só isso. Com certeza a alma continua lá, no fundo. Talvez totalmente ilesa.

— Entendi.

— Você não ficou com medo?

— Do sonho?

— É, você disse que foi muito vívido…

— Não. Foi só uma sensação estranha. Como se o estivesse vendo de verdade.

— Vai ver era ele mesmo — disse Masahiko.

Eu não disse nada sobre isso. Não poderia contar ao seu filho que Tomohiko Amada provavelmente havia voltado àquela casa para ver *O assassinato do comendador* (pensando bem, talvez tenha sido eu quem o convidara para voltar. Se eu não tivesse desembrulhado aquele quadro, talvez ele não retornasse). Se eu mencionasse esse fato, teria que explicar tudo — sobre como eu havia descoberto o quadro no sótão e, não só isso, o desembrulhado sem pedir permissão e o pendurado na parede do ateliê. Talvez um dia eu tivesse que confessar tudo isso, mas ainda não queria ter essa conversa.

— Ah, sim… — disse Masahiko. — No outro dia eu estava sem tempo e não consegui te falar o que queria. Eu tinha dito que preciso conversar com você sobre uma coisa, lembra?

— Lembro, sim.

— Pensei em ir até aí uma hora e conversar com calma, pode ser?

— Bom, esta casa na verdade é sua. Você pode vir quando quiser.

— Estou pensando em visitar meu pai em Izu-Kogen de novo, neste fim de semana. Aí posso aproveitar e passar aí na volta, se não for ruim pra você. Fica bem no caminho.

Respondi que, fora o fim da tarde de quarta e sexta-feira e as manhãs de domingo, eu podia qualquer hora. Quarta e sexta eu dava aulas na escola em Odawara, e aos domingos precisava pintar o retrato de Mariê.

Ele disse que provavelmente viria no sábado à tarde.

— De qualquer jeito, eu ligo antes.

Depois de desligar, fui para o ateliê e experimentei sentar na banqueta. A banqueta na qual, na noite anterior, Tomohiko Amada estivera sentado. Assim que me sentei, senti que aquela não era mais a *minha* banqueta. Não havia dúvida de que aquele era um móvel que Tomohiko usara por muitos anos para pintar. *Pertencia a ele* e continuaria, eternamente, a pertencer. Para alguém desavisado, podia parecer apenas uma velha banqueta de três pés, cheia de marcas, mas a vontade de Tomohiko estava impregnada nela. Eu estava usando-a sem permissão por causa das circunstâncias.

Ainda sentado ali, fitei *O assassinato do comendador* na parede. Eu já fizera isso incontáveis vezes. E aquela era uma obra que merecia ser admirada repetidamente. Em outras palavras, era uma obra que abria espaço para ser vista de diversas maneiras. Mas agora eu estava com vontade de examiná-la por um ângulo distinto. Afinal, ela guardava *alguma coisa* que Tomohiko Amada sentira necessidade de ver mais uma vez, antes que sua vida chegasse ao fim.

Passei um longo tempo observando o quadro. Concentrado, contendo a respiração, o fitei do mesmo local, do mesmo ângulo e com a mesma postura em que, na noite anterior, o *ikiryo*, ou a projeção de Tomohiko havia se sentado para observá-la. No entanto, por mais atentamente que eu olhasse, não pude ver naquela superfície *nada* que eu não tivesse visto antes.

Cansei de pensar e saí de casa. O Jaguar prateado de Menshiki estava estacionado no pátio. Um pouco afastado da minha perua Corolla. Tinha passado a noite toda ali. Esperava comportadamente que seu mestre voltasse para buscá-lo, como um grande animal amestrado.

Caminhei sem rumo por perto da casa, pensando distraído sobre *O assassinato do comendador*. Enquanto andava pelo bosque, tive a estranha sensação de que alguém estava observando minhas costas. Como se aquele Cara Comprida tivesse erguido uma tampa quadrada no chão, em algum canto, e me observasse secretamente de dentro dela. Virei de repente e olhei para trás, mas não encontrei nada. Nem um buraco no chão, nem o Cara Comprida. Apenas a trilha deserta, que se estendia em meio ao silêncio, cheia de folhas caídas. A sensação se repetiu várias vezes. Mas, por mais rápido que eu virasse, nunca via ninguém.

Quem sabe, tanto o buraco quanto o Cara Comprida só existiam *quando eu não olhava para trás*. No segundo em que eu me voltava, eles percebiam e se escondiam. Como um jogo de crianças.

Atravessei todo o bosque e caminhei até o final da trilha, aonde nunca tinha ido. Procurei atentamente para ver se conseguia identificar a entrada para a "passagem secreta" que Mariê mencionara. Mas, por mais que procurasse, não vi nada que parecesse ser uma passagem. "Olhando normalmente, não dá pra ver", dissera ela. Devia estar realmente muito bem camuflada. Seja como for, ela viera sozinha por esse caminho secreto desde a montanha ao lado, quando já estava escuro, esgueirando-se por entre os arbustos e cruzando a mata.

A trilha terminava em uma pequena clareira redonda. Ali os galhos das árvores sobre a minha cabeça eram mais esparsos e, olhando para cima, pude ver um pequeno pedaço do céu. O sol de inverno entrava, formando uma linha reta até o chão. Eu me sentei em uma pedra chata nessa pequena poça de sol e fiquei observando a paisagem do vale por entre os troncos das árvores. Imaginando se Mariê não surgiria, a qualquer momento, pela tal passagem secreta. Mas é claro que ninguém apareceu de lugar nenhum. Só alguns pássaros se aproximavam de vez em quando, pousavam em um galho e depois alçavam voo. Geralmente se moviam em pares e anunciavam sua presença um ao outro com cantos curtos e nítidos. Li certa vez que há uma espécie de pássaro que, quando encontra um parceiro, passa o resto da vida fazendo tudo junto com ele. Quando um dos dois morre, o outro vive o resto dos seus dias na solidão. Desnecessário dizer que eles nunca assinariam documentos de divórcio enviados com certificado de entrega por empresas de advocacia.

O som de um caminhão anunciando algum produto chegou muito melancólico aos meus ouvidos, de bem longe, depois desapareceu. Em seguida, ouvi um ruído alto em um arbusto perto de mim, era de alguma coisa grande e desconhecida. Não era o tipo de barulho que uma pessoa faz. Por um instante, suei frio, pensando se não era um javali (eles eram, junto com as vespas, as criaturas mais perigosas daquela região), mas o ruído cessou de repente.

Aproveitei essa deixa para me erguer e caminhar de volta para casa. No caminho, contornei o santuário e cheguei como estavam as coisas com o buraco. Ele estava coberto pelas tábuas, como sempre, as pedras fazendo peso. Pelo que pude ver, não havia sinal de que tivessem sido movidas. As tábuas que faziam as vezes de tampa estavam cobertas por uma camada espessa de folhas caídas, molhadas pela chuva e já perdendo suas cores vívidas. Todas as folhas jovens e viçosas da primavera encontravam sua morte discreta e inevitável no final do outono.

Olhando fixamente, tive a impressão de que a qualquer momento a tampa do buraco iria se abrir e o Cara Comprida iria colocar seu rosto, longo como uma berinjela, para a superfície. Mas é claro que ela não se abriu. O buraco onde o Cara Comprida se escondia era quadrado, não redondo, e menor, mais personalizado. Além disso, quem estava escondido *neste buraco* não era ele, mas o comendador. Ou melhor, uma IDEA que tomou emprestada a imagem do comendador e tocou o guizo durante as noites para me chamar até aqui e fazer com que eu abrisse o buraco.

Seja como for, este era o começo de tudo. Depois que eu e Menshiki abrimos esse buraco com aquelas máquinas, uma sucessão de coisas estranhas começou a acontecer ao meu redor. Ou então começou quando encontrei o quadro *O assassinato do comendador* no sótão e o desembrulhei. Pensando cronologicamente, era essa sequência. Ou quem sabe as duas coisas estavam relacionadas. O quadro *O assassinato do comendador* pode ter guiado a IDEA até a casa. O comendador pode ter aparecido para mim como uma espécie de recompensa por eu ter libertado essa pintura. Mas, quanto mais eu refletia, mais difícil ficava avaliar o que era causa e o que era efeito.

Quando retornei à casa, o carro de Menshiki não estava mais lá. Ele deve ter vindo buscá-lo, de táxi ou coisa assim, enquanto eu estava fora. Ou enviou algum funcionário para fazer o serviço. Seja como for, agora restava no pátio apenas o meu Corolla, empoeirado e solitário. Pensei que, como Menshiki dissera, seria bom medir a pressão do ar nos pneus pelo menos uma vez. Mas eu ainda não tinha comprado um medidor. Era provável que acabasse nunca comprando.

Pensei em preparar o almoço, mas, quando parei diante da pia da cozinha, percebi que meu apetite, tão abundante naquela manhã, havia desaparecido por completo. Em vez disso, eu estava com muito sono. Peguei um cobertor, deitei no sofá da sala e adormeci rapidamente.

Tive um sonho curto enquanto dormia. Um sonho muito vívido e realista. Mas depois não consegui me lembrar de nada do que tinha sonhado. Só que havia sido muito vívido e realista. Mais do que um sonho, parecia um retalho de realidade que tinha ido parar no meio do meu sono por engano. Quando acordei, ele se tornou um animal ágil e fugidio e desapareceu sem deixar vestígios.

42.
Se quebrar quando cai
no chão, é um ovo

A semana voou. Durante as manhãs eu me concentrava diante da tela, e de tarde eu lia, caminhava, ou tomava as providências necessárias na casa. E assim, sem que me desse conta, os dias foram passando um após o outro. Na tarde de quarta-feira minha amante veio e fomos para a cama. O velho móvel rangeu dramaticamente, como de costume, e ela achou engraçado.

— Acho que não falta muito pra essa cama desmontar inteira — disse, quando fizemos uma pausa para descansar. — Vai se desfazer em tantos pedaços que não vai dar pra saber se era uma cama ou uma pilha de palitos de dente!

— Talvez a gente devesse ir um pouco mais devagar, se mexer com delicadeza...

— Talvez o Capitão Ahab devesse ter perseguido sardinhas — disse ela.

Eu refleti sobre isso.

— Quer dizer, tem coisas no mundo que não mudam tão fácil assim?

— Basicamente isso.

Depois de um momento, voltamos a perseguir a baleia branca pela vastidão do oceano. Tem coisas no mundo que não mudam tão fácil.

A cada dia, eu adiantava mais um pouco o retrato de Mariê. Devagar, fui dando corpo ao esqueleto que era aquele rascunho traçado sobre a tela. Misturei algumas cores para fazer o fundo, conforme o quadro exigia. Assim, ia preparando o terreno para que o rosto dela surgisse naturalmente sobre a tela e esperava até sua próxima visita no domingo. Na pintura, há etapas que devem ser feitas com o modelo diante de si e outras que devemos deixar preparadas enquanto ele não está. Gosto dos dois tipos. Pensar sozinho, sem pressa, sobre vários elementos, testar diversas cores e técnicas, ir preparando o ambiente. Eu gostava desse trabalho braçal, e também da parte de deixar uma matéria brotar daquele ambiente de forma espontânea e improvisada.

Também comecei a pintar em outra tela, ao mesmo tempo em que fazia o retrato de Mariê, a paisagem do buraco atrás do santuário. Não precisava ver a paisagem real para pintá-la, pois estava gravada vividamente no meu cérebro. Retratei-a da forma mais minuciosa possível, seguindo minha memória. Pintava de maneira realista como uma fotografia, com uma perspectiva objetiva. Eu não costumo pintar quadros de realismo fotográfico (exceto nos retratos que pintava a trabalho, é claro), mas não sou ruim nisso, de maneira alguma. Querendo, sou capaz de pintar obras tão minuciosas e realistas que podem ser confundidas com fotografias. Fazer isso ocasionalmente é uma forma de espairecer e também de praticar as técnicas básicas de pintura. Mas eu o fazia unicamente para minha própria diversão, não era para serem mostradas a ninguém.

Dia após dia, *O buraco no meio do bosque* ia surgindo com mais clareza diante dos meus olhos. A misteriosa abertura redonda, meio encoberta por tábuas pesadas. Esse era o buraco de onde saíra o comendador. O quadro retratava apenas essa abertura escura, sem nenhuma presença humana. Ao seu redor se acumulavam as folhas caídas do outono. Era uma paisagem absolutamente plácida, mas criava a expectativa de que a qualquer momento alguém (ou algo) iria se esgueirar para fora da abertura. Quanto mais eu olhava, mais forte era esse pressentimento. Apesar de ser um quadro pintado por mim mesmo, algo nele me causava arrepios.

Assim, eu passava todas as manhãs sozinho no ateliê, de pincel na mão, pintando alternadamente o *Retrato de Mariê Akikawa* e *O buraco no meio do bosque* — duas pinturas de estilos e personalidades totalmente distintas — conforme me apetecia. Sentado na banqueta onde Tomohiko Amada estivera na madrugada do domingo anterior, eu focava toda a atenção nas duas telas dispostas lado a lado. Talvez graças a isso, eventualmente percebi que a presença de Tomohiko, que eu sentira tão intensamente na manhã de segunda-feira, havia desaparecido. A velha banqueta voltara a ser apenas um objeto prático à minha disposição. Tomohiko Amada devia ter retornado ao seu lugar.

Durante aquela semana, fui algumas vezes até o ateliê de madrugada, entreabri a porta e espiei seu interior. Mas ele estava sempre vazio. Não encontrei nem Tomohiko Amada nem o comendador. Apenas uma banqueta velha diante dos cavaletes. A tênue luz do luar que entrava pelas janelas iluminava discretamente os objetos do cômodo. *O assassinato do comendador* pendurado na parede. *O homem do Subaru Forester branco*, inacabado e apoiado no chão, de costas. Sobre dois cavaletes lado a lado, as duas obras em processo, o *Retrato de Mariê Akikawa* e *O buraco no meio do bosque*. O cheiro de tinta a óleo, terebintina e óleo de papoula pairava no ar. Por mais que eu deixasse as janelas abertas para ventilar o cômodo, essa mistura de perfumes não desaparecia. Era o odor característico que já me acompanhava havia muito tempo e provavelmente continuaria me acompanhando dali em diante. Eu respirava fundo, como se quisesse confirmar sua presença, e fechava delicadamente a porta do ateliê.

Na noite de sexta-feira, Masahiko Amada me ligou para dizer que viria me visitar na tarde do dia seguinte e que traria um peixe fresco comprado em um porto ali perto, então eu não precisava me preocupar com a comida.

— Quer que eu leve mais alguma coisa? Se precisar de algo, já aproveito a viagem.

— Acho que não preciso de nada — respondi, mas depois me lembrei. — Ah, acabou o uísque. Outro dia recebi uma visita e tomamos todo aquele que você me deu... Pode me trazer uma garrafa, de qualquer marca?

— Eu gosto de Chivas, pode ser?

— Ótimo — respondi.

Masahiko sempre foi muito exigente com bebidas e comidas, e eu não tenho muitas preferências. Como e bebo do que tiver.

Depois de desligar o telefone, tirei *O assassinato do comendador* da parede do ateliê, levei-o para o quarto e o cobri. Aquela obra inédita de Tomohiko Amada, que eu trouxera secretamente do sótão, não podia ser vista pelo seu filho. Pelo menos, não agora.

Assim, as únicas obras expostas a olhares alheios no ateliê seriam o *Retrato de Mariê Akikawa* e *O buraco no meio do bosque*. Parei diante delas e as observei. Conforme as comparava, surgiu na minha mente a imagem de Mariê contornando o santuário e se aproximando da abertura no chão. Sentia que aquele encontro daria início a *algo*. A tampa de tábuas estava entreaberta. A escuridão no seu interior convidava a menina. Será que era o Cara Comprida quem a aguardava lá dentro? Ou seria o comendador?

Será que aquelas duas pinturas estavam relacionadas de alguma forma?

Eu estava pintando quase ininterruptamente desde que chegara àquela casa. Primeiro o retrato de Menshiki, sob encomenda, depois *O homem do Subaru Forester branco* (apesar de ter interrompido esta obra logo que comecei a acrescentar cores) e agora, ao mesmo tempo, o *Retrato de Mariê Akikawa* e *O buraco no meio do bosque*. Eu tinha a impressão de que essas quatro pinturas poderiam se encaixar como peças de um quebra-cabeça e que seu conjunto contaria uma história.

Ou, quem sabe, ao pintar essas quatro obras eu estava tentando registrar uma história. Será que *alguém* tinha me dado essa função, ou o direito de registrar tal história? Se fosse o caso, *quem* poderia ser? E por que eu fui escolhido para o papel?

Na tarde de sábado, pouco antes das quatro horas, Masahiko chegou em seu Volvo preto. Ele gostava daquele carro antiquado, quadrado, confiável e robusto. Já o dirigia havia muito tempo, e o carro devia ter uma quilometragem bem alta, mas ele não parecia ter intenção de trocá-lo por um modelo mais recente. Naquele dia, Masahiko fez questão de trazer a própria faca para peixes, com a qual preparou o grande pargo fresco que acabara de comprar em uma peixaria na cidade de Ito. Ele sempre foi um homem de muitos talentos. Tirou as espinhas com esmero e cortou o peixe em inúmeras fatias de sashimi, aproveitando cada pedaço da carne. Com a carcaça fez um caldo, e a pele, tostou para comermos como aperitivo junto da bebida.

Fiquei ao seu lado, apenas observando, admirado, as suas ações. Acho que ele teria algum sucesso como chef profissional.

— Para peixes brancos como esse, na verdade o melhor é deixar o sashimi descansar uma noite. Fica mais macio e com sabor mais acentuado... Mas fazer o quê? Dê um desconto, por favor — disse Masahiko, enquanto manejava a faca com habilidade.

— Eu é que não vou reclamar — falei.

— Se sobrar, você pode comer amanhã.

— Pode deixar.

— Falando nisso, tudo bem se eu passar a noite aqui? — perguntou Masahiko. — Queria sentar com você e conversar com calma, tomando alguma coisa, mas se eu beber não posso dirigir de volta. Durmo no sofá da sala mesmo.

— Claro — respondi. — A casa é sua, pode dormir aqui sempre que quiser.

— Não vem nenhuma mulher te visitar ou coisa assim?

— Não tenho nada combinado.

— Então vou ficar.

— E não precisa dormir no sofá da sala, imagina. Tem o quarto de hóspedes.

— Ah, eu prefiro o sofá, mesmo. Ele é bem mais confortável do que parece. Sempre gostei de dormir nele.

Masahiko tirou a garrafa de Chivas Regal de uma sacola de papel, rasgou o lacre e a abriu. Eu trouxe dois copos e peguei gelo no freezer. O som do uísque caindo nos copos é muito agradável. Como o som de uma pessoa próxima se abrindo com você. Nós bebemos enquanto preparávamos a refeição.

— Faz muito tempo que não bebemos juntos, né? — disse Masahiko.

— É, pensando bem, já faz tempo. Antigamente a gente bebia bastante...

— Bom, *eu* bebia bastante. Você nunca foi de beber tanto.

Eu dei risada.

— Pra você podia parecer pouco, mas pra mim aquilo era bastante!

Eu não costumo beber até me embriagar, porque antes disso fico com sono e acabo dormindo. Já Masahiko é do tipo que, quando resolve beber, bebe de verdade.

Nós nos sentamos à mesa, jantamos o sashimi e bebemos uísque. Primeiro, comemos as ostras frescas que Masahiko comprara junto com o pargo, quatro para cada um, depois o sashimi. Estava extremamente fresco e saboroso. De fato, a carne ainda estava um pouco firme, mas a comemos devagar, acompanhada pela bebida, e, por fim, acabamos com o peixe inteiro. Deu para ficar bem satisfeito. Além das ostras e do pargo, comemos tofu e uma conserva de folhas de *wasabi*. Encerramos com o caldo.

— Fazia tempo que eu não comia tão bem — falei.

— Não é fácil encontrar esse tipo de coisa em Tóquio... — disse Masahiko. — Morar por aqui não parece de todo mal. No mínimo, dá pra comer peixes bem frescos.

— Mas acho que você ficaria muito entediado se morasse aqui.

— Pra você é entediante?

— Hum... O tédio não me incomoda muito, no geral. E, mesmo neste fim de mundo, tem me acontecido bastante coisa.

Desde que me mudara no começo do verão, havia conhecido Menshiki, e, juntos, abrimos o buraco atrás do santuário. Depois o comendador apareceu, e por fim Mariê e Shoko Akikawa entraram na minha vida. Além disso, eu tinha aquela amante, uma mulher sexualmente muito madura, para me consolar. Até o *ikiryo* de Tomohiko Amada tinha me visitado. Com tudo isso, não tive nem tempo de me entediar.

— Talvez eu pudesse não me entediar aqui também — disse Masahiko. — Você sabia que eu costumava surfar? Pegava muita onda nas praias por aqui.

Eu disse que não sabia. Nunca tinha ouvido falar disso.

— Ando pensando que daqui a pouco eu podia mudar de vida, deixar a cidade grande e ir pra algum lugar assim. Onde eu possa acordar de manhã, olhar o mar, e se achar que as ondas vão ser boas, sair com a prancha debaixo do braço.

Eu jamais conseguiria levar uma vida como essa.

— E o seu trabalho? — perguntei.

— Se eu for pra Tóquio umas duas vezes por semana, consigo cuidar de tudo. Hoje em dia a maior parte do que eu faço é no computador, não seria problema morar fora da cidade. O mundo de hoje é muito prático, né?

— Não sabia.

Ele me olhou pasmo.

— Já estamos no século xxi, viu? Dessa parte você sabia?

— Ouvi dizer — respondi.

Depois de comer, passamos para a sala de estar e continuamos bebendo. O outono já estava chegando ao fim, mas não estava frio a ponto de precisarmos acender a lareira.

— E o seu pai, como está? — perguntei.

Masahiko soltou um pequeno suspiro.

— O mesmo de sempre. A cabeça totalmente desconectada. Não saberia diferenciar um ovo de um testículo.

— Se quebrar quando cai no chão, é um ovo — falei.

Masahiko riu alto.

— Mas, pensando bem, o ser humano é uma criatura esquisita. Até poucos anos atrás, meu pai era um sujeito forte, imperturbável. Sua mente era límpida como o céu numa noite de inverno, chegava a dar raiva. E agora essa mente virou um buraco negro da memória. Um buraco negro infinito, que brotou do nada, no meio do espaço. — Masahiko balançou a cabeça. — Quem foi que disse que "a maior surpresa que se pode ter é a velhice"?

Eu respondi que não sabia. Nunca tinha ouvido essa frase. Mas era verdade. Talvez a velhice fosse mais surpreendente até que a morte. Talvez superasse, em muito, a imaginação humana. Descobrir, um belo dia, que biologicamente (e socialmente) sua existência é irrelevante, que já não tem mais serventia neste mundo.

— Aliás, o sonho que você teve com meu pai foi muito realista? — perguntou Masahiko.

— Foi, tanto que nem parecia ser sonho.

— Meu pai estava no ateliê aqui nesta casa, né?

Eu o levei até o ateliê e apontei a banqueta no meio do cômodo.

— No sonho, seu pai estava sentado ali naquela banqueta, imóvel. Masahiko se aproximou da banqueta e pousou a mão sobre ela.

— Sem fazer nada?

— É, só sentado aí, sem fazer nada.

Na verdade, ele estava observando fixamente *O assassinato do comendador* pendurado na parede, mas não mencionei essa parte.

— Meu pai amava essa banqueta — disse Masahiko. — É só um móvel velho, mas ele nunca se desfez dela. Ficava sentado aqui, tanto para pintar quanto para pensar na vida.

— Não parece, mas é um lugar estranhamente relaxante. Usando é que a gente percebe — falei.

Masahiko passou algum tempo ali, com a mão sobre a banqueta, mas não quis se sentar. Depois disso, olhou para as duas telas apoiadas diante dela. O *Retrato de Mariê Akikawa* e *O buraco no meio do bosque*, meu trabalho em andamento. Ele as examinou devagar, com atenção, como um médico que procura uma sombra em uma chapa de raios-X.

— Muito interessante — disse ele. — Excelente.

— As duas?

— Sim, ambas são muito instigantes. E colocadas assim, lado a lado, têm uma espécie de movimento surpreendente. São de estilos completamente diferentes, mas parece que há alguma conexão entre elas.

Eu assenti. A sua opinião batia com a vaga sensação que eu vinha tendo.

— A meu ver você está, pouco a pouco, conseguindo encontrar uma nova direção para si mesmo. Como se estivesse prestes a conseguir, finalmente, sair de dentro de uma mata cerrada. Acho que você deve valorizar esse momento.

Masahiko disse isso e tomou um gole do uísque. As pedras de gelo tilintaram.

Fui tomado por um impulso muito forte de mostrar a ele *O assassinato do comendador* de Tomohiko Amada. Queria saber o que Masahiko diria sobre aquela obra. Quem sabe suas palavras fossem uma pista importante. Mas consegui, de alguma maneira, conter o impulso.

Era muito cedo. Algo me dizia, ainda era cedo.

Saímos do ateliê e voltamos para a sala. Havia começado a ventar, pois pela janela podia ver nuvens pesadas movendo-se lentamente rumo ao norte. A lua ainda estava fora de vista.

— Bom, sobre o que me trouxe aqui — começou Masahiko, determinado.

— Parece ser meio espinhoso, né?

— É, sim. *Bem* espinhoso.

— Mas é algo que eu preciso saber.

Masahiko esfregou as mãos com força, como se estivesse se preparando para erguer algum objeto pesadíssimo.

— É sobre a Yuzu. Eu me encontrei com ela algumas vezes, antes de você sair de casa na primavera, e depois também. Nós nos encontramos na rua, por iniciativa dela, mas ela pediu para eu não te dizer nada. Eu não queria ter segredos com você, mas acabei prometendo.

Eu assenti com a cabeça:

— Promessas devem ser cumpridas.

— É que eu também considero a Yuzu uma amiga.

— Eu sei — respondi. Masahiko levava suas amizades muito a sério. Às vezes, isso pode se tornar um ponto fraco.

— Ela estava tendo um relacionamento. Isto é, outro relacionamento, fora o de vocês.

— Eu sei. Quer dizer, *hoje* eu sei.

Masahiko concordou.

— Acho que quando você saiu de casa devia fazer uns seis meses que eles estavam juntos. E… é difícil confessar isso, mas o homem com quem ela estava saindo era um conhecido meu. Um colega de trabalho.

Eu soltei um suspiro.

— É um homem muito bonito, aposto.

— Sim, um sujeito bem bonito. Chegou a ser descoberto por um olheiro quando era estudante e fez uns *freelas* como modelo. E, para falar a verdade, fui eu quem apresentou Yuzu a ele.

Eu não disse nada.

— Quer dizer, no fim das contas foi o que aconteceu — acrescentou ele.

— Bom, Yuzu sempre teve um fraco por homens de rosto bonito. Ela mesma admitia que era quase patológico.

— Seu rosto também não é de todo mal — disse Masahiko.

— Obrigado. Vou dormir bem essa noite.

Passamos algum tempo em silêncio. Depois Masahiko retomou o assunto.

— Enfim, é um cara bonitão. E é um cara legal. Sei que isso não serve de consolo, mas não é do tipo violento, ou sacana com as mulheres, ou que deixa a beleza subir à cabeça.

— Folgo em saber — falei.

Não era minha intenção, mas minha voz soou bastante irônica. Masahiko continuou:

— Um dia, em meados de setembro do ano passado, eu estava com esse cara e encontramos Yuzu na rua. Era hora do almoço, então acabamos almoçando os três juntos ali por perto. Mas jamais me ocorreria que os dois poderiam ter um caso. Além do mais, ele é uns cinco anos mais novo do que a Yuzu.

— Mas eles não perderam tempo.

Masahiko encolheu de leve os ombros. As coisas devem ter progredido muito rápido.

— Ele veio conversar comigo sobre o que estava acontecendo — disse ele. — Yuzu também. Isso me colocou em uma posição bem complicada.

Eu fiquei em silêncio. O que quer que eu dissesse ia soar idiota. Masahiko também se calou por alguns momentos, depois acrescentou:

— Na verdade, é que Yuzu está grávida.

Eu fiquei sem palavras.

— Grávida? A Yuzu?

— É, de uns sete meses.

— Foi planejado?

Masahiko balançou a cabeça.

— Isso eu não sei… Mas parece que ela pretende ter a criança. Bom, ela já está de sete meses, nem teria mais jeito.

— Ela dizia que ainda não queria ter filhos.

Masahiko encarou o copo por um tempo, de cenho levemente franzido.

— Não tem chance de a criança ser sua, tem?

Eu fiz as contas rapidamente e neguei com a cabeça.

— Deixando de lado o aspecto legal, biologicamente a possibilidade é zero. Eu saí de casa há oito meses e não vejo Yuzu desde então.

— Que bom — disse ele. — Seja como for, agora ela está prestes a ter essa criança, e pediu que eu contasse isso a você. Disse que não pretende incomodá-lo com esse assunto.

— Por que será que ela fez questão que eu soubesse?

Masahiko balançou a cabeça.

— Não sei... Acho que quis te contar por educação.

Eu não disse nada. *Por educação?*

— Enfim, o ponto é que eu queria pedir desculpas por tudo isso. Qualquer que fosse a situação, me sinto péssimo por não ter dito nada, sabendo o que estava acontecendo entre a Yuzu e meu colega de trabalho.

— Foi para compensar isso que você me emprestou esta casa pra morar?

— Não, isso não tem nada a ver com a história da Yuzu. Esta foi a casa de meu pai por décadas, foi onde ele fez seus quadros. Achei que você seria a pessoa certa para manter a tradição. Eu não poderia emprestá-la a qualquer um, assim tão fácil.

Eu não disse nada. Ele provavelmente estava falando a verdade.

Masahiko continuou:

— Independente de tudo isso, agora você assinou os documentos de divórcio e os enviou de volta pra Yuzu, não foi?

— Para ser preciso, enviei pro advogado, não para ela. Então o divórcio já deve estar finalizado. Quem sabe agora os dois escolhem uma data e se casam.

E então serão uma família feliz. A pequena Yuzu como mãe, um pai alto e bonito, e uma criancinha. Os três passeando num parque da vizinhança, num domingo de sol. É uma cena de aquecer o coração.

Masahiko acrescentou mais gelo nos copos e serviu mais uma dose de uísque em cada. Depois ergueu o seu e tomou um gole.

Eu me levantei da cadeira, fui até o terraço e olhei a casa de Menshiki, do outro lado do vale. As luzes estavam acesas em algumas janelas. O que ele estaria fazendo lá, agora? No que estaria pensando?

O ar da noite estava gelado. Os galhos das árvores, já totalmente sem folhas, se moviam de leve com o vento. Eu voltei para a sala e me sentei novamente.

— Será que você consegue me perdoar?

Eu balancei a cabeça.

— Isso tudo não é culpa de ninguém.

— Eu só acho triste. Você e a Yuzu combinavam tanto, pareciam um casal tão feliz. É triste que algo assim se parta dessa maneira.

— Experimente derrubar no chão. Se quebrar, era um ovo — falei.

Masahiko riu sem ânimo.

— E agora, como vão as coisas? Você tem saído com alguém desde que se separou da Yuzu?

— Na verdade eu tenho.

— Mas não é a mesma coisa?

— Acho que não. Eu encontrei na Yuzu alguma coisa que eu sempre busquei nas mulheres.

— E que nas outras mulheres você não encontra?

Eu balancei a cabeça.

— Por enquanto, não.

— Que pena — disse Masahiko. — Mas o que é isso que você busca em todas as mulheres?

— Não sei explicar em palavras... Deve ser alguma coisa que perdi a certa altura da vida e venho procurando desde então. Será que não é assim que todas as pessoas se apaixonam?

— Talvez não *todas* — disse Masahiko, com um ar pensativo. — Pelo contrário, talvez seja a minoria. Mas, se você não consegue expressar em palavras o que busca, por que não tenta desenhar? Afinal, você é um artista.

— Se eu não consigo explicar em palavras, basta expressar como imagem? Isso é fácil de dizer, mas na prática não é tão simples assim.

— Talvez valha a pena tentar.

— Talvez o Capitão Ahab devesse ter perseguido sardinhas... — falei.

Masahiko riu ao ouvir isso.

— Do ponto de vista da segurança, teria sido uma escolha melhor. Mas assim não se criaria a arte.

— Ih, deixa disso. Quando aparece a palavra "arte", a conversa não tem mais futuro.

— Estou achando que a gente precisa beber mais — respondeu ele, balançando a cabeça, e serviu mais uísque nos copos.

— Eu não aguento beber tanto... E amanhã de manhã eu trabalho.

— Amanhã é outro dia. Hoje é tudo o que temos agora — disse Masahiko.

Suas palavras foram surpreendentemente convincentes.

— Tem uma coisa que eu queria te pedir — falei para Masahiko.

Já estávamos perto de encerrar a conversa e ir dormir. Faltava pouco para as onze horas.

— Qualquer coisa que esteja ao meu alcance.

— Se der, eu queria me encontrar com seu pai. Será que você pode me levar quando for para o asilo em Izu?

Masahiko me olhou como quem olha um bicho esquisito.

— Você quer ver meu pai?

— Se você não achar ruim...

— Eu não acho, imagina. Mas é que meu pai já não é capaz de ter uma conversa decente. Ele está um caos, é praticamente um pântano. Então se você tiver alguma esperança nesse sentido... Quer dizer, se quiser obter de Tomohiko Amada qualquer tipo de *coerência*, acho que vai se desapontar.

— Não tenho essa esperança. Só queria me encontrar com seu pai pelo menos uma vez e ver bem a cara dele.

— Por quê?

Eu respirei fundo e corri os olhos pela sala ao nosso redor.

— Já faz seis meses que moro nesta casa. Pinto no ateliê do seu pai, sentado na banqueta dele. Sirvo minha comida na louça que ele usou, ouço os seus discos. Com isso, sinto constantemente sua presença. Então comecei a achar que preciso encontrá-lo ao vivo, pelo menos uma vez. Não me importo se for impossível conversar com ele.

— Bom, tudo bem — Masahiko pareceu convencido. — Ele não vai achar bom nem ruim se você for, já não sabe quem é quem. Então não tem problema nenhum eu te levar. Eu devo voltar para Izu-Kogen em breve, porque os médicos disseram que ele já não tem muito tempo e que, a essa altura, algo pode acontecer a qualquer momento. Então eu te aviso e se você estiver livre, vamos juntos.

Eu peguei o cobertor e o travesseiro que tinha deixado separados e arrumei o sofá da sala. Olhei ao redor mais uma vez, me certificando de que o comendador não estava por ali. Se Masahiko acordasse no meio da noite e desse com o comendador — com um pequeno homem de sessenta centímetros vestido com trajes do período Asuka — levaria um susto desgraçado. Talvez achasse que tinha bebido até delirar.

Além do comendador, *O homem do Subaru Forester branco* também estava naquela casa. Eu tinha deixado aquele quadro voltado para a parede, para que ninguém o visse, mas era impossível adivinhar do que ele seria capaz na escuridão da madrugada.

— Espero que você durma bem, até de manhã — falei para Masahiko. Era mèu desejo sincero.

Emprestei um pijama a ele. Foi fácil, porque somos mais ou menos do mesmo tamanho. Ele se trocou e se acomodou no sofá. A sala estava um pouco fria, mas embaixo do cobertor parecia quentinho.

— Você não está bravo comigo?

— Não — respondi.

— Mas está um pouco magoado, não?

— Pode ser — admiti. Acho que eu tinha direito de ficar um pouco magoado.

— Mas o copo ainda está um dezesseis avos cheio.

— Exatamente — falei.

Então apaguei a luz da sala, me retirei para o quarto e adormeci rapidamente. Eu e meus sentimentos ligeiramente feridos.

43.
Aquilo não podia ter sido simplesmente um sonho

Quando acordei, já era dia claro. Uma camada fina de nuvens cinza cobria o céu, mesmo assim os raios benevolentes do sol se espalhavam sobre a terra. Faltava pouco para as sete horas.

Lavei o rosto, preparei a cafeteira e fui ver como estavam as coisas na sala. Masahiko dormia fundo no sofá, enrolado no cobertor. Não parecia que ia acordar tão cedo. Sobre a mesa de canto estava a garrafa quase vazia de Chivas Regal. Recolhi a garrafa e os copos sem perturbá-lo.

Eu tinha bebido bastante na noite anterior, mas não estava de ressaca. Não sentia azia e tinha a cabeça leve como em qualquer manhã. Não sei por quê, mas eu nunca tive uma ressaca na vida. Talvez isso seja do meu metabolismo. Mesmo que eu beba muito, basta dormir uma noite para, ao acordar, não sentir mais sinal do álcool. Eu podia tomar café e ir logo trabalhar.

Fiz duas torradas, fritei dois ovos e escutei o noticiário e a previsão do tempo no rádio enquanto comia. O preço das ações oscilava violentamente, havia um escândalo no parlamento e um atentado terrorista no Oriente Médio deixara inúmeros mortos e feridos. Como sempre, as notícias não eram nada animadoras. Mas, ao mesmo tempo, nada daquilo tinha consequências diretas na minha vida. Não passavam, por enquanto, de acontecimentos distantes, afetando pessoas desconhecidas. Eu sentia muito por elas, mas não havia nada que eu pudesse fazer. A previsão do tempo anunciou um clima razoável. Nublado o dia todo, porém sem chuva. Não seria um dia deslumbrante, mas também não seria muito feio. Provavelmente. Mas os locutores, com a esperteza de quem trabalha na mídia, nunca usavam termos incertos como "provavelmente". Em vez disso, usavam expressões convenientes como "probabilidade de precipitação", de forma que ninguém precisasse se responsabilizar pelas declarações.

Quando o noticiário e a previsão do tempo chegaram ao fim, desliguei o rádio e lavei a louça. Depois me sentei novamente à mesa e tomei uma segunda xícara de café, pensando na vida. Esse é o momento em que as pessoas costumam abrir o jornal do dia, mas eu não assinava nenhum jornal, então só me restava pensar, enquanto tomava café e fitava o belo salgueiro diante da janela.

Primeiro, pensei sobre a minha esposa, que (aparentemente) teria um filho em breve. Depois me dei conta de que ela não era mais minha esposa. Nada mais nos conectava. Nem obrigações civis, nem relações pessoais. Para ela eu já devia ser *um estranho*, que não significava nada. Era muito esquisito pensar isso. Até poucos meses antes nós comíamos juntos todas as manhãs, usávamos as mesmas toalhas e sabonetes, mostrávamos nossos corpos nus um ao outro e dividíamos a cama, mas agora éramos estranhos, sem nenhum vínculo.

Pensando sobre isso, comecei a sentir que eu não significava nada nem para mim mesmo. Pousei as duas mãos sobre a mesa e as observei por um tempo. Eram minhas mãos, sem dúvida. A direita e a esquerda eram praticamente idênticas, só que espelhadas. As mãos que eu usava para pintar, para preparar comida e para comer, às vezes para acariciar uma mulher. Mas, por algum motivo, não pareciam minhas. Nem o dorso, nem a palma, nem as unhas, nem as digitais, tudo me parecia desconhecido, as mãos de *um estranho*.

Desisti de encará-las. Desisti também de pensar sobre a mulher que havia sido minha esposa. Saí da mesa, fui até o banheiro, tirei o pijama e tomei uma ducha quente. Lavei bem os cabelos e fiz a barba diante do espelho. E então, novamente, pensei sobre Yuzu, que esperava uma criança — uma criança que não era minha. Não queria pensar sobre isso, mas não podia evitar.

Ela estava grávida de sete meses. Sete meses atrás... seria a segunda metade de abril. O que eu estava fazendo na segunda metade de abril? Foi em meados de março que saí de casa e parti naquela longa viagem solitária. Passei um longo tempo perambulando pela região de Tohoku e Hokkaido no meu velho Peugeot 205. Quando cansei de viajar e voltei para Tóquio, já estávamos em maio. No final de abril, fui de Hokkaido para Aomori, atravessando de balsa o vasto espaço entre a cidade de Hakodate e a península de Shimokita.

Peguei no fundo de uma gaveta o diário simples que mantivera durante a viagem e tentei descobrir onde eu estava naquele período. Eu havia me afastado da costa e estava viajando por dentro das montanhas de Aomori. Apesar de já ser abril, ainda fazia muito frio e havia bastante neve nas montanhas. Não sei bem por que resolvi me aventurar por essa região tão gelada. Lembrei que havia passado vários dias hospedado em um pequeno hotel quase deserto, próximo a um lago, não sei em que cidade. Era uma velha construção de concreto, sem nenhum charme e com refeições muito simples (apesar de não serem ruins), mas continuei lá porque as diárias eram inacreditavelmente baratas. E havia também, em um canto do jardim, uma banheira de águas termais ao ar livre que eu podia usar a qualquer hora do dia ou da noite. O hotel acabara de retomar as atividades depois do inverno, então acho que eu era praticamente o único hóspede.

Não sei por quê, mas as minhas memórias dessa viagem eram muito vagas. No caderno que usava como diário, anotei apenas o nome das cidades que visitei, onde me hospedei, o que comi, quantos quilômetros o carro rodou, as despesas diárias, esse tipo de coisa. Registrava tudo isso toscamente, sem método e sem comentários sobre meu estado emocional, minhas impressões, nada do gênero. Talvez eu não tivesse nada para escrever sobre isso. Então, não adiantava checar o diário, os dias continuavam sendo praticamente indistintos. Os nomes também não me ajudavam a lembrar das cidades. Muitos dias eu não havia sequer anotado onde estava. Eram sempre as mesmas paisagens, as mesmas comidas, o mesmo clima (só apareciam duas temperaturas: "frio" e "não tão frio"). Tudo o que eu conseguia lembrar sobre a viagem era essa sensação monótona de repetição.

As paisagens e cenas que eu retratara no meu pequeno caderno de rascunhos eram capazes de refrescar um pouco melhor a memória (não levei câmera, então não tenho nem uma única foto. Em vez disso, tenho desenhos). Mas não digo que tenha desenhado muito durante essa viagem. Só registrava o que estivesse à minha frente, para matar o tempo, com uma esferográfica ou um lápis velho. Flores à beira da estrada, cachorros e gatos, a silhueta das montanhas contra o céu, coisas assim. De vez em quando, retratava também as pessoas ao meu redor. Mas nesses casos era comum o modelo me pedir o desenho de presente, então acabei me desfazendo de quase todos.

No dia 19 de abril, encontrei no rodapé do diário as palavras "noite passada — sonho", grifadas com força por um traço de lápis 2B. Certamente tinha sido um sonho bem significativo, para eu ter anotado no diário e até grifado daquela maneira, mas demorei certo tempo para lembrar com o que havia sonhado. Até que tudo me voltou à memória, de uma só vez.

Naquela noite, já próximo do amanhecer, eu tivera um sonho muito vívido, e muito obsceno.

No sonho, eu estava no apartamento em Hiroo. No quarto que eu e minha esposa dividimos durante seis anos. Ali estava a cama, e minha esposa dormindo sobre ela. Eu a observava da altura do teto. Ou seja, eu estava pairando no ar. Mas isso não me pareceu estranho. Parecia perfeitamente natural que eu estivesse flutuando daquela maneira. E, desnecessário dizer, eu não achava que aquilo se tratava de um sonho. Enquanto eu flutuava no nada, tinha certeza de que estava no mundo real.

Pousei no chão sem fazer ruído, para não despertar Yuzu, e parei ao lado do pé da cama. Eu estava muito excitado, pois fazia muito tempo que não a tinha nos braços. Ergui o edredom que a cobria, pouco a pouco. Seu sono era muito profundo (talvez tivesse tomado algum remédio para dormir), ela não deu sinais de acordar nem quando tirei completamente sua coberta. Não moveu um músculo sequer. Isso me encorajou. Com calma, bem devagar, despi a calça do pijama e a calcinha. Era uma calça azul-clara e uma pequena calcinha branca de algodão. Mesmo assim, Yuzu não despertou. Não ofereceu resistência nem emitiu nenhum som.

Afastei delicadamente suas pernas e toquei sua vagina com os dedos. Ela se abriu, quente e molhada, como se estivesse ansiando pelo meu toque. Eu não aguentei mais e a penetrei com o pênis já duro. Ou melhor, foi como se sua vagina, macia como manteiga morna, o buscasse e o tragasse ativamente. Yuzu não acordou, mas nesse momento suspirou fundo e gemeu baixinho. O gemido de quem esperava afoitamente por aquilo. Ao tocar seus seios, senti que os mamilos estavam rijos como caroços de fruta.

Talvez ela esteja perdida em sonho, pensei. E talvez, nesse sonho, ache que eu sou outra pessoa. Isso porque já fazia muito tempo que ela recusava o meu toque. Mas, o que quer que ela estivesse sonhando, quem quer que ela estivesse imaginando em meu lugar, agora eu já estava dentro dela e não conseguiria mais me conter. Se Yuzu acordasse no meio e percebesse que era eu quem estava ali, talvez levasse um susto. Talvez ficasse brava. Mas eu lidaria com isso se acontecesse. Agora, só me restava seguir adiante, até o fim. O desejo era tão intenso que minha mente parecia um rio com as barragens rompidas.

No começo eu movia meu pênis devagar, com delicadeza, tentando evitar grandes estímulos para não acordar Yuzu. Mas com o tempo meus movimentos foram acelerando naturalmente, pois era claro que sua carne acolhia a minha investida e desejava movimentos mais selvagens. E, assim, logo cheguei ao clímax. Queria passar mais tempo dentro dela, mas foi impossível me controlar. Fazia muito tempo que eu não transava e Yuzu, apesar de adormecida, reagia de uma maneira assertiva que eu nunca vira.

Ejaculei intensamente, várias vezes seguidas. O sêmen inundou o interior de sua vagina e transbordou, encharcando o lençol. Eu não tinha como interromper o fluxo, mesmo que quisesse. Cheguei a ficar preocupado que, se continuasse a ejacular daquela maneira, acabaria inteiramente vazio. Ainda assim, Yuzu continuou dormindo como uma pedra. Não emitiu nenhum som, sua respiração não se alterou. Por outro lado, sua vagina não parecia querer me largar. Continuou me apertando com uma determinação feroz, espremendo até a última gota do meu corpo.

Nesse momento eu acordei num susto e me dei conta de que tinha, de fato, gozado. Minha cueca estava encharcada por uma grande quantidade de sêmen. Eu me despi rapidamente para não sujar a roupa de cama e lavei a cueca na pia do banheiro. Depois saí do quarto e fui pela porta dos fundos para a banheira de águas termais no jardim. Era uma banheira a céu aberto, sem paredes nem telhado, então senti um pouco de frio no caminho, mas, uma vez lá dentro, a água quente me aqueceu por completo.

Ali, imerso na água quente, passei horas tranquilas até a alvorada. Ouvindo as gotas que pingavam conforme o vapor da água derretia o gelo, repassei na minha mente as cenas do sonho, de novo e de novo. Eram lembranças vívidas demais, não pareciam nem um pouco se tratar de um sonho. Eu não conseguia deixar de pensar que *realmente* tinha visitado aquele apartamento em Hiroo, *realmente* tinha transado com Yuzu. O toque macio da sua pele era nítido em minhas mãos, a sensação do interior de seu corpo permanecia em meu pênis. Seu corpo me desejara intensamente (ainda que ela estivesse me confundindo com outra pessoa, seu parceiro naquele momento era eu) e se agarrara com força ao meu pênis. Seu sexo se fechava ao redor dele, querendo tomar para si até a última gota do meu sêmen.

Eu também sentia certa vergonha em relação àquele sonho (ou aquilo que parecia ter sido um sonho). Afinal, na minha imaginação eu havia estuprado minha esposa. Tirei sua roupa enquanto ela dormia e a penetrei sem seu consentimento. Ainda que fôssemos marido e mulher, aquela relação sexual unilateral poderia ser vista, legalmente, como um ato de violência. Nesse sentido, minhas ações certamente não haviam sido louváveis. Porém, no fim das contas, aquilo fora *apenas um sonho*. Uma experiência que eu tivera enquanto dormia — isso costuma ser chamado de sonho. Eu não criei esse sonho de propósito. Não fui eu quem escreveu seu roteiro.

No entanto, também não havia dúvida de que eu desejava aquilo. Se me encontrasse naquela situação não em sonho mas na realidade talvez tivesse agido da mesma maneira. Talvez despisse com cuidado suas roupas e a penetrasse sem consentimento. Eu queria abraçá-la e estar dentro dela, estava tomado por esse desejo intenso. Quem sabe eu havia, em sonho, realizado esse desejo de forma mais exagerada do que na realidade (falando de maneira oposta, só poderia fazê-lo em sonho).

Durante algum tempo, esse sonho erótico me trouxe um tipo de felicidade em meio àquela viagem solitária. Posso até dizer que me sentia enlevado. Ao me lembrar dele, eu sentia que ainda estava conectado a este mundo organicamente, como criatura viva. Não era a lógica que me atava à vida, nem os conceitos, mas uma experiência *carnal*.

Entretanto, ao pensar que provavelmente alguém — algum homem por aí — estava *realmente* sentindo aqueles prazeres com a Yuzu, uma dor me atravessava o peito. Alguém estava tocando seus mamilos enrijecidos, despindo sua pequena calcinha branca, penetrando sua vagina molhada, gozando repetidas vezes. Pensar nisso me dava uma pontada como se eu estivesse sangrando por dentro. Uma sensação que (até onde me lembro) eu nunca tivera antes.

Foi este o estranho sonho que tive na madrugada do dia 19 de abril. Por isso anotei no meu diário as palavras "noite passada — sonho" e as grifei com um traço grosso de lápis 2B.

E tudo indica que, justo naquela época, Yuzu concebeu uma criança. É claro que eu não saberia indicar precisamente a data da concepção, mas creio que poderia assumir que foi naquele período.

Pensei que aquilo era semelhante à história de Menshiki. Porém, ele *realmente* tivera relações com uma mulher de carne e osso, no sofá do seu escritório. Isso não havia se passado em sonho. E, naquele mesmo período, essa mulher engravidou. Logo depois, se casou com um homem rico e mais velho, e em pouco tempo deu à luz Mariê Akikawa. Portanto, Menshiki tinha algum fundamento para considerar a possibilidade de Mariê ser sua filha. As chances talvez fossem ínfimas, mas não era impossível. Só que, no meu caso, a noite de sexo entre mim e Yuzu não passava de um sonho. Eu estava no meio das montanhas em Aomori, enquanto Yuzu estava (provavelmente) em Tóquio. Assim, não havia maneira de ser eu o pai da criança a quem Yuzu daria à luz. Pensando logicamente, tudo era evidente. A possibilidade era zero absoluto. *Caso eu pensasse logicamente.*

Porém, aquele meu sonho era vívido demais para ser deixado de lado tão facilmente, usando apenas a lógica. Além disso, a relação que tivemos em sonho foi muito mais marcante do que qualquer transa que tivemos de verdade ao longo dos seis anos de casados. O prazer que senti foi muito maior. Naquele instante em que gozei sem parar, foi como se todos os fusíveis da minha cabeça se fundissem ao mesmo tempo. As diversas camadas da realidade se dissolveram e se misturaram na minha mente, formando uma lama densa como o caos primordial do começo do mundo.

Eu sentia que aquele acontecimento tão intenso não podia ter sido simplesmente um sonho. Ele tinha que estar conectado a *algo*. Tinha que exercer alguma influência sobre o mundo real.

Masahiko acordou pouco antes das nove. Apareceu de pijamas na copa e tomou uma xícara de café preto quente. Não quis comer nada, disse que bastava o café. Seus olhos estavam um pouco inchados.

— Você está bem? — perguntei.

— Estou — disse Masahiko, coçando os olhos. — Já tive muitas ressacas piores. Isso aqui é fichinha.

— Pode ficar descansando, sem pressa — falei.

— Mas você vai ter visitas, não vai?

— Elas vêm às dez, ainda tem um tempinho. Mas você pode ficar aqui, não nos atrapalha em nada. Eu te apresento a elas! As duas são mulheres notáveis.

— Duas? Não é uma menina só que está posando para seu quadro?

— A tia vem junto com ela, como acompanhante.

— Acompanhante? Que lugar mais antiquado, hein? Parece um romance da Jane Austen. Elas não vêm de espartilho em uma carruagem de dois cavalos, né?

— Não vêm de carruagem, vêm em um Toyota Prius. E não usam espartilho. Durante duas horas, enquanto eu pinto o retrato da menina no estúdio, a tia espera na sala lendo um livro. É sua tia, mas é jovem.

— O que ela lê?

— Não sei. Perguntei o título do livro, mas ela não me disse.

— Puxa… — disse ele. — Ah é! Falando em livros, sabe o personagem de *Os demônios* do Dostoiévski que se mata com um revólver para provar que é livre? Como é que ele se chama, mesmo? Achei que você saberia me dizer.

— Kirillov.

— Isso, Kirillov! Já faz tempo que estou tentando lembrar, não conseguia de jeito nenhum…

— Por que você lembrou disso?

Masahiko balançou a cabeça.

— Por nada em particular. Esse personagem me veio à cabeça por algum motivo, aí tentei lembrar como ele se chamava e não consegui, e isso ficou me incomodando. Que nem uma espinha de peixe no fundo da garganta, sabe. Mas esses russos pensam umas coisas bem esquisitas, né?

— Os romances de Dostoiévski têm muitos personagens que fazem coisas loucas para provar que são livres em relação a Deus, à sociedade mundana ou seja o que for. Quer dizer, talvez na Rússia daquele tempo não fossem tão loucas.

— E você? — perguntou Masahiko. — Agora você está oficialmente divorciado de Yuzu, é um homem totalmente livre. Não importa se desejava isso ou não, liberdade é liberdade. Já que é assim, bem que você podia fazer pelo menos uma coisa louca.

Eu dei risada.

— Por enquanto não quero fazer nada. Posso estar livre, mas não é como se eu precisasse ficar provando isso diante do mundo todo.

— Será? — disse Masahiko, desapontado. — Mas você é um pintor, não é? Um artista. Os artistas costumam ser criaturas mais dramáticas, que se jogam na vida. Você nunca foi dado a fazer loucuras. Sempre pareceu agir de forma muito sensata. Não é melhor se soltar um pouco, pra variar?

— Devo assassinar um agiota com um machado?

— É uma opção.

—– Ou me apaixonar por uma prostituta muito íntegra?

— Também não é má ideia.

— Vou considerar — falei. — Mas acho que, mesmo que eu não faça nada particularmente louco, o mundo já está com uns parafusos frouxos. Então eu prefiro agir da maneira mais razoável que conseguir.

— Bom, talvez essa também seja uma opção — Masahiko pareceu desistir.

Isso não é só *uma opção*, eu queria dizer. Ao meu redor a realidade está de fato com os *parafusos todos frouxos*. Se até eu me soltar, aí a coisa vai fugir totalmente do controle. Mas eu não poderia explicar todo o contexto para Masahiko naquele momento.

— Bom, de qualquer jeito, eu já vou indo — disse ele. — Adoraria conhecer essas duas mulheres, mas preciso trabalhar em Tóquio.

Masahiko terminou o café, trocou de roupa e entrou no Volvo preto e quadrado. Com os olhos um pouco inchados.

— Desculpa se abusei da sua hospitalidade, mas foi bom conversar com calma, fazia tempo.

A única coisa estranha naquele dia foi que não encontramos mais a faca de peixe que Masahiko trouxera para fazer o sashimi. Depois de cozinhar, ele a lavou com cuidado e não se lembrava de tê-la levado para outro lugar, mas procuramos por toda a cozinha e não a encontramos.

— Bom, tudo bem — disse ele. — Ela deve ter ido dar uma volta por aí. Quando voltar, guarde pra mim. Posso pegar na próxima visita, eu só uso de vez em quando.

Eu disse que iria procurar.

Depois que o Volvo sumiu de vista, olhei o relógio. Estava perto da hora em que as Akikawa costumavam chegar. Voltei para a sala, ajeitei as almofadas, abri bem as janelas para circular o ar estagnado do ambiente. O céu ainda estava nublado e um pouco cinzento. Não havia vento.

Eu peguei *O assassinato do comendador* no quarto de dormir e o pendurei de volta na parede do ateliê. Então me sentei na banqueta e observei novamente aquela pintura. O peito do comendador continuava jorrando sangue e, no canto inferior esquerdo, o Cara Comprida continuava assistindo à cena com olhos brilhantes. Nada havia mudado.

Mas naquela manhã, enquanto eu olhava para o quadro, o rosto de Yuzu não saía da minha cabeça. Pensei mais uma vez que aquilo não podia de jeito nenhum ser um sonho. *Eu devo ter visitado de verdade o seu quarto naquela noite.* Assim como Tomohiko Amada visitara o ateliê alguns dias antes, eu transcendi de alguma maneira os limites físicos da realidade, cheguei àquele apartamento em Hiroo, entrei no interior de Yuzu e lancei ali sêmen de verdade. Quando desejam alguma coisa profundamente as pessoas são capazes de torná-la realidade. Foi o que eu pensei. Por um canal particular, é possível fazer com que a realidade seja irreal ou a irrealidade, real. Se você desejar intensamente, do fundo da alma. Mas isso não serve como prova de que as pessoas são livres. Talvez prove justamente o fato contrário.

Se eu me encontrasse novamente com Yuzu, gostaria de perguntar se *ela* também tivera um sonho erótico como aquele, na segunda metade de abril. Se havia sonhado que, nas horas próximas do alvorecer, eu visitava o seu quarto e, enquanto ela dormia (ou seja, enquanto não tinha livre controle do seu corpo), eu a violava. Isto é, queria saber se aquele sonho tinha acontecido apenas do meu lado, ou se fora um episódio de mão dupla. Pessoalmente, eu gostaria de ter essa certeza. Porém, se ela tivesse sonhado o mesmo que eu, talvez para ela eu tivesse sido uma presença desagradável, um íncubo. E eu não queria pensar em mim mesmo como uma criatura dessas — ou pensar que poderia me tornar uma criatura dessas.

Eu sou livre? Esse questionamento não tinha sentido nenhum para mim. O que eu mais precisava naquele momento era de uma realidade palpável. Um chão firme no qual eu pudesse me apoiar. Não uma liberdade que me permite violar minha própria esposa em sonho.

44.
As características que fazem uma pessoa ser quem é

Mariê não falou naquela manhã. Sentada na cadeira, cumpriu seu papel de modelo me fitando diretamente, com o olhar de quem observa uma paisagem distante. A banqueta era um pouco mais alta do que a cadeira da mesa de jantar, então ela erguia levemente o rosto para me encarar. Eu também não puxei conversa. Não tinha nada para dizer, nem sentia muita necessidade de dizer algo. Então apenas movia o pincel sobre a tela, em silêncio.

Minha intenção era pintar a imagem de Mariê, claro, mas sentia que se misturavam a ela a imagem de minha falecida irmã (Komi) e da minha antiga esposa (Yuzu). Não fazia isso de propósito, elas só acabaram se mesclando naturalmente. Quem sabe eu buscasse, no interior daquela jovem, a imagem das mulheres que foram importantes para mim e que perdi ao longo da vida. Não sei dizer se era uma atitude saudável, mas era a única maneira que eu conseguia pintar naquele momento. Mentira, não só *naquele momento*. Pensando bem, acho que eu sempre desenhara assim, em maior ou menor grau. Tentando obter na pintura aquilo que eu desejava e não podia ter na realidade. Incorporava símbolos pessoais e secretos por trás dos desenhos, de forma que ninguém percebesse.

Seja como for, eu avançava com o retrato de Mariê quase sem hesitar. A pintura seguia com segurança, passo a passo, rumo à sua compleição. Assim como um rio que, mesmo forçado pelo terreno a fazer curvas, se acumular e estagnar aqui e ali, segue sempre em frente, aumentando de volume até chegar, invariavelmente, no oceano. Eu sentia esse movimento no meu próprio corpo, como o correr do sangue em minhas veias.

— Posso vir aqui mais tarde — falou Mariê em voz baixa quando a sessão estava terminando. A entonação era afirmativa, mas sem dúvida se tratava de uma pergunta. Tudo bem se eu vier para cá mais tarde?, queria saber ela.

— "Vir aqui", você quer dizer, pela tal passagem secreta?

— É.

— Pode, mas que horas?

— Ainda não sei.

— Acho que não é bom você vir quando já estiver escuro. Não se sabe o que tem nessas montanhas depois que o sol se põe — falei.

Muitas coisas esquisitas se escondiam na escuridão por perto daquela casa. O comendador, o Cara Comprida, o homem do Subaru Forester branco, o fantasma vivo de Tomohiko Amada... tinha de tudo. É provável que tivesse até o tal íncubo, meu alter ego sexual. Na escuridão da noite, até eu mesmo era capaz de me transformar em *algo sinistro*. Pensar nisso me dava arrepios.

— Vou tentar vir enquanto ainda estiver claro — disse Mariê. — É que preciso discutir um assunto com você, professor. A sós.

— Tudo bem, pode vir.

O sinal que indicava meio-dia tocou e encerrei o trabalho.

Como sempre, Shoko Akikawa estava lendo com grande concentração, sentada no sofá. Pelo visto, faltava pouco para ela terminar aquele longo livro de bolso. Ao nos ver ela tirou os óculos, fechou o livro com o marcador na página e ergueu o rosto.

— O trabalho está progredindo bem. Creio que, se Mariê puder vir mais uma ou duas vezes, já conseguirei terminar a obra — disse a ela. — Peço desculpas por tomar seu tempo desta maneira.

Shoko deu um sorriso muito agradável.

— De modo algum. Por favor, não se preocupe. Mariê parece estar gostando de posar como modelo, e eu também estou animada para ver como vai ficar o quadro. Além disso, este sofá é um lugar perfeito para ler, então não me canso nem um pouco enquanto espero. Para mim também é uma boa oportunidade de sair de casa e mudar de ares.

Eu queria perguntar o que ela tinha achado da casa de Menshiki, aonde ela e Mariê haviam ido no domingo anterior. Qual teria sido sua impressão daquela mansão tão grandiosa? O que ela tinha achado de Menshiki? Porém, senti que, a não ser que ela mencionasse o assunto, seria indelicado perguntar.

Shoko estava vestida com esmero naquele dia, como eu já estava acostumado. Certamente não era o que a maioria das pessoas vestiria em uma manhã de domingo para visitar uma casa no próprio bairro: uma saia ocre perfeitamente passada, uma blusa branca de seda fina com um grande laço e, na lapela do blazer azul-petróleo, um broche de ouro enfeitado com pedras. Pareciam ser diamantes de verdade. Achei um pouco estiloso demais para alguém no volante de um Toyota Prius, mas é claro que aquilo não era da minha conta. Além disso, é possível que os executivos de marketing da Toyota tenham uma opinião totalmente diferente.

Mariê usava as mesmas roupas de sempre. A costumeira jaqueta esportiva, jeans furados e uns tênis brancos ainda mais sujos do que os de antes (já estavam quase se desfazendo no calcanhar).

Quando nos despedimos na entrada da casa, Mariê me fez um sinal com os olhos, cuidando para que a tia não percebesse. Era uma mensagem secreta entre nós dois: "até mais tarde". Eu respondi com um breve sorriso.

Depois que o carro com Shoko e Mariê sumiu de vista, voltei à sala e cochilei um pouco no sofá. Não almocei, estava sem fome. Dormi por cerca de meia hora, um sono profundo e sem sonhos. Era um pouco assustador não saber o que eu poderia fazer em sonho, e ainda mais assustador não saber *em que eu poderia me transformar* em sonho.

Passei a tarde de domingo com um sentimento tão inconsistente quanto o clima daquele dia. Foi um dia silencioso e sem vento, encoberto por nuvens finas. Li um pouco, ouvi um pouco de música, cozinhei um pouco, mas não conseguia me concentrar de verdade em nada que fizesse. Era uma tarde daquelas em que tudo parece ficar pela metade. Conformado, enchi o ofurô e passei muito tempo imerso. Experimentei listar os longos nomes dos personagens de *Os demônios*, de Dostoiévski, um por um. Consegui me recordar de sete, contando Kirillov. Não sei por quê, mas desde os tempos de escola eu tenho esse talento para decorar os nomes dos personagens de longos romances russos. Talvez fosse a hora de reler mais uma vez *Os demônios*. Eu era livre, tinha muito tempo e nada para fazer. O cenário perfeito para ler velhos romances russos intermináveis.

Depois disso, voltei a pensar sobre Yuzu. Com sete meses de gravidez, a barriga já devia estar ficando grande. Tentei imaginá-la assim. O que será que ela estava fazendo? Será que estava feliz? É claro que eu não tinha como saber.

Talvez Masahiko Amada tivesse razão. Talvez eu devesse fazer alguma coisa idiota para provar que era um homem livre, como um intelectual russo do século XIX. Mas o quê, por exemplo? Por exemplo... passar uma hora encerrado no fundo de um buraco escuro. Então de repente percebi. Quem tinha feito *isso* era Menshiki. Talvez suas ações não fossem exatamente *loucas*, mas eu não podia deixar de pensar que eram um pouco excêntricas, para dizer o mínimo.

Mariê chegou pouco depois das quatro. A campainha tocou, eu abri a porta e a encontrei ali. Ela entrou num movimento rápido e ágil, esgueirando-se pela fresta que eu havia aberto. Como um fiapo de nuvem. E então olhou ao redor, alerta.

— Não tem ninguém.

— Não, não tem — falei.

— Ontem tinha alguém aqui.

Era uma pergunta.

— Sim, ontem um amigo dormiu aqui — respondi.

— Era um homem.

— É, um homem. Mas como você sabe que tinha alguém?

— É que tinha um carro preto que eu não conhecia parado na frente da sua casa. Um carro velho, quadrado que nem uma caixa.

Era a velha perua Volvo que Masahiko chamava de "a marmita sueca". O tipo de carro que parecia útil para carregar renas mortas.

— Então você veio ontem também?

Mariê assentiu em silêncio. Talvez, sempre que tinha um tempo livre, pegava a tal "passagem secreta" e vinha espiar aquela casa. E aí aconteceu de eu vir morar ali. Se fosse isso, será que ela tivera algum contato com Tomohiko Amada, quando era ele o morador? Eu gostaria de perguntar a ela sobre isso, alguma hora.

Levei Mariê até a sala e nos sentamos, ela no sofá e eu na poltrona. Perguntei se ela queria tomar alguma coisa, ela disse que não.

— Foi um amigo dos tempos de faculdade que veio dormir aqui — contei.

— Vocês são próximos?

— Acho que sim — falei. — Talvez seja a única pessoa que eu posso chamar de amigo.

Éramos tão próximos que, mesmo ele tendo apresentado à minha esposa um colega de quem ela se tornou amante, mesmo que tenha descoberto esse relacionamento e não me contado, mesmo que tudo isso tenha culminado no meu divórcio, nossa relação continuava inabalada. Acho que eu não estava mentindo ao chamá-lo de amigo.

— Você tem algum amigo próximo? — perguntei a Mariê.

Ela não respondeu. Manteve a expressão de quem não ouviu nada, sem mover nem uma sobrancelha. Talvez eu não devesse fazer esse tipo de pergunta.

— Menshiki não é seu amigo próximo, professor — disse Mariê. Sua entonação não indicava um ponto de interrogação, mas sem dúvida era uma pergunta. *Então Menshiki não é seu amigo próximo?*, era o que ela queria saber.

— Como eu já te falei outro dia, não conheço Menshiki o suficiente para chamá-lo de amigo. Só o conheci quando me mudei para cá e ainda não faz nem seis meses que estou aqui. É preciso certo tempo para que duas pessoas se tornem boas amigas. Apesar de eu achar Menshiki um sujeito bem interessante.

— Interessante.

— Como eu posso dizer... Tenho a impressão de que ele tem uma pessoalidade um pouco diferente das pessoas em geral. Quer dizer, acho que não é só *um pouco*, é bem diferente mesmo. Não é uma pessoa fácil de entender.

— Pessoalidade.

— É, tipo, o jeito que faz uma pessoa ser quem é.

Mariê encarou meus olhos por algum tempo. Parecia estar escolhendo com cuidado as palavras certas para dizer em seguida.

— Do terraço da casa dele dá pra ver muito bem a minha casa.

Eu esperei um segundo antes de responder.

— É verdade. Pelo relevo, a casa dele fica bem diante da sua. Mas não é só a sua, de lá também dá pra ver muito bem esta casa aqui.

—— Mas eu acho que ele *observa* a minha casa.

— Como assim, "observa"?

— Lá tinha um negócio parecido com um binóculo gigante. Estava coberto pra ninguém ver, em cima de um tipo de tripé. Com aquilo, tenho certeza que dá pra ver tudinho dentro da minha casa.

Então essa menina o descobriu, pensei. Ela é muito atenta e observadora. Não deixa escapar nada importante.

— Ou seja, você acha que Menshiki usa aquele binóculo pra ficar observando a sua casa?

Mariê concordou com um movimento breve de cabeça.

Eu respirei fundo e soltei o ar, antes de dizer:

— Mas isso é só uma suposição sua, né? Só porque Menshiki tem um binóculo muito potente no terraço, isso não quer dizer que ele esteja observando sua casa. Ele pode muito bem usá-lo para observar as estrelas e a lua.

O olhar de Mariê não se abalou.

— Já faz algum tempo que eu tenho a *sensação* de que tem alguém me observando. Mas não sabia quem nem de onde. Agora sei. Deve ser por causa dele.

Respirei devagar mais uma vez. A suposição de Mariê estava correta. De fato, Menshiki observava a casa da família Akikawa todos os dias, com seu potente binóculo militar. Porém, até onde eu sabia, ele não estava espiando com más intenções. Não que eu quisesse defender Menshiki, mas ele simplesmente gostava de assistir àquela menina. De observar aquela bela jovem de treze anos *que talvez fosse sua filha*. Com este propósito, provavelmente com este único propósito, ele comprara aquela enorme mansão do outro lado do vale, diametralmente oposta à casa dela. Para tanto, teve que expulsar os moradores antigos à força. Mas eu não poderia contar a Mariê, naquele momento, todos esses fatos.

— Caso o que você diz seja verdade — falei —, qual seria o propósito de ele espionar sua casa com tanta dedicação?

— Não sei. Talvez esteja interessado na minha tia.

— *Interessado* na sua tia?

Ela encolheu de leve os ombros.

Pelo visto, nem ocorria a Mariê a possibilidade de ser ela mesma o alvo daquela espionagem. Talvez ainda não existisse para aquela jovem a ideia de que ela poderia ser objeto de interesse sexual dos homens. Isso me surpreendeu, mas não quis refutar a sua suposição. Se era o que ela achava, melhor deixar por isso mesmo.

— Eu acho que o sr. Menshiki está escondendo alguma coisa — disse Mariê.

— Tipo o quê?

Ela não respondeu. Em vez disso, disse como quem conta um segredo de estado:

— Minha tia já teve dois encontros com ele esta semana.

— Encontros?

— Acho que ela foi na casa dele.

— Sozinha?

— Ela saiu sozinha de carro depois do almoço e só voltou quando já estava anoitecendo.

— Mas você não tem como confirmar que ela foi à casa do Menshiki, tem?

— Não... mas eu sei.

— Como você sabe?

— Ela não costuma sair desse jeito — disse Mariê. — Sai às vezes, é claro, pra ir fazer trabalho voluntário na biblioteca, fazer compras, coisa assim. Mas pra isso ela não toma longos banhos, faz as unhas, passa perfume, veste as melhores calcinhas...

— Você é muito observadora, hein? — falei, admirado. — Mas será que é o Menshiki que ela tem encontrado? Não pode ser outro cara qualquer?

Mariê estreitou os olhos, me encarou, depois balançou um pouco a cabeça. Como quem diz: *eu não sou tão idiota assim.* Por diversos motivos, o homem que sua tia estava vendo não poderia ser outro que não Menshiki. E Mariê, é claro, não era nenhuma idiota.

— Então sua tia tem ido à casa de Menshiki e os dois ficam lá sozinhos.

Mariê concordou.

— E eles... como posso dizer? Eles estão bem íntimos?

Mariê assentiu mais uma vez com a cabeça e enrubesceu bem de leve.

— É, acho que estão *bem íntimos*.

— Mas durante a tarde você tem aula, não tem? Como você sabe de tudo disso, se não fica em casa?

— Eu sei. Dá pra perceber esse tipo de coisa pela cara de uma mulher.

Bom, *eu não percebi*, pensei. Yuzu teve relações sexuais com outro homem por muito tempo, enquanto vivia comigo, e eu não percebi. Apesar de, pensando agora, parecer bem fácil deduzir isso. Como eu não me dei conta de algo que até uma menina de treze anos conseguia perceber?

— As coisas caminharam muito rápido entre eles, né? — comentei.

— A minha tia não é nada boba, é uma pessoa capaz de pensar com calma sobre as coisas, mas tem uma parte do coração dela que é um pouco *fraca*. E esse Menshiki, eu acho que ele tem uma força maior do que as pessoas normais. Ele é muito mais forte do que a minha tia.

Talvez ela estivesse certa. De fato, Menshiki dispunha de um tipo de força peculiar. Quando ele desejava algo e direcionava todas as suas ações para obtê-lo, a maioria das pessoas normais era incapaz de resistir aos seus esforços. Para ele, conquistar o corpo de uma mulher talvez fosse facílimo.

— E você está preocupada que Menshiki esteja usando sua tia com algum outro objetivo?

Mariê arrumou o cabelo preto e liso, expondo uma orelha pequena e branca. Era uma bela orelha. Então assentiu com a cabeça.

— Mas não é fácil conter uma relação entre um homem e uma mulher, depois que começa — falei.

Nem um pouco fácil, disse a mim mesmo. Essas coisas são como aqueles carros de madeira nos festivais hindus que saem atropelando tudo pela frente, fazendo inúmeras vítimas.

— É por isso que eu quis vir conversar com você, professor — disse ela, fitando diretamente meus olhos.

Quando já estava ficando bem escuro, acompanhei Mariê com uma lanterna até perto da entrada da "passagem secreta". Ela disse que precisava voltar a tempo do jantar. Elas costumavam jantar às sete.

Viera para se aconselhar comigo, mas eu não tinha nenhuma sugestão útil para lhe dar. Tudo o que pude dizer foi que o melhor seria observar o desenrolar da situação por algum tempo. Mesmo que os dois estivessem se relacionando, eram duas pessoas solteiras e maiores de idade agindo em comum acordo. O que eu poderia fazer? Além disso, eu não podia contar a ninguém (nem a Mariê, nem à sua tia) os fatos que se escondiam por trás daquela história. Desse jeito, era impossível dar bons conselhos. Era como tentar lutar boxe com o braço dominante amarrado nas costas.

Cruzamos o bosque praticamente sem abrir a boca. No meio do caminho, Mariê me deu a mão. Era pequena mas surpreendentemente forte. Levei certo susto por ela pegar a minha mão de repente, mas, talvez por ter caminhado tantas vezes de mãos dadas com minha irmã quando éramos crianças, não achei muito estranho. Pelo contrário, era uma sensação familiar e nostálgica.

Sua mão era muito macia. Estava quente, mas não suada. Mariê estava pensando alguma coisa e, talvez acompanhando suas reflexões, de vez em quando apertava minha mão, depois relaxava de novo. Isso também me remetia à sensação de dar a mão para minha irmã.

Quando chegamos diante do santuário, ela soltou minha mão sem dizer nada e o contornou sozinha. Eu a segui.

O capim continuava marcado pelas esteiras do trator. E além dele estava, discreto como sempre, o buraco. Sobre ele, tábuas espessas faziam as vezes de tampa, com pedras pesadas para segurá-las no lugar. Conferi, com a luz da lanterna, se sua posição não havia mudado, mas ninguém movera aquela tampa desde a minha última visita.

— Posso olhar lá dentro — perguntou Mariê.

— Se for só olhar...

— Só olhar — disse ela.

Eu removi as pedras e ergui uma das tábuas. Mariê se agachou e espiou o buraco por essa abertura. Eu iluminei lá dentro. Não havia ninguém, é claro. Só uma escada de metal apoiada na parede. Qualquer um poderia usá-la para descer até o fundo e subir novamente.

O buraco não tinha nem três metros de profundidade, mas sem a escada seria praticamente impossível sair de lá. As paredes eram lisas demais para uma pessoa escalar.

Mariê espiou lá dentro por bastante tempo, afastando o cabelo com uma das mãos. Apertava os olhos, como se buscasse algo na escuridão do buraco. É claro que eu não poderia saber o que a interessava tanto. Depois ela ergueu o rosto e me olhou.

— Quem será que construiu esse buraco?

— Não sei... No começo eu pensei que fosse um poço, mas acho que não é. E nem faria sentido cavar um poço num lugar inacessível como esse. Seja como for, parece que foi construído há muito tempo, e com muito cuidado. Deve ter dado muito trabalho.

Mariê ficou me olhando, sem dizer nada.

— Você sempre brincou por aqui, desde pequena, né? — perguntei.

Mariê fez que sim com a cabeça.

— Mas você não sabia que atrás desse santuário tinha um buraco assim?

Ela balançou a cabeça. Não sabia.

— Foi você quem encontrou e abriu esse buraco, não foi, professor?

— É, acho que posso dizer que fui eu que o descobri. Eu não sabia que era um buraco, mas achei que havia *alguma coisa* embaixo da pilha de pedras que estava aqui. Mas na verdade não fui eu quem moveu as pedras e abriu o buraco. Foi Menshiki.

Resolvi, num ímpeto, contar isso a ela. Provavelmente era melhor ser honesto.

Nesse momento, um pássaro soltou um grito agudo no meio das árvores. O tipo de canto usado para avisar os companheiros de algum perigo. Ergui os olhos, mas não vi pássaro algum, apenas os galhos sem folhas, sobrepostos. Ao fundo, o entardecer do céu quase de inverno, cinza e inexpressivo.

Mariê franziu bem de leve a testa, mas não disse nada.

— Só que... como eu posso dizer? Acho que esse buraco estava esperando ansiosamente que alguém o abrisse. Foi como se eu tivesse sido intimado a fazer isso.

— Intimado?

— É. Convidado, chamado.

Ela inclinou a cabeça para o lado, desconfiada.

— Ele queria que você o abrisse?

— É.

— *Esse buraco* queria isso?

— Talvez não precisasse ser eu, qualquer pessoa serviria. E aí aconteceu de ser eu quem estava por perto.

— Mas, na verdade, foi Menshiki quem abriu?

— Foi. Eu o trouxe até aqui. Se não fosse por ele, acho que eu não teria conseguido abrir o buraco. Era impossível mover aquelas pedras com as mãos, e eu não tenho dinheiro pra contratar máquinas e tudo o mais. Foi uma coincidência fortuita.

Mariê refletiu sobre o assunto por algum tempo.

— Talvez tivesse sido melhor não abrir — disse ela. — Acho que eu já disse isso, não disse?

—Você acha que o melhor seria deixar tudo isso quieto, como estava, né?

Sem dizer nada, Mariê se ergueu do chão e espanou a terra da calça jeans. Então recolocamos a tábua sobre a abertura e reposicionamos as pedras que faziam peso. Gravei novamente na memória a sua posição.

— Acho — disse ela, esfregando de leve a palma das mãos.

— O que eu acho é que pode ter algum tipo de lenda ou de tradição neste lugar. Alguma origem religiosa ou coisa assim.

Mariê balançou a cabeça. Ela não sabia.

— Talvez meu pai saiba alguma coisa...

A família do pai de Mariê era proprietária daquelas terras desde antes da era Meiji. A montanha ao lado também pertencia a eles. Então talvez ele soubesse alguma coisa sobre o significado daquele buraco e do santuário.

Mariê entortou um pouco os lábios.

— Posso perguntar, uma hora dessas. — Ela pensou um instante e acrescentou em voz baixa: — Se tiver oportunidade.

— Se ele tiver alguma pista sobre o motivo de terem feito esse buraco, seria ótimo.

— Quem sabe colocaram alguma coisa lá dentro e aí empilharam várias pedras pesadas em cima pra prender — sugeriu de repente Mariê.

— Quer dizer, empilharam as pedras para segurar essa coisa lá dentro, e depois fizeram esse pequeno santuário ao lado para evitar qualquer praga. Será que foi isso?

— Pode ter sido.

— E aí nós escancaramos tudo.

Mariê encolheu um pouco os ombros.

Eu a acompanhei até o final do bosque. Chegando lá, ela pediu para seguir sozinha. Disse que conhecia bem o caminho e que não havia problema. Não queria que ninguém a visse usando a "passagem secreta", pois era um atalho que só ela conhecia. Então eu a deixei ali e voltei sozinho para casa. Praticamente não restava claridade no céu. A escuridão gélida estava chegando.

Quando me aproximei do santuário, o mesmo pássaro soltou um grito igual ao de antes. Dessa vez não ergui os olhos. Passei direto e segui para casa. Enquanto preparava o jantar, tomei um copo de Chivas Regal com um pouquinho de água. Restava uma dose na garrafa. A noite estava profundamente silenciosa, como se as nuvens do céu absorvessem todos os ruídos do planeta.

Era melhor não ter aberto esse buraco.

Talvez Mariê tivesse razão. Eu não devia ter me metido com aquele buraco. Pelo jeito, eu andava tomando todas as decisões erradas.

Tentei imaginar Menshiki com Shoko Akikawa nos braços. Entrelaçados numa enorme cama de um quarto em algum canto daquela mansão branca, nus. Naturalmente, esse era um acontecimento que não me dizia respeito, em um mundo que não me dizia respeito. Mas ao pensar neles sentia brotar em mim um sentimento meio incongruente. Como quando vemos um longo trem vazio passar direto pela plataforma da estação.

Por fim o sono chegou e meu domingo terminou. Adormeci profundamente, sem nenhum sonho para me importunar.

45.

Algo está prestes a acontecer

Das duas obras que eu estava fazendo ao mesmo tempo, a primeira a ficar pronta foi *O buraco no meio do bosque*. Terminei no começo da tarde de sexta-feira. Quadros são uma coisa curiosa: quando se aproximam da finalização adquirem vontade própria, um ponto de vista, uma voz. Avisam ao artista quando estão prontos (pelo menos é o que eu sinto). Para um espectador — caso haja alguém por perto — não deve ser possível identificar a diferença entre uma pintura em andamento e uma pintura finalizada, porque a linha que separa o incompleto e o completo não costuma ser visível. Mas o artista sabe. Consegue ouvir a obra dizer: *não precisa mexer mais*. Basta manter os ouvidos atentos para escutar sua voz.

Com *O buraco no meio do bosque* foi assim. Em dado momento o quadro ficou pronto e não aceitou mais o toque dos meus pincéis. Como uma mulher satisfeita depois do sexo. Tirei a tela do cavalete e a apoiei no chão, contra a parede. Depois também me sentei no chão e passei muito tempo olhando aquela pintura do buraco com a tampa entreaberta.

Por que será que resolvi de repente pintar aquela obra? Não conseguia apontar precisamente nem o sentido nem o propósito disso. Uma hora, simplesmente me deu vontade de retratar aquele buraco. Era tudo que eu podia dizer. Às vezes isso acontece. Quando alguma coisa — uma paisagem, um objeto, uma pessoa — agarra meu coração, pego o pincel e me ponho a desenhá-la sobre a tela, sem sentido nem propósito. Só por intuição, pura e simplesmente.

Quer dizer, não é bem isso. Não foi um mero impulso. É que *alguma coisa* desejava que eu pintasse aquele quadro. Muito intensamente. Foi esse desejo que me pôs em movimento, me fez começar a pintar e, como se estivesse às minhas costas e movesse minhas mãos, me fez terminar a obra em tão pouco tempo. Quem sabe o próprio buraco era dotado de vontade própria, queria por algum motivo ter sua imagem pintada, e havia me usado para isso. Assim como Menshiki havia me convencido a pintar seu retrato com (imagino) algum propósito.

Olhando de forma imparcial e objetiva, a pintura não estava ruim. Não sei dizer se poderia ser chamada de obra de arte (e, não que eu queira me justificar, mas criar uma obra de arte não fora meu objetivo). Mas, tecnicamente, não havia muito que criticar. A composição era perfeita e tudo estava reproduzido com muito realismo — os raios do sol que penetravam por entre as árvores, as cores das folhas caídas no chão. Além disso, apesar de ser muito detalhado, havia algo de simbólico naquele quadro, que criava um ar de mistério.

Depois de observar a pintura por bastante tempo, senti muito intensamente que nela se escondia *o prenúncio de uma ação*. À primeira vista, parecia ser apenas uma pintura figurativa de paisagem retratando, como dizia o título, um buraco no meio do bosque. Não, mais do que uma mera pintura de paisagem, seria mais correto dizer que era uma reprodução fiel. Eu empregara todas as habilidades desenvolvidas ao longo dos anos em que, bem ou mal, tive a pintura como profissão para recriar a cena com a maior precisão possível. Mais do que desenhar, eu fizera *um registro* daquela paisagem.

No entanto, havia ali esse *prenúncio*. Algo estava prestes a acontecer dentro daquela paisagem — esse pressentimento emanava claramente da pintura. Era o momento exato do início de algo. E foi então que me dei conta. Era justamente esse prenúncio, essa premonição, que eu havia tentado pintar, ou que fui instado a pintar.

Endireitei a coluna, sentado no chão, e fitei a pintura com novos olhos.

O que estava prestes a acontecer? Será que algo ou alguém sairia daquele círculo escuro e entreaberto? Ou, ao contrário, será que alguém desceria para o seu interior? Passei muito tempo olhando, concentrado, para o quadro, mas não consegui conjecturar qual era a "ação" prestes a surgir na tela. Apenas pressentia, intensamente, que algum movimento aconteceria ali.

E por quê, com que propósito, aquele buraco desejara que eu o desenhasse? Será que queria me ensinar alguma coisa? Ou me dar algum tipo de aviso? Aquilo parecia uma charada. Eram muitos enigmas e nenhuma resposta. Tive vontade de mostrar o quadro a Mariê e perguntar sua opinião. Talvez ela fosse capaz de enxergar ali alguma coisa que escapava aos meus olhos.

Às sextas-feiras, eu dava aulas na escola de artes perto da estação de Odawara. Mariê era uma das alunas, então estaria lá. Quem sabe eu conseguiria conversar um pouco com ela depois da aula. Peguei o carro e fui até a escola.

Faltava algum tempo até a aula começar quando deixei o carro no estacionamento e fui tomar um café, como era meu hábito. Não em um café iluminado e moderno como uma Starbucks, mas um velho estabelecimento perto dos trilhos, mantido por um gerente idoso, que serve café preto e forte em xícaras pesadíssimas. As velhas caixas de som tocavam canções de jazz de outras épocas. Billie Holiday, Clifford Brown. Depois disso, fui dar uma volta pela rua do comércio, lembrei que o filtro de café estava quase acabando e comprei mais. Depois encontrei uma loja de discos usados, onde entrei para matar o tempo revirando velhos LPs. Pensando bem, fazia muito tempo que eu só ouvia música clássica, o único estilo musical da coleção de discos de Tomohiko Amada. E no rádio eu só acompanhava o noticiário e a previsão de tempo das rádios AM (por causa da geografia, as emissões de rádio FM praticamente não pegavam).

Eu deixei no apartamento em Hiroo todos os CDs e LPs — apesar de não ser muita coisa. No caso de livros e discos, seria muito complicado separar, um por um, o que era meu e o que era da Yuzu. Não seria apenas trabalhoso, mas praticamente impossível. Qual de nós dois era dono de *Nashville Skyline* do Bob Dylan, ou do disco do The Doors que tem "Alabama Song"? Já não importava quem havia comprado esses álbuns. Por um tempo, nós dois ouvimos as mesmas músicas e, acompanhados por essa trilha sonora, vivemos juntos. Mesmo que fizéssemos a partilha dos objetos, jamais conseguiríamos dividir as memórias anexadas a eles. Sendo assim, o jeito era deixar tudo para trás.

Procurei *Nashville Skyline* e o primeiro álbum do The Doors na loja de discos, mas não encontrei nenhum dos dois. Talvez tivesse em

CD, mas eu queria escutar essas músicas no LP, como antigamente. E, de qualquer forma, não tinha tocador de CD na casa de Tomohiko Amada. Nem mesmo de fita cassete, havia só toca-discos. Tomohiko devia ser dessas pessoas que não admitem nenhum tipo de máquina nova. Talvez nunca tenha estado a dois metros de um forno micro--ondas.

Acabei comprando dois LPs que me chamaram a atenção: *The river* do Bruce Springsteen e um dueto de Roberta Flack e Donny Hathaway. Dois álbuns nostálgicos. A certa altura da vida, praticamente parei de ouvir músicas novas e segui apenas escutando repetidas vezes as mesmas músicas velhas de que gostava. Com livros é a mesma coisa. Releio várias vezes os livros, e praticamente não me interesso pelas novas publicações. Como se o tempo tivesse estacionado em certo momento.

Quem sabe o tempo realmente estacionou. Ou talvez continue seguindo em frente, com esforço, mas já não há evolução. Como um restaurante que, pouco antes de fechar, para de receber novos pedidos. Talvez eu seja o único que ainda não se deu conta disso.

Pedi que colocassem os dois álbuns em uma sacola e paguei. Em seguida passei em uma loja de bebidas ali perto e comprei um uísque. Hesitei um pouco ao escolher a marca, mas acabei comprando um Chivas Regal. Era um pouco mais caro do que os outros *scotchs*, mas pensei que da próxima vez que Masahiko viesse me visitar ficaria feliz se eu tivesse um Chivas.

Estava chegando a hora da aula, então deixei os discos, os filtros de café e o uísque no carro e entrei no prédio onde ficava a escola. A primeira aula era a das crianças, às cinco horas. Era a turma da qual Mariê fazia parte. Porém, não a encontrei lá. Isso era muito inesperado. Ela gostava muito dessa aula e, que eu saiba, nunca havia faltado antes, então estranhei sua ausência. Cheguei a ficar um pouco ansioso. Será que estava tudo bem? Será que tinha passado mal, ou sofrido algum acidente?

Mas, obviamente, agi como se não tivesse acontecido nada — propus uma atividade simples às crianças e circulei vendo o trabalho de cada uma, fazendo comentários e dando conselhos. A aula chegou ao fim, as crianças foram embora e começou a turma dos adultos. Essa aula também transcorreu sem eventualidades. Sorri para as pessoas e conversei sobre amenidades (não é o meu forte, mas não sou incapaz de fazê-lo). Em seguida, fiz uma breve reunião com o administrador da escola de artes para discutir nosso planejamento. Ele também não sabia por que Mariê havia faltado. Disse que não recebera nenhuma notícia dela.

Saí da escola, entrei em um restaurante de macarrão *soba* ali perto e comi um macarrão com caldo quente e tempurá. Este também era um hábito. Comia sempre no mesmo restaurante, sempre macarrão com tempurá. Já havia se tornado um pequeno prazer no meu dia. Depois disso, subi a montanha de carro e voltei para casa. Já eram quase nove horas da noite.

O telefone da casa não tinha secretária eletrônica (desconfio que Tomohiko Amada não gostava desse tipo de maquininha pretensiosa), então eu não sabia se alguém havia telefonado na minha ausência. Encarei por um tempo o aparelho antigo e simples, mas ele não me disse nada. Ficou só ali, com seu silêncio preto.

Tomei um longo banho de banheira. Em seguida servi em um copo a última dose do Chivas Regal, acrescentei dois cubos de gelo do freezer e fui para a sala. Então coloquei para tocar os discos que havia acabado de comprar e os escutei tomando o uísque. No começo, não pude deixar de sentir que era um pouco *inapropriado* ouvir outra coisa que não a música clássica naquela casa na montanha. Certamente a atmosfera daquela sala vinha se adaptando, ao longo de muitos anos, à música erudita. Mas as canções que eu estava ouvindo eram minhas velhas conhecidas, então a saudade foi vencendo, pouco a pouco, o sentimento de inadequação. E por fim se espalhou em mim a agradável sensação de que todos os músculos do meu corpo relaxavam. Sem que eu me desse conta, eles estavam muito enrijecidos.

O lado A do disco de Roberta Flack e Donny Hathaway chegou ao fim, e eu estava com o copo na mão, ouvindo a primeira canção do lado B ("For all we know"), quando soou o toque do telefone. Os ponteiros do relógio indicavam dez e meia. Ninguém me ligava tão tarde. Minha vontade era nem tirar o fone do gancho, mas senti algo de urgente no toque. Então apoiei o copo, me levantei do sofá, tirei a agulha do disco e atendi o telefone.

— Alô — disse a voz de Shoko Akikawa.

Eu a cumprimentei.

— Por favor, me perdoe por ligar a esta hora — disse ela. Havia uma tensão incomum na sua voz. — Gostaria de lhe perguntar uma coisa… Mariê não foi à sua aula hoje, foi?

Eu respondi que não. Era uma pergunta um pouco estranha. Mariê vinha direto da escola (a escola pública local) para o curso de desenho. Tanto é que vinha sempre de uniforme. Quando a minha aula terminava, sua tia vinha buscá-la de carro, e as duas voltavam juntas para casa. Era sempre assim.

— É que eu não sei onde ela está — disse Shoko.

— Não sabe onde ela está?

— Ela está desaparecida.

— Desde quando? — perguntei.

— Saiu de casa de manhã como sempre, dizendo que ia à escola. Eu me ofereci para levá-la de carro até a estação, mas ela recusou, disse que iria caminhando. Ela gosta de caminhar, sabe? E não gosta muito de andar de carro. Quando está atrasada por algum motivo, eu a levo de carro, mas geralmente ela desce a montanha a pé e lá embaixo pega um ônibus até a estação. Hoje ela saiu de casa às sete e meia da manhã, como de costume.

Depois de falar tudo isso em um só fôlego, Shoko fez uma pausa. Pude ouvir pelo telefone que ela estava tentando acalmar a respiração. Aproveitei esse momento para organizar essas informações na mente. Em seguida ela continuou:

— Hoje é sexta-feira, dia em que ela vai direto da escola para o curso de desenho e eu a busco de carro quando a aula acaba. Mas hoje ela disse que eu não precisava ir, pois ela voltaria de ônibus. Então não fui, porque nem adianta tentar discutir com Mariê, ela não ouve. Nesses casos, ela costuma chegar em casa entre sete e sete e meia da noite, para o jantar. Mas hoje, às oito horas ela ainda não havia voltado, nem às oito e meia. Eu fiquei preocupada e telefonei para a escola de artes para checar com a secretaria se Mariê foi à aula. Quando soube que ela não havia ido, fiquei realmente aflita. Agora já são dez e meia e ela ainda não apareceu nem deu notícias. Então pensei que talvez você pudesse saber de alguma coisa, professor, e resolvi telefonar.

158

— Eu não faço ideia de onde Mariê pode estar… — falei. — Tanto é que fiquei surpreso quando entrei na sala de aula e não a vi. Ela nunca havia faltado antes.

Shoko soltou um longo suspiro.

— Meu irmão ainda não chegou. Não sei que horas ele vai voltar, nem mesmo se irá voltar para casa hoje. Estou sozinha em casa, e não sei o que fazer.

— Ela saiu de manhã com o uniforme da escola, certo? — perguntei.

— Sim, estava vestida com o uniforme da escola e com a bolsa a tiracolo. Do mesmo jeito de sempre. Estava de blazer e saia. Mas não sei se realmente foi à escola, e a essa hora nem tenho como verificar. Mas acho que ela deve ter ido, pois, se um aluno falta sem autorização, eles avisam os responsáveis. Ela devia ter apenas o dinheiro necessário para hoje. E ela até tem um celular, mas está desligado. Ela não gosta, então está quase sempre desligado, a não ser quando quer falar conosco. Eu sempre chamo a atenção dela por causa disso, digo que ela deve deixar ligado, para o caso de acontecer alguma coisa…

— Isso já aconteceu antes? De ela voltar para casa tarde da noite?

— Não, é a primeira vez. Ela sempre foi uma aluna muito comportada. Ela não tem amigos próximos, nem gosta muito da escola, mas é uma menina que cumpre direitinho o que for combinado. Nos primeiros anos escolares ganhou até prêmios por não ter nenhuma falta. Nesse aspecto, ela é muito correta. E depois da escola sempre volta direto para casa. Nunca foi de ficar passeando por aí.

Então a tia nunca havia percebido que Mariê escapava de casa durante a noite.

— Você não notou nada que ela tenha dito ou feito que fosse fora do normal, hoje de manhã?

— Não. Não aconteceu nada de estranho, foi uma manhã como todas as outras. Ela bebe leite quente, come só uma fatia de pão e sai. Sempre come a mesma coisa. Eu preparei o café da manhã como todos os dias. Ela praticamente não abriu a boca, só que isso é normal para ela. Tem horas em que desanda a falar e não para mais, mas no geral mal responde o que a gente pergunta.

Conforme ouvia o que Shoko tinha a dizer, fui ficando cada vez mais aflito. Já eram quase onze horas e, claro, a noite já estava completamente escura. Até a lua estava encoberta pelas nuvens. O que poderia ter acontecido com Mariê Akikawa?

— Estou pensando em esperar mais uma hora e, se não tiver notícias, ligar para a polícia — disse Shoko.

— Talvez seja uma boa ideia — respondi. — Se tiver algo que eu possa fazer para ajudar, por favor, não hesite em telefonar. Não se preocupe com o horário.

Shoko agradeceu e desligou. Terminei o restante do uísque e lavei o copo na cozinha.

Depois disso, entrei no ateliê. Acendi todas as luzes, iluminando todos os recantos do cômodo, e observei novamente o *Retrato de Mariê Akikawa* apoiado sobre o cavalete. O quadro já estava quase pronto, faltava pouco. Surgia ali a verdadeira imagem daquela menina taciturna de treze anos. Mas não era apenas a sua figura que estava ali, havia também outros elementos da sua essência, invisíveis aos olhos. Trazer à luz, o máximo possível, essas informações que se escondem para além do campo visual, dar uma forma distinta à mensagem que elas emitem: era isso o que eu buscava em minhas obras — exceto nos retratos comerciais que costumava pintar, é claro. Neste sentido, Mariê se mostrou uma modelo bem interessante. Sua imagem ocultava inúmeras sugestões, como uma ilusão de ótica. E agora ela estava desaparecida desde a manhã. Era como se a própria Mariê houvesse sido tragada para dentro daquela miragem.

Em seguida, observei *O buraco no meio do bosque*, apoiado no chão. A pintura a óleo que eu terminara na tarde daquele dia. Em um sentido distinto do retrato de Mariê, vindo de uma direção diferente, aquela pintura também tentava me dizer alguma coisa.

Algo está prestes a acontecer, foi o que senti novamente, olhando o quadro. Até aquela tarde isso não passava de um pressentimento, mas agora isso invadia a realidade. Já não era um simples pressentimento. Sem dúvida, havia alguma conexão entre o desaparecimento de Mariê Akikawa e *O buraco no meio do bosque*. Eu podia sentir. O fato de eu ter terminado de pintar o quadro naquela tarde havia dado início a algo, colocado algo em movimento. E era provável que, como consequência, Mariê tivesse sumido em algum canto.

Mas eu não teria como explicar isso a Shoko. Ainda que eu tentasse, ela não iria entender nada e ficaria apenas mais aflita.

Saí do ateliê, fui até a cozinha e tomei vários copos de água para tirar da boca até o último traço do gosto de uísque. Depois peguei o telefone e liguei para a casa de Menshiki. Ele atendeu no meio do terceiro toque. Senti na sua voz, de leve, o tom ansioso de quem espera alguma notícia importante. Ele pareceu um pouco surpreso quando percebeu que era eu quem estava ligando. Mas sua tensão se desfez em um instante e ele recobrou a mesma voz calma e serena de sempre.

— Perdão por telefonar a essa hora — falei.

— Não é problema algum, de verdade. Eu fico acordado até tarde e, de qualquer maneira, estou sempre à toa. É um prazer falar com você.

Eu abreviei a troca de cumprimentos e expliquei em poucas palavras que Mariê Akikawa estava desaparecida. Que ela havia saído de casa de manhã e ainda não havia voltado, e que também não fora à aula de desenho. Menshiki pareceu surpreso com a notícia. Ficou sem palavras por algum tempo.

— E você não tem ideia de onde ela poderia estar? — me perguntou ele.

— Absolutamente nenhuma — respondi. — Foi uma grande surpresa para mim. E você?

— Também não me ocorre nada, é claro… Afinal, ela praticamente nunca falou comigo.

Sua voz não tinha muita emoção. Estava apenas descrevendo os fatos como eram.

— Ela é uma menina muito calada, em geral. Não fala com praticamente ninguém. Seja como for, o ponto é que ela não voltou até agora, e Shoko está muito aflita. O pai de Mariê ainda está fora, então ela está sozinha, sem saber o que fazer.

Menshiki se calou por mais alguns instantes. Pelo que eu conhecia daquele homem, era muito raro ele ficar sem palavras tantas vezes.

— Tem alguma coisa que eu possa fazer? — perguntou ele finalmente.

— Desculpe pedir assim de repente, mas será que você poderia vir para cá?

— Para a sua casa?

— Isso. Queria conversar com você sobre um assunto, relacionado à Mariê.

Menshiki fez uma pequena pausa, depois respondeu:

— Está bem. Vou agora mesmo.

— Você não tem nenhum compromisso hoje?

— Não chega a ser um compromisso, é uma coisa de nada. Eu me arranjo — disse ele, e limpou a garganta baixinho. Tive a impressão de que ele olhava no relógio. — Creio que chego à sua casa em cerca de quinze minutos.

Depois de desligar, me preparei para sair de casa. Vesti um suéter e separei uma jaqueta de couro e uma grande lanterna de mão. Então sentei no sofá e esperei a chegada do Jaguar de Menshiki.

46.
Muros sólidos e imponentes deixam as pessoas incapazes

Menshiki chegou às onze horas e vinte minutos. Ao ouvir o motor do Jaguar eu vesti a jaqueta de couro, saí de casa e esperei que estacionasse e saísse do carro. Ele vestia uma jaqueta acolchoada azul-marinho e calças jeans pretas e justas. Tinha um cachecol fino em volta do pescoço e tênis de couro. Seu farto cabelo branco brilhava no escuro da noite.

— Eu queria ver como está o buraco no bosque, pode ser?

— Pode, claro — respondeu Menshiki. — Mas o buraco tem alguma coisa a ver com o desaparecimento de Mariê?

— Ainda não sei. Mas faz algum tempo que estou com um pressentimento ruim que não consigo ignorar. Tenho a sensação de que alguma coisa está se armando e tem a ver com aquele buraco.

Menshiki não perguntou mais nada.

— Entendi. Vamos lá ver como estão as coisas.

Ele abriu o porta-malas do Jaguar e tirou um tipo de lampião. Em seguida trancou o carro e me acompanhou em direção ao bosque. Era uma noite escura, sem lua nem estrelas. Não ventava.

— Sinto muito por chamá-lo assim, no meio da noite — falei. — Mas senti que seria melhor você me acompanhar para ver como está o buraco. Tenho a impressão de que, caso aconteça alguma coisa, pode ser difícil lidar sozinho com a situação.

Menshiki estendeu o braço e deu uns tapinhas no meu braço, por cima da jaqueta de couro, como se quisesse me encorajar.

— Não é incômodo algum, não se preocupe, por favor. Farei tudo o que estiver ao meu alcance.

Caminhávamos com atenção, iluminando com a lanterna e o lampião o chão aos nossos pés para não tropeçar nas raízes das árvores. Somente o som das folhas secas estalando sob as solas dos sapatos chegava aos nossos ouvidos. Não havia nenhum outro ruído no bosque noturno, mas pairava no ar a sensação desagradável de que inúmeras criaturas se escondiam ao nosso redor, contendo a respiração e nos observando sem piscar. A escuridão profunda da noite cria essa ilusão. Se alguém nos visse ali sem saber do contexto, talvez parecêssemos ladrões de túmulos.

— Gostaria de lhe perguntar uma coisa.

— O quê?

— Por que você acha que existe alguma conexão entre o buraco e o desaparecimento de Mariê Akikawa?

Eu contei que havia visitado o buraco junto com Mariê pouco tempo antes e que, antes mesmo que eu o mencionasse, ela já sabia da sua existência. Ela passeava por toda aquela região e nada que acontecia ali escapava ao seu conhecimento. Contei também o que ela havia falado ao ver o buraco. *Era melhor ter deixado este lugar como estava. Vocês não deviam ter aberto esse buraco*, dissera ela.

— Tive a impressão de que ela sentiu alguma coisa diante daquele buraco — falei. — Alguma coisa, como posso dizer... espiritual.

— E por isso ela estava interessada nele? — disse Menshiki.

— Isso mesmo. Ela tinha certo receio dele, mas, ao mesmo tempo, parecia muito atraída por aquele local. Por isso não consigo deixar de pensar na possibilidade de algo ter acontecido com ela envolvendo esse buraco, fiquei muito preocupado. Pode ser que esteja presa lá dentro.

Menshiki pensou um pouco sobre o assunto, então disse:

— Você mencionou isso à tia dela? Isto é, a Shoko?

— Não, não falei nada. Se eu entrasse nesse assunto, teria que começar explicando sobre o buraco. Por que é que o abrimos, qual foi a sua participação na história... Seria muito longo e, além disso, talvez eu não conseguisse explicar direito essa minha sensação.

— Além do mais, acabaria só criando mais preocupação para ela...

— O pior seria se a polícia se envolver. Vai que eles se interessam por esse buraco...

Menshiki me olhou.

— A polícia já está sabendo?

— Quando falei com Shoko, ela ainda não havia falado com eles. Mas acho que a esta hora já deve ter feito uma solicitação de busca.

— Sim, seria de esperar. Se uma menina de treze anos não volta para casa até quase meia-noite e ninguém sabe aonde ela foi... A família não deixaria de avisar a polícia.

Porém, pude captar pelo tom da sua voz que ele não gostava muito da ideia de a polícia intervir.

— Vamos manter esse assunto do buraco só entre nós dois. Creio que seja melhor não discutir isso com mais gente, só iria complicar as coisas — disse ele.

Eu concordei com a ideia.

E, além de tudo, havia a questão do comendador. Era praticamente impossível explicar às pessoas a natureza especial daquele buraco sem mencionar a IDEA que havia saído lá de dentro em forma de comendador. Se eu fizesse isso, a história ficaria ainda mais complexa (e, mesmo que eu falasse sobre o comendador, quem acreditaria numa coisa dessas? Só faria com que todos duvidassem da minha sanidade).

Chegamos ao pequeno santuário e o contornamos. Atravessamos a touceira de capim, ainda esmagada e cheia de marcas das esteiras do trator, e alcançamos o buraco. Antes de tudo, erguemos as luzes e examinamos a tampa. Sobre ela estavam as pedras usadas para fazer peso. Era muito discreto, mas notei sinais de que as pedras haviam sido movidas. Pelo visto, desde que eu e Mariê abrimos e fechamos o buraco, alguém havia tirado as pedras, erguido a tampa, depois a fechado novamente e tentado recolocar as pedras da mesma maneira. Eu podia ver uma pequena diferença.

— Parece que alguém moveu as pedras e ergueu essa tampa — afirmei.

— Será que foi Mariê?

— Hum, eu não sei... Mas ninguém desconhecido vem até aqui. Mariê é a única pessoa que sabe da existência desse buraco, além de mim e você. Acho que é bem possível que tenha sido ela.

O comendador também sabia da existência do buraco, é claro. Afinal, ele saíra de lá de dentro. Mas ele era apenas uma IDEA, ou seja, uma existência sem forma física. Se quisesse voltar para o buraco não precisava mover aquelas pedras pesadas.

Então nós tiramos as pedras da tampa e removemos todas as tábuas grossas que cobriam o buraco. Assim, ressurgiu ali a abertura redonda de cerca de dois metros de diâmetro. Pareceu ainda maior e mais negra do que da última vez que eu a vira. Mas isso também devia ser apenas uma ilusão criada pelo escuro da noite.

Eu e Menshiki nos agachamos e iluminamos o interior da abertura com a lanterna e o lampião, mas não encontramos ninguém lá dentro. Era apenas o mesmo espaço deserto e cilíndrico de sempre, cercado por paredes altas de pedra. No entanto, uma coisa estava diferente: a escada havia desaparecido. A escada dobrável de metal que a equipe de paisagismo havia gentilmente deixado para trás. A última vez que a vi, estava apoiada na parede.

— Aonde será que foi parar a escada? — perguntei.

Não foi difícil encontrá-la. Estava caída sobre as touceiras pisoteadas de capim, um pouco distante, do lado oposto do buraco. Alguém a tirara do lugar e a jogara ali. Não era um objeto pesado, não devia ser necessária muita força para tirá-la do buraco. Eu a trouxe de volta e a apoiei na parede, como estava antes.

— Vou descer até lá embaixo — disse Menshiki. — Quem sabe descubro alguma coisa.

— Tem certeza?

— Sim, não se preocupe comigo. Não é a primeira vez que eu entro.

Dizendo isso, Menshiki desceu a escada, como se não fosse nada de mais, segurando o lampião.

— Falando nisso, você sabe qual era a altura do muro de Berlim? — perguntou ele enquanto descia.

— Não.

— Três metros — ele ergueu o rosto para responder. — Variava um pouco de um lugar para o outro, mas essa era a altura padrão. Só um pouco mais alto do que as paredes deste buraco. E atravessava cerca de cento e cinquenta quilômetros. Eu vi pessoalmente quando Berlim era separada em duas. Era uma cena dolorosa de ver.

Menshiki chegou ao fundo do buraco e iluminou ao redor. Depois continuou contando, olhando para mim no nível do chão.

— Originalmente, os muros eram construídos para proteger as pessoas. De inimigos externos, das intempéries. Porém, com o tempo, passaram a ser usados também como um recurso para confiná-las. Muros sólidos e imponentes deixam as pessoas incapazes. Tanto visual quanto espiritualmente. Há paredes que foram construídas só com este objetivo.

Depois de dizer isso, Menshiki se calou e, erguendo o lampião, examinou cada centímetro das paredes de pedra ao seu redor e do chão. Meticulosamente, sem poupar esforços, como um arqueólogo examinando as câmaras mais profundas de uma pirâmide. A luz do lampião era forte e alcançava uma área muito maior do que a minha lanterna. Enfim ele pareceu encontrar alguma coisa no chão e se ajoelhou para analisá-la com cuidado. Mas, do alto, eu não conseguia enxergar o que era. Menshiki não comentou nada. Parecia ser algo muito pequeno. Ele se levantou, embrulhou o objeto em um lenço e o guardou no bolso do casaco. Por fim ergueu o lampião acima da cabeça e voltou o rosto para mim:

— Vou subir.

— Encontrou alguma coisa? — perguntei.

Sem responder, Menshiki começou a subir cuidadosamente a escada. A cada passo, ela rangia sob o seu peso. Assisti, iluminando com a luz da lanterna, até que chegasse de volta à superfície. Era evidente, pelos seus movimentos, que ele cuidava diariamente de todos os músculos do corpo, exercitando-os com competência. Não fazia nenhum gesto excessivo. Usava apenas os músculos necessários para cada gesto, de forma eficiente. De volta à superfície, espreguiçou o corpo todo num movimento amplo e tirou com cuidado a terra que ficara grudada na calça, apesar de não ser quase nada.

Depois de se recompor, Menshiki disse:

— Estando lá embaixo, a altura das paredes é mais opressiva do que você espera. Nos faz sentir um tipo de fraqueza. Há pouco tempo vi um muro da mesma natureza, na Palestina. É um muro de mais de oito metros de altura, com uma cerca de alta voltagem no topo, construído por Israel. Atravessa quase quinhentos quilômetros. O povo de Israel deve ter achado que três metros seriam muito pouco, mas no geral isso basta para essa função.

Ele pousou o lampião no chão, lançando sua luz forte sobre nossos pés.

— Falando nisso, as paredes da cela solitária no Centro de Detenção de Tóquio também tinham uns três metros — disse Menshiki. — Não sei por quê, mas o pé-direito é muito alto. Preso ali, tudo o que se vê, dia após dia, são essas paredes inexpressivas de três metros de altura. Não há mais nada para olhar. E, obviamente, não tem nenhum quadro nem enfeite. Só paredes. Você começa a sentir que foi jogado no fundo de um buraco.

Eu escutei em silêncio.

— Há algum tempo, devido a certas circunstâncias, fiquei detido no Centro de Detenção de Tóquio. Eu nunca falei sobre isso a você, falei?

— Não, nunca falou — respondi. Eu já sabia disso através da minha amante, mas claro que não mencionei o fato.

— Pessoalmente, eu não queria que você ficasse sabendo por outras pessoas. Pois, como você sabe, os boatos sempre tendem a distorcer a realidade para torná-la mais interessante. Por isso, prefiro que você ouça tudo da minha boca. Não é uma história muito divertida, mas você se importa se eu lhe contar sobre isso agora mesmo? Aproveitando esta oportunidade, por assim dizer.

— Sim, claro. Pode falar.

Menshiki fez uma pequena pausa antes de começar.

— Não digo isso para me justificar, mas minha consciência sempre esteve totalmente limpa. Já tomei parte em muitos empreendimentos, creio que possa dizer que passei a vida assumindo riscos diversos. Mas nunca fiz nada que infringisse a lei, sempre tomei muito cuidado para não ultrapassar essa linha. Não sou tolo e, por natureza, sou bastante precavido. Porém, em dado momento aconteceu de eu fazer uma parceria com uma pessoa irresponsável, e acabei caindo em uma situação complicadíssima. Desde então, evito ao máximo empreender junto com outras pessoas. Dependo apenas de mim mesmo.

— Qual foi a acusação pela qual você foi investigado?

— *Insider trading* e evasão fiscal, os chamados "crimes financeiros". No fim fui considerado inocente, mas cheguei a ser indiciado e a investigação foi muito severa, então passei um longo tempo detido. Foram estendendo o período de detenção repetidas vezes, com justificativas diversas. Foi um período tão longo que, até hoje, sinto certa nostalgia quando estou em um lugar cercado por muros. Conforme mencionei há pouco, de minha parte não houve nenhuma falta que estivesse sujeita à punição da lei. Essa era a verdade evidente. Porém, a investigação já tinha escrito todo o roteiro da acusação, segundo o qual eu era definitivamente culpado. E eles não queriam ter que reescrevê-lo àquela altura. A burocracia é assim. Depois que decidem uma coisa, é praticamente impossível alterá-la. Para mudar a direção em que tudo está correndo é preciso que alguém, em algum lugar, tome para si essa responsabilidade. Assim, acabei encarcerado no Centro de Detenção de Tóquio por muito tempo.

— Quanto tempo?

— Quatrocentos e trinta e cinco dias — disse Menshiki, como se não fosse grande coisa. — Acho que nunca vou me esquecer deste número.

Não é difícil imaginar que quatrocentos e trinta e cinco dias são um período terrivelmente longo para passar em uma pequena cela solitária.

— Você já ficou preso em um lugar apertado por muito tempo? — perguntou Menshiki.

— Não —, respondi. Desde que fiquei preso no baú de um caminhão de mudanças, sofro de uma claustrofobia considerável. Não consigo nem entrar num elevador. Se eu me encontrasse em uma situação como a dele, enlouqueceria rapidamente.

— Lá, eu aprendi a suportar estar em um lugar fechado e apertado — disse Menshiki. — Eu me treinava todos os dias. Aprendi algumas línguas enquanto estava preso; espanhol, turco, chinês. Isso porque na solitária o número de livros que você pode ter é limitado, mas esse limite não inclui dicionários. Então esse período de detenção foi a situação ideal para estudar línguas estrangeiras. Por sorte eu tenho uma boa capacidade de concentração, então enquanto estava estudando conseguia esquecer as paredes ao meu redor. Tudo no mundo tem um lado bom.

Por trás de qualquer nuvem, por mais densa e escura que seja, há sempre um brilho prateado.

— A única coisa que me aterrorizou até o fim foram terremotos e incêndios. Eu estava preso em uma jaula, não teria como fugir se houvesse um terremoto forte ou se o prédio pegasse fogo. A ideia de morrer soterrado ou queimado vivo naquela cela minúscula era táo terrível que me deixava sem ar. Este temor eu nunca consegui superar, principalmente quando acordava no meio da noite.

— Mas você aguentou.

Menshiki concordou com a cabeça.

— É claro. Porque eu me recusava a perder para aquela gente. Me recusava a ser esmagado pelo sistema. Bastava assinar os documentos que eles haviam preparado e eu estaria livre daquela jaula e de volta ao mundo exterior. Mas, se fizesse isso, estaria perdido. Precisaria admitir ter feito coisas que não fiz. Decidi encarar aquilo como uma preciosa provação concedida pelos céus.

— No outro dia, quando você passou uma hora neste buraco, ficou relembrando essa época?

— Sim, fiquei. Às vezes é preciso retornar ao ponto de origem. Ao lugar que me criou da forma como sou hoje. Por que o ser humano logo se habitua a condições mais cômodas.

Que pessoa peculiar, pensei novamente, admirado. A maioria das pessoas não desejaria esquecer o mais rápido possível uma experiência terrível como essa?

Nesse momento, como se se lembrasse de algo, Menshiki enfiou a mão no bolso do casaco e tirou o objeto embrulhado no lenço.

— Encontrei isto agora, no cháo do buraco — disse ele. Desdobrou o lenço e pegou de dentro dele algo bem pequeno e me deu.

Eu o examinei sob a luz da lanterna. Era um diminuto pinguim de plástico pintado de branco e preto, com cerca de um centímetro e meio, preso a um fiozinho preto. Do tipo de pingente que as meninas costumavam usar para enfeitar bolsas ou celulares. Estava limpo e parecia novíssimo.

— Da outra vez que entrei no buraco isto não estava lá. Tenho certeza — afirmou Menshiki.

— Então você acha que alguém entrou depois de você e deixou cair este pinguim?

— Não sei... Parece ser um enfeite de celular e o fio não está arrebentado, então a pessoa deve ter soltado do celular. Parece mais provável que tenham deixado ali de propósito, e não deixado cair...

— Será que alguém desceu até o fundo do buraco só para deixar esse negócio?

— Também podem simplesmente ter jogado daqui de cima.

— Mas por que alguém faria isso? — perguntei.

Menshiki balançou a cabeça, indicando que não sabia.

— Quem sabe deixaram este objeto como um tipo de amuleto. É só minha imaginação, mas...

— Mariê Akikawa, você acha?

— É possível. Pois não me ocorre ninguém mais que possa ter vindo até aqui, além dela.

— E então ela deixou como um amuleto?

Menshiki balançou a cabeça mais uma vez.

— Não sei. Mas meninas de treze anos têm todo tipo de ideias. Não é verdade?

Eu fitei novamente a pequena miniatura de pinguim na palma da minha mão. Depois dessa conversa, ela realmente parecia ter um ar de amuleto. Estava envolta por uma aura de inocência.

— Mas quem teria tirado a escada do buraco e a jogado lá atrás? E para quê? — perguntei.

Menshiki balançou a cabeça. Ele não fazia ideia.

— Seja como for, por ora vamos voltar para casa, ligar para Shoko e descobrir se este pingente é de Mariê. Talvez ela saiba nos dizer.

— Por enquanto, fique com ele — disse Menshiki. Eu concordei e guardei o pinguim no bolso da calça.

Então, deixando a escada no buraco, apoiada na parede de pedra, recolocamos as tábuas e as pedras sobre ele. Para garantir, gravei sua posição na memória novamente. Depois retraçamos nossos passos pela trilha no bosque. Quando olhei no relógio, já era meia-noite. Não falamos nada no caminho de volta. Caminhávamos calados, iluminando o chão com nossas lâmpadas. Cada um perdido em seus próprios pensamentos.

Quando chegamos diante da casa, Menshiki abriu o porta-malas do Jaguar e guardou o lampião. Então, como se finalmente tivesse conseguido relaxar, apoiou o corpo no porta-malas fechado e ergueu os olhos para observar o céu. Um céu escuro onde não se via nada.

— Você se incomoda se eu entrar um pouco? — perguntou.
— De qualquer jeito, sei que se eu voltar para casa agora, não vou conseguir descansar.

— Sim, fique à vontade. Acho que também não vou conseguir dormir tão cedo.

Mas Menshiki não se moveu, ficou ali, pensando sobre alguma coisa.

— Não sei bem explicar — falei —, mas tenho a forte sensação de que Mariê está passando por algo ruim. Perto daqui.

— Mas não naquele buraco.

— É, parece que não.

— Que tipo de coisa ruim?

— Não sei. Mas sinto que ela está correndo algum perigo.

— E que ela está *em algum lugar próximo daqui.*

— Sim — respondi. — Perto daqui. E fiquei muito intrigado com o fato de a escada estar fora do buraco. Alguém fez questão de tirá-la do lugar e escondê-la no meio do capim. O que significa isso?

Menshiki se afastou do carro e tocou novamente meu braço, dizendo:

— É verdade. Eu também não faço a menor ideia. Mas não adianta nada nós ficarmos aqui nos preocupando. Vamos entrar.

47.
Hoje é sexta-feira, né?

Entrei em casa, tirei a jaqueta de couro e logo telefonei para Shoko. Ela atendeu no terceiro toque.

— Alguma novidade? — perguntei.

— Não, continuo sem notícias — respondeu Shoko, a voz de quem não consegue manter o ritmo regular da respiração.

— Já contatou a polícia?

— Ainda não. Não sei bem por quê, mas achei que seria melhor esperar um pouco antes de falar com eles. Fico sentindo que ela pode aparecer a qualquer momento...

Eu descrevi a ela a miniatura de pinguim que encontramos no fundo do buraco. Não falei nada sobre ter encontrado esse objeto, só perguntei se Mariê costumava carregar um pingente assim.

— Mariê usava um enfeite preso ao celular. E realmente era um pinguim... Sim, era um pinguim. Tenho certeza. Um bonequinho de plástico. Acho que foi brinde em uma loja de donuts, mas por algum motivo ela dava muito valor a ele. Como se desse sorte.

— E ela carrega sempre o celular, não é?

— Sim. Está quase sempre desligado, mas ela o leva consigo para todos os lugares. Não costuma atender, mas às vezes liga para casa, quando precisa de alguma coisa — disse Shoko. Passaram-se alguns segundos. — Por acaso você achou essa miniatura em algum lugar?

Eu me atrapalhei para responder. Se eu dissesse a verdade, teria que explicar para ela tudo sobre aquele buraco no meio do bosque. E, caso a polícia acabasse envolvida no assunto, teria que explicar a mesma coisa — de forma ainda mais convincente — para eles também. Sabendo que um pertence de Mariê fora encontrado ali, eles examinariam o buraco e talvez fizessem uma busca no bosque. Também nos interrogariam querendo saber tudo o que acontecera, e era possível que acabassem revirando o passado de Menshiki. Eu não conseguia imaginar que tudo isso tivesse alguma utilidade. Menshiki tinha razão, as coisas só ficariam mais complicadas.

— Estava caído no meu ateliê — falei. Não gosto de mentir, mas eu não poderia dizer a verdade. — Encontrei quando estava varrendo e pensei que talvez fosse da Mariê.

— É, deve ser dela. Com certeza — disse Shoko. — E agora, o que será que eu faço? Será que é melhor falar com a polícia, mesmo?

— Você conseguiu falar com o seu irmão, quer dizer, com o pai de Mariê?

— Não, ainda não consegui — hesitou Shoko. — Eu não sei onde ele está. Ele nem sempre volta para casa, sabe...

A situação parecia ser complexa, mas não era hora de perder tempo discutindo essas questões. Eu lhe disse apenas que achava que seria melhor falar com a polícia. Já passava da meia-noite, estávamos em um novo dia, e não podíamos descartar a possibilidade de algum acidente. Ela respondeu que faria isso agora mesmo.

— A propósito, o celular de Mariê continua não tocando?

— Sim, tentei ligar várias vezes, mas não toca. Deve estar desligado... Ou então a bateria acabou, uma das duas coisas.

— Mariê saiu hoje de manhã dizendo que ia para a escola e desde então você não teve notícias dela. É isso, certo?

— Sim, isso mesmo — respondeu a tia.

— Sendo assim, ela ainda deve estar vestindo o uniforme da escola.

— Sim, deve estar de uniforme. Blazer azul-marinho, blusa branca, colete azul-marinho de lã, saia xadrez até o joelho, meias brancas e sapatos pretos de enfiar. E uma bolsa impermeável no ombro com o logo e o nome da escola. Ela não está usando o sobretudo.

— Você acha que ela levou também a sacola com o material de desenho?

— Isso costuma ficar no armário da escola, porque ela usa na aula de artes de lá. Às sextas-feiras ela leva esse material direto da escola para o seu curso de desenho, não leva de casa.

Era assim que Mariê sempre estava nas minhas aulas. Blazer azul-marinho, camisa branca, saia de xadrez tartã, e a bolsa de lona branca com o material de desenho. Eu tinha uma lembrança clara dessa imagem.

— Ela não levou nada além disso?

— Não, só isso. Então não deve ter ido muito longe...

— Se tiver qualquer novidade, me avise, por favor. Pode telefonar a qualquer hora, sem cerimônia — falei.

Shoko disse que ligaria.

E desliguei o telefone.

Menshiki ficou ao meu lado durante toda a conversa. Só despiu o casaco quando recoloquei o fone no gancho. Sob ele, vestia um suéter preto de gola em v.

— Então o pinguim era mesmo de Mariê?

— Parece que sim.

— Isso quer dizer que, em algum momento, ela entrou sozinha naquele buraco e deixou essa miniatura de pinguim, que para ela era preciosa como um amuleto. Tudo indica que é esse o caso, não é?

— Ou seja, você acha que ela deixou isso ali como uma forma de proteção?

— É provável.

— Mas, se é isso, esse pinguim deve proteger o quê? Ou quem?

Menshiki balançou a cabeça.

— Não sei. Mas Mariê dava muito valor a essa miniatura e a carregava sempre, como um talismã. Deve ter tido alguma intenção específica para soltá-la e deixá-la lá dentro. As pessoas não se desfazem facilmente de objetos aos quais dão valor.

— Será que isso quer dizer que havia alguma outra coisa, mais importante do que ela mesma, que precisava ser protegida?

— Como o quê? — perguntou Menshiki.

Nenhum de nós conseguiu responder a essa pergunta.

Nós nos sentamos em silêncio. Os ponteiros do relógio marcavam a passagem lenta e definitiva do tempo. Cada movimento empurrava o mundo um pouquinho mais adiante. Para além das janelas se espalhava a escuridão da noite, onde nada parecia se mover.

De repente, me lembrei do que o comendador havia dito sobre o desaparecimento do guizo: "Ele nunca foi meu. Pertence ao lugar, fica lá pra quem quiser usar. Seja como for, se ele sumiu deve ter tido seus motivos para sumir".

Estava lá para quem quisesse usar?

— Talvez — falei — não tenha sido naquele buraco que Mariê deixou essa miniatura. Talvez o buraco esteja conectado a outro lugar. Talvez não seja um espaço fechado, mas um tipo de passagem. E talvez ele mesmo atraia várias coisas para o seu interior.

Quando falei em voz alta o que me ocorrera, soou bem idiota. Se eu estivesse conversando com o comendador, quem sabe ele aceitaria essa minha sugestão sem se abalar. Mas, *neste mundo*, não era tão fácil.

Um silêncio profundo se instalou na sala.

— Para onde seria possível ir, de dentro daquele buraco? — falou Menshiki, como se perguntasse a si mesmo. — Como você sabe, outro dia entrei no buraco, e lá passei cerca de uma hora. No escuro total, sem lanterna nem escada. Em meio àquele silêncio, concentrei toda a minha atenção e me esforcei ao máximo para apagar minha existência física. Tentei me tornar apenas pensamento. Fazendo isso, é possível atravessar paredes de pedra e ir a qualquer lugar. É um experimento que eu fazia com frequência quando estava preso na solitária do centro de detenção. Mas, no fim, não consegui ir a lugar algum. O buraco continuou sendo apenas um espaço cercado de paredes sólidas, sem nenhuma possibilidade de fuga.

Pode ser que o buraco escolha com quem interage — me ocorreu de súbito. O comendador, que saiu de lá, veio ao meu encontro. Escolheu se hospedar em mim. Talvez Mariê também tenha sido *escolhida* por aquele buraco. Menshiki, porém, não fora escolhido — por qualquer que seja a razão.

— De todo modo — falei —, conforme conversamos, acho que é melhor não mencionar o buraco à polícia. Ou, pelo menos, é melhor não mencioná-lo *ainda*. Só que, se não falarmos nada sobre termos encontrado esse pinguim no buraco, é indiscutível que estaremos encobrindo evidências. Podemos acabar em uma situação bem delicada, caso tudo venha à tona mais tarde.

Menshiki refletiu por certo tempo, depois falou, sem hesitação:

— Vamos tomar cuidado para não falar nada sobre este assunto, é a única solução. Você encontrou o pinguim no chão do ateliê. Só nos resta manter essa versão.

— Talvez fosse melhor alguém levar isto para Shoko — falei. — Ela está sozinha em casa, desorientada, sem saber o que fazer. Ainda não conseguiu falar com o pai de Mariê. Não seria bom alguém ir lhe fazer companhia?

Menshiki também pensou sobre essa questão e por fim balançou a cabeça.

— Mas eu não poderia ir lá a esta hora. Não conheço o irmão dela, e ele pode voltar a qualquer momento…

Ele se interrompeu e se calou.

Não fiz nenhum comentário.

Menshiki passou bastante tempo pensando sobre alguma coisa, tamborilando com os dedos no braço do sofá. Tive a impressão de que, enquanto ele pensava, suas faces se coraram de leve.

— Será que eu poderia ficar mais um pouco aqui na sua casa? — me perguntou, depois de alguns minutos. — Pode ser que Shoko dê alguma notícia…

— Claro, pode ficar — respondi. — Eu não vou conseguir dormir tão cedo, pode ficar o quanto quiser. Se preferir, pode passar a noite. Eu arrumo o quarto de hóspedes.

Menshiki disse que talvez aceitasse minha gentileza.

— O que acha de um café? — perguntei.

— Seria ótimo — disse ele.

Fui para a cozinha, moí os grãos de café e liguei a cafeteira. Quando ficou pronto, levei para a sala e bebemos juntos.

— Acho que é uma boa hora para acender a lareira — falei. A sala tinha esfriado sensivelmente de madrugada e estava gelada. Já estávamos em dezembro, época em que não seria estranho usar a lareira em casa.

Empilhei na lareira a lenha que eu já havia deixado separada em um canto da sala e a acendi com ajuda de jornais e um fósforo. A lenha estava bem seca, pois o fogo logo se espalhou. Era a primeira vez que eu usava a lareira naquela casa, então estava um pouco apreensivo se a chaminé funcionaria bem (Masahiko dissera que a lareira estava pronta para o uso, mas esse é o tipo de coisa que só dá para ter certeza na prática. Algum passarinho poderia ter tapado a saída de ar com um ninho), mas a fumaça escapou por ela sem problemas. Eu e Menshiki colocamos cadeiras diante da lareira e nos sentamos para aquecer o corpo.

— Fogo de lenha é muito agradável... — disse Menshiki.

Considerei oferecer um uísque, mas pensei melhor e desisti. Naquela noite, talvez fosse melhor estarmos sóbrios. Ficamos sentados diante da lareira, ouvindo música e observando os movimentos vivos das chamas. Menshiki escolheu um disco de sonatas para violino de Beethoven e o colocou na vitrola. Aquela música, com violino de Georg Kulenkampff e piano de Wilhelm Kempff, era perfeita para uma noite de começo de inverno diante da lareira. Mas eu não conseguia relaxar direito, sabendo que Mariê poderia estar sozinha em algum lugar, talvez tremendo de frio.

Trinta minutos depois, Shoko telefonou para contar que o irmão Yoshinobu havia finalmente chegado e entrara em contato com a polícia. Os policiais estavam a caminho de sua casa, para checar mais detalhes. (Afinal, os Akikawa eram uma família antiga e afluente na região. Era natural que a polícia considerasse a possibilidade de um sequestro e viesse correndo). Mariê ainda não havia dado notícias e seu celular continuava desligado. Shoko havia contatado todos os locais onde lhe ocorreu que Mariê poderia ter ido — não eram muitos —, mas continuava sem ter ideia do paradeiro de sua sobrinha.

— Espero que esteja tudo bem... — falei. Então pedi para que me telefonasse a qualquer hora se houvesse alguma novidade e desliguei.

Nós voltamos para diante da lareira e continuamos ouvindo música clássica. Um concerto para oboé de Richard Strauss, também escolhido por Menshiki. Era a primeira vez que eu ouvia um concerto assim. Sem dizer praticamente nada, ficamos os dois mergulhados em pensamentos, fitando as chamas na lareira e ouvindo o disco.

Quando o relógio chegou à uma hora e meia da manhã, fui invadido por um sono intenso. Era cada vez mais difícil manter os olhos abertos. Eu sempre acordei cedo, tenho dificuldade em ficar acordado durante a madrugada.

— Vá se deitar — disse Menshiki, ao ver como eu estava. — Eu fico acordado mais um pouco, para o caso de Shoko telefonar novamente. Não preciso de muitas horas de sono, ficar sem dormir não me incomoda. Sempre fui assim. Então não se preocupe comigo, por favor. Ficarei aqui ouvindo música e olhando o fogo, cuidando para que ele não se apague. Pode ser?

Respondi que claro, ele poderia ficar. Fui pegar mais uma braçada de lenha sob o beiral do pequeno galpão ao lado da cozinha e a empilhei ao lado da lareira. Seria suficiente para manter o fogo até a manhã seguinte.

— Então, vou me deitar um pouco — disse a Menshiki.

— Descanse tranquilo — disse ele. — Podemos nos revezar. Eu provavelmente dormirei um pouquinho ao amanhecer. Será que você poderia me emprestar um cobertor ou coisa assim? Durmo aqui mesmo, no sofá.

Eu trouxe o mesmo cobertor que Masahiko havia usado e um travesseiro leve de penas e os dispus no sofá. Menshiki agradeceu.

— Tem uísque, se você quiser — ofereci, por via das dúvidas.

Menshiki negou com a cabeça, decidido.

— Não, esta noite acho que é melhor não beber. Não sabemos o que ainda pode acontecer.

— Se ficar com fome, pegue o que quiser da geladeira. Não tem muita coisa, mas pelo menos queijo e torradas você deve encontrar.

— Obrigado — disse Menshiki.

Deixei-o na sala e me retirei para o quarto, onde vesti o pijama e entrei sob as cobertas. Então apaguei o abajur da cabeceira e tentei dormir, mas o sono não vinha. Estava exausto, mas parecia que milhares de pequenos insetos batiam as asas em alta velocidade dentro da minha cabeça e não me deixavam dormir. Isso acontecia às vezes. Desisti, acendi a luz e me levantei da cama.

— Qual o problema, meus jovens senhores? Está difícil dormir? — disse o comendador.

Olhei ao redor. Ele estava sentado no peitoril da janela. Trajava as mesmas vestes brancas de sempre, calçava os curiosos sapatos pretos e pontudos e tinha à cintura sua espada em miniatura. Seus cabelos estavam bem presos. Como sempre, uma réplica perfeita do comendador assassinado na pintura de Tomohiko Amada.

— É, está difícil — respondi.

— Sem dúvida têm acontecido coisas demais esses dias — disse o comendador. — Desse jeito, as pessoas não conseguem dormir tranquilamente.

— Faz tempo que não o vejo — falei.

— Como eu já disse aos senhores antes, isso de "faz tempo" não tem muito sentido para uma IDEA.

— Seja como for, você apareceu na hora certa. Quero lhe perguntar uma coisa.

— Qual é a pergunta?

— Estão todos procurando por Mariê Akikawa, que está desaparecida desde hoje de manhã. Onde é que ela se meteu?

O comendador inclinou a cabeça para o lado e pensou por um tempo. Depois falou pausadamente:

— Conforme os senhores sabem, o mundo humano é regulado por três elementos: o tempo, o espaço e a probabilidade. IDEAS são, necessariamente, alheias a esses três elementos. Assim, não sou capaz de interferir em nenhum deles.

— Não compreendo exatamente o que você disse… Mas, resumindo, isso quer dizer que você não sabe?

O comendador não respondeu.

— Ou você sabe, mas não pode me contar?

O comendador estreitou os olhos.

— Não digo isso para me eximir de minhas responsabilidades, mas é que as IDEAS têm suas próprias restrições.

Eu endireitei as costas e o encarei com firmeza.

— Escuta, é o seguinte. Preciso socorrer Mariê Akikawa. Ela certamente precisa de ajuda. Não sei onde ela está, mas sinto que está perdida em algum lugar do qual não consegue sair. No momento, não tenho a menor ideia de onde deveria ir nem o que deveria fazer, porém desconfio que seu desaparecimento está ligado de alguma maneira àquele buraco no meio do bosque. Eu sei disso, apesar de não conseguir explicar de maneira lógica. E você ficou, por muito tempo, preso naquele buraco. Não sei como foi parar lá, mas o fato é que eu e Menshiki usamos tratores para erguer aquelas pedras enormes, abrir o buraco e, assim, *permitimos* que você saísse. Não é? Graças a isso, agora você pode se mover livremente pelo espaço e pelo tempo. Pode sumir e reaparecer quando quer. Pode assistir à vontade quando eu e minha namorada transamos. Não é verdade?

— É, em linhas gerais...

— Não estou pedindo para me contar o que preciso fazer, concretamente, para socorrer Mariê. Parece que o mundo das IDEAS tem várias limitações e não estou pedindo nada impossível. Mas você não pode me dar pelo menos uma pista? Depois de tudo que fiz por você, bem que você poderia me fazer essa gentileza.

O comendador soltou um suspiro profundo.

— Pode ser só uma dica, uma indireta. Não é um pedido muito ambicioso. Não estou te pedindo para acabar com as limpezas étnicas, barrar o aquecimento global ou salvar o elefante africano. Quero apenas trazer uma jovem de treze anos, que pode estar presa em algum lugar escuro e apertado, de volta para este mundo. Só isso.

O comendador passou muito tempo pensando, de braços cruzados. Parecia estar indeciso.

— Está bem, meus senhores — disse ele. — Como posso recusar, se me pedem desta maneira? Darei aos jovens senhores uma única dica. Todavia, como consequência disso talvez sejam necessários alguns *sacrifícios*. Querem saber mesmo assim?

— Que tipo de sacrifício?

— Isso eu não sei dizer ainda. Mas provavelmente será difícil evitar que elas apareçam. Metaforicamente, eu diria que *haverá sangue*. É um fato inevitável. Só o futuro nos dirá de quem. É possível que alguém precise arriscar a vida.

— Tudo bem, mesmo assim eu quero saber.

— Está bem — disse o comendador. — Hoje é sexta-feira, né? Eu dei uma olhada no relógio no criado-mudo.

— Sim, é sexta-feira. Ah, não, já é sábado.

— Durante a manhã de sábado, ou seja, antes do almoço do dia de hoje, os jovens senhores receberão um telefonema — disse o comendador. — Alguém irá lhes fazer um convite. E, qualquer que seja a natureza deste convite, os senhores não podem recusar. Entendido?

Eu repeti maquinalmente o que ele dissera:

— Alguém vai me ligar hoje de manhã e me convidar para alguma coisa. E eu não posso recusar.

— Exatamente — disse o comendador. — Essa é a única dica que posso dar. Digamos que está na linha que separa a "linguagem pública" da "linguagem privada".

Depois dessas últimas palavras, o comendador desapareceu. Quando percebi, já não estava mais no peitoril.

Apaguei o abajur ao lado da cama e, desta vez, adormeci relativamente rápido. As asas que batiam furiosamente em minha cabeça haviam sossegado. Pouco antes de pegar no sono, pensei em Menshiki diante da lareira. Ele provavelmente ficaria pensando sozinho até de manhã, sem deixar o fogo apagar. Eu não podia imaginar sobre o que ele poderia pensar durante uma noite inteira, é claro. Era um sujeito curioso. Mas, desnecessário dizer, até mesmo Menshiki vivia sujeito aos limites do tempo, do espaço e da probabilidade. Assim como todas as outras pessoas deste mundo. Enquanto estivermos vivos, não podemos escapar a esses limites. Pode-se dizer que todos nós, sem exceção, vivemos cercados por paredes sólidas, acima e abaixo, de um lado e de outro. Eu acho.

Alguém vai me ligar hoje de manhã e me convidar para alguma coisa. E não posso recusar. Repeti mais uma vez para mim mesmo, mecanicamente, o que o comendador dissera. E então adormeci.

48.
Os espanhóis não sabiam navegar os mares revoltos da costa da Irlanda

Acordei pouco depois das cinco da manhã, ainda estava escuro. Vesti um cardigã por cima do pijama e fui ver como estavam as coisas na sala. Menshiki dormia no sofá. O fogo da lareira tinha apagado, mas deve ter ficado aceso até pouco antes, pois o cômodo ainda estava quente. A pilha de lenha que deixei separada tinha diminuído bastante. Menshiki estava deitado de lado sob o cobertor e respirava muito silenciosamente, nem sequer ressonava. Até dormindo aquele homem tinha boas maneiras. O próprio ar da sala parecia se conter, discreto, para não perturbar seu sono.

Eu o deixei ali e fui à cozinha fazer café. Também preparei uma torrada. Então me sentei em uma cadeira da copa e, mordiscando a torrada com manteiga e tomando café, abri o livro que estava lendo. Era sobre a "Invencível Armada" espanhola e a batalha violenta entre a rainha Elizabeth e Filipe II, que lançou à sorte o destino das duas nações. Não sei muito bem por que resolvi ler, naquele momento, sobre uma guerra nos mares da Grã-Bretanha na segunda metade do século XVI, mas depois que comecei o livro achei muito interessante e continuei com mais entusiasmo do que imaginava. Era um velho exemplar que encontrei na estante de Tomohiko Amada.

A versão mais conhecida dos fatos é que a Invencível Armada espanhola foi dizimada pela frota naval da Inglaterra, numa derrota que mudou o rumo da história por ter cometido erros estratégicos. Mas, na realidade, a maior parte das baixas sofridas pelo Exército espanhol não foram resultado de enfrentamentos diretos (ambas as partes dispararam incontáveis tiros de canhão, mas quase não acertaram seus oponentes), e sim de naufrágios. Acostumados às águas plácidas do Mediterrâneo, os espanhóis não sabiam navegar os mares revoltos da costa da Irlanda. Assim, muitos de seus navios se chocaram contra os recifes e afundaram.

O céu do leste foi clareando devagar enquanto, sentado à mesa, acompanhei o lamentável destino da Marinha espanhola e tomei duas xícaras de café. Era a manhã de sábado.

Alguém irá ligar para os jovens senhores hoje de manhã e fazer um convite. E os senhores não podem recusar.

Repeti mentalmente o que o comendador me dissera e olhei para o telefone. Ele permanecia mudo. Mas provavelmente alguém ligaria. O comendador não costumava mentir. Tudo o que eu podia fazer era ser paciente e esperar o toque.

Pensei em Mariê Akikawa. Quis ligar para Shoko e perguntar se tinha notícias, mas era cedo demais. Melhor esperar pelo menos até umas sete horas. Além disso, Shoko sabia que eu estava preocupado e certamente me avisaria se Mariê fosse encontrada. Se não havia falado nada, provavelmente é porque não havia nada a dizer. Então continuei ali, sentado à mesa, lendo sobre a Invencível Armada. Quando cansava de ler, fitava o telefone. Ele continuava em silêncio.

Liguei para Shoko pouco depois das sete. Ela atendeu num instante, como se estivesse diante do aparelho, esperando que tocasse.

— Mariê ainda não deu notícias. Não sabemos onde ela está — disse, logo de saída. Ela parecia ter dormido muito pouco (ou nada). O cansaço transparecia em sua voz.

— A polícia já está trabalhando? — perguntei.

— Sim, ontem mesmo dois policiais vieram aqui me fazer algumas perguntas. Entreguei uma foto dela, expliquei como estava vestida... Também contei que ela não é do tipo de menina que foge de casa ou que sai para passear à noite. Eles repassaram as informações para outras delegacias e imagino que tenham começado uma busca. Só que, por enquanto, pedi que não fosse divulgado.

— Mas nada até agora, né?

— É... Estão se dedicando bastante ao caso, mas ainda não encontraram nenhuma pista.

Eu lhe disse algumas palavras de consolo e pedi que me avisasse assim que tivesse alguma novidade. Ela prometeu que o faria.

Quando desligamos, Menshiki já tinha acordado e estava lavando o rosto. Ele escovou os dentes com a escova nova que eu havia separado, depois se sentou à minha frente e tomou um café preto. Ofereci torradas, mas ele não quis. Talvez por ter dormido no sofá, seu exuberante cabelo branco estava levemente desarrumado, mas só quando *comparado ao que costumava ser*. Diante de mim estava o Menshiki tranquilo e alinhado de sempre.

Relatei a ele a conversa que tivera com Shoko.

— É só uma intuição — disse ele, quando terminei —, mas sinto que a polícia não vai ajudar muito neste caso.

— Por que você acha isso?

— Porque Mariê não é uma menina comum e este caso não é uma fuga comum. Então acho que as chances de a polícia encontrá-la com os métodos usuais são pequenas.

Não fiz nenhum comentário, mas pensei que talvez estivesse certo. O que estávamos enfrentando era como uma equação cheia de incógnitas e com poucos números concretos. Precisávamos tentar desvendar tantos números quanto conseguíssemos.

— Vamos ver o buraco mais uma vez? — sugeri. — Talvez alguma coisa esteja diferente.

— Vamos — disse Menshiki.

Já que não tem mais nada que possamos fazer, acrescentamos em silêncio. Achei que Shoko Akikawa poderia telefonar enquanto estivéssemos fora, ou quem sabe fariam a tal "ligação com um convite" de que o comendador falara. Mas eu tinha um pressentimento vago de que isso ainda não iria acontecer.

Vestimos os casacos e saímos. Era uma manhã ensolarada. O vento sudoeste varrera por completo as nuvens da noite anterior. O céu estava incrivelmente alto e límpido até onde a vista alcançava. Ao erguer os olhos tinha-se a impressão de estar fitando, de ponta-cabeça, o interior de uma fonte cristalina. De muito longe, chegou o som monótono de um longo trem correndo sobre os trilhos. Há dias assim, em que a limpidez do ar e a direção do vento permitem que se escutem, com surpreendente clareza, sons distantes que geralmente não nos alcançam. Era uma dessas manhãs.

Caminhamos calados pela trilha do bosque até o santuário e paramos diante do buraco. A tampa estava exatamente como no dia anterior. A posição das pedras sobre ela também não havia mudado. Erguemos as tábuas e encontramos a escada encostada na parede. Não havia ninguém lá dentro. Dessa vez, Menshiki não se propôs entrar no buraco, pois os raios do sol iluminavam todo o seu interior e mostravam que nada havia mudado. Sob a luz do sol, o buraco era completamente diferente. Agora, não havia nada de inquietante nele.

Então recolocamos as tábuas, as pedras por cima, cruzamos novamente o bosque e voltamos. Na frente de casa, o Jaguar imaculado de Menshiki e minha modesta perua Corolla, coberta de poeira, estavam estacionados lado a lado.

— Acho que já vou me retirar — disse Menshiki, parando diante do Jaguar. — Ficando aqui eu só vou te incomodar, e no momento não creio que vá ser de grande ajuda. Tudo bem?

— Claro. Volte para casa e descanse bem. Eu aviso se tiver alguma notícia.

— Hoje é sábado, não é? — perguntou Menshiki.

— Sim, hoje é sábado.

Menshiki assentiu com a cabeça, tirou do bolso do casaco a chave do carro e passou algum tempo encarando-a. Parecia estar refletindo sobre alguma coisa, tentando tomar alguma decisão. Esperei enquanto ele pensava, até que ele retomou a conversa:

— Acho que é melhor eu te contar uma coisa.

Eu me apoiei na porta do Corolla e esperei que ele continuasse.

— É um assunto totalmente pessoal, então fiquei em dúvida se seria o caso de falar, mas acho que é melhor. Não quero causar nenhum mal-entendido desnecessário. O fato é que eu e Shoko Akikawa ficamos... qual seria a palavra correta? Bastante íntimos.

— Como casal, você quer dizer? — perguntei sem rodeios.

— É, isso — respondeu Menshiki, depois de uma pequena pausa. Pareceu enrubescer um pouco. — Deve parecer muito rápido, não?

— Acho que a questão não é a velocidade.

— Realmente — concordou Menshiki. — Você tem razão. A questão não é a velocidade.

— A questão... — comecei a dizer, mas mudei de ideia.

— A questão são os meus motivos. Certo?

Fiquei calado. Mas ele sabia que meu silêncio era uma resposta afirmativa.

— Gostaria que você soubesse que não planejei isso nem agi de forma premeditada. Foi um processo muito natural. Quando me dei conta, já estava acontecendo. Sei que deve ser difícil de acreditar...

Soltei um suspiro. E então dei minha opinião sincera.

— Tudo o que eu sei é que certamente teria sido extremamente fácil para você fazer isso de forma planejada, caso fosse sua intenção desde o começo. Não digo isso de forma irônica.

— Acho que você tem razão — disse Menshiki. — Reconheço que *talvez* tivesse sido fácil, ou pelo menos não muito difícil. Mas a verdade é que não foi assim.

— Então você simplesmente bateu os olhos em Shoko e se apaixonou por ela, foi isso?

Menshiki apertou de leve os lábios, desconfortável.

— Eu me apaixonei? Sinceramente, não posso afirmar isso. A última vez em que estive apaixonado, ou pelo menos acho que estive, foi num passado distante. Hoje já não consigo me lembrar muito bem como era isso. O que posso dizer com certeza é que fui fortemente atraído, como homem, por Shoko.

— Mesmo sem considerar Mariê?

— É difícil considerar essa hipótese, afinal foi através de Mariê que nos conhecemos. Mas acredito que eu teria sentido essa atração mesmo se Mariê não existisse.

Será?, pensei. Será que um homem com uma mente tão intensa e complexa como Menshiki se sentiria tão "fortemente atraído" por uma mulher simples e despreocupada como Shoko Akikawa? Mas não cabia a mim dizer nada. O coração das pessoas age de maneiras inesperadas, principalmente quando se acrescenta o aspecto sexual.

— Entendi — falei. — Seja como for, agradeço por você ser sincero comigo. Acredito que, no fim das contas, a honestidade é a melhor abordagem.

— Eu espero que seja.

— Para falar a verdade, Mariê já sabia sobre seu envolvimento com Shoko. Há alguns dias, ela veio me falar sobre esse assunto.

Menshiki pareceu um pouco surpreso.

— É uma menina muito perceptiva — disse ele. — Eu achava que não tinha deixado nenhuma pista...

— Ela é *extremamente* perceptiva. Mas não foi culpa sua, ela percebeu pelo comportamento da tia.

Shoko era uma mulher sofisticada e de boa educação, e como tal conseguia conter suas emoções até certo ponto. Mas sua máscara não era muito resistente. Naturalmente, Menshiki devia saber disso.

— E você... — disse Menshiki. — Você acha que há alguma relação entre o fato de Mariê ter percebido e o seu desaparecimento?

Eu fiz que não com a cabeça.

— Não sei. O que sei é que seria bom você e Shoko conversarem com calma. Ela está desesperada com o sumiço de Mariê, preocupadíssima. Com certeza está precisando urgentemente de apoio e consolo.

— Está bem. Ligarei para ela assim que chegar em casa.

Dizendo isso, Menshiki mergulhou mais uma vez em seus pensamentos.

— Para ser sincero — disse ele, com um suspiro —, não acho que eu esteja apaixonado. É um pouco diferente. Acho que não levo jeito para essas coisas, mesmo. Mas também não entendo muito bem. Será que eu me sentiria tão atraído assim por Shoko caso Mariê não fizesse parte dessa história? É difícil separar as duas coisas.

Eu não disse nada.

— Mas não foi premeditado — continuou ele. — Você acredita em mim?

— Menshiki — respondi —, não sei por quê, mas acredito que você seja, essencialmente, uma pessoa sincera.

— Obrigado — disse ele, com um pequeno sorriso.

Era um sorriso bem desconfortável, mas não totalmente descontente.

— Posso ser honesto com você?

— Fique à vontade.

— É que às vezes tenho a sensação de que sou vazio — disse ele, no tom de quem confessa um segredo. O sorriso discreto continuava em seus lábios.

— Vazio?

— Um ser humano oco. Corro o risco de soar arrogante dizendo isso, mas por toda a minha vida acreditei ser uma pessoa bastante capaz e de raciocínio rápido. Tenho uma boa capacidade de análise e de decisão, e fisicamente também tenho sorte. Quando decido fazer alguma coisa, nunca considero que vou fracassar. E, de fato, quase tudo o que desejei na vida eu consegui. O episódio do Centro de Detenção foi sem dúvida um fracasso, mas é só uma exceção. Quando eu era jovem, acreditava ser capaz de fazer qualquer coisa e achava que, no futuro, me tornaria uma pessoa praticamente perfeita. Que alcançaria grandes alturas e, lá de cima, olharia para o mundo inteiro. Porém, agora, com mais de cinquenta anos, o que vejo quando paro diante do espelho é apenas um ser humano vazio. Um nada. O que T. S. Elliot chamou de um homem de palha.

Eu não sabia o que dizer, então fiquei em silêncio.

— Às vezes penso que toda a minha vida pode ter sido um erro. Que talvez eu tenha errado o caminho em algum momento e tudo o que eu fiz desde então não tem sentido. É por isso que muitas vezes eu sinto inveja de você, como já disse antes.

— Do que você tem inveja?

— É que você é forte o suficiente para desejar coisas que não pode ter. Enquanto eu, nesta vida, só desejei coisas que podia conquistar.

Creio que ele estava falando de Mariê Akikawa. Para ele, Mariê era precisamente algo que ele não poderia ter, por mais que quisesse. No entanto, eu não tinha muito o que dizer sobre isso.

Menshiki entrou devagar no carro, abriu a janela para se despedir, ligou o motor e foi embora. Observei até o carro desaparecer de vista, então voltei para dentro de casa. Eram nove horas da manhã.

Já passava das dez quando o telefone tocou. Era Masahiko Amada.

— Sei que está meio em cima da hora — disse ele —, mas estou indo visitar meu pai em Izu-Kogen. Quer ir comigo? Outro dia você falou que gostaria de se encontrar com ele.

Alguém irá ligar para os jovens senhores hoje de manhã para fazer um convite. E os senhores não podem recusar.

— Ah, acho que consigo ir. Seria ótimo — respondi.

— Acabei de entrar na rodovia Tomei, estou ligando da parada Kohoku. Devo chegar aí em uma hora, aí te pego e seguimos para Izu-Kogen.

— Você decidiu ir lá de repente?

— É que me ligaram do asilo, parece que ele não está muito bem. Então resolvi verificar. Estou meio livre hoje.

— E não te incomoda se eu for junto? Numa hora delicada dessas, eu não sou da família nem nada...

— Não atrapalha em nada, não se preocupe. Não tem mais nenhum parente para ir visitá-lo, só eu. É até melhor ter mais gente, fica mais animado.

Depois de desligar eu corri os olhos pela sala, pensando que talvez o comendador estivesse por ali. Mas não o vi. Pelo jeito, ele deixou apenas aquela profecia e foi embora. Talvez estivesse vagando, como IDEA, por uma terra sem tempo, espaço e probabilidade. Mas eu realmente recebera um telefonema durante a manhã e fora convidado *para algo*. Até agora, a sua profecia estava se provando verdadeira. Eu não queria sair de casa enquanto Mariê estava desaparecida, mas não tinha jeito. "Não importa o que aconteça, os senhores não podem recusar o convite", foram as instruções do comendador. Por ora, eu podia deixar os cuidados com Shoko a cargo de Menshiki. Era responsabilidade dele.

Sentei em uma poltrona e fiquei lendo sobre a Invencível Armada enquanto esperava Masahiko chegar. Dos espanhóis que conseguiram alcançar a terra irlandesa, com a vida por um fio, quase todos foram mortos pelos habitantes locais. A população miserável que morava ao longo da costa se uniu para assassinar os soldados e marinheiros e tomar suas posses. Os espanhóis esperavam que, por serem católicos como eles, os irlandeses os socorressem, mas não tiveram essa sorte. A fome falou mais alto do que a solidariedade religiosa. Infelizmente, o navio que carregava uma fortuna dos fundos de guerra, levada para subornar os britânicos influentes, também naufragou nos mares da costa.

O velho Volvo preto de Masahiko parou diante de casa pouco antes das onze. Refletindo sobre as fartas riquezas espanholas desaparecidas no fundo do mar, vesti um casaco de couro e saí de casa.

* * *

Masahiko escolheu um caminho a partir da estrada Hakone Turnpike para a Izu Skyline, descendo de Amagi Kogen para Izu--Kogen. Segundo ele, nos fins de semana as estradas da costa ficavam muito cheias, então aquele era o caminho mais rápido. Mas mesmo essas estradas estavam lotadas de carros de passeio. Ainda estávamos na temporada de folhas vermelhas, que atraía muitos turistas, então o caminho estava cheio de motoristas de fim de semana, não familiarizados com as estradas sinuosas das montanhas. Demoramos mais do que o esperado.

— A saúde do seu pai está muito ruim? — perguntei.

— Ele já está bem fraco, de qualquer maneira — respondeu ele, calmamente. — Falando com todas as letras, é apenas uma questão de tempo. Ele já está no fim da velhice. Não consegue comer direito, então corre o risco de ter uma pneumonia por aspiração. Mas ele deixou claro que não quer ser alimentado por tubos, nem vai receber soro. Ou seja, quando não conseguir mais comer sozinho, quer que o deixem morrer em paz. Ele registrou seus desejos com ajuda de um advogado, em um documento assinado e tudo o mais, enquanto ainda estava consciente. Como não vão usar nenhum tipo de suporte de vida artificial, ele pode morrer a qualquer momento.

— Então você já está preparado para o pior.

— É, estou.

— Difícil, né?

— Bom, morrer não é uma tarefa fácil. Não posso reclamar.

O velho Volvo ainda tinha um toca-fitas e uma montanha de cassetes no porta-luvas. Masahiko estendeu a mão para a pilha, pegou qualquer um e enfiou no aparelho sem olhar. Era uma coleção de hits dos anos 1980. Duran Duran, Huey Lewis, essas coisas. Quando começou "Look of love" do ABC, eu virei para ele:

— Parece que o tempo parou dentro deste carro.

— Eu não gosto de CDs. São brilhantes demais. Podem ser úteis pra pendurar no beiral do telhado e afastar corvos, mas pra ouvir música não prestam. O som é muito estridente, a mixagem é esquisita… Também acho ruim que não têm lado A e lado B. Eu continuo com esse carro só pra poder ouvir fitas cassete. Os novos não têm toca-fitas. Isso deixa todo mundo indignado, mas fazer o quê? Minha coleção de fitas gravadas da rádio é enorme, não quero jogar tudo fora.

— Nunca imaginei que fosse voltar a escutar "Look of Love" nesta vida...

Masahiko me olhou intrigado:

— Mas essa música é ótima!

Cruzamos as montanhas de Hakone conversando sobre os hits do rádio na década de 1980. A cada curva o monte Fuji aparecia, verdejante, bem próximo de nós.

— Que família esquisita — falei. — O pai só ouve lps e o filho é apegado às fitas cassete.

— Em matéria de atraso, você é igualzinho! Que nada, é ainda pior. Nem celular tem. Nem usa a internet! Eu estou sempre com o celular e, quando não sei alguma coisa, pesquiso no Google. No escritório uso até um Mac pros trabalhos gráficos. Sou muito mais evoluído que você, socialmente.

A essa altura, começou "Key Largo", de Bertie Higgins. Uma escolha musical muito curiosa para alguém tão socialmente evoluído.

— Você está saindo com alguém? — perguntei, mudando de assunto.

— Com uma mulher, você diz? — disse ele.

— É.

Masahiko deu de ombros.

— A coisa não vai muito bem. Como sempre, né? E ainda ficou mais complicado depois que percebi um negócio esquisito.

— Um negócio esquisito?

— É que as mulheres têm metade do rosto diferente da outra. Você sabia?

— O rosto das pessoas não é simétrico de verdade — falei. — Seios e testículos também são diferentes, em tamanho e formato. Qualquer desenhista sabe disso. A figura humana é assimétrica, justamente por isso é interessante.

Sem tirar os olhos da estrada, Masahiko balançou a cabeça.

— Disso eu também sei, é óbvio. Mas não é a mesma coisa. Não é uma questão de traços, mas de personalidade.

Eu esperei que continuasse.

— Há uns dois meses, tirei uma foto da mulher com quem estava saindo. Um close, bem de frente, com uma câmera digital. Abri essa foto num computador do trabalho, com uma tela grande. E aí, não sei bem por quê, resolvi cortar seu rosto no meio e olhar metade de cada vez. Apaguei a metade direita para ver só a esquerda, depois apaguei a esquerda para ver a direita. Deu pra entender?

— Deu.

— Quando fiz isso, me dei conta que cada lado dela parecia uma pessoa distinta. Não tem aquele vilão num filme do Batman que tem um lado do rosto totalmente diferente do outro? Acho que chama Duas-Caras...

— Nunca vi esse filme — falei.

— Você devia ver, é bem legal. Enfim, o ponto é que percebi isso e fiquei meio assustado. Eu devia ter deixado quieto, mas resolvi fazer um rosto completo com cada lado, pra ver como ficava. Espelhei cada metade pra formar dois rostos completos, um só com o lado esquerdo e outro só com o direito. No computador é muito fácil fazer isso. E aí apareceram duas mulheres com personalidades claramente distintas. Eu fiquei pasmo. Quer dizer que, dentro de uma só mulher, tem duas escondidas. Você já pensou isso?

— Eu não.

— Desde então eu já fiz a mesma coisa com o rosto de outras mulheres, pra testar. Peguei fotos bem frontais e criei um rosto para cada lado. Fazendo isso eu descobri que, em maior ou menor grau, todas as mulheres têm um lado do rosto diferente do outro. E, depois que me dei conta disso, não consegui mais compreender as mulheres. Mesmo durante o sexo, fico me perguntando se estou com a mulher da direita ou da esquerda. Se for com a da direita, então o que é que a da esquerda está fazendo? O que será que ela está pensando? E se for com a da esquerda, o que a da direita está fazendo e pensando? Depois que você começa a ver as coisas assim, tudo fica muito confuso. Sabe como é?

— Não sei muito bem, mas deu pra entender que a coisa é bem confusa.

— É mesmo, confusa demais.

— Você experimentou fazer a mesma coisa com rostos de homens?

— Tentei! Mas com os homens não acontece tanto. Só com as mulheres é tão dramático.

— Será que não é melhor você passar em uma clínica psiquiátrica ou num terapeuta? — sugeri.

Masahiko suspirou.

— Eu sempre me achei um sujeito tão normal...

— Talvez seja perigoso achar isso.

— Se achar uma pessoa normal?

— Scott Fitzgerald escreveu em algum romance que ninguém que afirma ser uma pessoa normal é confiável.

Masahiko considerou a questão por algum tempo.

— Isso significa que "mesmo medíocre, cada pessoa é única"?

— É, talvez essa seja outra maneira de dizer.

Masahiko dirigiu em silêncio por um tempo, depois falou:

— Bom, voltando ao assunto, não quer experimentar fazer isso?

— Você sabe que pintei retratos por muitos anos, então conheço bem a composição do rosto das pessoas. Acho que posso dizer que sou um especialista. Mas nunca me pareceu que as pessoas tivessem personalidades diferentes em cada metade do rosto.

— Mas você praticamente só retratava homens, não é?

Masahiko tinha razão. Eu nunca havia sido contratado para retratar uma mulher. Não sei por quê, mas todos os meus modelos foram homens. A única exceção era Mariê Akikawa, mas acho que ela estava mais próxima de uma criança do que de uma mulher. Além disso, eu ainda não havia terminado a pintura.

— É completamente diferente entre os homens e as mulheres — disse Masahiko.

— Mas me diz uma coisa — falei. — Se você acha que as mulheres têm uma personalidade em cada metade do rosto...

— É. Essa foi a conclusão a que cheguei.

— Acontece de você gostar mais de uma metade do que da outra? Ou de *não gostar* de uma das metades?

Masahiko refletiu por alguns instantes.

— Não, não acontece. A questão não é de qual eu gosto mais ou menos. Nem qual é mais alegre ou mais triste, mais bonita ou mais feia. A questão é simplesmente que *são diferentes*. O *próprio fato* de serem diferentes me deixa confuso, chega até a me dar medo.

— Pra mim, isso soa como um tipo de neurose obsessiva.

— Pra mim, também — disse Masahiko. — Falando assim em voz alta, também me dá essa impressão. Mas, olha, *é verdade*. Faz o teste, pra ver.

Eu disse que faria, mas não tinha a menor intenção. Eu já tinha problemas demais para lidar, não precisava de mais uma complicação.

Depois disso, conversamos sobre Tomohiko Amada e sua estadia em Viena.

— Meu pai disse que assistiu a Richard Strauss conduzindo uma sinfonia de Beethoven — falou Masahiko. — Com a Filarmônica de Viena, obviamente. Parece que foi uma performance fenomenal. Esse é um dos poucos episódios da época em Viena que eu ouvi diretamente da boca do meu pai.

— O que mais ele te contou?

— Só coisas corriqueiras... Falou das comidas, bebidas, sobre música. Ele sempre foi um grande apreciador de música. Fora isso, nada. Nunca tocou no assunto da pintura nem de política. Nem mencionou nenhuma mulher.

Masahiko se calou por alguns instantes, depois continuou.

— Seria legal se escrevessem a biografia do meu pai, daria um bom livro. Pena que ninguém conseguiria fazer isso, porque ele não deixou quase nenhuma informação pessoal. Ele nunca teve amigos, os membros da família eram praticamente estranhos, e passou a vida enfurnado no alto da montanha, trabalhando sozinho. As únicas pessoas com quem eu diria que ele teve um relacionamento foram os vendedores de material artístico de quem costumava comprar. Não falava com quase ninguém, não escrevia cartas. Então, mesmo que alguém se propusesse a fazer sua biografia, não teria material suficiente. Não dá nem pra dizer que sua história é cheia de lacunas, porque toda ela é uma lacuna. Tipo esses queijos suíços que têm mais buraco do que queijo.

— Tudo o que ele deixou foram as obras.

— É, quase nada além delas. Acho que era isso o que ele queria, mesmo.

— E também deixou você — falei.

— Eu? — Masahiko virou para me olhar, surpreso. Mas logo voltou o rosto para a estrada. — É verdade. Pensando bem, também sou uma das coisas que ele deixou. Apesar de não ser das mais bem-feitas...

— Mas é único.

— Exatamente. Mesmo que eu seja medíocre — disse Masahiko.

— Às vezes me pergunto se não seria melhor você ter sido filho de Tomohiko Amada. Acho que assim as coisas teriam dado mais certo.

— Deixa disso! — falei, rindo. — Ninguém está à altura desse papel, de filho de Tomohiko Amada.

— É, pode ser — disse Masahiko. — Mas acho que, emocionalmente, você seria um bom herdeiro para ele. Você é mais qualificado para isso do que eu. É uma sensação que eu tenho, pra ser sincero.

Ouvindo isso, me veio à mente a obra *O assassinato do comendador*. Eu poderia me considerar um *herdeiro* dessa obra de Tomohiko? Será que foi ele quem me guiou até o sótão para que eu a encontrasse? Será que, através dessa obra, ele esperava algo de mim?

O som do carro tocava "French kissin' in the USA", de Deborah Harry, uma trilha sonora totalmente inadequada à nossa conversa.

— Deve ser muito difícil ser filho do Tomohiko Amada, não é? — perguntei, num impulso.

— Cheguei a um ponto, faz tempo, em que decidi desencanar disso e seguir em frente. Então não é tão difícil quanto as pessoas acham. Meu trabalho também tem a ver com artes, mas meu talento não se compara ao do meu pai, estamos em níveis totalmente distintos. Com uma distância tão grande assim, você deixa de se importar. O que eu acho mais difícil é que meu pai viveu toda a sua vida sem jamais abrir o coração comigo, seu único filho. Não como um artista famoso, mas como um ser humano de carne e osso. Ele nunca me confiou nenhuma informação.

— Então ele nunca se abriu, nem com você?

— Nem um milímetro. Era tipo "eu já te dei metade do seu DNA, não te devo mais nada. Agora, se vira sozinho". Só que as relações entre as pessoas não se resumem só ao DNA, sabe? E não é como se eu quisesse que ele me guiasse pela vida. Não peço tanto. Mas bem que a gente podia ter tido uma ou outra conversa de pai para filho. Ele podia ter me contado algo, por menor que fosse, sobre o que viveu, as experiências que teve, as coisas que pensou.

Escutei em silêncio.

Quando o carro parou em um semáforo demorado, Masahiko tirou os óculos escuros Ray-Ban e os limpou com um lenço. Então se voltou para mim:

— A minha impressão é que meu pai esconde segredos pesados, íntimos, os quais pretende carregar sozinho até partir, sem alarde, deste mundo. Que trancou esses segredos em um cofre no fundo do peito e jogou fora a chave. Ou a escondeu em algum canto e nem ele mesmo sabe onde.

E, assim, o que quer que tenha acontecido em Viena em 1938 seguirá sendo um mistério, desaparecerá na escuridão. Porém, me ocorreu de repente que a obra *O assassinato do comendador* poderia ser essa chave. Não seria por isso que, no final da sua vida, ele foi até a casa no alto da montanha, como um *ikiryo*, para ver mais uma vez essa obra?

Virei a cabeça para olhar o banco de trás do carro, pois tive a sensação de que talvez o comendador estivesse ali, sentadinho. Mas estava vazio.

— O que foi? — perguntou Masahiko, acompanhando meu olhar.

— Nada não — respondi.

O semáforo ficou verde e ele pisou no acelerador.

49.
E um número igualmente
grande de mortes

No meio do caminho Masahiko disse que precisava usar o banheiro, e paramos em uma lanchonete à beira da estrada. Sentamos em uma mesa ao lado da janela e pedimos café. Já estava na hora do almoço, então pedi também um sanduíche de rosbife. Masahiko pediu o mesmo e se levantou para ir ao banheiro. Fiquei sozinho na mesa, olhando distraído pela janela. O estacionamento estava lotado, principalmente de carros de família. Havia uma quantidade admirável de minivans. Todas as minivans se parecem, como latas de biscoitos meio ruins. No final do estacionamento havia um mirante com uma vista ótima do monte Fuji, onde as pessoas tiravam fotos com pequenas câmeras digitais ou com o celular. Acho que deve ser um preconceito idiota da minha parte, mas não consigo me acostumar com esse hábito de tirar fotos usando aparelhos de telefone. Menos ainda com as pessoas usando suas máquinas fotográficas para telefonar.

Eu fitava distraído a cena, quando um Subaru Forester branco saiu da estrada e entrou no estacionamento. Eu não entendo muito de carros (e não posso dizer que o Subaru Forester seja um automóvel de estilo muito particular), mas pensei na mesma hora que era o mesmo modelo que o homem do Subaru Forester branco dirigia. O carro circulou devagar pelo estacionamento lotado, procurando uma vaga, até encontrar uma livre e estacionar de frente, num movimento rápido. De fato, a capa do estepe preso à traseira do automóvel tinha um grande logo dizendo "SUBARU FORESTER". Era o mesmo modelo que eu vira na cidade costeira em Miyagi. Eu não conseguia enxergar os números da placa, mas quanto mais olhava para aquele carro mais convencido ficava de que era exatamente o que eu vira na primavera anterior, naquela pequena cidade portuária. Não apenas o mesmo modelo, mas *o mesmo automóvel.*

A minha memória visual é melhor do que a média e bastante duradoura. E todas as características daquele carro, todas as manchas e detalhes, eram incrivelmente parecidas com as do carro que eu vira em Miyagi. Eu perdi o ar. Fixei o olhar no carro para enxergar o motorista quando ele desembarcasse. Mas, bem nesse instante, um grande ônibus turístico entrou no estacionamento e bloqueou minha visão. As vias estavam cheias e ele não conseguia seguir adiante. Eu me levantei da mesa, saí do restaurante, contornei o ônibus que continuava resignado no mesmo lugar, e segui em direção ao Subaru. Mas já não havia ninguém dentro dele. Quem quer que estivesse dirigindo, já havia saído do carro e ido para algum lugar. Podia ter entrado no restaurante, ou ido tirar fotos no observatório. Olhei atentamente ao redor, mas não vi o homem do Subaru Forester branco. De qualquer maneira, eu não tinha certeza de que era ele quem estava dirigindo.

Então cheguei a placa. Realmente, era da província de Miyagi. E, no para-choque traseiro, havia um adesivo de um peixe marlim. Não havia dúvida. Era o mesmo carro. *Aquele homem veio para cá.* Minha espinha congelou. Procurei por ele ao redor. Queria ver seu rosto mais uma vez. Queria entender por que não conseguia terminar seu retrato. Por via das dúvidas, decorei o número da placa. Talvez servisse para alguma coisa. Talvez não servisse para nada.

Circulei um pouco pelo estacionamento, procurando alguém que se parecesse com ele. Também fui até o mirante. Mas não vi o homem do Subaru Forester branco em parte alguma. Um homem queimado de sol, com o cabelo grisalho cortado curto. Relativamente alto. Quando o vi pela primeira vez, ele vestia uma jaqueta surrada de couro e um boné de golfe com o logo da Yonex. Nessa ocasião, esbocei o seu retrato em um bloco de notas e mostrei à garota sentada à minha frente. "Você desenha bem, hein?", exclamou ela, admirada.

Depois de me certificar que do lado de fora não havia ninguém parecido com aquele homem, entrei no restaurante e dei uma volta no salão. Mas não o encontrei. O restaurante estava quase lotado. Masahiko já estava de volta à mesa, tomando café. Os sanduíches ainda não tinham chegado.

— Onde você se meteu? — perguntou ele.

— Estava olhando pela janela, achei que tinha visto um conhecido e saí pra procurar.

— Encontrou?

— Não. Acho que foi só impressão — falei.

Depois disso, não tirei mais os olhos do Subaru Forester no estacionamento. O motorista poderia voltar. Mas, mesmo que ele reaparecesse, o que eu poderia fazer? Devia ir até lá e falar com ele? *Encontrei o senhor duas vezes em uma cidade na costa de Miyagi, na primavera passada, não foi?*, eu poderia dizer. *Ah, é? Eu não me lembro de você*, diria ele, provavelmente.

Por que você está me seguindo?, eu perguntaria. *Do que você está falando? Eu não estou seguindo ninguém*, diria ele. *Por que diabos eu seguiria alguém que nem conheço?* E assim terminaria a nossa conversa.

De qualquer maneira, o motorista do Subaru não reapareceu. No meio do estacionamento, o carro branco e corpulento esperava em silêncio o retorno de seu mestre. Eu e Masahiko comemos os sanduíches, terminamos nossos cafés, e nada de ele aparecer.

— Bom, vamos indo? Não temos muito tempo — disse Masahiko, checando o relógio e recolhendo os óculos escuros sobre a mesa.

Nós nos levantamos, pagamos a conta e saímos. Entramos no Volvo e deixamos para trás o estacionamento lotado. Eu gostaria de ficar lá até o homem do Subaru Forester branco voltar, mas naquele momento minha prioridade era encontrar o pai de Masahiko. Eu tinha o aviso do comendador: *não importa o que aconteça, os senhores não podem recusar o convite.*

E assim me restou apenas o fato de que o homem do Subaru Forester branco apareceu novamente no meu caminho. Ele sabia que eu estava lá e quis deixar claro para mim que, mais uma vez, *ele também estava.* Eu compreendi sua intenção. Não era mera coincidência que ele estivesse naquele estacionamento. Também não foi por coincidência, é claro, que o ônibus turístico parou na minha frente e o escondeu.

Para chegar até onde Tomohiko estava internado, saímos da estrada Izu Skyline e seguimos por uma longa estrada cheia de curvas, através das montanhas. Passamos por um bairro com novas casas de veraneio, por cafés estilosos, pousadas construídas com chalés de madeira, lojas vendendo verduras direto do produtor, um pequeno museu para turistas. Com a mão sobre a alça da porta, na qual me agarrava a cada curva, eu pensava sobre o homem do Subaru. Alguma coisa impedia a compleição de seu retrato. É provável que eu estivesse deixando escapar algum elemento indispensável para terminar aquela obra. Como se tivesse perdido uma peça-chave de um quebra-cabeça. Era a primeira vez que algo assim me acontecia. Geralmente, quando eu me propunha a pintar o retrato de alguém, reunia de antemão todas as peças necessárias. Mas, no caso daquele homem, não tive essa oportunidade. Era provável que ele mesmo estivesse impedindo que eu o fizesse. Por algum motivo, ele não desejava ser gravado em uma pintura. Ou melhor, se recusava a isso.

A certa altura, o Volvo saiu da estrada e cruzou um grande portão de ferro, totalmente aberto. Era uma entrada muito fácil de perder, com uma placa muito discreta. Provavelmente, aquela instituição não sentia necessidade de alardear sua existência. Ao lado do portão havia uma guarita com um guarda uniformizado, ao qual Masahiko informou o próprio nome e o nome do paciente que iria visitar. O segurança fez uma ligação e checou o nome do residente. Seguimos adiante e entramos em um bosque denso, onde as árvores altas e de folhagem perene criavam uma sombra gelada. Depois de algum tempo subindo a ladeira de asfalto impecável, chegamos a um pátio para desembarque, em forma de rotatória, com um canteiro de flores no centro. O canteiro tinha o formato de uma pequena colina, com flores de cores vibrantes no centro e couves ornamentais ao redor. Tudo era impecavelmente mantido.

Masahiko parou o carro no estacionamento para visitantes, do lado oposto da rotatória. Havia outros dois veículos estacionados, uma minivan branca da Honda e um Audi Sedan azul-escuro, ambos novíssimos e reluzentes. Estacionado entre eles, o Volvo parecia um velho burro de carga. Mas Masahiko não parecia se incomodar nem um pouco com isso (era muito mais importante poder escutar os cassetes do Bananarama). Do estacionamento dava para ver, lá embaixo, o oceano Pacífico. A superfície da água tinha um brilho intenso, banhada pelo sol do começo de inverno. Alguns barcos pesqueiros circulavam. Olhando para o alto-mar, via-se uma pequena ilha com relevos e, para além dela, a península Manazuru. Os ponteiros do relógio indicavam uma hora e quarenta e cinco minutos.

Saímos do carro e caminhamos até a entrada do edifício. Parecia ser uma construção relativamente recente. Passava uma impressão geral de asseio e elegância, mas era um prédio de concreto sem muita personalidade. Considerando-o esteticamente, eu diria que o arquiteto responsável pelo projeto não devia dispor de muita criatividade. Ou, quem sabe, foi o cliente que pediu um projeto muito conservador e simples, considerando a função do edifício. Era uma construção de três andares, quase perfeitamente quadrada, formada apenas por linhas retas. Uma só régua deve ter bastado para desenhá-la. O térreo era cheio de janelas, num esforço de ser o mais iluminado possível. Havia também um grande terraço que se projetava na diagonal, com espreguiçadeiras. Mas já estávamos no outono, então, por mais agradável e ensolarado que estivesse o dia, ninguém tinha se animado a tomar banho de sol. Na cantina, cercada por paredes de vidro do chão ao teto, havia algumas pessoas. Cinco ou seis, todas de idade avançada. Duas usavam cadeiras de rodas. Não dava para saber o que estavam fazendo. Acho que assistiam à grande televisão presa à parede. Com certeza não estavam dando cambalhotas.

Masahiko entrou pela porta principal do lobby e começou a conversar com a moça sentada na recepção. Era uma jovem bonita, de cabelos pretos, olhos redondos e um ar muito gentil. Vestia um uniforme com blazer azul-marinho e tinha uma plaquinha de identificação presa ao peito. Os dois pareciam se conhecer e falavam com naturalidade. Um pouco afastado, esperei que terminassem. No lobby havia um grande vaso com um arranjo profissional e luxuoso de flores frescas. Quando terminaram a conversa, Masahiko escreveu seu nome na lista de visitantes sobre o balcão, checou o relógio e registrou o horário de entrada. Então se afastou da recepção e veio em minha direção.

— Parece que o estado geral do meu pai é estável — disse ele, as duas mãos nos bolsos da calça. — Ele estava tossindo muito desde cedo, com dificuldade para respirar, e eles ficaram preocupados, pois poderia progredir para uma pneumonia. Mas parece que a tosse acalmou há pouco e agora ele está dormindo profundamente. Vamos ver como ele está.

— Você não se importa se eu for junto?

— Imagina — disse Masahiko. — Venha vê-lo. Você não veio até aqui pra isso?

Entrei no elevador junto com ele e subimos até o terceiro andar. Como eu imaginava, o corredor em que saímos também era simples e de estilo conservador. A decoração era extremamente discreta. Apenas algumas pinturas a óleo pontuavam as longas paredes brancas, como que por formalidade. Eram todas paisagens costeiras. Pareciam ser de uma série de um mesmo artista retratando trechos da mesma costa de ângulos distintos. Não eram obras de grande qualidade, mas o artista usara fartamente a tinta, sem economias, então achei que tinham valor por opor certa resistência ao minimalismo irrefreado do prédio. O piso era recoberto por um linóleo brilhante, sobre o qual as solas de borracha dos meus sapatos faziam um barulho estridente. Uma senhorinha de cabelos brancos, em uma cadeira de rodas empurrada por um enfermeiro, veio pelo corredor em nossa direção. Ela olhava para a frente, os olhos arregalados, e não desviou o olhar nem por um segundo, mesmo ao cruzar conosco. Como se um sinal impor-tantíssimo flutuasse no ar à sua frente e ela estivesse determinada a não perdê-lo de vista.

Tomohiko ficava em um espaçoso quarto individual, no final do corredor. Havia uma plaquinha na porta para o nome do paciente, mas estava em branco, provavelmente para proteger sua privacidade. Afinal, Tomohiko Amada era um homem famoso. O quarto era do tamanho de uma pequena suíte de hotel e, além da cama, tinha um conjunto básico de mobília de sala de estar. Sob a cama, estava dobrada uma cadeira de rodas. Uma grande janela voltada para o sudeste se abria para o Pacífico. Era uma vista desobstruída, impressionante. Em um hotel, a diária daquele quarto seria caríssima só pela vista. Não havia quadros nas paredes, apenas um espelho e um relógio redondo. Sobre a mesa, um vaso médio, com um arranjo de flores roxas. Não havia nenhum cheiro no ar do quarto. Nem o cheiro de um idoso doente, nem de remédios, nem de flores, nem das cortinas queimadas pelo sol, nada. Essa absoluta ausência de odores foi o que mais me marcou naquele quarto. Cheguei a pensar que havia algo errado com meu olfato. Como era possível apagar desse jeito qualquer odor?

Sobre a cama, bem próxima à janela, Tomohiko Amada dormia um sono profundo, totalmente alheio à paisagem excepcional ao seu lado. Estava deitado de barriga para cima, o rosto voltado para o teto e os dois olhos bem cerrados. Longas sobrancelhas encobriam, como dosséis naturais, suas pálpebras idosas. A testa era marcada por rugas profundas. Estava coberto até o pescoço, e, de longe, era difícil dizer se estava respirando ou não. Se estivesse, devia ser uma respiração curta e delicada.

Vi imediatamente que aquele velho era a pessoa misteriosa que visitara o ateliê de madrugada, algum tempo antes. Naquela ocasião, eu o vira apenas por alguns instantes, sob a luz instável da lua, mas, pelo formato da cabeça e o comprimento dos cabelos, não havia dúvida de que se tratava de Tomohiko Amada. Não fiquei surpreso ao descobrir isso. Era evidente desde o começo.

— Ele está dormindo profundamente mesmo — disse Masahiko, voltando-se para mim. — O jeito é esperar que acorde sozinho. Se é que vai acordar...

— De qualquer jeito, fico feliz que ele esteja melhor — falei, e olhei para o relógio na parede. Eram cinco para as duas. De repente, lembrei de Menshiki. Será que ele havia ligado para Shoko Akikawa? Será que acontecera alguma coisa? Mas, naquele momento, eu precisava me concentrar em Tomohiko Amada.

Eu e Masahiko nos sentamos frente a frente nas poltronas e, tomando cafés em lata comprados em uma máquina do corredor, esperamos Tomohiko despertar. Nesse meio-tempo, Masahiko falou sobre Yuzu. Estava tudo correndo bem com a gravidez. A data prevista para o parto era na primeira metade de janeiro. O seu belo namorado também aguardava a chegada da criança com ansiedade.

— O problema, quer dizer, problema do ponto de vista dele, é que ela não tem nenhuma intenção de se casar — disse Masahiko.

— Eles não vão se casar? — Eu demorei para assimilar o que ele estava dizendo. — Yuzu vai ser mãe solteira, é isso?

— Ela pretende ter a criança. Mas não quer se casar, nem morar junto com ele, nem compartilhar os direitos de paternidade. Pelo que entendi, é isso. Então ele está muito confuso. O plano dele era oficializar a relação assim que o divórcio de vocês estivesse finalizado, mas ela não quis...

Eu pensei um pouco. Mas, quanto mais pensava, mais confuso ficava.

— Eu não entendo... A Yuzu sempre disse que não queria filhos. Sempre que eu falava de a gente tentar, ela só dizia que era cedo demais. Por que agora ela quer tanto essa criança?

— Talvez não estivesse nos planos dela, mas depois que ficou grávida teve muita vontade de ter o filho. Esse tipo de coisa acontece com as mulheres.

— Mas vai ser difícil pra Yuzu criar sozinha um filho... Capaz de ela ter que largar o emprego. Por que será que ela não quer casar com o cara? A criança é dele, não é?

— Ele também não sabe por quê. Achava que as coisas estavam indo muito bem entre eles, estava muito feliz de se tornar pai. Agora ele está muito confuso. Até me perguntou sobre isso, mas eu também não tenho ideia.

— Você não perguntou pra Yuzu? — indaguei.

Masahiko fez uma cara de desagrado.

— Pra falar a verdade, estou tentando não me envolver muito com essa história. Eu gosto da Yuzu, o sujeito é meu colega de trabalho... E eu e você somos velhos amigos. É uma posição muito ruim. Quanto mais eu me envolvo, mais perdido fico.

Eu continuei quieto.

— Além do mais, eu nunca me preocupei com vocês dois, sempre achei que estava tudo bem... — disse ele, aflito.

— Você já falou isso antes.

— Posso estar me repetindo, mas é verdade.

Depois disso ficamos em silêncio por algum tempo, fitando o relógio na parede ou o mar que se estendia além da janela. Na cama, Tomohiko Amada ainda dormia profundamente, sem mover um músculo. Estava tão imóvel que cheguei a me perguntar se continuava vivo. Mas, como só eu estava preocupado, supus que aquilo fosse normal.

Olhando Tomohiko adormecido, tentei imaginar como ele teria sido quando jovem, nos tempos em que estudou em Viena. Não era fácil, claro. Diante de mim estava um velho de cabelos brancos, coberto de rugas, se aproximando devagar, porém definitivamente, de seu fim. Todos que vêm ao mundo como seres humanos estão fadados à visita da morte, sem exceção. No caso dele, este momento estava próximo.

— E você, não pretende falar com a Yuzu? — me perguntou Masahiko.

Eu balancei a cabeça.

— No momento, não.

— Eu acho que seria bom vocês conversarem pelo menos uma vez sobre todas as coisas. Sentar e falar francamente, sabe?

— Nós já nos divorciamos por meio de um advogado. Foi Yuzu quem quis isso. E em breve ela vai ter um filho de outro homem. Se ela quer casar com ele ou não, é inteiramente problema dela. Sobre que *coisas* a gente devia conversar francamente?

— Você não quer saber o que está acontecendo com ela?

Eu fiz que não com a cabeça.

— Não quero saber nada além do necessário. Tudo isso foi difícil pra mim também, me machucou.

— Claro — disse Masahiko.

Mas, para falar a verdade, às vezes nem eu mesmo sabia dizer se estava magoado ou não. Não conseguia avaliar se eu tinha esse direito. Se bem que, quando uma coisa machuca, as pessoas ficam magoadas, tendo direito ou não.

— Eu trabalho com esse cara — continuou Masahiko. — Ele é um sujeito sério, razoavelmente competente, e boa pessoa.

— E, além de tudo, é bonito.

— Sim, muito bonito. Faz muito sucesso com as mulheres, chega a dar inveja. Mas ele tem uma tendência que sempre deixou a gente intrigado.

Eu não disse nada, esperei que ele continuasse.

— As mulheres com quem ele se relaciona, não dá pra entender. Ele poderia sair com quem quisesse, mas sempre se apaixona por umas mulheres muito sem sentido. Não a Yuzu! Acho que ela é a primeira mulher decente que ele namora. Antes dela, todas eram terríveis, não sei por quê.

Relembrando, ele balançou de leve a cabeça.

— Há alguns anos, ele chegou quase a se casar. Já tinham reservado o salão, os convites estavam impressos, a lua de mel, planejada. Em Fiji ou algo assim. Ele já tinha pedido férias e até comprado as passagens. E a noiva, nossa, era feia demais. Quando ele me apresentou eu levei um susto, de tão sem graça que era. Claro que não dá pra julgar uma pessoa só pela aparência, mas pelo que vi, a personalidade dela também não era lá grande coisa. Mas, sabe Deus por quê, ele estava perdido de amores. Não combinavam nem um pouco... Ninguém tinha coragem de dizer nada, mas todo mundo pensou a mesma coisa. E aí, logo antes da festa, ela desistiu de tudo. Do nada. Foi *ela* quem o largou. Não sei se foi sorte ou azar, mas ficou todo mundo chocado.

— Ela deu alguma explicação?

— Não sei... Fiquei com muita pena dele, nem consegui perguntar. Mas desconfio de que nem ele saiba o motivo. Ela só não quis mais casar com ele e foi embora. Deve ter tido alguma razão...

— Tá, e qual é seu ponto com essa história? — perguntei.

— O meu ponto — disse Masahiko — é que talvez você e a Yuzu ainda tenham uma chance. Se você quiser, é claro.

— Mas a Yuzu vai ter um filho desse cara.

— É, isso pode ser um problema, realmente.

Depois disso, nós voltamos a ficar calados.

Tomohiko Amada abriu os olhos pouco antes das três horas. Seu corpo começou a se agitar um pouco, e ele respirou fundo. Deu para ver o cobertor subindo e descendo na altura do peito. Masahiko se levantou, foi até a cama e olhou, de cima, o rosto do pai. Tomohiko abriu os olhos lentamente. Os fios brancos e longos de suas sobrancelhas se agitaram.

Masahiko pegou um bule na mesa de cabeceira e umedeceu os lábios do pai, enxugando o excesso com uma gaze. Ao ver que o pai queria mais água, ele repetiu o processo várias vezes. Eram gestos habituais de quem sempre faz isso. A cada gole de água, o pomo de adão do velho subia e descia. Esse movimento me convenceu, finalmente, de que ele ainda estava vivo.

— Pai — disse Masahiko, apontando em minha direção. — Esse sujeito aqui é quem está cuidando da casa de Odawara. Ele também é pintor, está trabalhando no seu ateliê. É meu amigo dos tempos de faculdade. É meio devagar e deixou escapar uma esposa incrível, mas como pintor não é de todo mal.

Não sei o quanto o seu pai compreendeu dessas palavras. Seja como for, seu olhar acompanhou o dedo esticado do filho e ele voltou lentamente o rosto em minha direção. Os olhos pareciam estar me vendo, mas sua expressão não se alterou. Provavelmente estava enxergando *algo*, mas sem significado algum para ele. Ao mesmo tempo, senti que, no fundo daqueles globos oculares recobertos por um fino véu, se escondia uma lucidez espantosa. Talvez estivesse cuidadosamente guardada, com algum propósito. Tive essa impressão.

— Não acho que ele entende o que a gente fala. Mas a recomendação do médico foi falar com naturalidade, como se estivesse entendendo tudo. Por que não tem como saber o que ele compreende ou não. Então eu falo assim, normalmente. Bom, e eu também prefiro assim. Fala alguma coisa, você também. Pode falar do mesmo jeito de sempre.

— Muito prazer — falei, e disse meu nome. — Estou morando na casa do senhor, em Odawara.

Tomohiko Amada parecia estar fitando meu rosto, mas não vi mudança alguma na sua expressão. Masahiko virou para mim e fez um gesto como quem diz "continue falando, pode ser qualquer coisa".

— Eu pinto quadros a óleo. Passei muito tempo trabalhando só com retratos, mas agora larguei esse trabalho e pinto o que quiser. Só que às vezes ainda recebo encomendas de retratos. Talvez eu me interesse mesmo pelo rosto humano. Conheço o Masahiko desde os tempos da faculdade de artes.

Tomohiko continuava olhando em minha direção, os olhos ainda recobertos por um fino véu, como uma leve cortina de renda separando a vida e a morte. Cada vez mais e mais camadas encobririam o outro lado, até cair, por fim, o último pano.

— Sua casa é maravilhosa — continuei. — O trabalho flui muito bem lá. Espero que o senhor não se incomode, mas também tomei a liberdade de ouvir os seus discos, pois Masahiko disse que eu podia. É uma coleção admirável. Eu tenho escutado muitas óperas. Ah, e outro dia subi para dar uma olhada no sótão.

Com essas palavras, tive a impressão de ver seus olhos brilharem pela primeira vez. Foi uma centelha brevíssima, visível apenas a um observador muito atento. Mas eu o fitava com atenção e esse brilho não me escapou. A palavra "sótão" havia despertado alguma coisa em sua memória.

— Descobri que há uma coruja morando lá — continuei. — Eu andava escutando um barulho estranho no meio da noite, parecia um bicho entrando e saindo do sótão, então subi durante o dia para ver se não eram ratos. E encontrei uma coruja pousada em uma viga, descansando. Um pássaro belíssimo. É que a grade de uma das aberturas de ventilação se rasgou, então a coruja consegue entrar e sair à vontade. Para uma coruja, o sótão é um lugar perfeito para descansar.

Seus olhos continuavam firmes no meu rosto, como se aguardassem mais informações.

— Corujas não fazem mal algum — interviu Masahiko. — Até dizem que dá sorte ter uma em casa.

— Era um belo pássaro. E, além disso, achei o sótão um lugar bem interessante — acrescentei.

Tomohiko Amada continuava imóvel sobre a cama, me fitando. Sua respiração parecia ter voltado a ficar curta. Os olhos continuavam encobertos por um filme, mas o brilho misterioso que se ocultava no fundo deles ficou mais nítido.

Eu queria falar mais sobre o sótão, mas sentado ao lado de Masahiko não podia mencionar *certo objeto* que tinha encontrado lá. Masahiko naturalmente ia querer saber do que eu estava falando. Assim, eu e Tomohiko Amada ficamos nos encarando com o assunto em suspenso, um perscrutando a face do outro.

Escolhi as palavras com cuidado.

— Além de ser um bom esconderijo para corujas, aquele sótão também me pareceu um lugar excelente para quadros. Quero dizer, para armazenar quadros. Parece ideal principalmente para guardar pinturas *nihon-ga*, que desbotam com facilidade. Não é úmido como um porão, a circulação de ar é boa, mas não é preciso se preocupar com a luz do sol, pois não há janelas. Há o risco de entrar água caso chova forte, claro. Então, para conservar uma obra por bastante tempo, seria necessário embrulhá-la muito bem.

— Falando nisso, eu nunca entrei no sótão… — disse Masahiko. — Não gosto de lugares muito empoeirados.

Não desviei o olhar do rosto de Tomohiko. Ele também não desviou seu olhar do meu. Eu senti que, no interior de sua mente, ele tentava compor algum pensamento. Coruja, sótão, quadros guardados… Ele tentava conectar o sentido desses vocábulos familiares e construir um todo coerente. No seu estado, isso não era tarefa fácil. Nem um pouco. Devia ser como tentar escapar de um elaborado labirinto com os olhos vendados. Mas ele sentia que era importante conseguir conectá-los. *Importantíssimo*. Eu assisti, quieto, a esse seu esforço enorme e solitário.

Pensei se deveria falar sobre o santuário no bosque e o estranho buraco atrás dele. Sobre a série de acontecimentos que nos levou a abri-lo e como ele era. Mas pensei melhor e desisti. Achei melhor não tratar de muitos assuntos de uma vez. Com certeza, lidar com uma só questão já era desafiador o bastante para a pouca consciência de que ele dispunha. O pouco que lhe restava era sustentado por um fio muito frágil.

— Não quer mais um pouco de água? — perguntou Masahiko, pegando o copo. Mas ele não esboçou reação. Parecia que as palavras do filho não haviam nem chegado aos seus ouvidos. Masahiko se aproximou e repetiu a pergunta, mas, vendo que ele não reagia, desistiu. Seu pai já não o enxergava.

— Puxa, parece que ele se interessou por você — disse Masahiko, admirado. — Está te olhando com tanta atenção! Fazia muito tempo que ele não se interessava tanto por alguém, ou alguma coisa.

Eu continuei calado, olhando para Tomohiko Amada.

— Que curioso! Quando eu falo, ele nem olha na minha direção… Mas está te encarando direto, desde aquela hora.

Eu não pude deixar de notar na voz de Masahiko um tom de inveja. Ele queria que o pai o *enxergasse*. Talvez desejasse isso todo o tempo, desde criança.

— Talvez eu tenha cheiro de tinta — falei —, e esse cheiro acendeu sua memória…

— Tem razão, pode ser isso. Pensando bem, eu não mexo com tinta de verdade há muito tempo.

Já não havia mais aquele eco pesado na sua voz. Ele voltara a ser o Masahiko Amada tranquilo de sempre. Nesse momento, o seu celular começou a vibrar sobre a mesa.

Ele virou o rosto num susto.

— Xi, esqueci totalmente de desligar. É proibido usar celular dentro dos quartos. Vou sair para atender e já venho. Tudo bem se eu te deixar sozinho um pouco?

— Claro.

Masahiko pegou o telefone, checou o nome de quem estava ligando e foi em direção à porta. Antes de sair, se voltou para mim:

— Talvez demore um pouco. Enquanto eu não estiver, fale com ele, sobre o que quiser.

Masahiko saiu do quarto falando baixinho ao telefone e fechou a porta sem fazer ruído.

Assim, ficamos eu e Tomohiko Amada. Ele continuava fitando intensamente o meu rosto. Devia estar tentando entender quem eu era. Sentindo-me um pouco sufocado, levantei da poltrona, contornei o pé da cama e me aproximei da janela voltada para o sudoeste. Encostei o rosto no vidro amplo e fitei a imensidão do Pacífico. A linha do horizonte parecia subir e se empurrar contra o céu. Corri os olhos de uma extremidade à outra dessa linha perfeitamente reta. Mãos humanas jamais poderiam traçar uma linha tão longa e bela, por maior que fosse sua régua. Abaixo dela, pulsavam infinitas vidas. No mundo há um número incontável de vidas. E um número igualmente grande de mortes.

De repente, senti uma presença e olhei para trás. Eu e Tomohiko Amada não estávamos sozinhos.

— Sim. Os senhores não estão sozinhos — disse o comendador.

50.
Para isso, será preciso fazer um sacrifício e passar por uma provação

— Sim. Os senhores não estão sozinhos — disse o comendador.

Ele estava sentado na poltrona de tecido onde Masahiko estivera pouco antes. Tinha as mesmas roupas de sempre, o penteado de sempre, a espada de sempre e a altura de sempre. Eu o encarei sem dizer nada.

— O amigo dos jovens senhores não voltará tão cedo! — declarou o comendador, o dedo indicador em riste. — Essa ligação vai demorar. Então os senhores podem ficar tranquilos e conversar à vontade com Tomohiko Amada. Têm muitas perguntas a lhe fazer, não têm? Não sei se ele vai conseguir responder muita coisa, mas...

— Foi você quem tirou Masahiko daqui?

— De maneira nenhuma! — disse o comendador. — Os senhores superestimam minhas habilidades. Não sou capaz de tanto. É que um homem como ele, empregado em uma empresa séria, tem muito a fazer. Diferente de nós. O fim de semana não significa nada para eles, coitados.

— Você nos acompanhou o caminho todo? Quer dizer, veio no nosso carro?

O comendador balançou a cabeça.

— Não, eu não vim no carro com vocês. É muito longe, de Odawara até aqui, e andar de carro me deixa enjoado.

— Mas, mesmo assim, você está aqui. Veio sem ter sido convidado?

— De fato, tecnicamente, não fui convidado para vir. Mas minha presença aqui é desejada. Há uma diferença sutil entre ser convidado e ser desejado, mas deixemos isso de lado. O ponto é que Tomohiko Amada requisitou minha presença. E estou aqui justamente porque gostaria de ser útil aos jovens senhores.

— Útil?

— Exatamente. Tenho uma pequena dívida com os senhores, meus jovens. Por terem me libertado daquele lugar subterrâneo e permitido que eu voltasse a circular pelo mundo como IDEA. Conforme os senhores bem disseram outro dia. Cedo ou tarde, preciso retribuir esse favor. Não é porque sou uma IDEA que não compreendo minhas obrigações morais.

Obrigações morais?

— É, bem... *Algo do gênero* — disse o comendador, lendo minha mente. — Seja como for, os senhores desejam de todo o coração encontrar Mariê Akikawa e trazê-la de volta para o lado de cá. Estou correto?

Eu assenti com a cabeça. Ele estava correto.

— Você sabe onde ela está?

— Sei, sim. Inclusive estive com ela agora mesmo.

— Esteve com ela?

— Até conversamos um pouco.

— Tá, então me fala onde ela está.

— Eu sei, mas não posso lhes dizer.

— Não pode dizer?

— Eu não tenho esse direito.

— Mas você disse agora mesmo que está aqui porque quer me ajudar.

— É verdade, eu disse.

— E, ainda assim, não pode me contar onde está Mariê Akikawa?

O comendador balançou a cabeça.

— Não é meu papel. É uma pena, admito.

— Então de quem é esse papel?

O comendador estendeu o indicador da mão direita em minha direção.

— Dos senhores. Os senhores é que irão contar a si mesmos. É a única maneira de descobrir o paradeiro de Mariê Akikawa.

— Eu mesmo vou me contar? Mas não tenho a menor ideia de onde ela está! — exclamei.

O comendador soltou um suspiro.

— Os senhores sabem, sim. Apenas não sabem que sabem.

— Esta conversa está dando voltas.

— Não está dando voltas. Uma hora os senhores vão entender. Mas em outro lugar, não aqui.

Agora foi minha vez de suspirar.

— Só me diga uma coisa: Mariê foi raptada? Ou se perdeu sozinha?

— Isso os senhores só vão descobrir quando a encontrarem e a trouxerem de volta para este mundo.

— Ela está correndo perigo?

— Avaliar se algo é perigoso ou não é função das pessoas, não das IDEAS. Porém, se pretendem trazer aquela jovem de volta, acho que devem encontrar o caminho sem demora.

Encontrar o caminho? De que caminho ele estava falando? Encarei o comendador. Tudo aquilo soava como uma charada. Se é que havia uma resposta correta.

— Tá, então o que você veio fazer de útil aqui?

— O que posso fazer é enviar os senhores ao local onde vão encontrar a si mesmos. Mas não será fácil. Para isso será preciso, no mínimo, um sacrifício e uma provação bastante árdua. Mais especificamente, a IDEA fará o sacrifício, e os senhores passarão pela provação. Estão de acordo, mesmo assim?

Eu não conseguia compreender o que ele queria dizer.

— Mas o que eu devo fazer, concretamente?

— É bem simples. Os jovens senhores devem me matar — disse o comendador.

51.
A hora é agora

— É bem simples. Os jovens senhores devem me matar — disse o comendador.

— Te matar? — respondi.

— É, como naquele quadro, *O assassinato do comendador*.

— Te matar com uma espada, é isso que você quer dizer?

— Isso. Por sorte, eu tenho uma espada aqui comigo. Ela é de verdade, como eu já falei para os senhores. Se cortar, sai sangue. É uma espada pequena, mas sou uma criatura pequena, então é o suficiente.

Parado ao pé da cama, encarei o comendador. Queria falar alguma coisa, mas não me ocorreu nada razoável. Só fiquei ali, plantado, em silêncio. Tomohiko Amada continuava imóvel sobre a cama, olhando na direção do comendador, mas eu não sabia se seus olhos registravam aquela figura. O comendador consegue escolher quem o vê.

Finalmente consegui abrir a boca e perguntei:

— Quer dizer que, se eu te assassinar com essa espada, vou descobrir onde está Mariê Akikawa?

— Não, para ser preciso, primeiro os senhores me matam. Acabam comigo. E então será desencadeada uma série de eventos que os levará até Mariê Akikawa.

Eu me esforcei para compreender o que ele estava dizendo.

— Mas, seja lá qual for essa série de eventos, o que garante que eles vão acontecer como você prevê? Pode ser que eu te mate e no fim as coisas não corram conforme o esperado. Então você terá morrido em vão.

O comendador ergueu uma sobrancelha e me encarou. Seu jeito de levantar a sobrancelha lembrava muito Lee Marvin no filme *À queima-roupa*. Mas imagino que o comendador não tenha visto esse filme.

— De fato, os senhores têm razão. Não há garantia de que os eventos vão se encadear direitinho. Talvez minha hipótese esteja baseada em mera suposição, uma conjectura. Talvez sejam muitos "talvez". Porém, não há outra maneira. Não podemos nos dar ao luxo de escolher.

— Caso eu o mate, isso quer dizer que você vai estar morto *para mim*? Que você irá desaparecer eternamente da minha vida?

— Precisamente. A IDEA que eu sou para os senhores irá se extinguir para sempre. Para uma IDEA, será uma morte dentre inúmeras. Entretanto, não deixa de ser uma morte independente.

— Não há risco de o mundo ficar diferente, se eu matar uma IDEA?

— Ah, deve ficar, sim! — disse o comendador, erguendo mais uma vez a sobrancelha, *à la* Lee Marvin. — Afinal, se houvesse um mundo no qual uma IDEA fosse aniquilada sem causar mudança alguma, que sentido teria este mundo? Qual sentido teria essa IDEA?

— E você acha que, mesmo que isso vá causar alguma transformação no mundo, eu devo matá-lo?

— Os jovens senhores me libertaram daquele buraco e agora devem me matar. Se os senhores falharem nessa tarefa, o círculo não se fechará. O círculo que foi aberto deve ser fechado. Não há outra opção.

Dei uma olhada em Tomohiko Amada, deitado na cama. Ele parecia fitar diretamente a poltrona onde o comendador estava sentado.

— O senhor Amada consegue ver que você está aqui?

— Sim, acho que está começando a enxergar, pouco a pouco — disse o comendador. — Nossas vozes também devem estar começando a penetrar seus ouvidos. Logo, ele deve captar o sentido do que dizemos. Recrutando para tanto toda a força e a capacidade de raciocínio que lhe restam.

— O que ele quis retratar naquele quadro, *O assassinato do comendador*?

— Isso não é uma pergunta para mim, mas para o próprio artista — disse o comendador. — Aproveitem esta oportunidade.

Eu sentei novamente na poltrona e, de frente para o velho deitado sobre a cama, comecei a falar.

— Tomohiko, eu encontrei o quadro que o senhor escondeu no sótão. Estava escondido, não estava? Pela maneira como foi embrulhado, acredito que o senhor não queria que ninguém visse aquela obra.

Mas abri o pacote. Talvez isso desagrade ao senhor, mas a curiosidade foi mais forte. E desde que descobri essa pintura extraordinária, *O assassinato do comendador*, não consegui mais tirar os olhos dela. É um quadro incrível, deveria ser uma de suas obras mais famosas. Por enquanto, sou a única pessoa que sabe de sua existência. Não a mostrei nem mesmo a Masahiko. A única outra pessoa que a viu foi Mariê Akikawa, uma menina de treze anos. E desde ontem ela está desaparecida.

A esta altura, o comendador ergueu a mão e me conteve.

— É melhor fazer uma pausa. A consciência que ele tem agora é limitada, não cabe muita coisa de uma vez.

Eu me calei e fiquei observando o estado de Tomohiko. Não conseguia avaliar o quanto havia penetrado sua mente. Seu rosto continuava inexpressivo. Porém, examinando seus olhos, vi no fundo deles o mesmo brilho de antes. Era como o reluzir de uma lâmina afiada dentro de uma fonte d'água profunda.

Eu continuei, pausadamente.

— A questão é: com que propósito o senhor pintou aquele quadro? Ele é muito diferente, em tema, composição e estilo, das outras pinturas *nihon-ga* que o senhor fez... E sinto que registra alguma mensagem profundamente pessoal. O que ele quer dizer, afinal? Quem está matando quem? Quem é o comendador? Quem é dom Giovanni, o assassino? E aquele homem esquisito, de cara comprida e barbuda, que apareceu num buraco no canto esquerdo da tela, quem é?

Mais uma vez, o comendador ergueu a mão e me interrompeu. Eu me calei.

— Basta de perguntas — disse ele. — Ainda deve demorar algum tempo para essas questões penetrarem sua mente.

— Ele vai me responder? Ainda tem forças para isso?

O comendador balançou a cabeça.

— Provavelmente não vai haver nenhuma resposta. Este homem deve estar fraco demais para isso.

— Então por que você me fez perguntar?

— O que os senhores disseram agora não foram apenas perguntas. Os senhores estavam contando a ele. Contando que descobriram *O assassinato do comendador* no sótão da casa e que sabem de sua existência. Esta é a primeira etapa, era preciso começar por ela.

— E qual é a segunda etapa?

— Me matar, é claro. A segunda etapa é me matar.

— E há uma terceira etapa?

— Há de haver, naturalmente.

— E qual será ela?

— Ainda não entenderam, jovens senhores?

— Não, ainda não entendi.

— Recriando a alegoria daquele quadro, vamos fazer com que o Cara Comprida apareça aqui. Vamos atraí-lo para cá, para este quarto. E, com isso, os senhores vão trazer Mariê Akikawa de volta.

Eu perdi a fala. Já não conseguia compreender que mundo era aquele no qual eu havia me metido.

— Não será fácil, é claro — disse o comendador, num tom solene. — Mas é necessário. Portanto, me matem de uma vez.

Esperei as informações que eu dera a Tomohiko Amada penetrarem em sua consciência. Demorou bastante. Enquanto isso, tentei esclarecer algumas dúvidas que ainda tinha.

— Por que Tomohiko guardou segredo sobre o que aconteceu em Viena por tantos anos, mesmo depois que a guerra acabou? Ninguém mais o obrigava a ficar calado.

O comendador respondeu:

— A namorada dele morreu cruelmente nas mãos dos nazistas. Foi torturada até a morte, bem devagar. Todos os seus companheiros tiveram o mesmo fim. O plano fracassou sem sequer ter sido colocado em prática. Tomohiko foi o único a sobreviver, por pouco, graças a considerações políticas. Isso lhe causou um dano emocional muito grande. Além disso, ele também foi detido pela Gestapo. Passou dois meses nas mãos deles, sofrendo torturas brutais. Do tipo de tortura que não deixa marcas e não chega a matar, mas foram intensas e violentas, capazes de destruir psicologicamente uma pessoa. Talvez isso tenha, de fato, matado alguma coisa dentro dele. E depois ele foi repatriado à força ao Japão, com a condição estrita de não mencionar a ninguém o incidente no qual estivera envolvido.

— Pouco antes — falei —, seu irmão mais novo tirou a própria vida, ainda jovem, provavelmente por causa da sua experiência traumática na guerra. Logo depois de retornar ao Japão e ser desmobilizado, depois da batalha de Nanquim. Certo?

— Isso. Assim, o violento redemoinho da história tomou de Tomohiko Amada, sucessivamente, pessoas muito preciosas. E causou grandes danos emocionais. Tudo isso deve ter gerado raiva e tristeza muito profundas. A sensação de impotência e desespero por saber que, por mais que se tente, é impossível resistir ao fluxo impetuoso da sociedade. E, ainda por cima, havia a culpa por ter sido o único sobrevivente. Por isso que, mesmo quando não havia mais ninguém para garantir seu silêncio, ele nunca mencionou o que havia acontecido em Viena. Isto é, ele nem *conseguiria* mencionar.

Olhei para Tomohiko Amada, mas seu rosto continuava inexpressivo. Não havia como saber se nossa conversa estava chegando aos seus ouvidos.

— E então, em algum momento — falei —, o senhor Amada pintou o quadro *O assassinato do comendador*. Deu forma de pintura, alegoricamente, para aquilo que não podia dizer em palavras. Era a única coisa que ele poderia fazer. Uma obra magnífica, muito forte.

— E assim ele consumou, dentro da obra, aquilo que não pôde executar na realidade. Uma representação camuflada, não daquilo que aconteceu, mas do que *deveria ter acontecido*.

— Porém, no fim das contas, ele nunca tornou pública essa obra. Em vez disso, a escondeu em um canto do sótão, cuidadosamente embrulhada. Pois, mesmo representado de forma alegórica, este evento ainda era intenso demais para ele. É isso?

— Precisamente. É um quadro destilado da pura essência de sua alma. E então, certo dia, os jovens senhores o descobriram.

— Ou seja, o fato de eu ter exposto essa obra à luz do dia foi o começo de tudo? Foi isso que *abriu o círculo*, como você diz?

O comendador voltou as palmas das mãos para o teto e as ergueu, sem dizer nada.

Pouco depois, o rosto de Tomohiko Amada começou a enrubescer. Eu e o comendador observamos com atenção as mudanças. Acompanhando esse rubor, o brilho enigmático que se escondia no fundo de seus olhos também foi aflorando e se aproximando da superfície. Pouco a pouco, como um mergulhador que esteve por muito tempo no fundo do mar e vem à tona devagar, adaptando o corpo à pressão da água. O véu que encobria suas retinas também se dissipou lentamente, até que seus olhos estavam abertos e atentos. À minha frente não havia mais um velho frágil e à beira da morte. Seu olhar transbordava a ânsia de permanecer neste mundo até o último segundo possível.

— Ele reuniu todas as forças que lhe restam — disse o comendador. — Está fazendo tudo o que pode para recuperar ao máximo a consciência. Entretanto, fazendo isso ele também volta a sentir a dor. Seu corpo tem produzido substâncias especiais para suprimir a agonia física. É graças a essas substâncias que as pessoas podem morrer em paz, sem muito sofrimento. Porém, junto com sua consciência, esse sofrimento também voltará. Ainda assim, ele está se esforçando ao máximo, pois há algo que ele precisa fazer aqui, neste momento. Mesmo que seja preciso se submeter a uma grande agonia.

Como se quisesse confirmar as palavras do comendador, uma expressão de angústia foi preenchendo o rosto de Tomohiko Amada. Ele percebia que seu corpo, violado e carcomido pela velhice, estava prestes a deixar de funcionar. E que nada poderia ser feito para impedir. O sistema que sustentava sua vida ia alcançar seu limite. Era uma cena dolorosa de assistir. Talvez eu devesse tê-lo deixado em paz, mergulhado na névoa da inconsciência, para morrer uma morte tranquila e sem dor.

— Todavia, foi o próprio Tomohiko Amada quem tomou essa decisão — disse o comendador, lendo meus pensamentos. — Sinto por ele, mas é necessário.

— Masahiko não vai voltar? — perguntei.

O comendador moveu discretamente a cabeça.

— Não tão cedo. Está em uma ligação de trabalho muito importante. Essas coisas tomam muito tempo.

Os olhos de Tomohiko Amada estavam arregalados. Antes escondidos no fundo das órbitas enrugadas, agora se projetavam adiante, como alguém que se debruça sobre o parapeito de uma janela. Sua respiração ficou mais profunda e agitada. Eu podia até escutar o som áspero que o ar fazia ao entrar e sair de sua garganta. Seu olhar estava cravado, imóvel, no comendador. Não havia dúvida: ele conseguia vê-lo. E a expressão em sua face era a do mais completo espanto. Tomohiko não conseguia acreditar no que seus olhos lhe mostravam. Provavelmente não conseguia compreender como um personagem fictício que ele criara em um quadro havia surgido à sua frente.

— Não, não é isso. — O comendador leu meus pensamentos. — Tomohiko Amada não me vê da mesma forma que você.

— Ele o vê como uma figura diferente?

— Jovens senhores, eu sou uma IDEA, afinal. Minha imagem muda de acordo com cada situação e com quem está olhando.

— O que Tomohiko está vendo?

— Isso eu também não sei dizer. Sou como um espelho que reflete a alma de quem me olha.

— Mas você apareceu para mim nessa forma de propósito, a figura do comendador?

— Falando precisamente, não é que eu tenha escolhido. É difícil distinguir causas quando pensamos nessa questão. O fato de eu ter tomado a forma do comendador colocou uma série de coisas em movimento. Ao mesmo tempo, todavia, o fato de eu ter tomado essa forma foi o resultado inevitável de uma série de coisas. É difícil falar sobre isso obedecendo à temporalidade do mundo onde habitam os jovens senhores, mas, para simplificar, eu diria que *isso já estava predeterminado*.

— Quando você diz que as IDEAS são um espelho que reflete a alma das pessoas, isso significa que Tomohiko está vendo em você aquilo que deseja ver?

— Ele está vendo *aquilo que precisa ver* — reformulou o comendador. — Talvez essa imagem lhe cause uma dor terrível. No entanto, é preciso que ele a veja. Agora, quando seu fim está próximo.

Voltei os olhos mais uma vez para o rosto de Tomohiko Amada. Percebi que um ódio violento começava a se misturar ao seu espanto. E também um sofrimento quase insuportável. Não era apenas o sofrimento físico, que retornara junto com sua consciência. Era uma agonia do espírito.

— Ele extraiu as últimas gotas de força que lhe restavam, apesar da dor, para descobrir quem sou eu. Está tentando voltar a ser o jovem de vinte anos que foi um dia.

Agora o rosto de Tomohiko estava absolutamente vermelho. Seu sangue quente voltara a circular. Os lábios secos e finos tremiam, a respiração era um arquejo violento. Os dedos longos e enrugados agarravam desesperadamente os lençóis.

— Bom, agora os senhores devem me matar. Não hesitem! Aproveitem enquanto ele ainda está consciente — disse o comendador. — É melhor agirem logo, pois não imagino que isso vá durar por muito tempo.

O comendador desembainhou com destreza a espada que trazia à cintura. Sua lâmina, de cerca de vinte centímetros, brilhou afiadíssima. Podia ser pequena, mas era uma arma capaz de tirar a vida de uma pessoa.

— Me matem com isto — instruiu o comendador. — Vamos recriar aqui a cena de *O assassinato do comendador*. Vamos, rápido. Não há tempo a perder.

Eu olhava do comendador para Tomohiko Amada, e de novo para o comendador, sem conseguir me decidir. Tudo o que eu conseguia compreender era que Tomohiko desejava intensamente alguma coisa e que a determinação do comendador era inabalável. Apenas eu permanecia indeciso, no meio de ambos.

Meus ouvidos escutaram o som das asas da coruja e o guizo da madrugada.

Tudo estava conectado.

— Sim, tudo está conectado — disse o comendador. — E os jovens senhores não têm como escapar desses laços. Então criem coragem e me matem. Não há por que sentir culpa. Tomohiko Amada quer que você faça isso. Assim, os senhores podem salvá-lo. Podem fazer acontecer, neste quarto, o que deveria ter acontecido. A hora é agora. Os jovens senhores são a única esperança de redenção para ele no último suspiro.

Eu me levantei e caminhei em direção à poltrona onde o comendador estava sentado. Peguei a espada que ele tirara da cintura. Não sabia mais julgar o que era correto e o que não era. Em um mundo onde não existe espaço e tempo, não é possível distinguir uma coisa de seu oposto — antes e depois, em cima ou embaixo. Nesse mundo, eu sentia que já não era eu. Eu estava me distanciando de mim mesmo.

Quando peguei a espada, me dei conta de que seu punho era pequeno demais para as minhas mãos. Era uma espada em miniatura, feita para ser manejada por uma pessoa muito pequena. Por mais afiada que fosse a lâmina, com um punho tão diminuto seria impossível assassinar o comendador. Senti certo alívio ao perceber isso.

— Essa espada é pequena demais para mim, não consigo usar — falei ao comendador.

— É mesmo? — respondeu ele, com um breve suspiro. –– Então, não tem jeito. Vamos ter que nos afastar um pouco mais da cena original e usar outra coisa.

— Outra coisa?

O comendador apontou uma cômoda pequena no canto do quarto.

— Dê uma olhada na primeira gaveta.

Eu fui até a cômoda e abri a primeira gaveta.

— Deve ter uma faca de cortar peixe aí dentro — disse o comendador.

De fato, sobre as toalhas de rosto cuidadosamente dobradas, havia uma faca de cozinha. Era a faca de peixe que Masahiko Amada levara para a minha casa, para preparar o pargo. Tinha uma lâmina sólida de cerca de vinte centímetros, amolada com muito cuidado. Masahiko sempre mantinha seus utensílios com primor.

— Pronto, enfiem isso aí no meu peito e me matem — disse o comendador. — Espada, faca, não importa. O importante é recriar a cena que aparece naquele quadro. E é preciso agir logo, não há muito tempo.

Peguei a faca e ela pesou em minhas mãos como se fosse de pedra. O sol que entrava pela janela reluziu em sua lâmina com um brilho branco e gelado. Então, a faca de Masahiko desapareceu da cozinha da minha casa e ficou esperando por mim nesta gaveta, neste quarto. Indiretamente, Masahiko afiou esta lâmina para seu pai. Pelo jeito, eu não conseguiria escapar ao meu destino.

Eu continuava indeciso, mas dei a volta na poltrona do comendador e parei às suas costas, apertando a faca na mão direita. Deitado na cama, Tomohiko Amada nos encarava com os olhos arregalados. Parecia alguém prestes a testemunhar, em primeira mão, um grande acontecimento histórico. Sua boca estava aberta, revelando os dentes manchados de amarelo e a língua esbranquiçada, que se movia devagar, como se quisesse formar alguma palavra. Mas essa palavra provavelmente não chegaria aos ouvidos de ninguém.

— Os jovens senhores não são violentos — disse o comendador, como se quisesse me persuadir. — Sei muito bem disso. Não são feitos para esfaquear ninguém. Porém, há momentos em que, para salvar uma pessoa querida ou alcançar um objetivo maior, deve-se fazer algo que contraria nossa natureza. Este é precisamente um desses momentos. Vamos, me matem. Eu sou tão pequeno, e não vou resistir. Sou apenas uma IDEA. Basta fincar essa lâmina aqui no meu coração. É muito fácil.

O comendador apontou um dedo diminuto para o próprio coração. Pensar nesse órgão sempre me fazia lembrar do coração de minha irmã. Eu me lembro claramente de quando ela fizera uma cirurgia cardíaca, no hospital universitário. De quão complexo e difícil fora o procedimento. Não é fácil tentar salvar um coração defeituoso. Requer vários especialistas e muito sangue. Mas destruir um coração é *muito fácil*.

— Ficar pensando sobre essas coisas não adianta nada — disse o comendador. — Para trazer Mariê Akikawa de volta, os senhores precisam fazer isso. Mesmo que não queiram. Acreditem no que estou dizendo. Deixem de lado as emoções, ignorem sua consciência. Mas não fechem os olhos. Fiquem de olhos bem abertos.

Eu ergui a faca, por trás do comendador. Porém, fui incapaz de desferir o golpe. Para uma IDEA, aquela poderia ser apenas uma morte entre mil, mas isso não mudava o fato de que eu estaria tomando uma vida real que tinha diante dos olhos. Não era igual aos assassinatos que um superior obrigara Tsugihiko Amada a cometer, em Nanquim?

— Não é a mesma coisa — disse o comendador. — Neste caso, eu quero que os senhores façam isso. Eu desejo ser morto. É uma morte para o renascimento. Vamos, tomem coragem, fechem o círculo.

Fechei os olhos com força e me lembrei de quando enforquei aquela mulher no motel em Miyagi. Aquilo fora apenas uma encenação, é claro. Eu enforcara a mulher a pedido dela, sem muita força, num grau que não a mataria. Mas, no fim das contas, não consegui continuar por tanto tempo quanto ela queria. Se tivesse continuado, talvez acabasse matando-a. Na cama daquele motel eu me deparei, dentro de mim, com uma ira profunda que nunca havia sentido antes. Ela se agitava em meu peito como um redemoinho negro de lama ensanguentada e estava próxima da verdadeira morte.

Eu sei muito bem onde você estava e o que estava fazendo, disse o homem.

— Vamos, acabem logo com isso! — disse o comendador. — Os jovens senhores conseguirão fazê-lo. Não sou eu quem os senhores vão matar. É seu pai perverso. Vão assassiná-lo e dar seu sangue para a terra beber.

Meu pai perverso?

Quem poderia ser meu pai perverso?

— Quem é, para os senhores, o pai perverso? — ecoou o comendador, lendo minha mente. — Creio que cruzaram com ele há pouco. Não foi?

Não é para você me pintar!, disse o homem. E, de dentro de um espelho escuro, apontou o dedo em riste em minha direção, ferindo meu peito como a extremidade afiada de uma lâmina.

Ao sentir essa dor eu cerrei, por reflexo, meu coração. Então abri os olhos, bem abertos, expulsei todos os pensamentos (como dom Giovanni em *O assassinato do comendador*), contive todas as emoções, apaguei qualquer expressão do rosto, e descarreguei a faca num ímpeto. Sua ponta afiada penetrou de uma só vez o peito do comendador, bem onde ele apontara. Senti a resistência firme da carne viva. O comendador não esboçou absolutamente nenhuma oposição. Com exceção de suas pequenas mãos, que se agitaram tentando agarrar o vazio, ele permaneceu imóvel. O corpo que ele habitava, no entanto, recrutou a força de todos os músculos para tentar escapar à ameaça da morte. O comendador podia ser uma IDEA, mas seu corpo não era. Era um corpo de carne e osso, usado por essa IDEA, e não estava disposto a aceitar passivamente seu fim. O corpo tem uma lógica própria. Eu precisava enfrentar seus protestos sem fraquejar, até aniquilar o último resquício de vida. O comendador pedira que eu o matasse. Mas o que eu estava matando, na verdade, era o corpo de outro alguém.

Eu queria correr para longe daquele quarto e largar tudo para trás. Mas as palavras do comendador ressoaram nos meus ouvidos.

Para trazer Mariê Akikawa de volta, os senhores precisam fazer isso. Mesmo que não queiram.

Então, empurrei a faca ainda mais fundo no seu coração. Não podia deixar as coisas pela metade. A faca atravessou seu corpo estreito e saiu às suas costas. Uma mancha carmim se espalhou pelo branco impecável de sua roupa. O sangue vivo também tingiu minhas mãos, agarradas ao punho da faca. Mas não esguichou de seu peito, como n'*O assassinato do comendador*. Tentei dizer a mim mesmo, *isto é uma ilusão*. O que estou matando é uma mera ilusão, isto não passa de uma ação simbólica.

Mas eu sabia que não era simplesmente uma ilusão.

Aquela ação podia ser simbólica, mas o que eu havia assassinado certamente não era imaginário. Era, sem dúvida alguma, uma criatura viva de carne e osso. Para um personagem criado pelo pincel de Tomohiko Amada, de irrisórios sessenta centímetros de altura, tinha uma força vital surpreendente. A lâmina da minha faca cortou sua pele, partiu várias costelas, transpassou seu pequeno coração e alcançou o encosto da poltrona às suas costas. Aquilo jamais poderia ser uma ilusão.

Com os olhos ainda mais arregalados, Tomohiko Amada estava fascinado pela cena à sua frente. Eu, assassinando o comendador. Não, não era isso. Para ele, minha vítima não era o comendador. Quem seria? O oficial nazista que ele planejara assassinar em Viena? O jovem segundo-tenente que obrigava seu irmão a decapitar três prisioneiros chineses em Nanquim? Ou alguma *outra* coisa, um mal mais primordial, que dera origem a tudo isso? Eu não sabia, é claro. Não conseguia ler em seu rosto nenhuma emoção. Durante todo esse tempo, Tomohiko não fechara a boca nem movera os lábios. Apenas sua língua pesada continuava o esforço vão de dar forma a alguma palavra.

Finalmente, os braços e pescoço do comendador relaxaram. A força abandonou todo o seu corpo e, como uma marionete cujas cordas foram cortadas, ele se desfez em uma pilha frouxa. Minha faca continuava atravessada em seu peito. Tudo dentro do quarto se imobilizou naquela composição; a cena agora era um quadro congelado. Ficou assim por muito tempo.

A primeira coisa a se mover foi Tomohiko. Quando o comendador desfaleceu e seu corpo colapsou, o velho também pareceu esgotar as forças para focar sua mente. Como se declarasse já ter visto o que precisava ver, ele expirou profundamente e cerrou as pálpebras. Elas desceram lentas e pesadas, como uma persiana. A boca permaneceu aberta, mas não se via mais sua língua espessa, só os dentes amarelos e desalinhados, como a cerca de uma casa abandonada. A expressão de agonia deixou seu rosto. Tomohiko não sofria mais. Sua face mostrava uma tranquilidade pacífica. Acho que retornou ao crepúsculo, onde não havia consciência nem sofrimento. Fiquei feliz por ele.

Só então relaxei os músculos das mãos e arranquei a faca do corpo do comendador. O sangue espirrou com força do ferimento, como em *O assassinato do comendador*. Sem o suporte da faca, ele desabou no assento da poltrona. Tinha os olhos arregalados e a boca retorcida pela dor. Os pequenos dedos das duas mãos se esticavam no vazio. Sua vida se esvaíra por completo. O sangue formava uma poça escura no chão aos seus pés. Uma quantidade espantosa, para um corpo tão pequeno.

E assim o comendador — a IDEA que tomara a forma do comendador — encontrou seu fim. Tomohiko Amada estava mais uma vez mergulhado em um sono profundo. Agora, a única pessoa consciente naquele quarto era eu, parado ao lado do corpo do comendador, apertando na mão direita a faca ensanguentada de Masahiko. O único ruído audível deveria ser o som entrecortado da minha respiração. Deveria. Mas meus ouvidos captaram algum outro movimento estranho. Não sei dizer se ouvi ou se senti esse movimento. *Escute com atenção*, disse o comendador. Eu escutei.

Tem alguma coisa dentro deste quarto. Eu podia ouvir algo se movendo. Paralisado como uma estátua, ainda segurando a faca ensanguentada, esquadrinhei a sala, buscando a origem do som. E então vi, com o canto dos olhos, que havia alguém no pedaço mais distante do quarto.

Era o *Cara Comprida*.

O assassinato do comendador atraiu o Cara Comprida para este mundo.

52.
Um homem usando uma touca cor de laranja

Vi ali a mesma cena retratada por Tomohiko Amada no canto inferior esquerdo de *O assassinato do comendador*. O Cara Comprida com a cabeça para fora de um buraco no chão do quarto, segurando com uma das mãos a tampa aberta e observando discretamente os acontecimentos. Tinha os cabelos longos e desgrenhados e uma farta barba negra cobrindo boa parte de seu rosto, longo e fino como uma berinjela curva. O queixo era saliente, os olhos estranhamente redondos, o nariz pequeno e achatado. Apenas seus lábios se destacavam, coloridos e brilhantes como uma fruta. Ele era pequeno, mas proporcional. Assim como o comendador, parecia uma cópia em escala reduzida de uma pessoa normal.

Diferente do Cara Comprida retratado no quadro, ele tinha no rosto uma expressão de assombro e fitava, atônito, o cadáver do comendador. Com a boca entreaberta de quem não acredita no que está vendo. Desde quando será que ele estava ali? Eu estava tão focado em tirar a vida do comendador e observar as reações de Tomohiko Amada que nem percebi que havia um homem no canto do quarto. Mas imaginei que esse sujeito esquisito havia testemunhado tudo, do começo ao fim, pois era justamente isso o que o quadro *O assassinato do comendador* retratava.

O Cara Comprida permaneceu imóvel, no canto da "tela", como se mantivesse uma posição designada. Experimentei me mover um pouco, ele não reagiu. Apenas encarava o comendador, congelado na mesma pose em que aparecia no quadro — de olhos bem abertos, erguendo a tampa com uma das mãos. Nem sequer piscava.

Relaxei lentamente a tensão do corpo e, abandonando meu posto na cena, fui me aproximando dele. Ainda com a faca ensanguentada na mão, pisando leve como um gato, o mais discretamente possível.

Não queria assustá-lo e mandá-lo de volta ao subterrâneo. O comendador dera a própria vida para reproduzir a cena de *O assassinato do comendador* e extrair esse Cara Comprida das profundezas da terra, tudo para salvar Mariê Akikawa. Eu não podia deixar que seu sacrifício fosse em vão.

No entanto, como poderia arrancar do Cara Comprida o que precisava saber sobre Mariê? Continuava sem saber qual poderia ser a relação entre ele e o desaparecimento da menina. Nem sequer sabia quem ele era, ou o quê. As poucas coisas que o comendador dissera a seu respeito mais pareciam uma charada. Porém, o importante era garantir que ele não escapasse. Depois disso eu pensaria nos próximos passos.

O alçapão que o Cara Comprida segurava tinha cerca de sessenta centímetros de lado e era recoberto pelo mesmo linóleo verde-claro que o resto do quarto. Imaginei que, fechado, seria exatamente igual ao resto do piso e desapareceria por completo.

O Cara Comprida não reagiu à minha aproximação. Estava travado naquela posição, como um gato que, iluminado pelos faróis de um carro, fica petrificado no meio da rua. Talvez tenha sido essa a missão da qual fora incumbido: manter a mesma pose pelo máximo de tempo possível. Qualquer que fosse a razão, para mim foi uma sorte ele estar imóvel. Se tivesse percebido minha aproximação, talvez se sentisse em perigo e desaparecesse para dentro da terra. E eu desconfiava que, se o alçapão se fechasse, seria impossível abri-lo pelo lado de fora.

Sem fazer ruído, contornei o Cara Comprida, apoiei a faca no chão e agarrei seu colarinho pelas costas, com as duas mãos. Suas roupas eram escuras e opacas, de corte mais justo. Pareciam roupas de trabalho, de material grosseiro, claramente distinto do tecido refinado das vestimentas do comendador. Eram ásperas ao toque e cheias de remendos.

No instante em que agarrei sua gola, o Cara Comprida tentou se desvencilhar e fugir para dentro do buraco, mas continuei segurando seu colarinho com força. Não podia deixá-lo escapar de jeito nenhum. Tentei com todas as minhas forças arrancá-lo de dentro do buraco para a superfície. Ele resistiu desesperadamente, retesando o corpo e agarrando a beirada com as duas mãos. Era mais forte do que parecia. Chegou a tentar morder minhas mãos. Sem opções, bati sua cabeça alongada contra a beirada da abertura. E de novo, com mais força. Na segunda pancada ele desmaiou e seu corpo amoleceu inteiro. Assim consegui, finalmente, tirá-lo de dentro do buraco e trazê-lo para a claridade.

O Cara Comprida era um pouco mais alto que o comendador. Tinha uns setenta ou oitenta centímetros. Suas roupas eram muito práticas, do tipo que um agricultor usaria para trabalhar no campo ou um empregado para varrer o quintal. Um blusão rígido e grosso e calças largas, presas nos tornozelos. Não usava sapatos. Devia viver sempre descalço, pois as solas de seus pés eram espessas, calejadas e encardidas. O cabelo era comprido e não devia ser lavado nem penteado há bastante tempo. Metade de seu rosto era coberto pela densa barba negra, a outra metade era pálida e de aspecto doentio. Nada nele parecia muito limpo, mas estranhamente ele não tinha cheiro algum.

O que eu pude inferir pela sua aparência foi que, se o comendador era membro da classe nobre de seu tempo, este era um humilde homem do povo. Quer dizer, talvez fosse apenas a forma como Tomohiko Amada imaginava um homem do povo no período Asuka. Seja como for, aquele não era o momento para reflexões históricas. Minha tarefa agora era obter daquele homem esquisito alguma informação que me levasse a Mariê.

Deitei o Cara Comprida de bruços, peguei o cinto de um roupão de banho que estava por perto e amarrei suas mãos atrás das costas. Então arrastei seu corpo inerte até o meio do quarto. Como seria de esperar pela sua altura, ele não era muito pesado. Tinha o peso de um cachorro de porte médio. Em seguida, peguei a faixa de tecido que prendia a cortina e a usei para amarrar um dos pés dele ao pé da cama. Assim, ele não conseguiria fugir para dentro do buraco quando recobrasse a consciência.

Amarrado e largado no chão, com o corpo banhado pelo sol claro da tarde, o Cara Comprida era uma figura patética, digna de pena. O ar de mistério que tinha ao espiar pelo buraco com seus olhos brilhantes desaparecera completamente. Vendo de perto, com atenção, não parecia ser mau nem sinistro. Também não parecia muito esperto. Algo na sua figura passava a impressão de uma honestidade um pouco estúpida e também certa covardia. Do tipo de pessoa que não faz planos nem toma decisões por conta própria, apenas obedece fielmente às ordens de superiores.

Tomohiko Amada continuou deitado, os olhos tranquilamente cerrados. Não moveu um músculo. Pelo seu aspecto, não dava para dizer se estava vivo ou morto. Aproximei a orelha de sua boca, a apenas alguns centímetros. Com atenção, pude ouvir o som de sua respiração, bem fraco, como um mar distante. Ele ainda não tinha morrido. Estava apenas submerso em um coma profundo. Fiquei aliviado, pois não queria que ele se fosse justo quando Masahiko não estava. Tomohiko tinha uma expressão muito mais tranquila do que antes, quase satisfeita. Ao ver o comendador (ou outra pessoa que ele queria que fosse assassinada) morrer, talvez ele tenha realizado algum antigo desejo.

O comendador permanecia na mesma posição, tombado sobre a poltrona de tecido. Tinha os olhos arregalados e a pequena língua enrolada na boca entreaberta. Seu coração continuava sangrando, mas com menos ímpeto. Experimentei erguer seu braço direito — estava mole e inerte. Ainda restava certo calor em sua pele, mas pude sentir o frio que se aproximava. Pensei que gostaria de acomodar seu corpo, com cuidado, em um caixão do tamanho certo. Um caixão diminuto, feito para crianças pequenas. Poderia colocá-lo para repousar no buraco atrás do santuário, onde ninguém o incomodaria. Entretanto, naquele momento, tudo o que eu pude fazer por ele foi cerrar, delicadamente, suas pálpebras.

Eu me sentei na poltrona e esperei que o Cara Comprida, estirado no chão, voltasse a si. Lá fora, o enorme oceano Pacífico reluzia sob o sol intenso. Os barcos pesqueiros continuavam a trabalhar. Um avião prateado cortou o céu rumo ao sul, a fuselagem polida brilhando. Tinha uma longa antena na traseira e quatro hélices — um avião de patrulha antissubmarino da Força Marítima de Autodefesa, vindo da base aérea de Atsugi. Era uma tarde de sábado e as pessoas faziam silenciosamente suas tarefas habituais. Enquanto eu estava sentado em um quarto ensolarado de um asilo de luxo para idosos e, depois de esfaquear o comendador e capturar o Cara Comprida, tentava descobrir o paradeiro de uma bela menina de treze anos.

O Cara Comprida demorava a despertar. Olhei várias vezes para o relógio.

O que Masahiko pensaria se voltasse agora? O comendador caído em uma poça de sangue, o Cara Comprida amarrado inconsciente no chão. Ambos com menos de um metro de altura, trajando estranhas roupas de outras épocas. E Tomohiko Amada, mergulhado em um coma profundo, com um leve sorriso satisfeito (pelo menos era o que me parecia) nos lábios. Em um canto do piso, um buraco quadrado aberto no chão. Como eu poderia explicar a Masahiko como havíamos chegado àquela situação?

Mas Masahiko não voltou, é claro. Conforme o comendador dissera, ele estava às voltas com uma questão importante de trabalho, a qual exigia uma longa conversa ao telefone. Isso já fora estabelecido, e eu sabia que ninguém iria me interromper. Sentado na poltrona, fiquei observando o Cara Comprida. O impacto contra a beirada do buraco lhe causara uma concussão temporária, só isso. Logo recobraria a consciência. Depois restaria apenas um inchaço considerável.

Finalmente, ele começou a despertar. Agitou o corpo no chão, falando algumas palavras sem sentido. Depois entreabriu os olhos, ressabiado. Como uma criança olhando algo assustador — como quem não quer ver, mas é obrigado.

Eu me levantei imediatamente e ajoelhei ao seu lado.

— Não temos tempo — falei, olhando-o de cima. — Me diga onde está Mariê Akikawa. Se você fizer isso, eu te solto e te deixo voltar pra lá.

Apontei para o buraco no canto. A tampa quadrada continuava erguida. Eu não sabia se ele estava acompanhando o que eu dizia, mas o jeito era falar como se ele estivesse.

O Cara Comprida não falou nada, só balançou a cabeça várias vezes, vigorosamente. Isso queria dizer que ele não sabia de nada? Ou que não entendia minha língua?

— Se você não me responder, eu te mato! — falei. — Você viu quando eu matei o comendador, não viu? Para mim tanto faz matar um ou dois.

Dizendo isso, pressionei a faca manchada de sangue contra o seu pescoço sujo. Pensei nos pescadores em seus barcos e no piloto do avião. *Todos nós temos trabalhos a fazer.* Isto é o que eu preciso fazer. Eu não tinha intenção de matá-lo de fato, é claro, mas a lâmina era afiada. O Cara Comprida tremeu de pavor.

— Espere! — disse ele, a voz rouca. — Imploro ao senhor que espere!

Ele tinha um jeito de falar um pouco peculiar, mas pelo menos estava me entendendo. Afastei a faca alguns milímetros e insisti:

— Você sabe onde está Mariê Akikawa?

— Não, eu não sei! Falo a verdade!

Eu fitei seus olhos. Eram olhos grandes e francos. Parecia que estava mesmo falando a verdade.

— Então o que é que você está fazendo aqui? — perguntei.

— Minha ordem é assistir a tudo o que acontece e registrar os fatos! Por isso eu estava assistindo. Digo-lhe a verdade!

— Assistir? Para quê?

— Foram as ordens que recebi, não sei de nada além disso.

— Que tipo de criatura é você? Também é um tipo de IDEA?

— Eu, uma IDEA? Imagine! Sou apenas uma METÁFORA.

— METÁFORA?

— Isso. Não passo de uma mísera METÁFORA. Existo apenas para conectar as coisas a outras coisas. Eu imploro, tenha piedade de mim.

Eu estava começando a ficar confuso.

— Se é assim, quero ver você criar uma metáfora agora, de improviso.

— Eu sou apenas uma pobre METÁFORA. Não conseguiria inventar nada de qualidade.

— Vamos, diga qualquer coisa, não me importo com a qualidade.

O Cara Comprida pensou durante um tempo e por fim disse:

— "Ele chamava muito a atenção. Como um homem usando uma touca cor de laranja num trem lotado de manhã."

Realmente, não era uma figura de linguagem muito boa. Na verdade nem sequer era uma metáfora.

— Isso não é uma metáfora, é um símile — falei.

— Desculpe. Vou corrigir — disse o Cara Comprida, começando a suar. — "Ele viveu como quem usa uma touca cor de laranja no trem lotado da manhã."

— Assim não dá pra entender o sentido da frase e, para piorar, ainda não é uma metáfora de verdade. Não acredito em você. Só me resta te matar.

Os lábios do Cara Comprida tremiam de medo. Tinha uma barba bem máscula, mas não era muito valente.

— Perdoe-me. Eu ainda sou um aprendiz, não consigo pensar em nada muito refinado. Mas tenha piedade! Sou uma autêntica METÁFORA, juro!

— Então quem é seu superior, quem o chefia?

— Não tenho chefe. Talvez exista algum, mas nunca vi. Eu simplesmente ajo de acordo com a correlação entre os fenômenos e a linguagem. Como uma humilde água-viva à mercê das ondas do mar. Por isso, não me mate, eu imploro.

— Talvez eu possa te poupar... — falei, ainda com a faca contra sua garganta. — Mas em troca quero que você me leve para o lugar de onde veio.

— Ah, isso eu não posso fazer — declarou o Cara Comprida, com determinação. — Eu cheguei até aqui pela Trilha das Metáforas, que é diferente para cada pessoa. Não há um caminho único. Então eu não poderia guiar o senhor.

— Ou seja, eu teria que seguir sozinho por essa trilha e achar meu próprio caminho, é isso?

O Cara Comprida balançou a cabeça enfaticamente.

— O senhor não pode entrar na Trilha da Metáforas, é perigoso demais. Se uma pessoa de carne e osso entrar lá, qualquer curva errada pode levá-la a lugares absurdos. Além disso, há muitas DUPLAS METÁFORAS à espreita.

— DUPLAS METÁFORAS?

O Cara Comprida estremeceu.

— São criaturas *más*, perigosíssimas, que se escondem nas trevas mais profundas.

— Não tem problema — falei. — Já estou metido nesta situação absurda. Um pouco mais ou menos de absurdos não me preocupa. Matei o comendador com minhas próprias mãos, não posso deixar que sua morte seja em vão.

— Então, não me resta escolha. Neste caso, lhe darei apenas um conselho.

— Qual?

— É melhor levar uma lâmpada. Há trechos muito escuros. Além disso, certamente irá se deparar com um rio, em algum momento. É um rio metafórico, mas sua água é real. É gelado, rápido e profundo. Impossível de atravessar sem um barco. O barco fica no ancoradouro.

— E depois que eu pegar o barco e atravessar o rio, o que acontece? — perguntei.

— Do outro lado do rio o mundo continua instável, sujeito ao princípio das correlações. O senhor terá de ver com seus próprios olhos.

Eu fui até a cabeceira da cama onde Tomohiko estava deitado. Havia uma lanterna ali, como eu imaginava. Nesse tipo de instituição há lanternas em todos os quartos, para qualquer emergência. Liguei para testar e ela acendeu. A pilha estava boa. Peguei a lanterna, vesti o casaco de couro que havia deixado na poltrona e me dirigi para o buraco no canto do quarto.

— Por favor! — disse o Cara Comprida. — Solte essas amarras... Eu não posso ficar aqui, deste jeito.

— Se você é uma METÁFORA de verdade, consegue escapar dessas cordas num instante! Afinal, conceitos, ideias e afins conseguem se mover no espaço livremente, não é?

— Não, o senhor está me superestimando. Não possuo esse tipo de habilidade extraordinária. Apenas METÁFORAS superiores a mim poderiam ser chamadas de CONCEITOS OU IDEIAS.

— As que usam toucas cor de laranja?

O Cara Comprida pareceu chateado.

— Não zombe de mim, eu lhe peço. Eu também tenho sentimentos.

Hesitei um pouco mas acabei decidindo desamarrar suas mãos e pés. Demorou, pois os nós estavam bem apertados. Não parecia ser um sujeito de todo mau, quando você conversava com ele. Ele não sabia onde estava Mariê, mas foi bastante solícito com as informações de que dispunha. Provavelmente não tentaria me atrapalhar ou me fazer mal se eu o desamarrasse. Além disso, eu não podia deixá-lo ali daquele jeito. Se alguém o visse, seria muito complicado. Ainda sentado no chão, ele esfregou as pequenas mãos nos punhos e tornozelos marcados. Depois tocou a testa. Devia estar com um galo.

— Muito obrigado. Assim eu consigo voltar para o meu mundo.

— Vá na frente — falei, apontando para o buraco no canto. — Eu o seguirei.

— Então, com sua licença... Só não se esqueça de fechar muito bem o alçapão, eu lhe peço. Senão, pode acontecer de alguém tropeçar e cair lá dentro. Ou entrar por curiosidade. Se isso acontecer, serei responsabilizado.

— Pode deixar. Depois de entrar, me certificarei de que está fechado.

O Cara Comprida foi quase correndo até o buraco e começou a descer. Então colocou apenas a cabeça e os ombros para fora. Seus grandes olhos se moveram rápido, com um brilho estranho. Exatamente como o Cara Comprida pintado no quadro *O assassinato do comendador*.

— Vá com cuidado — disse ele. — Espero que o senhor consiga encontrar essa tal moça que está procurando. É Komichi o nome dela?

— Não, não é Komichi — falei, sentindo um arrepio frio percorrer minhas costas. Minha garganta ressecou e por alguns segundos não consegui mais falar. — Não é Komichi, é Mariê Akikawa. O que você sabe sobre a Komichi?

— Não sei de nada — acudiu o Cara Comprida. — Esse nome apareceu na minha pobre cabeça metafórica. Foi apenas um engano. Me perdoe.

E então ele desapareceu de repente para dentro do buraco, como uma fumaça que se dispersa ao vento.

Fiquei ali parado por algum tempo, segurando a lanterna de plástico. Komichi? Por que o nome da minha irmã aparecera agora, naquela situação? Será que Komichi tinha alguma coisa a ver com aquela série de acontecimentos? Mas eu não tinha tempo para refletir sobre essa questão. Coloquei os pés no buraco e acendi a lanterna. O chão lá embaixo era escuro e parecia ser uma ladeira suave. Pensando bem, aquilo era bem esquisito. Estávamos no terceiro andar do asilo, então abaixo do piso deveria estar o segundo andar. Mas aquela trilha se estendia a perder de vista, além de onde a luz da minha lanterna alcançava. Entrei por inteiro no buraco e fechei o alçapão com cuidado. E, então, tudo ficou absolutamente escuro.

Naquela escuridão interminável, eu não conseguia nem contar com meus cinco sentidos. Como se as informações que meu corpo enviava tivessem sido desconectadas da minha mente. Era uma sensação muito estranha, como se eu tivesse deixado de ser eu mesmo. Mas, mesmo assim, eu precisava ir em frente.

Os senhores devem me matar e encontrar Mariê Akikawa, disse o comendador. Ele fez o sacrifício, eu devo passar pela provação. Agora, só me resta seguir adiante. Tendo como única aliada a luz da minha lanterna, dei o primeiro passo para dentro da escuridão da Trilha das Metáforas.

53.
Talvez fosse um atiçador de lareira

Eu estava envolto em uma escuridão tão densa, tão absoluta, que parecia dotada de vontade própria. Nenhum raio de luz conseguiria penetrá-la. Eu me sentia andando pelas regiões mais profundas do mar, onde nenhuma claridade chega. A luz amarelada da lanterna em minhas mãos era a única conexão, incerta, entre mim e o mundo. A trilha descia num ângulo constante e era cilíndrica, como um tubo perfurado num leito de rocha. O chão era duro e liso. A altura do teto me obrigava a caminhar sempre encurvado para não bater a cabeça. O ar subterrâneo era um pouco gelado e completamente inodoro. A total ausência de odores chegava a ser estranha. Vai ver, até mesmo o ar daquele lugar tinha uma composição diferente do mundo exterior.

Eu não conseguia estimar quanto tempo a bateria da minha lanterna iria durar. Por enquanto sua luz estava forte e estável. Mas, se ela acabasse (e em algum momento certamente acabaria), eu me veria largado, sozinho, em meio à mais absoluta escuridão. E, se o Cara Comprida falava a verdade, em algum lugar daquela escuridão se escondiam perigosas criaturas chamadas DUPLAS METÁFORAS.

A mão que segurava a lanterna suava de nervoso. Meu coração batia com um som surdo e rascante, como o eco perturbador de tambores no fundo da selva. "É melhor você levar uma lâmpada", foram as palavras do Cara Comprida, "pois há trechos muito escuros." Isso queria dizer que nem tudo naquele subterrâneo era tão escuro. Eu torci para que o caminho clareasse logo. E também para que o teto ficasse um pouco mais alto. Lugares apertados e escuros sempre me deixaram aflito. Se eu passasse muito tempo naquela situação, começaria a sentir dificuldade para respirar.

Tentei não pensar na escuridão nem no tamanho do túnel. Para isso, precisava focar em outras coisas. Pensei em uma torrada com queijo quente. Nem eu sei dizer por que pensei justo nisso, mas o fato é que, naquele momento, a imagem de uma torrada com queijo surgiu na minha mente. Um pão quadrado, servido em um prato branco e simples. Tostado na medida certa, com o queijo bem derretido. Era uma imagem tão vívida que eu parecia poder tocá-la. E, ao seu lado, uma xícara fumegante de café. Café puro, negríssimo, como uma madrugada sem lua nem estrelas. Lembrei, saudoso, da mesa do café da manhã. A janela aberta dando para o grande salgueiro do lado de fora. O canto dos passarinhos pousados audaciosamente, como acrobatas, sobre seus galhos flexíveis. Tudo isso estava, agora, imensuravelmente longe de mim.

Em seguida, pensei sobre a ópera *O cavaleiro da rosa*. Enquanto tomava o café e comia a torrada com queijo eu escutaria essa música, no disco de vinil preto como azeviche, feito pela Decca Records no Reino Unido. Coloco o disco pesado sobre a vitrola e pouso a agulha com cuidado. A Filarmônica de Viena, sob condução de Georg Solti. Uma melodia elegante e intricada. "Eu seria capaz de descrever, com a música, até uma vassoura", declarou Richard Strauss, no seu auge. Quer dizer, será que era uma vassoura? Talvez não fosse. Talvez fosse um guarda-chuva, ou um atiçador de lareira. Não importa. De qualquer maneira, como é que alguém conseguiria descrever uma vassoura com música? Será que ele seria capaz de descrever também uma torrada com queijo, ou um pé calejado, ou a diferença entre uma metáfora e um símile?

Richard Strauss também regeu a Filarmônica de Viena no pré--guerra (não sei se foi antes ou depois do *Anschluss*). O programa foi uma sinfonia de Beethoven, a sétima. Uma obra resoluta, discreta, feita com esmero. Espremida entre sua irmã mais velha alegre e livre (a sexta) e a bela e tímida irmã mais nova (a oitava). Neste dia, o jovem Tomohiko Amada estava na plateia. Ao seu lado, uma linda jovem. Era provável que ele a amasse.

Eu imaginei a cidade de Viena na época. As valsas vienenses, os bolos *Sachertorte* dulcíssimos, as bandeiras vermelhas e pretas com a suástica flamulando nos telhados.

Na escuridão, meus pensamentos se conectavam infinitamente, se estendendo em uma direção sem sentido. Ou, quem sabe, seria mais correto dizer que se estendiam sem direção. Mas eu não conseguia controlar a maneira como progrediam. Meus pensamentos estavam fora do meu alcance. Não é fácil conter as próprias ideias no escuro absoluto. Elas se tornam árvores e seus galhos crescem livremente na escuridão (uma metáfora). E, seja como for, eu precisava continuar pensando em *alguma coisa*, para me preservar. *Qualquer coisa*, não importava o quê. Se não fizesse isso, ia hiperventilar de nervoso.

Enquanto pensava essas coisas desconexas, continuei descendo pela trilha interminável. Ela não fazia nenhuma curva, não tinha bifurcações, era uma perfeita linha reta. Por mais que eu caminhasse, nada mudava — nem a altura do teto, nem o grau da escuridão, nem a sensação do ar, nem a inclinação do chão. Eu já estava perdendo a noção das horas, mas depois de caminhar tanto tempo, sempre descendo, devia estar bem fundo no subterrâneo. Porém, essa profundidade não passava de ilusão. Afinal, não era possível sair do terceiro andar de um edifício diretamente para o fundo da terra. A própria escuridão também devia ser fictícia. Tudo o que havia ali devia ser apenas um CONCEITO, ou uma METÁFORA. Foi o que tentei dizer a mim mesmo. Apesar disso, a escuridão que me envolvia era absolutamente verdadeira, tão verdadeira quanto a profundidade que me esmagava.

Quando meu pescoço e minhas costas já estavam doendo de tanto andar encurvado, comecei finalmente a vislumbrar uma leve claridade à frente. A trilha começou a ficar mais sinuosa, e, a cada curva, o entorno ficava um pouco mais claro e eu conseguia enxergar um pouco melhor onde estava. Como céu da madrugada que vai clareando pouco a pouco. Desliguei a lanterna para poupar a pilha.

Ficou um pouco mais claro, mas ainda não havia nenhum odor ou ruído. Em um momento o caminho apertado e escuro acabou e eu me vi, de súbito, em um espaço aberto. Olhei para cima e não enxerguei o céu. Parecia haver, lá longe, no alto, uma espécie de teto de cor branca leitosa, mas não dava para ter certeza. Uma luz pálida e estranha banhava tudo, como se o mundo fosse iluminado por um enxame de insetos luminosos. Respirei aliviado por não estar mais no escuro e por poder andar ereto.

Fora do túnel, o chão era de pedra e acidentado. Não havia mais uma trilha evidente, apenas uma planície deserta coberta de pedras, que se estendia a perder de vista. A longa descida chegara ao fim, e o terreno à frente subia suavemente. Sem saber aonde ia, apenas segui adiante, caminhando com cuidado. Olhei para o relógio, mas seus ponteiros já não tinham sentido algum. Logo compreendi que não significavam nada. As outras coisas que eu levava comigo também não tinham mais propósito prático. O chaveiro, a carteira e a habilitação, alguns trocados, um lenço. Isso era tudo o que eu tinha. Nenhuma dessas coisas poderia me socorrer naquele momento.

Conforme eu caminhava a inclinação do terreno foi se acentuando, até que eu estava literalmente escalando uma encosta, usando as mãos e os pés. Subi sem descanso, ofegante, pensando que ao chegar ao topo talvez conseguisse ver onde estava. Ainda não havia som nenhum. Eu só escutava o ruído dos meus próprios pés e mãos, e mesmo isso não parecia de verdade, tinha um quê de artificial. Não vi nenhuma árvore ou grama, nenhum pássaro voando. Nem sequer o vento soprava. Eu era a única coisa em movimento. Todo o resto estava imóvel e mudo, como se o tempo tivesse congelado.

Finalmente alcancei o topo e, como esperava, pude olhar do alto a paisagem onde estava. Porém uma espécie de névoa esbranquiçada cobria tudo e não permitia que eu enxergasse ao longe. Descobri apenas que estava em uma planície estéril, sem nenhum sinal de vida até onde meus olhos alcançavam. Aquele deserto acidentado, repleto de rochas, se estendia em todas as direções. E não se via o céu. O teto leitoso (ou algo que parecia ser um teto) cobria tudo. Me senti como um astronauta fazendo um pouso de emergência em um planeta desconhecido e inabitado. Talvez eu devesse ser grato por haver ali um pouco de luz e uma atmosfera respirável?

Fiquei imóvel, prestando atenção, e tive a impressão de escutar um som indistinto. No começo pensei que fosse minha imaginação, ou que o som viesse de dentro de mim mesmo, um zumbido no meu próprio ouvido, mas aos poucos fui percebendo que era um som real. O tipo de ruído contínuo produzido por fenômenos naturais. Parecia ser o som de um rio. Talvez fosse o rio que o Cara Comprida havia mencionado. Banhado pela luz pálida, resolvi seguir na direção de onde vinha esse barulho de água, e desci com cuidado pela encosta irregular.

Com o som de água corrente, percebi que estava terrivelmente sedento. Pensando bem, fazia muito tempo que eu estava caminhando sem beber nada. Isso nem tinha me ocorrido até aquele momento, talvez por causa da ansiedade. Mas agora, ouvindo o rio, sentia uma sede quase insuportável. No entanto, será que a água daquele rio — se é que era esta a origem do barulho — era potável? Talvez fosse lamacenta e turva, tivesse alguma substância tóxica ou microrganismos nocivos. Ou, quem sabe, era uma água puramente metafórica, impossível de apanhar com as mãos. De qualquer maneira, só me restava ir até lá.

Conforme eu avançava, o som de água foi ficando mais alto e mais distinto. Era o barulho de um rio volumoso serpenteando por entre as pedras. No entanto, eu ainda não conseguia vê-lo. Segui na direção de onde acreditava que ele estaria, e pouco a pouco o terreno de ambos os lados foi se erguendo, até que eu estava entre duas paredes de pedra. Tinham mais de dez metros de altura. Agora havia uma trilha definida, apertada entre os dois barrancos. Eu não conseguia ver para onde ela estava me levando, pois fazia curvas e reviravoltas. Não era uma trilha feita por mãos humanas. Parecia ser uma fenda aberta na rocha pela própria natureza. E, ao que tudo indicava, no final dela corria um rio.

Segui em frente por aquele caminho entre dois despenhadeiros. Como antes, nenhuma planta ou relva crescia ali. Não encontrei nada dotado de vida. Via apenas aquela sequência infinita de rochas silenciosas. Era um mundo monocromático e estéril, como uma pintura de paisagem cujo pintor tivesse se desinteressado e desistido de adicionar cores. Nem os meus passos faziam muito barulho, como se as rochas ao meu redor tragassem todos os sons.

O caminho, que era quase todo plano, aos poucos começou a subir. Caminhei ladeira acima por bastante tempo até chegar ao cume, onde as rochas formavam uma crista estreita. Debruçado lá em cima, finalmente pude ver o rio. Ali, o som da água era muito mais nítido.

Não parecia ser muito grande, devia ter uns cinco ou seis metros de largura, coisa assim. Mas a correnteza parecia ser bem forte. Era difícil estimar sua profundidade. A julgar pelas pequenas ondas que se formavam sem padrão, a superfície das rochas sob a água devia ser irregular. O rio cortava em linha reta a vasta planície rochosa. Cruzei a crista de pedra e desci a escarpa íngreme do outro lado, rumo à margem.

Fiquei um pouco mais tranquilo ao chegar diante do rio, que corria rapidamente da direita para a esquerda. No mínimo, era uma grande quantidade de água se movendo de verdade. Ela vinha de algum lugar e ia em direção a outro, acompanhando o relevo. Naquele mundo imóvel, onde nem sequer havia vento, a água do rio se mexia e seu ruído ecoava ao meu redor. Então aquele lugar não era completamente desprovido de movimento. Saber disso me deu certo alívio.

Assim que cheguei à margem, a primeira coisa que fiz foi me agachar e recolher com as mãos um pouco de água. Estava agradavelmente fria, como a de um rio formado pelo degelo. Era cristalina e parecia limpa, mas claro que eu não tinha como saber só pelo aspecto se era segura para beber. Ela poderia conter alguma substância letal e invisível aos olhos. Poderia estar contaminada por microrganismos perigosos.

Cheirei a água em minhas mãos. Não tinha cheiro algum (se é que meu olfato estava funcionando). Então a levei à boca. Também não tinha gosto (se é que meu paladar estava funcionando). Bebi toda a água num ímpeto. Não me importavam as consequências, eu estava sedento demais para me conter. Mesmo ao bebê-la, não senti gosto nem cheiro. Mas, fosse real ou fictícia, felizmente ela matou minha sede.

Enchi as mãos de água várias vezes e bebi sofregamente, até não aguentar mais. Pelo visto, eu estava com mais sede do que pensava. Mas beber uma água totalmente inodora e sem gosto é, na prática, uma sensação bem esquisita. Normalmente, ao matar a sede com grandes goles de água gelada, temos a sensação de que ela é *saborosa*. Todo o nosso corpo a absorve avidamente. Todas as células se regozijam, todos os músculos recuperam a vivacidade. Mas na água daquele rio as qualidades que provocam essa sensação não existiam. A sede apenas desaparecia. Um fenômeno meramente físico.

Seja como for, bebi até ficar saciado, então me levantei e olhei novamente ao redor. Segundo o que o Cara Comprida dissera, devia haver um ancoradouro em algum lugar na margem do rio. Se eu conseguisse chegar até ele, um barco me levaria até o outro lado. E, uma vez no lado oposto, eu conseguiria (talvez) descobrir alguma coisa sobre o paradeiro de Mariê Akikawa. Mas não enxerguei nada próximo de um barco, nem para cima nem para baixo do rio. Eu precisava dar um jeito de encontrá-lo. Seria perigoso demais tentar atravessar o rio sozinho. "É gelado, rápido e profundo. Não é possível atravessá-lo sem um barco", dissera o Cara Comprida. Mas para que lado eu deveria ir para chegar ao barco? Rio acima, ou rio abaixo? Eu tinha que escolher uma das opções.

Nesse momento, lembrei que o nome de Menshiki era Wataru. Ao me entregar seu cartão ele acrescentara: "Como no verbo que se usa em 'atravessar um rio'. Não sei por que me deram esse nome". Naquele dia, ele dissera também que era canhoto e que, quando precisava escolher entre seguir pela esquerda ou pela direita, escolhia sempre a esquerda. Fora uma declaração repentina, sem relação alguma com o contexto. Na hora, achei estranho que dissesse isso assim, do nada. Acho que foi justamente por isso que guardei tão claramente suas palavras.

Talvez tenha sido apenas um comentário sem grande significado. Talvez fosse apenas uma coincidência. Mas, de acordo com o Cara Comprida, o mundo onde eu estava era formado pela correlação entre os fenômenos e a linguagem. Eu devia tratar com muita atenção qualquer *coincidência*, qualquer sinal que conseguisse identificar. Parado diante do rio, decidi seguir para o lado esquerdo. Obedecendo à recomendação inconsciente do incolor Menshiki, eu acompanharia a correnteza daquele rio sem cheiro nem sabor, e talvez assim encontrasse mais alguma pista. Talvez não encontrasse nada.

Caminhando ao lado do rio, me perguntei se alguma criatura habitava suas águas. Eu não podia afirmar com certeza, mas provavelmente não. Não havia nenhum sinal de vida lá dentro. Além disso, que tipo de criatura conseguiria viver numa água completamente insípida e inodora? E aquele rio parecia estar absolutamente focado em sua própria identidade. "Eu sou um rio", declarava ele, "eu corro sem cessar." Tinha a aparência de um rio, sem dúvida, mas era somente esse *estado de ser*. Nenhum graveto ou folha flutuava na sua superfície. Era apenas um grande volume de água se movendo sobre a terra.

Tudo ao redor continuava encoberto por uma bruma difusa e macia como algodão. Ela me envolvia enquanto eu andava e era como me mover em meio a uma cortina de renda branca. Depois de algum tempo, comecei a sentir no estômago o volume da água que eu acabara de beber. Não era uma sensação particularmente desagradável ou preocupante, mas também não era gostosa ou auspiciosa. Era uma sensação neutra, difícil de precisar. E, ao mesmo tempo, eu tinha a estranha impressão de que, ao ingerir aquela água, minha constituição se transformara e agora eu era uma pessoa diferente de antes. Seria possível que, ao beber daquela água, meu corpo tivesse se adaptado fisicamente àquele mundo?

Porém, não sei por quê, essa situação não me parecia crítica. Pensei, otimista, que não devia ser nada grave. Eu não tinha nenhum motivo concreto para esse otimismo, mas achei que até ali as coisas tinham caminhado bem, de um jeito ou de outro. Eu conseguira chegar ao fim do túnel escuro e apertado. Conseguira atravessar, sem mapa nem compasso, o deserto cheio de pedras e encontrar o rio. Matara a sede com a sua água. Não havia me deparado com nenhuma das tais DUPLAS METÁFORAS que espreitavam na escuridão. Talvez fosse apenas sorte. Ou talvez estivesse predeterminado que as coisas aconteceriam dessa maneira. Seja como for, se elas seguissem nesse ritmo, daria tudo certo. Foi o que pensei. Ou pelo menos foi o que me esforcei para pensar.

Finalmente, algo começou a se delinear lá longe, em meio à névoa. Não era uma forma natural, mas de linhas retas, artificiais. Chegando mais perto, percebi que se tratava de um ancoradouro. Um pequeno píer de madeira se projetava para dentro do rio. Tomei a decisão certa ao vir para a esquerda, pensei. Ou quem sabe, neste mundo relacional, as coisas iam todas tomando forma de acordo com as minhas ações. Seja como for, a sugestão inconsciente de Menshiki me ajudara a chegar até ali.

Através da bruma, vi que havia um homem em pé no ancoradouro. Era um homem alto. Depois de ver o comendador e o Cara Comprida, tão diminutos, ele me pareceu um gigante. Estava na extremidade do píer, encostado em um tipo de máquina escura. Imóvel, como se estivesse perdido em pensamentos. As águas agitadas do rio lavavam o chão do cais e chegavam perto de seus pés, espumando. Era a primeira pessoa, ou algo na forma de uma pessoa, que eu encontrava naquele mundo. Eu me aproximei devagar, com cautela.

— Olá!

Arrisquei um cumprimento através da névoa, antes mesmo de conseguir vê-lo claramente. Mas não houve resposta. O homem continuou parado, apenas ajustou muito sutilmente sua posição. Sua silhueta escura se moveu de leve em meio à bruma. Talvez não tivesse me escutado. Talvez o ruído da água tivesse encoberto minha voz. Ou quem sabe o ar daquela terra não transportava bem o som.

— Olá! — repeti, já mais próximo, falando mais alto do que antes. Mas ele continuou calado. O único som era o barulho incessante do rio. Vai ver aquele homem não falava a minha língua.

— Eu escutei. E entendo o que você diz — disse ele, como se lesse meus pensamentos. Tinha uma voz grave e profunda que combinava com sua estatura e falava sem entonação nem sentimento. Assim como as águas do rio não tinham cheiro nem gosto algum.

54.
Para sempre é muito tempo

O homem alto parado à minha frente não tinha face. Não é que ele não tivesse cabeça. Em cima do pescoço havia uma cabeça, normalmente. Mas nessa cabeça não havia rosto. Onde o rosto deveria estar, havia apenas um vazio. Era uma espécie de fumaça pálida, de cor branca leitosa. A sua voz saía desse vazio, como o vento do fundo de uma caverna.

Ele vestia um casaco impermeável escuro muito comprido, que chegava quase até seus pés. Sob a barra apareciam botas. Os botões do casaco estavam fechados até o pescoço. O homem parecia preparado para enfrentar uma tempestade.

Eu fiquei ali parado, sem dizer nada. Nenhuma palavra saía da minha boca. A certa distância, ele me lembrara do homem do Subaru Forester branco e também a figura de Tomohiko Amada no meu ateliê, de madrugada. Ou ainda o jovem que, no quadro de Tomohiko, atravessa com sua espada o comendador. Os três eram homens altos, mas, ao me aproximar, percebi que não era nenhum deles. Era apenas um *homem sem face*. Ele usava um chapéu preto de abas largas, enterrado na cabeça, cuja sombra encobria metade do vazio leitoso.

— Eu escutei. E entendo o que você diz — repetiu ele. Seus lábios não se moveram, é claro. Pois ele não tinha lábios.

— É daqui que sai o barco? — perguntei.

— Sim — disse o homem sem face. — É daqui que ele sai. Este é o único local onde se pode atravessar o rio.

— Eu preciso ir para o outro lado deste rio.

— Não há quem não precise.

— Muitas pessoas vêm para cá?

O homem não respondeu. Minha pergunta foi tragada para dentro do vazio e seguiu-se um silêncio interminável.

— O que tem na outra margem? — perguntei. Por causa da neblina que cobria o rio, eu não conseguia enxergar.

O homem sem face me encarou de dentro do vazio, antes de responder:

— O que há na outra margem é diferente para cada pessoa. Depende do que cada um está buscando.

— Eu estou tentando descobrir o paradeiro de uma menina chamada Mariê Akikawa.

— É o que você busca na margem oposta, então?

— É o que eu busco na margem oposta. Foi para isso que vim até aqui.

— E, diga, como foi que você conseguiu encontrar a entrada?

— Num quarto de um asilo para idosos em Izu-Kogen eu assassinei, com uma faca de peixe, uma IDEA na forma de um comendador. Fiz isso com sua permissão. E assim invoquei o Cara Comprida e abri o caminho para o subterrâneo.

O homem sem face passou algum tempo sem dizer nada, o rosto vazio voltado em minha direção. Eu não conseguia avaliar se minhas palavras tinham sentido para ele.

— E saiu sangue?

— Saiu, muito sangue.

— E era sangue de verdade?

— Parecia ser.

— Olhe suas mãos.

Olhei para minhas mãos. Já não havia nenhum resquício de sangue nelas. Talvez ele tivesse sido lavado nas águas do rio, quando parei para beber. Apesar de ser tanto.

— Bom, tudo bem. Posso te levar de barco para o outro lado do rio — disse o homem sem face. — Mas há uma única condição.

Esperei que me dissesse.

— Você deve me pagar o preço justo. Essa é a regra.

— E se eu não puder lhe pagar esse preço, não consigo chegar à outra margem?

— Isso mesmo. Nesse caso, só lhe restaria viver para sempre do lado de cá. As águas desse rio são geladas e profundas, a correnteza é forte. E para sempre é um tempo muito longo. Isso não é só uma maneira de dizer, eu lhe asseguro.

— Mas eu não tenho comigo nada que sirva como pagamento.

— Mostre-me tudo o que tem nos bolsos — disse o homem sem face, num tom calmo.

Tirei todo o conteúdo dos bolsos do casaco e da calça. A carteira com quase vinte mil ienes em notas, um cartão de crédito e um cartão do banco, a habilitação de motorista e um cupom de desconto de um posto de gasolina. Um chaveiro com três chaves, um lenço verde-claro, uma caneta esferográfica descartável. De resto, umas cinco ou seis moedas soltas. Isso era tudo. Além da lanterna, é claro.

O homem sem face balançou a cabeça.

— Sinto muito, mas nada disso paga pela travessia. O dinheiro não significa nada aqui. Você não tem mais nada?

Aquilo era tudo. Tinha também um relógio no pulso da mão esquerda, mas ali o tempo não tinha valor nenhum.

— Se eu tivesse papel, poderia fazer seu retrato. Fora estas coisas, tudo o que possuo é a capacidade de desenhar.

O homem sem rosto riu. Ou, pelo menos, acho que ele riu. Uma espécie de eco alegre soou ao longe, das profundezas do vazio.

— Eu não tenho rosto, para começo de conversa. Como retratar alguém sem rosto? Como você desenharia o nada?

— Sou profissional — respondi. — Não preciso de rosto para fazer um retrato.

Eu não estava certo de que seria capaz de retratar um homem sem face. Mas certamente valia a pena tentar.

— Gostaria de ver como seria esse retrato — disse o homem sem face. — Mas, infelizmente, aqui não há papel.

Olhei para o chão. Talvez eu pudesse desenhar na terra, com um graveto. Mas o chão ao nosso redor era de pedra dura. Balancei a cabeça.

— Isso é realmente tudo o que você traz consigo?

Examinei mais uma vez todos os bolsos, com atenção. Nos bolsos do meu casaco de couro não havia mais nada. Estavam totalmente vazios. Mas percebi que, no canto de um bolso da calça, restava alguma coisa muito pequena. Era o minúsculo pinguim de plástico, preso a um fiozinho, que Menshiki encontrou no fundo do buraco e me entregou. O pinguim que Mariê Akikawa usava preso ao celular como um amuleto e que, por algum motivo, estava caído lá.

— Mostre-me o que tem na mão — disse o homem sem face.

Eu abri a mão e exibi sobre a palma o pequeno pinguim.

O homem sem face fixou nele os olhos do seu vazio.

— Isto serve — declarou ele. — Posso aceitar isso como pagamento.

Será que eu podia entregá-lo àquele homem? Era difícil decidir. Afinal, aquilo era um amuleto precioso para Mariê. Não era meu. Eu podia tomar essa liberdade e dá-lo a outra pessoa? Será que aconteceria algo de ruim a Mariê, se eu o fizesse?

Porém, eu não tinha escolha. Se não entregasse o pinguim ao homem sem face, não poderia atravessar o rio, e, sem atravessar o rio, provavelmente não descobriria onde estava Mariê. A morte do comendador teria sido em vão.

— Certo, pagarei pela travessia com isto — falei. — Leve-me para o outro lado, por favor.

O homem sem face assentiu.

— Quem sabe um dia você venha a pintar o meu retrato. Se conseguir fazê-lo, devolverei este pinguim.

O homem caminhou até o final do píer de madeira e entrou no pequeno barco que estava atracado ali. O barco era retangular, parecia uma pequena caixa. Feito de madeira sólida, devia ter uns dois metros de comprimento no lado mais longo. Provavelmente não conseguia transportar muitas pessoas de uma só vez. No meio do barco se erguia uma coluna, e no topo dela havia um resistente aro de metal, de cerca de dez centímetros de diâmetro. Dentro desse aro passava uma corda grossa, perfeitamente retesada, que se estendia desde aquela margem até a outra. Pelo jeito, o barco ia e vinha ao longo da corda. Parecia estar em uso havia muito tempo. Não tinha mecanismo de propulsão nem remos. Era apenas uma caixa de madeira boiando sobre as águas.

Eu também entrei no barco e me sentei numa tábua de madeira que o atravessava de um lado a outro. O homem sem face ficou em pé, encostado na coluna central e, sem dizer nada, cerrou os olhos como se esperasse por algo. Eu também fiquei calado. Vários minutos se passaram em silêncio, até que o barco, como se tivesse se decidido finalmente, começou a avançar devagar. Não pude identificar que tipo de impulso o movia, mas o fato é que, sem fazer ruído, ele seguia lentamente adiante. Não ouvi o som de motor nem de nenhum outro tipo de máquina, apenas das águas do rio se chocando incessantemente contra as laterais. O barco se movia mais ou menos na velocidade de uma pessoa caminhando. O impulso da correnteza o sacudia e empurrava, mas, graças à corda forte que passava por dentro do aro de metal, as águas não nos carregaram. Realmente, devia ser impossível atravessar esta corredeira sem uma embarcação, conforme dissera o homem sem face. Por mais violenta que fosse a agitação do barco, o homem sem face continuava encostado à coluna tranquilamente, como se nada estivesse acontecendo.

— Chegando ao outro lado, será que vou descobrir onde está Mariê Akikawa? — perguntei a ele, quando estávamos no meio do rio.

— O meu papel é levá-lo até a outra margem — disse o homem sem face. — Garantir que você consiga se esgueirar entre o ser e o não ser. O que acontecerá depois é com você, meu trabalho terá terminado.

Por fim o barco alcançou o píer oposto, esbarrando nele com um som surdo. O homem sem face continuou na mesma posição por mais algum tempo depois que o barco parou. Recostado à coluna, parecia estar confirmando mentalmente alguma coisa. Finalmente, soltou um grande suspiro de dentro de seu vazio e desembarcou para o píer. Eu segui seus passos. O píer e o maquinário sobre ele, um tipo de guincho, eram tão idênticos aos da margem de onde havíamos partido que cheguei a me perguntar se não tínhamos apenas feito uma volta e retornado ao mesmo lugar. Porém, assim que desci do píer para a terra firme, percebi que não. Estávamos na margem oposta. O chão não era mais de pedra áspera, mas de terra.

— Daqui por diante você deve prosseguir sozinho — declarou o homem sem face.

— Mesmo sem saber qual caminho ou direção tomar?

— Essas coisas não são necessárias — disse a voz baixa do homem, de dentro do vazio leitoso. — Você bebeu da água do rio, não foi?

Então, basta você agir e as correlações surgirão, de acordo com seus movimentos. Este lugar é assim.

Deixando-me apenas com essas palavras, ele arrumou o chapéu de abas largas, virou as costas e voltou para a embarcação. Assim que entrou, ela se pôs em movimento, retraçando devagar o caminho por onde viera, como um animal amestrado. Até que ambos desapareceram juntos na bruma.

Deixei o píer para trás e resolvi descer ao longo do curso do rio. Assim, poderia beber água se sentisse sede. Quando me virei para olhar, depois de caminhar um pouco, a neblina branca já encobrira o píer e era como se nunca houvesse existido.

Conforme eu acompanhava seu curso, o rio foi ficando cada vez mais largo, e a correnteza visivelmente mais suave. Agora, já nem se ouvia mais o som das águas. Pensei que teria sido muito melhor atravessar ali, onde a correnteza era fraca, do que naquele trecho tão indócil. Ainda que a distância aqui fosse maior, a travessia seria muito mais fácil. Mas talvez aquele mundo tivesse as próprias regras e lógica. Quem sabe, este trecho aparentemente tranquilo escondia muito mais perigos do que aquele outro.

Chequei o bolso, por via das dúvidas, mas o pinguim realmente não estava mais lá. Fiquei um pouco apreensivo por ter perdido (provavelmente para sempre) aquele amuleto. Talvez eu tivesse feito a escolha errada. Mas qual opção eu tinha, exceto entregá-lo ao homem? Torci para que, mesmo distante de seu amuleto, Mariê estivesse bem. Agora, tudo que eu podia fazer era torcer.

Eu andava ao longo do rio, pisando com cuidado e segurando a lanterna que eu pegara da cabeceira de Tomohiko Amada. Não a acendi. Ali não estava muito claro, mas também não estava tão escuro que eu precisasse de uma luz. Eu conseguia ver com clareza onde estava pisando, e também enxergava uns cinco ou seis metros adiante sem dificuldade. O rio corria ao meu lado direito, calmo e silencioso. Só conseguia ver a margem oposta de vez em quando, bem difusa.

Conforme eu prosseguia, uma trilha foi tomando forma à minha frente. Não era um caminho demarcado, mas algo que cumpria essa função. Passava a impressão de que várias pessoas já haviam caminhado por ali antes. E esse caminho foi se afastando, pouco a pouco, da margem do rio. A certa altura eu parei, indeciso. Será que devia continuar acompanhando o rio? Ou será que devia seguir por aquilo que *parecia* ser uma trilha e me afastar dele?

Pensei por algum tempo e escolhi me afastar do rio e seguir o caminho. Sentia que ele me guiaria a algum lugar. *Basta você agir e as correlações surgirão, de acordo com seus movimentos,* dissera o barqueiro sem face. Aquela trilha devia ser uma dessas correlações. Decidi obedecer a essa (possível) sugestão natural.

Conforme a trilha se afastava do rio, ela começou a ficar íngreme e subir. Quando me dei conta, já não escutava o som da água. Continuei caminhando num ritmo constante pela ladeira suave, quase uma linha reta. A bruma já havia se dissipado, mas a luz continuava tênue e opaca, e era impossível enxergar o que havia mais adiante. Eu andava em meio a essa fraca claridade, respirando num ritmo regular e pisando com atenção.

Há quanto tempo eu estava andando? Eu perdera completamente a noção do tempo. A de direção, também. Inclusive porque, enquanto caminhava, pensei sem parar em alguma coisa. Havia muitos assuntos sobre os quais eu precisava refletir, mas na prática só conseguia ter pensamentos terrivelmente entrecortados. Tentava pensar sobre algo e logo me vinha à mente outro assunto. O novo pensamento engolia de uma só vez o anterior, como um peixe grande engolindo um pequeno. Assim, minhas reflexões se afastavam cada vez mais do ponto original, até que eu acabava sem saber o que estava pensando agora nem o que é que queria pensar no começo.

Essa confusão mental me deixou tão desatento que quase me choquei de frente com *aquilo*. Mas, por acaso, bem nessa hora, eu tropecei, quase caí, recobrei por pouco o equilíbrio e então ergui o rosto para olhar adiante. Voltei a mim num susto ao perceber que uma enorme massa escura se erguia, ameaçadora, à minha frente. Engoli em seco e perdi a fala. Por um segundo, não entendi o que estava acontecendo. O que era aquilo? Levei algum tempo para compreender que se tratava de uma floresta. Naquela terra onde eu não vira uma única grama, nem uma única folha de árvore, surgiu de repente uma floresta enorme. Era natural que eu me espantasse.

Mas, sem dúvida, era uma floresta. As árvores se entrelaçavam de maneira tão cerrada que seu interior era escuro. Mais do que uma floresta, eu diria que era um "mar de árvores". Fiquei parado diante dela escutando com atenção, mas não ouvi nenhum barulho. Nem o vento agitando as folhas, nem cantos de pássaros. Meus ouvidos não captavam nada. Era uma total ausência de som.

Senti um medo instintivo de entrar naquela selva. O emaranhado de galhos era denso demais, a escuridão além deles, profunda demais. Eu não conseguia estimar o seu tamanho nem até onde a trilha continuaria. Também era possível que a trilha se dividisse e eu me visse preso em um labirinto. Se eu me perdesse lá dentro, seria dificílimo escapar. No entanto, eu não tinha escolha senão seguir floresta adentro. A trilha que eu viera seguindo desaparecia para o seu interior (como um trilho de trem engolido por um túnel) e eu não podia voltar para o rio depois de ter chegado tão longe. Eu nem sequer tinha certeza de que, se retornasse, o rio ainda estaria lá. Precisava seguir adiante.

Tomei coragem e avancei para o meio das árvores. Eu não sabia dizer, pela luz, se era alvorada, meio-dia ou entardecer. O que eu sabia era que, por mais tempo que se passasse, a meia-luz não dava mostras de mudar. Talvez, naquele mundo, nem o próprio tempo existisse, e a luminosidade continuasse igual eternamente, sem que a manhã ou a noite jamais chegassem.

O interior da floresta era tão escuro quanto eu imaginava. Os galhos se entrecruzavam acima da minha cabeça, em inúmeras camadas, mas não acendi a lanterna. Aos poucos meus olhos se acostumaram o suficiente para que eu enxergasse onde eu pisava, e eu não queria desperdiçar a pilha. Tentei ao máximo apenas seguir em frente pela trilha escura sem pensar em nada, pois sentia que, se começasse a pensar, iria parar em um lugar ainda mais negro. A trilha seguia sempre num leve aclive. O único som que eu escutava era dos meus próprios passos. Mas era um som baixo e discreto, como se uma parte dele se perdesse no caminho até meus ouvidos. Torci para não ficar com sede novamente. Com certeza eu já estava muito longe do rio. Não poderia voltar para beber água.

Quanto tempo será que eu caminhei? A floresta era interminável e a paisagem continuava sempre igual, por mais que eu andasse. Eu só ouvia o som dos meus passos, e o ar continuava completamente inodoro. Os galhos entrelaçados formavam uma parede de cada lado do caminho estreito, bloqueando toda a visão. Será que alguma criatura viva se escondia naquela selva? Acho que não. Pelo que eu podia ver, não havia pássaros nem insetos.

Apesar disso, durante todo o tempo tive a desagradável sensação de estar sendo observado por alguma coisa. De que olhos atentos me observavam de dentro da escuridão, fixos em cada movimento, por entre frestas na espessa parede de galhos. Minha pele queimava sob esses olhares afiados, como raios de sol concentrados por uma lente. Eles estavam esperando para ver o que eu iria fazer. Aquele era seu território e eu era um intruso solitário. Porém, eu não vi de fato nenhum desses olhos. Talvez fosse apenas impressão. O medo e a desconfiança são capazes de criar na escuridão muitos olhos fantásticos.

Por outro lado, Mariê podia sentir vivamente, na carne, o olhar de Menshiki. Mesmo vindo do outro lado do vale, através do binóculo. Ela percebeu que alguém a observava todos os dias. E estava certa. Não havia nada de fantástico naquele olhar.

Ainda assim, preferi pensar que aqueles olhares que se debruçavam sobre mim eram completamente imaginários, não existiam de fato. Não havia nenhum olho no meio dos galhos, era apenas uma ilusão criada pela minha mente medrosa. Eu tinha que pensar assim. O importante agora era chegar ao fim daquela floresta (seja lá qual fosse o seu tamanho) e escapar de dentro dela. Levando comigo uma mente tão sã quanto possível.

Por sorte, a trilha não fez nenhuma bifurcação, então não precisei tomar decisões sobre qual rumo tomar nem me vi preso em um labirinto incompreensível. Também não me deparei com galhos espinhosos que me impedissem de avançar. Tudo o que eu precisava fazer, felizmente, era seguir a mesma trilha, sempre em frente.

Quanto será que eu caminhei naquela trilha? Creio que tenha sido muito tempo (ainda que, naquele lugar, o tempo não tivesse significado algum). Apesar disso, quase não fiquei cansado. Eu devia estar agitado demais, tenso demais para me cansar. Quando, apesar disso, minhas pernas começaram a ficar pesadas, tive a impressão de ver ao longe uma pequena claridade. Uma luz amarelada como a de vaga-lumes. Mas não eram vaga-lumes. Era um único ponto e não piscava. Pelo jeito, parecia ser uma luz artificial, fixa em algum lugar. E, conforme eu caminhava, ela ia ficando maior e mais clara. Não havia dúvida. *Eu estava me aproximando de alguma coisa.*

Não havia como saber se era algo bom ou ruim. Aquilo me salvaria ou me faria mal? Em qualquer caso, eu não tinha opção. Para bem ou para mal, o jeito era ver com meus próprios olhos do que se tratava. Se eu não quisesse fazer isso, não devia ter me metido naquela situação. Continuei, passo a passo, em direção à luz.

Até que, de súbito, a floresta chegou ao fim. As paredes de árvores ao meu lado desapareceram e, quando percebi, estava em uma clareira aberta. Eu conseguira sair da mata. A clareira era perfeitamente plana, em forma de meia-lua. À sua frente se erguia um despenhadeiro e, na parede desse despenhadeiro, vi a abertura negra de uma caverna. A luz que eu buscava escapava do seu interior.

Às minhas costas se espalhava um imenso oceano de árvores, à minha frente se erguia um barranco altíssimo (e completamente impossível de escalar), com a entrada de uma caverna. Eu olhei novamente para cima e ao redor. Não havia nenhum outro caminho, nenhuma outra ação a tomar senão entrar naquela caverna. Antes de fazê-lo, respirei fundo várias vezes e tentei clarear a mente. Conforme eu seguia em frente, as correlações surgiam. Foi o que o homem sem face disse. Eu estava conseguindo escapar pela fresta entre o ser e o não ser. O jeito era acreditar no que ele dissera e me entregar.

Entrei cautelosamente na caverna. E então percebi. Eu já havia entrado naquela caverna antes. Conhecia aquele cenário. Aquele ar também. As memórias voltaram de repente: era o buraco de vento do monte Fuji, a caverna onde meu tio me levou junto com Komichi quando éramos crianças, nas férias de verão. Onde Komichi desapareceu para dentro de um túnel lateral e demorou muito tempo para voltar. E eu fui tomado pela ansiedade, pensando que minha irmã tinha sumido de vez. Que tinha sido tragada, para sempre, por um labirinto escuro no subterrâneo.

Para sempre é um tempo muito longo, dissera o homem sem face.

Avancei devagar pela caverna, na direção da luz amarela. Fazendo o mínimo possível de ruído ao caminhar e tentando conter meu coração acelerado. Quando a parede de pedra fez uma curva, pude ver a origem da luz. Era uma velha lamparina. Com moldura de ferro, do tipo usado pelos mineradores de carvão de antigamente, chamado de "kantera". Estava pendurada em um prego grosso na parede de pedra e no seu interior ardia uma grande vela.

A palavra "kantera" me lembrou alguma coisa. Tinha a ver com o nome do grupo de resistência estudantil que se opunha aos nazistas em Viena, do qual se supõe que Tomohiko Amada participara. Vários pontos estavam se ligando.

Vi que, embaixo da lanterna, havia uma mulher. Eu não tinha percebido antes, pois ela era muito pequena. Não devia ter mais de sessenta centímetros de altura. Seus cabelos negros estavam presos no alto da cabeça em um belo penteado, e ela vestia um traje branco de outras épocas, muito refinado. Se tratava, também, de um personagem saído do quadro *O assassinato do comendador*. Era a bela jovem que testemunhava, com os olhos apavorados e a mão sobre a boca, a morte do comendador. Nos personagens de *Don Giovanni*, a ópera de Mozart, era Donna Anna, a filha do comendador assassinado.

A sua sombra, projetada pela luz da lanterna na parede de pedra, se agitava.

— Eu estava esperando o senhor — disse a pequena Donna Anna.

55.
Evidentemente contrário aos princípios mais básicos

— Eu estava esperando o senhor — disse Donna Anna. Apesar do tamanho diminuto, sua voz era distinta e agradável.

A essa altura, eu já tinha perdido quase completamente a capacidade de me espantar diante do que quer que fosse. Cheguei a achar até muito natural que ela estivesse ali esperando por mim. Era uma mulher de traços belíssimos, com uma dignidade inata e um tom imponente na voz. Mesmo com apenas sessenta centímetros de altura, ela tinha algo especial, capaz de conquistar o coração dos homens.

— Daqui em diante eu serei sua guia — disse ela. — Por gentileza, o senhor poderia pegar aquela lamparina?

Eu obedeci e soltei a lamparina do prego na parede. Não sei quem a colocara ali, mas estava fora do alcance de Donna Anna. Tinha uma argola de ferro no topo, pela qual se podia pendurá-la ou segurá-la com a mão.

— Você estava esperando por mim? — perguntei.

— Sim — disse ela. — Já faz bastante tempo.

Será que ela também era um tipo de METÁFORA? Achei que, no caso dela, seria rude perguntar diretamente.

— A senhora também mora nestas terras?

— Nestas terras? — repetiu ela, intrigada. — Não, eu só estou *aqui*, aguardando sua chegada. Não sei o que o senhor quer dizer com "estas terras".

Desisti de fazer mais perguntas. Ela era Donna Anna, e estava ali esperando por mim.

Ela trajava vestes de tecido branco, semelhantes às do comendador. Devia ser seda. Eram várias camadas de tecido sobrepostas no tronco, e uma pantalona larga nas pernas. Não dava para ver bem os contornos do seu corpo, mas parecia ser esbelta e forte. Calçava também pequenos sapatos de um tipo de couro preto.

— Bem, vamos em frente — disse Donna Anna. — Não temos tempo a perder. Conforme as horas passam, o caminho fica mais estreito. Siga-me, por favor. E traga a lamparina.

Parti atrás dela, segurando a lamparina sobre sua cabeça para iluminar o caminho. Donna Anna se dirigiu para o fundo da caverna com passos rápidos e determinados. A vela se agitava com meus passos e fazia dançar nas paredes de pedra mosaicos vivos de pequenas sombras.

— Este lugar parece ser uma caverna que visitei certa vez, no monte Fuji. Será de fato a mesma caverna?

— Todas as coisas que existem aqui *parecem ser* — disse Donna Anna, sem se virar, como se estivesse se dirigindo à escuridão adiante.

— Ou seja, não são coisas reais?

— Ninguém sabe o que é uma coisa real — disse ela, categórica. — Tudo o que vemos é, no fim das contas, um produto da correlação. A luz que existe aqui é uma metáfora para as sombras, e as sombras são uma metáfora para a luz. Como o senhor já deve saber.

Eu não achei que tinha entendido de fato o que ela queria dizer, mas não fiz mais perguntas. Só nos levaria a mais abstrações filosóficas.

Quanto mais avançávamos na caverna, menor ela ficava. No fundo, o teto era tão baixo que eu tinha que caminhar encurvado, como fizera na caverna do monte Fuji. Até que Donna Anna parou, se virou em minha direção e fixou em mim os olhos negros.

— Daqui em diante, não poderei mais guiá-lo. Agora, o senhor deve ir à frente. Irei segui-lo por parte do caminho, mas só posso fazer isso até certo ponto. Depois, o senhor deverá prosseguir sozinho.

Ir à frente? Essa declaração me deixou confuso, pois havíamos claramente chegado ao fim da caverna. À nossa frente havia apenas uma grande parede de rocha escura. Iluminei-a com a luz da lamparina. Realmente, a caverna terminava ali.

— Mas… me parece que não há como continuar — falei.

— Olhe com atenção. Deve haver um túnel saindo do lado esquerdo, embaixo — disse Donna Anna.

Iluminei mais uma vez o canto esquerdo da caverna. Precisei projetar o corpo sobre uma rocha e procurar com cuidado para perceber uma reentrância escondida na sombra. Eu me esgueirei entre a parede e o rochedo e inspecionei a cavidade. De fato, parecia ser a entrada de um túnel lateral. Lembrava bastante o túnel no qual Komichi entrara quando visitamos a caverna do monte Fuji, mas era um pouco maior. Pela minha memória, o túnel no qual minha irmã havia se metido era ainda mais estreito.

Eu me voltei para olhar Donna Anna.

— O senhor deve entrar neste túnel — disse a bela mulher de sessenta centímetros de altura.

Encarei seu rosto bonito enquanto procurava palavras para responder. A luz amarelada da lamparina projetava uma sombra alongada às suas costas, que dançava sobre a parede de pedra.

— Eu estou ciente, senhor, do pavor que locais escuros e apertados lhe causam. Ao entrar em lugares assim, o senhor tem dificuldade para respirar, não é verdade? Todavia, é preciso entrar neste túnel, apesar disso. Se não o fizer, o senhor não conseguirá aquilo que busca.

— Aonde vai este túnel?

— Eu também não sei. O senhor é quem irá determinar, com sua vontade, o destino dele.

— Mas a minha vontade inclui também o meu pavor — falei.

— É isso que me preocupa. Será que esse meu medo não vai distorcer as coisas e acabar me levando pelo caminho errado?

— Sei que estou me repetindo, mas quem determina o caminho é o senhor. E, acima de tudo, o senhor já escolheu o caminho a trilhar. Já fez um grande sacrifício para chegar neste mundo, já atravessou de barco aquele rio. É impossível voltar atrás.

Olhei mais uma vez para a entrada do túnel. A mera ideia de entrar naquela escuridão estreita me deixava paralisado. Mas eu precisava fazê-lo. Ela estava certa: era impossível voltar atrás. Pousei a lamparina no chão e tirei do bolso a lanterna. Não havia como entrar naquele túnel apertado com a lamparina em mãos.

— Confie em si mesmo — disse Donna Anna, em voz baixa mas clara. — O senhor bebeu da água do rio, não bebeu?

— Bebi. Eu estava com muita sede, não resisti.

— Fez bem em ter bebido. Aquele rio corre no espaço entre o ser e o não ser. E as melhores metáforas podem fazer surgir, no interior de todas as coisas, rios ocultos repletos de possibilidades. Assim como os melhores poetas conseguem mostrar claramente, dentro de uma paisagem, outra paisagem inédita. Desnecessário dizer que metáforas excelentes fazem excelentes poemas. O senhor não pode perder de vista essa *outra paisagem inédita*.

Pensei que talvez o quadro *O assassinato do comendador* de Tomohiko Amada fosse também uma dessas "outras paisagens". Que esse quadro, assim como as palavras de um poeta excepcional, funcionava como uma metáfora e criava no mundo uma nova realidade.

Acendi a lanterna e chequei sua luz. Continuava igualmente forte. Pelo jeito, a bateria ainda ia durar um tempo. Decidi tirar a jaqueta de couro e deixá-la para trás. Era rígida demais para usar naquele buraco apertado. Fiquei apenas de jeans e suéter fino. O interior da caverna não estava particularmente frio nem particularmente quente.

Então tomei coragem, me agachei e, ficando praticamente de quatro, coloquei metade do corpo para dentro do buraco. Ele era feito de pedra, mas muito liso, como se tivesse sido lavado, durante muitos anos, por um fluxo de água. Praticamente não havia saliências angulosas. Assim, não era tão difícil avançar quanto eu havia imaginado, apesar de ser apertado. A pedra era um pouco gelada e passava certa impressão de umidade. Iluminando adiante com a lanterna, avancei rastejando como um inseto. Imaginei que aquele túnel já havia servido, algum dia, como uma passagem subterrânea de água.

Ele devia ter sessenta ou setenta centímetros de altura e menos de um metro de largura. A única maneira de seguir adiante era rastejando. Continuei por aquele cano natural e escuro, que ora alargava um pouco, ora estreitava, pelo que me pareceu uma eternidade. Às vezes ele fazia curvas para os lados, subia ou descia, mas, felizmente, não encontrei nenhum desnível muito grande. Porém, me ocorreu de repente, se aquele túnel realmente costumava servir como um curso de água subterrâneo, eu não podia descartar a possibilidade de uma grande quantidade de água vir em minha direção a qualquer momento. A ideia de que eu poderia morrer afogado ali naquela escuridão sufocante fez meus braços e pernas formigarem de medo e não consegui mais me mover.

Quis voltar por onde tinha vindo, porém o túnel era apertado demais para eu mudar de direção. Pelo jeito, ele tinha ficado ainda menor sem que eu percebesse. Também me pareceu impossível voltar me arrastando de costas por todo o percurso que fizera até ali. O pavor dominou todo meu corpo e me pregou ao chão. Eu não conseguia seguir adiante nem retroceder. Todas as células do meu corpo arquejavam, ansiando por ar puro.

— Não pare. Continue em frente — disse Donna Anna, incisiva.

Eu não sabia dizer se sua voz era uma ilusão, ou se ela realmente estava me seguindo e falando comigo dentro do túnel.

— Não consigo me mexer — consegui com esforço dizer a ela, que devia estar atrás de mim. — Estou sufocando.

— Ancore sua mente, com firmeza — disse ela. — Não pode deixar sua mente se mover livremente. Se o senhor deixá-la à toa, acabará sendo presa das DUPLAS METÁFORAS.

— Que negócio é esse de DUPLAS METÁFORAS? — perguntei.

— O senhor já deve saber a resposta.

— Já devo saber?

— Sim, pois elas estão dentro do senhor — disse Donna Anna. — Estão no seu interior, pegam os pensamentos corretos para você e os devoram, um após o outro. Engordam assim. É isso o que são as DUPLAS METÁFORAS. Elas habitam dentro do senhor há muito tempo, nas profundezas mais escuras.

É o homem do Subaru Forester Branco, compreendi intuitivamente. Eu não o queria ali, mas não pude evitar. Provavelmente foi aquele homem quem me impulsionou a estrangular a mulher e, assim, me forçou a ver o abismo escuro no meu próprio interior. Depois disso continuou aparecendo nos lugares aonde eu ia, para me lembrar da existência dessa escuridão. Deve ter sido isso o que aconteceu.

Eu sei muito bem onde você estava e o que estava fazendo, anunciava ele. É claro que ele sabia de tudo. Porque ele existia dentro de mim mesmo.

Minha mente se perdeu em um caos escuro. Fechei os olhos e tentei ancorá-la a algo. Apertei os dentes com força. Mas ancorar a mente em um ponto fixo? Onde é que ela estava agora, para começo de conversa? Busquei pelo meu corpo, examinando parte a parte, mas não a encontrei. Onde poderia estar minha mente?

— A mente vive dentro da memória, ela se alimenta das imagens — disse uma voz feminina. Mas não era a voz de Donna Anna. Era a voz da Komi. Da minha irmã que morrera aos doze anos.

— Procura nas suas memórias — continuou essa voz saudosa. — Procura alguma coisa concreta, algo que você consiga tocar.

— Komi? — chamei.

Ela não respondeu.

— Komi, cadê você? — perguntei.

Mais uma vez, não houve resposta.

Na escuridão, vasculhei minhas lembranças, como quem procura dentro de uma velha sacola bem grande. Mas minha memória tinha se esvaziado completamente. Não conseguia sequer me lembrar direito o que era uma memória.

— Apague a luz e escute o som do vento — disse Komi.

Eu apaguei a lanterna e, seguindo suas ordens, tentei perceber o som do vento. Não escutei nada. O máximo que pude ouvir foram as batidas do meu próprio coração, que se agitava desesperado, como uma porta de tela num vendaval.

— Ouça o som do vento — repetiu Komi.

Contive a respiração, foquei toda a atenção e tentei mais uma vez escutar alguma coisa. E desta vez consegui captar, para além das batidas, um uivo quase imperceptível. Ele aumentava e diminuía. Pelo jeito, em algum lugar distante, o vento estava soprando. Depois comecei a sentir, muito de leve, um sopro de vento no meu rosto, um ar que se movia vindo do túnel adiante. E esse sopro tinha cheiro. Um odor definido, de terra molhada. Era o primeiro cheiro que alcançava meu nariz desde que eu pusera os pés naquela Terra das Metáforas. O túnel levava a algum lugar. A um lugar onde existiam cheiros. Ao mundo real.

— Vamos, siga em frente — desta vez foi Donna Anna quem falou. — O seu tempo está contado.

Continuei rastejando adiante pelo escuro, sem acender a lanterna. Enquanto avançava, tentava encher o peito com o máximo possível daquele ar real que vinha de outro lugar.

— Komi? — chamei mais uma vez.

Não houve resposta.

Vasculhei com mais esforço a sacola da memória. Komi e eu tínhamos um gato de estimação. Era um gato preto, muito esperto. Chamava-se Koyasu (não me lembro por que escolhemos esse nome). Minha irmã o encontrou ainda filhote, abandonado na rua, quando estava voltando da escola. Então o trouxe para casa e ficamos com ele. Mas certo dia ele desapareceu. Procuramos por dias a fio em toda a vizinhança. A quantas pessoas teremos mostrado a foto de Koyasu? Porém ele nunca mais apareceu.

Fui lembrando desse gato enquanto me arrastava pelo túnel estreito. Tentei ver, na escuridão à minha frente, meu gato preto desaparecido. Tentei ouvir seus miados. Um gato preto é uma coisa muito concreta e palpável. Recordei claramente o toque da sua pelagem, o calor do seu corpo, a textura firme das solas das suas patas, o som do seu ronronar.

— Isso, muito bem — disse Komi. — Continue se lembrando.

Eu sei muito bem onde você estava e o que estava fazendo, interveio de repente o homem do Subaru Forester branco. Ele vestia uma jaqueta de couro e um boné da Yonex. Tinha a voz rouca pelo vento do mar. Essa voz me pegou de surpresa e me fez hesitar.

Eu me esforcei para continuar pensando sobre o gato e para encher os pulmões com o tênue cheiro de terra trazido pelo vento. Ele parecia conhecido. Não fazia muito tempo, eu havia sentido aquele cheiro. Mas não conseguia, de jeito nenhum, me lembrar onde fora. Onde poderia ter sido? Enquanto eu tentava descobrir, minhas memórias começaram a ficar incertas novamente.

Me estrangula com isso, disse a mulher. Sua língua cor-de-rosa espiou por entre seus lábios. Ela deixou o cinto do roupão separado embaixo do travesseiro, pronto para isso. Seus pelos pubianos estavam encharcados, como a relva molhada pela chuva.

— Pensa em algo que te dê saudades — disse Komi, com urgência na voz. — Vamos, rápido!

Tentei pensar novamente sobre o gato preto. Mas não conseguia mais me lembrar como era o Koyasu. Não conseguia imaginar sua cara de jeito nenhum. Vai ver, nesse breve tempo que passei pensando em outras coisas, a força da escuridão devorou sua figura. Eu precisava pensar em alguma outra coisa, rápido. Tinha a sensação desagradável de que, no escuro, aquele túnel estava se estreitando gradualmente. Talvez estivesse vivo e se movesse. *O seu tempo está contado*, dissera Donna Anna. Suor gelado escorria nas minhas axilas.

— Vamos, lembra de alguma coisa que você gosta! — insistiu Komi, às minhas costas. — Algo que você consiga tocar. Que poderia desenhar num instante.

Como um afogado que se agarra a uma boia, eu me lembrei do Peugeot 205. O velho carrinho francês, cujo volante segurei por toda a minha viagem através de Tohoku e Hokkaido. Isso parecia parte do passado distante, mas o som tosco do seu motor de quatro cilindros continuava vividamente gravado em meus ouvidos. Eu também não poderia esquecer o jeito que a embreagem rugia toda vez que eu passava da segunda marcha para a terceira. Durante um mês e meio aquele carro fora meu parceiro e meu único amigo. Agora já devia estar no ferro-velho.

Mesmo assim, o túnel estava definitivamente ficando mais estreito. Eu já sentia o teto roçando na minha cabeça, mesmo quando rastejava. Fiz menção de acender a lanterna.

— Não acenda a luz — disse Donna Anna.

— Mas no escuro eu não consigo ver para onde estou indo.

— O senhor não pode ver — disse ela. — *Não pode ver com os olhos.*

— O túnel está encolhendo. Se eu continuar em frente, vou acabar ficando preso, sem conseguir me mexer.

Ela não respondeu.

— Não consigo continuar — falei. — O que eu faço agora?

Novamente, não houve resposta.

Eu já não podia ouvir Donna Anna nem Komi. Pelo jeito, elas não estavam mais lá. Restava apenas o silêncio profundo.

A abertura ficava cada vez mais estreita, era cada vez mais difícil empurrar o corpo adiante. O pânico me dominou. Meus braços e pernas ficaram dormentes, como se estivessem anestesiados, e eu não conseguia movê-los. Era difícil encher o peito de ar. *Você está preso em um pequeno caixão, disse uma voz ao meu ouvido. Vai ficar enterrado aqui eternamente, sem conseguir avançar nem voltar atrás. Abandonado por todos, neste lugar inalcançável, apertado e escuro.*

Neste momento, senti que alguma coisa se aproximava às minhas costas. Uma criatura rasteira se arrastava pelo escuro em minha direção. Não era Donna Anna nem Komi. Não era humano. Eu podia ouvir seus pés roçando o chão, sentir sua respiração irregular. Ela chegou até perto de mim e então parou. Passaram-se vários minutos de silêncio. A coisa parecia estar observando, discreta, a situação. E então, algo gelado e viscoso tocou o meu tornozelo exposto. Algo como um longo tentáculo. Um pavor indescritível percorreu minha espinha.

Será que era uma DUPLA METÁFORA? Essa coisa vivia na escuridão dentro de mim?

Eu sei muito bem onde você estava e o que estava fazendo.

Eu já não conseguia me lembrar de mais nada. Nem do gato, nem do Peugeot, nem do comendador, tudo havia desaparecido. Minha memória voltara a ser um vazio completo.

Sem pensar, forcei o corpo adiante para fugir do tentáculo. O túnel estava ainda mais estreito, quase não conseguia me mover. Estava tentando entrar em um lugar claramente menor do que o meu corpo, e não há maneira de fazer isso. É evidentemente contrário aos princípios mais básicos. Fisicamente impossível.

Mesmo assim, segui tentando espremer o corpo para dentro daquele espaço. Donna Anna tinha razão: eu já havia escolhido aquele caminho e não era mais possível escolher outro. Para isso, o comendador precisou morrer. Eu o matei *com minhas próprias mãos*. Deixei seu pequeno corpo boiando em um mar de sangue. Não podia permitir que sua morte fosse inútil. E, atrás de mim, havia alguma coisa com tentáculos gelados tentando me agarrar.

Juntei todas as forças e me arrastei adiante. Meu suéter foi se rasgando, enganchado nas pedras. Relaxei as articulações do corpo e, me retorcendo como um mágico que escapa de cordas, me espremi desajeitado pelo vão. Avançava na velocidade de uma lagarta. O túnel absurdamente estreito esmagava meu corpo como um torno gigante. Todos os meus ossos e músculos gritavam. E o tentáculo misterioso já estava acima do meu tornozelo. Eventualmente ele cobriria todo o meu corpo e me imobilizaria naquela escuridão negra como nanquim, eu tinha certeza. E eu deixaria de ser eu mesmo.

Abandonando qualquer racionalidade, empurrei meu corpo com toda a força para fazê-lo entrar naquele espaço ainda menor. Todo ele gritou de agonia. Mas era preciso seguir adiante, de qualquer maneira. Nem que para isso fosse preciso deslocar todas as articulações. Não importava o tamanho da dor. Afinal, tudo o que existia naquele lugar era produto da correlação. Não havia nada absoluto. Mesmo aquela dor era metáfora de algo. Esse tentáculo era uma metáfora de algo. Tudo era relativo. A luz era a sombra e a sombra era a luz. Só me restava acreditar nisso. Não é?

Subitamente, o túnel apertado acabou. Meu corpo foi arremessado no espaço aberto, como uma massa de folhas secas presa em um cano de escoamento é lançada para fora pelo impulso da água. Antes que pudesse compreender o que estava acontecendo, me vi caindo, completamente indefeso, pelo vazio. Acho que devo ter caído por pelo menos dois metros. Por sorte, não aterrissei na rocha dura, mas num chão de terra relativamente macio. Me contraí, dobrando o pescoço e encolhendo os ombros para dentro do corpo, e assim consegui evitar que minha cabeça se chocasse contra o chão. Fiz isso quase instintivamente, como um movimento de defesa no judô. O impacto nos meus ombros e costas foi considerável, mas eu senti muito pouca dor.

Tudo estava escuro. Eu não tinha mais a lanterna. Ela devia ter escapado das minhas mãos quando caí. Fiquei imóvel, de quatro, naquela escuridão. Não conseguia ver nada. Não conseguia pensar em nada. O máximo que conseguia perceber era a dor em várias partes do meu corpo, que foi se revelando pouco a pouco. Todos os ossos e músculos, machucados ao longo do túnel, protestavam em uníssono.

É, eu consegui escapar do túnel! Só então me dei conta. Ainda podia sentir, vívida, a sensação desagradável daquele tentáculo em meu tornozelo. Agradeci profundamente por ter conseguido escapar daquilo, o que quer que fosse.

E agora, onde será que eu estava?

Não ventava, mas o ar tinha cheiro. O leve odor que eu conseguira identificar no vento que penetrava no túnel agora me envolvia. Porém, eu ainda não conseguia me lembrar de onde era. Onde quer que eu estivesse, era um lugar muito silencioso. Não se escutava som algum.

A primeira coisa a fazer era procurar a lanterna. Tateei com cuidado o chão ao meu redor. Ainda de quatro, fui aumentando pouco a pouco o perímetro da busca. A terra estava um pouco úmida. Tive medo de tocar em algo desagradável naquela escuridão de nanquim, mas não encontrei nem sequer um pedregulho. Apenas o chão liso — perfeitamente liso, como se tivesse sido aplainado por alguém.

Minhas mãos finalmente tocaram a lanterna, a mais ou menos um metro de onde eu havia caído. O reencontro com esse objeto de plástico deve ter sido um dos momentos mais felizes de toda a minha vida.

Antes de acendê-la, fechei os olhos e respirei fundo várias vezes. Como quem desfaz, sem pressa, um nó emaranhado. Aos poucos, minha respiração foi se acalmando. Meu coração também se acalmou e a sensação de normalidade voltou aos meus músculos. Enchi mais uma vez os pulmões, soltei o ar devagar, e apertei o botão da lanterna. A luz amarelada atravessou num átimo a escuridão. Mas, durante algum tempo, não consegui enxergar o que havia ao meu redor. Meus olhos haviam se habituado demais ao escuro e olhar para a luz causou uma dor violenta no fundo da minha cabeça.

Cobri os olhos com uma mão e, devagar, fui entreabrindo os dedos e espiando pelos vãos. Pelo jeito, eu estava em algum tipo de cômodo redondo. Era relativamente pequeno e cercado de paredes de pedra. Paredes feitas pela mão humana. Apontei a lanterna para o alto. Havia um teto sobre a minha cabeça. Não, não era um teto, era um tipo de cobertura. Nenhuma luz penetrava por ali.

Até que eu compreendi. Aquilo era o buraco no meio do bosque, atrás do santuário. Depois de me arrastar até o fim do túnel lateral no qual Donna Anna me dissera para entrar, eu tinha caído no fundo daquele buraco. Do buraco real, no mundo real. Não sei como isso aconteceu. A questão é que eu estava ali, de volta ao ponto inicial, digamos. Mas por que não entrava luz alguma? Aquele buraco era coberto por tábuas grossas, e a luz deveria passar pelas frestas entre elas. Então por que a escuridão era tão completa?

Eu não conseguia entender.

Seja como for, não havia dúvida de que eu estava dentro da câmara de pedra que nós abrimos atrás do santuário. O cheiro que eu sentia era precisamente o cheiro daquele buraco. Por que eu não tinha me lembrado disso antes? Corri a luz da lanterna devagar ao meu redor. Não encontrei a escada de metal que deveria estar apoiada na parede. Alguém devia tê-la tirado de lá e levado para algum lugar, como da outra vez. Isso significava que eu estava preso ali e não tinha como sair.

E o estranho é que — pelo menos, acho que isso era estranho —, por mais que eu procurasse, não encontrei nas paredes a saída do túnel. Pelo visto, depois de me cuspir para fora, sua boca havia se fechado por completo.

Então a lanterna iluminou *certo objeto* caído no chão. Eu conhecia aquilo: era o velho guizo que o comendador ficava tocando dentro do buraco. Escutei seu som no meio da noite e foi assim que descobri aquele buraco no bosque. O som do guizo foi o começo de tudo. Eu o deixara apoiado em uma prateleira no meu ateliê, mas, certo dia, ele não estava mais lá. Peguei o instrumento no chão e o analisei com cuidado sob a luz da lanterna. Tinha um cabo de madeira, já bem envelhecido. Não havia dúvida. Era exatamente *o mesmo guizo*.

Passei muito tempo com os olhos fixos nele, sem entender nada. Que mãos poderiam tê-lo trazido de volta para aquele buraco? Talvez tenha chegado ali por vontade própria. O comendador dissera que o guizo ficava lá para quem quisesse usá-lo. O que isso queria dizer? Minha cabeça estava exausta demais para pensar sobre quais princípios regiam tudo aquilo. E eu não via ao meu redor nenhuma coluna lógica na qual pudesse me apoiar.

Eu me sentei no chão, encostei na parede e apaguei a lanterna. Precisava pensar sobre o que fazer, sobre como sair daquele buraco. Eu queria evitar ao máximo gastar a bateria da lanterna e, para pensar, a luz era desnecessária.

Bom. E agora, o que eu devia fazer?

56.
Me parece que há várias lacunas para preencher

Muitas coisas não faziam sentido, mas naquele momento o que mais me intrigava era por que nenhuma luz estava entrando no buraco. Alguém devia tê-lo coberto completamente com alguma coisa. Mas quem faria isso? E para quê?

E se alguém (seja lá quem) tivesse empilhado em cima da abertura várias pedras gigantes e lacrado o buraco, do jeito como nós o encontramos? Rezei para que não fosse isso. Se fosse, minha chance de sair de lá era nula.

De repente me ocorreu uma ideia. Acendi a lanterna e iluminei o relógio de pulso. Ele indicava quatro horas e trinta e dois minutos. O ponteiro dos segundos se movia normalmente. Parece que o tempo estava mesmo passando. No mínimo, eu estava em um mundo no qual o tempo existia e se movia em uma direção determinada.

Mas o que é o tempo, afinal?, perguntei a mim mesmo. Nós o medimos com os ponteiros dos relógios, à nossa conveniência. Mas será que isso é apropriado? Será que o tempo realmente passa de forma tão regular, em uma direção linear? Será que não estamos pensando de forma equivocada sobre tudo isso, cometendo um erro grandioso?

Apaguei mais uma vez a lanterna e soltei um suspiro no escuro absoluto que se restaurou. Melhor parar de pensar sobre o tempo. Melhor não pensar sobre o espaço também. Remoer essas questões não me levaria a lugar algum, só ao desgaste emocional. Eu precisava pensar em alguma coisa mais concreta, do tipo de coisa que se pode ver com os olhos e tocar com as mãos.

Por isso, pensei na Yuzu. Ela também faz parte das coisas que se pode ver com os olhos e tocar com as mãos (para quem tiver essa oportunidade, claro). E agora ela está grávida. Em janeiro do ano que vem, essa criança — filha de um pai que não sou eu — vai nascer.

Longe de mim, esses fatos que não me diziam respeito seguiam seu curso. Uma vida sem relação com a minha estava prestes a surgir neste mundo. E Yuzu não esperava nada de mim nesse sentido. Então por que será que ela não queria se casar com o pai da criança? Eu não sabia o motivo. Se seu plano era ser uma mãe solteira, ela precisaria deixar o escritório de arquitetura onde trabalhava. Era uma empresa pequena e certamente não teria condições de oferecer uma longa licença-maternidade para uma nova mãe.

Mas não me ocorria uma explicação convincente. Fiquei ali no escuro, desnorteado. A escuridão amplificava o sentimento de impotência.

Se eu conseguir sair deste buraco, vou tomar coragem e me encontrar com a Yuzu, pensei. O fato de ela arranjar um amante e me largar de repente me magoou, é claro. Também senti certa raiva (apesar de ter demorado bastante tempo para admitir que a raiva fazia parte do que eu estava sentindo). Mas eu não podia viver para sempre com esses sentimentos. Precisava me encontrar com a Yuzu para conversarmos direito, frente a frente, pelo menos uma vez. Para perguntar diretamente o que ela estava pensando e o que buscava. Decidi fazer isso antes que fosse tarde demais. Essa decisão fez com que eu me sentisse um pouco mais leve. Se ela quisesse ser minha amiga, tudo bem. Talvez isso não fosse totalmente impossível. Se pelo menos eu conseguisse sair dali e voltar à superfície, talvez nós conseguíssemos encontrar um caminho.

Depois disso, eu adormeci. Eu sentia cada vez mais o frio, pois havia deixado minha jaqueta de couro para trás antes de entrar no túnel (qual destino será que aguardava a minha jaqueta?). Estava apenas com uma camiseta de manga curta e um suéter fino, em frangalhos depois de ser arrastado por todo o túnel. E agora eu tinha saído da Terra das Metáforas para o mundo real. Ou seja, para um mundo onde existiam tempo e temperatura reais. Entretanto, o sono foi mais forte que o frio. Adormeci sem perceber, do jeito que estava — sentado no chão duro e recostado na parede de pedra. Foi um sono puro, sem sonhos nem enganos. Um sono solitário, muito além do alcance de qualquer pessoa, como o ouro espanhol mergulhado nas profundezas do mar irlandês.

* * *

Quando despertei, tudo continuava escuro. O tipo de escuridão profunda onde não se enxerga nem as mãos diante do rosto. Não consegui identificar claramente a fronteira entre o sono e a vigília. Não sabia até onde era o mundo do sono e onde começava o da vigília, se eu estava em um ou no outro, ou se não estava em nenhum dos dois. Peguei a minha sacola da memória e, como quem junta trocados, fui me lembrando de várias coisas, uma depois da outra. Do gato preto de estimação que tive, do Peugeot, da mansão branca de Menshiki, do LP de *O cavaleiro da rosa*, da miniatura de pinguim. Consegui me lembrar de tudo isso com clareza. Estava tudo bem. Minha mente não fora devorada pelas DUPLAS METÁFORAS. Só era difícil diferenciar o sono e o despertar, porque eu estava em um lugar profundo e escuro.

Peguei a lanterna, acendi a luz cobrindo a lâmpada com uma das mãos e, com a claridade que escapava por entre meus dedos, cheguei a hora no relógio. Os ponteiros indicavam uma hora e dezoito minutos. Da outra vez que eu havia olhado, eram quatro horas e trinta e dois minutos. Ou seja, eu dormira por nove horas naquela posição desajeitada? Parecia improvável. Eu certamente estaria mais dolorido. Era mais razoável considerar que, sem que eu percebesse, o tempo havia retrocedido três horas. Mas eu não tinha como ter certeza. Talvez aquela longa estadia na escuridão tivesse destruído minha noção de tempo.

Seja como for, o frio era ainda mais mordaz do que antes. E agora sentia vontade de urinar. Uma vontade insuportável. Não teve jeito — fui até um canto do buraco e me aliviei no chão. Urinei por muito tempo, mas o chão de terra absorveu tudo rapidamente. Senti apenas um leve cheiro de amônia, que também desapareceu rápido. E, assim que a vontade de urinar passou, foi substituída pela fome. Meu corpo estava se adaptando, devagar mas indiscutivelmente, ao mundo real. Talvez os efeitos da água que bebi naquele rio metafórico estivessem abandonando meu corpo.

Voltei a sentir, aflito, que precisava sair dali o mais rápido possível. Se não conseguisse escapar, não demoraria muito para morrer de fome no fundo daquele buraco. Sem água nem alimento, a vida dos seres humanos de carne e osso não se mantém. É uma das regras mais básicas deste *mundo real*. Ali não havia água nem comida. Havia apenas ar (apesar de a abertura estar completamente fechada, eu sentia oxigênio entrando por algum lugar). Ar, amor e ideais são importantes, mas não se vive só deles.

Eu me levantei e testei se conseguiria escalar de alguma maneira aquela parede lisa. Foi um esforço inútil, evidentemente. Ela não tinha nem três metros, mas só alguém com habilidades muito extraordinárias conseguiria escalar uma parede perfeitamente vertical e sem nenhuma saliência. E, mesmo se eu desse um jeito de chegar até lá em cima, o buraco estava coberto, e eu precisaria de um apoio bem firme para os pés para poder empurrar a tampa.

Resignado, sentei novamente no chão. Fora isso, só havia uma coisa a fazer: tocar o guizo. Como fizera o comendador. Mas entre nós dois havia uma diferença significativa: o comendador era uma IDEA e eu era uma pessoa de carne e osso. Uma IDEA podia ficar sem comer e não sentir fome, mas eu sentiria. Uma IDEA não morre de inanição, mas eu logo morreria. Uma IDEA poderia tranquilamente passar um século tocando aquele guizo (para ele, não existia o conceito de tempo), enquanto eu, sem água e sem comida, conseguiria tocar por no máximo três ou quatro dias. Depois disso, eu não teria mais forças nem para mover o pequeno guizo.

Ainda assim, fiquei tocando o guizo no escuro. Não havia mais nada que eu pudesse fazer. Eu podia gritar por socorro o mais alto possível, é claro. Mas do lado de fora do buraco havia apenas o bosque deserto. Estávamos no terreno privado da família Amada e ninguém de fora costumava entrar ali. Além disso, a abertura do buraco estava totalmente coberta. Eu podia gritar à vontade, minha voz não alcançaria ninguém. Apenas ficaria rouco e com mais sede. Então, tocar o guizo era a opção menos pior.

Além disso, eu sentia que o toque daquele guizo tinha uma potência incomum. Ele devia ter algum tipo de capacidade especial. Fisicamente, seu som não era muito alto, porém eu o escutara desde a minha cama, muito longe dali. E, enquanto o guizo soava, todos os insetos barulhentos do outono se calavam, como se tivessem sido proibidos de cantar.

Então, continuei tocando, encostado à parede de pedra. Movia o punho suavemente de um lado para o outro para agitar o guizo, tentando deixar a mente o mais vazia possível. Tocava um pouco, descansava um pouco, depois tocava de novo. Assim como o comendador fizera algum tempo antes. Não era difícil manter a mente vazia. Escutar o som do guizo me fazia sentir, naturalmente, que não havia necessidade de pensar sobre nada. No escuro, seu toque soava completamente diferente do que à luz do dia. Talvez fossem, de fato, sons diferentes. E, enquanto eu o agitava, preso naquela escuridão subterrânea e completamente sozinho, não sentia grande medo nem apreensão. Cheguei quase a me esquecer do frio e da fome. Também parei de procurar uma explicação racional para tudo aquilo. Nem preciso dizer que foi um sentimento muito bem-vindo.

Quando eu cansava de tocar o guizo, cochilava encostado à parede. Ao despertar, acendia a luz e checava o relógio. E, todas as vezes, os ponteiros indicavam um horário absurdo. É claro que o absurdo poderia estar em mim, não no relógio. Talvez fosse isso. Mas já não me importava. Eu sacudia a mão no escuro e tocava o guizo, absorto. Quando me cansava, dormia, e ao acordar voltava a tocar. E assim de novo, e de novo. Nessa repetição interminável, fui ficando cada vez menos consciente.

Nenhum ruído chegava ao fundo do buraco. Nem o canto dos pássaros, nem o vento soprando. Por quê? Por que não escuto nada? Isto aqui há de ser o mundo real. Estou de volta ao mundo real, onde sinto fome e vontade de fazer xixi. E o mundo real deveria ter vários sons...

Eu não tinha a menor ideia de quanto tempo havia se passado. Já desistira completamente de checar as horas. Não estava mais conseguindo encontrar qualquer ponto em comum entre mim e o tempo. Os dias do mês e da semana haviam se tornado algo ainda mais incompreensível do que as horas, pois ali não existia dia e noite. Até a existência física do meu corpo começou a parecer incompreensível naquela escuridão. Como se eu não tivesse mais pontos de contato não só com o tempo, mas também comigo mesmo. E eu também não conseguia compreender o que isso significava. Na verdade, eu perdera até mesmo o impulso de tentar compreender. Era inútil tentar, então eu continuava apenas a tocar o guizo, até perder quase toda a sensação nos pulsos.

Quando já havia se passado um tempo que me pareceu eterno (não sei se ele passou ou se foi e voltou, foi e voltou, como ondas batendo na praia) e a fome estava ficando insuportável, eu finalmente escutei um ruído lá em cima. Era um barulho como se alguém tivesse erguido um canto do mundo e estivesse tentando arrancá-lo do lugar. Esse som me pareceu totalmente irreal. Afinal, ninguém conseguiria puxar o mundo por um canto e arrancá-lo. E, se conseguissem, o que sobraria depois? Será que surgiria um mundo novo? Ou seríamos apenas engolidos pelo nada absoluto? Para mim, tanto fazia. As duas coisas dariam mais ou menos na mesma.

Fechei os olhos na escuridão e esperei terminarem de puxar o mundo. Mas nunca terminavam, só o barulho ficava cada vez mais alto. Pelo jeito, era um som de verdade. Um ruído causado por um processo físico, algum objeto real sofrendo uma ação real. Tomei coragem, abri os olhos e olhei para cima. Iluminei o teto com a lanterna. Não sei o que estava acontecendo, mas havia alguém em cima daquele buraco, fazendo muito barulho. Um som desagradável e áspero.

Eu não sabia se era o ruído de algo que me faria mal ou me ajudaria. De qualquer maneira, tudo o que eu podia fazer era ficar ali sentado no fundo do buraco, tocando o guizo, e observar o que acontecia. Enfim, um raio de luz penetrou pelas frestas das tábuas, formando uma fina folha que cortou a escuridão e chegou ao fundo em um instante, como a lâmina afiada de uma guilhotina atravessando uma gelatina. O fio da lâmina parou bem em cima do meu pé. Soltei o guizo no chão e protegi os olhos com as mãos.

Depois disso, tive a impressão de que uma das tábuas que cobriam o buraco foi retirada, deixando mais luz entrar. Mesmo com os dois olhos fechados e o rosto totalmente coberto pelas mãos, pude perceber que o escuro à minha frente estava clareando. Em seguida, ar fresco desceu devagar desde a abertura. Era um ar gelado e límpido, com o cheiro do começo de inverno. Um perfume saudoso. Isso me trouxe à mente a sensação de ser criança e sair de casa de manhã usando cachecol pela primeira vez no ano. O toque macio da lã.

Alguém chamou meu nome lá no alto. Achei que devia ser o meu nome. Lembrei, finalmente, que eu tinha um nome. Pensando bem, eu havia passado muito tempo num mundo onde os nomes não significavam nada.

Demorou algum tempo até eu perceber que esse *alguém* era Wataru Menshiki. Gritei para responder seu chamado, mas não saiu nenhuma palavra. Apenas um grito, bem alto, mostrando que eu ainda estava vivo. Eu não tinha muita certeza se minha voz ainda era capaz de fazer vibrar o ar, mas pude ouvi-la. Era como o rugido selvagem de algum animal imaginário.

— Você está bem? — gritou Menshiki.

— Menshiki? — perguntei.

— Sim, sou eu, Menshiki — disse ele. — Você está machucado?

— Não estou — respondi. Minha voz tinha voltado ao normal, finalmente. — Acho — acrescentei.

— Desde quando você está aí dentro?

— Não sei. Quando dei por mim, estava aqui.

— Se eu colocar a escada aí dentro, você consegue subir até aqui?

— Devo conseguir — falei. — Acho.

— Espere um pouco, por favor. Vou pegá-la.

Enquanto ele foi buscar a escada, fui me habituando pouco a pouco à luz do sol. Ainda não conseguia abrir os olhos, mas já não precisava mais cobrir o rosto com as mãos. Por sorte, o sol não estava tão forte. Era dia, sem dúvida, mas o céu devia estar nublado. Ou talvez estivesse perto do entardecer. Depois de algum tempo, ouvi o som da escada de metal tocando o chão.

— Espere só mais um pouco, por favor — falei. — Meus olhos ainda não se acostumaram com a luz, preciso ir com calma...

— Claro, fique à vontade. Espere todo o tempo que precisar — disse Menshiki.

— Mas por que estava tão escuro aqui dentro? Não entrava nem um fiapo de luz.

— Eu cobri completamente o buraco com uma lona faz dois dias. Vi sinais de que alguém havia mexido nas tábuas, então trouxe uma lona de casa e a coloquei por cima, presa a estacas, para que não conseguissem abrir facilmente o buraco. Fiquei com medo de alguma criança cair aí por engano. Mas é claro que, antes de fazer isso, cheguei com cuidado para ver se não havia ninguém dentro. O buraco estava completamente vazio.

Menshiki colocara uma lona por cima da tampa. Era por isso que o buraco estava tão escuro. Fazia sentido.

— Não parece que a lona foi removida desde então. Estava exatamente do jeito que coloquei. Não estou entendendo. Como você foi parar aí? — perguntou Menshiki.

— Eu também não entendi — falei. — Quando dei por mim, estava aqui.

Eu não conseguiria explicar melhor do que isso. Também não tinha intenção de fazê-lo.

— Quer que eu desça? — perguntou ele.

— Não, pode ficar aí — respondi. — Eu já vou subir.

Eu estava conseguindo, enfim, entreabrir os olhos. Formas misteriosas rodopiavam na minha visão, mas pelo menos meu cérebro parecia estar funcionando normalmente. Avaliei com cuidado a posição da escada e tentei pisar no primeiro degrau, mas meu pé não me obedeceu direito. Parecia não me pertencer. Então subi muito devagar, prestando muita atenção onde apoiava os pés a cada passo. O ar ficava mais fresco a cada degrau. Agora eu conseguia ouvir até o gorjeio dos pássaros.

Quando apoiei a mão do lado de fora, Menshiki segurou meu punho com firmeza e me alçou para a superfície. Tinha uma força inesperada, tanta que eu pude soltar o corpo em suas mãos sem medo. Fiquei profundamente grato a essa força. E me deixei ficar ali, deitado de costas sobre o chão. Dava para ver um pouco do céu. Como eu supunha, estava coberto de nuvens cinzentas. Eu ainda não sabia que horas eram. Senti pequenas gotas de chuva espetando minha face. Aquele salpicar irregular era delicioso. Nunca tinha me dado conta, mas a chuva caindo é uma sensação maravilhosa, repleta de energia vital. Mesmo a chuva fria de começo de inverno.

— Estou morto de fome. E sede. E com muito frio também. Parece que estou congelado — falei. Não consegui dizer mais nada. Meus dentes batiam ruidosamente.

Menshiki passou o braço ao redor dos meus ombros e me levou pela trilha do bosque, devagar. Eu não conseguia manter o ritmo dos passos, então fui praticamente carregado por ele. Seus músculos eram muito mais fortes do que aparentavam. Deviam ser o fruto de seus treinos diários na academia que tinha em casa.

— Você está com a chave? — perguntou Menshiki.

— Tem um vaso do lado direito da porta. A chave está ali embaixo. Acho.

Eu só conseguia dizer "acho" para todas as coisas. Não havia nada naquele mundo que eu pudesse afirmar com certeza. Eu continuava tremendo de frio e meus dentes se chocavam tanto que nem eu mesmo conseguia entender direito o que estava dizendo.

— Parece que Mariê voltou para casa hoje à tarde, sã e salva — disse Menshiki. — Ainda bem. Fiquei muito aliviado. Shoko me telefonou há uma hora, mais ou menos. Eu telefonei para a sua casa várias vezes, mas ninguém atendia, então fiquei meio preocupado e resolvi vir ver se estava tudo bem. E chegando aqui escutei o som daquele guizo vindo de dentro do bosque. Tive um pressentimento e tirei a lona para ver.

Nós saímos do bosque para o espaço aberto. O Jaguar prateado de Menshiki estava estacionado calmamente diante de casa, no seu lugar habitual. Como sempre, não tinha uma única mancha.

— Como é que esse carro está sempre tão limpo? — perguntei a Menshiki. Talvez não fosse a questão mais apropriada para aquela situação, mas já fazia tempo que eu queria saber.

— Hum, não sei… — respondeu Menshiki, desinteressado. — Quando não tenho muito que fazer, lavo os carros, eu mesmo. Limpo cada detalhe. E uma vez por mês vem uma pessoa especializada para encerar todos eles. E ficam na garagem, protegidos do vento e da chuva, é claro. Só isso…

Só isso, pensei. Minha pobre perua Corolla, largada às intempéries há seis meses, ficaria deprimidíssima se ouvisse essa resposta. Era capaz de desmaiar de desgosto.

Menshiki pegou a chave sob o vaso e abriu a porta.

— Aliás, que dia da semana é hoje? — perguntei.

— Hoje? É terça-feira.

— Terça-feira? Tem certeza?

Menshiki checou a memória:

— Ontem os lixeiros recolheram as latas e vidros recicláveis, então foi segunda-feira... Hoje é terça, com certeza.

Era sábado quando visitei Tomohiko Amada no asilo. Então haviam se passado três dias. Não me pareceria estranho se fossem três semanas, três meses ou três anos. Porém, o fato é que haviam se passado três dias. Eu fiz uma nota mental. Então toquei o queixo com a palma da mão, mas não senti a barba por fazer que teria depois de três dias. Meu queixo estava surpreendentemente liso. Por que será?

A primeira coisa que Menshiki fez foi me levar até o banheiro para que eu tomasse banho e trocasse de roupa. Minhas roupas estavam todas cobertas de lama e esfarrapadas. Joguei tudo no lixo. Meu corpo tinha várias marcas vermelhas de atrito, mas não encontrei nenhum machucado. Pelo menos, não estava sangrando.

Depois disso, ele me levou até a copa, me sentou à mesa e me fez tomar água, bem devagar. Gole a gole, esvaziei uma garrafa grande de água mineral. Enquanto eu bebia, Menshiki encontrou algumas maçãs na geladeira e as descascou para mim. Manejava a faca com agilidade e eficiência. Fiquei olhando distraído seus movimentos, com admiração. Os pedaços de maçã dispostos sobre o prato me pareceram uma iguaria belíssima.

Ao todo, comi três ou quatro maçãs. Estavam tão saborosas que fiquei quase comovido, impressionado que maçãs pudessem ser tão gostosas. Senti uma gratidão profunda ao criador que teve a ideia de fazer uma fruta dessas. Quando terminei de comer as maçãs, Menshiki trouxe uma caixa de biscoitos que encontrara em algum armário. Comi todos eles. Estavam um pouco murchos, mesmo assim eram os biscoitos mais deliciosos do mundo. Enquanto isso, ele ferveu água e preparou chá preto com mel. Eu tomei várias xícaras. O chá e o mel aqueceram meu corpo de dentro para fora.

A geladeira estava meio vazia, mas havia um bom estoque de ovos.

— Você gostaria de uma omelete? — perguntou Menshiki.

— Seria ótimo — respondi. Queria qualquer coisa que me enchesse o estômago.

Menshiki pegou quatro ovos na geladeira, partiu-os em uma tigela, bateu muito rápido com um par de hashi e em seguida acrescentou leite, sal e pimenta do reino. Voltou a misturar bem com o hashi. Parecia habituado a esses movimentos. Então acendeu o fogão, esquentou uma frigideira pequena e derreteu um pouco de manteiga. Achou a espátula em uma gaveta e fritou, habilmente, a omelete.

Como eu previa, Menshiki fazia omeletes com perfeição. Poderia sair dali diretamente para um programa de culinária na televisão. Todas as donas de casa do país suspirariam ao vê-lo cozinhando. No preparo de omeletes, quer dizer, *também* no preparo de omeletes, Menshiki era habilidoso, preciso, e também eficiente e delicado. Fiquei só assistindo, admirado. Por fim a omelete foi servida à minha frente em um prato, junto com o ketchup.

Era tão bonita que dava vontade de fotografar. Mas eu a cortei e levei à boca imediatamente, sem hesitar. Não era apenas bela, mas também muito saborosa.

— Esta omelete está perfeita — falei.

Menshiki deu risada.

— Não é para tanto. Eu já fiz omeletes melhores.

Como uma omelete poderia ser melhor do que aquela? Talvez tivesse lindas asas e pudesse voar de Tóquio a Osaka em duas horas.

Quando terminei de comer, Menshiki levou meu prato para a cozinha. Com isso, minha fome finalmente sossegou. Ele se sentou à mesa, na cadeira oposta a mim.

— Podemos conversar um pouco? — perguntou.

— Claro — respondi.

— Você não está cansado?

— Talvez esteja, mas há muitos assuntos para discutir.

Menshiki concordou.

— Me parece que há várias lacunas a preencher sobre os últimos dias.

Se é que são do tipo de lacuna que se pode preencher, pensei.

— Na verdade, eu também estive aqui no domingo — falou Menshiki. — Telefonei muitas vezes e ninguém atendeu, então fiquei um pouco preocupado e vim ver o que estava acontecendo. Foi por volta de uma hora da tarde.

Eu assenti com a cabeça. Nessa hora, eu estava *em algum outro lugar*.

Menshiki continuou.

— Toquei a campainha e o filho de Tomohiko Amada atendeu a porta. Chama-se Masahiko, se não me engano?

— Isso, Masahiko Amada. É meu amigo de muitos anos. Ele é dono desta casa e tem a chave, então pode entrar mesmo que eu não esteja.

— Ele estava, como posso dizer... muito preocupado com você. Disse que, no sábado, vocês estavam visitando a instituição onde o pai dele está internado e você desapareceu do quarto de repente.

Eu assenti em silêncio.

— Que ele precisou sair para atender um telefonema de trabalho e nesse meio-tempo você desapareceu, inesperadamente. Que o prédio fica no alto de uma montanha em Izu-Kogen e a estação mais próxima é longe demais para ir a pé. Mas que também não havia nenhuma indicação de você ter pedido um táxi. Além disso, ninguém o viu sair, nem a recepcionista, nem os seguranças. E que, depois, você não atendia o telefone de casa. Então Masahiko ficou preocupado e veio até aqui. Estava realmente muito apreensivo, achando que poderia ter acontecido alguma coisa com você.

Eu soltei um suspiro.

— Vou conversar com o Masahiko e me explicar. Não queria ter lhe causado tanta preocupação num momento tão delicado com seu pai... E Tomohiko? Você sabe como ele está?

— Parece que está inconsciente já faz um tempo. Não acordou mais. Masahiko tinha ficado hospedado na região do asilo, e passou aqui no caminho de volta para Tóquio para ver o que tinha acontecido.

— Acho que é melhor eu telefonar para ele — falei, balançando a cabeça.

— Acho que sim — disse Menshiki, pousando as mãos sobre a mesa. — Mas, se você for falar com ele, creio que vai precisar de uma explicação coerente sobre o que aconteceu durante esses três dias. E também sobre como desapareceu do asilo. Ninguém vai se satisfazer se você disser simplesmente que, quando deu por si, estava aqui.

— É, talvez... — falei. — Mas e você, Menshiki? Está satisfeito com a minha explicação?

Menshiki franziu o cenho, reticente, e pensou por um tempo. Depois respondeu:

— Eu costumo pensar de maneira muito lógica. Fui treinado para isso. Mas, falando sinceramente, por algum motivo eu não consigo ser tão lógico assim quando se trata daquele buraco atrás do santuário. Não consigo deixar de sentir que, dentro dele, qualquer coisa pode acontecer. Esse sentimento ficou ainda mais forte depois que passei uma hora sozinho lá dentro. Aquilo não é um buraco comum. Mas, para quem não teve essa experiência, deve ser difícil explicar essa sensação.

Eu fiquei calado, pois não encontrei nada bom para dizer.

— Talvez o jeito seja você insistir que *não se lembra de nada*, mesmo... — disse Menshiki. — Não sei quanto vão acreditar em você, mas não há outra solução, há?

Eu concordei. Talvez não houvesse outra solução. Menshiki continuou:

— Nesta vida há coisas que não dá para explicar direito. E também coisas que *não devem* ser explicadas. Principalmente nos casos em que, se você tenta explicar, acaba perdendo o mais importante.

— Você também já passou por coisas assim, então?

— Passei, é claro — respondeu Menshiki, e deu um pequeno sorriso. — Várias vezes.

. Eu bebi o resto do chá preto.

— E Mariê Akikawa, não estava ferida nem nada assim? — perguntei.

— Estava suja de lama e com alguns machucados leves, mas nada grave. Só algumas marcas, por ter tropeçado. Como você.

Como eu?

— Onde ela ficou todos esses dias? O que estava fazendo?

Menshiki respondeu com um ar incerto:

— Eu não sei de nada. Sei apenas que ela voltou para casa há pouco tempo, que estava coberta de lama e com alguns machucados leves. Só isso. Shoko ainda estava muito confusa, não pareceu uma boa hora para pedir explicações ao telefone. Quando as coisas se acalmarem um pouco, acho que o melhor é você perguntar diretamente a ela. Ou então, se puder, à própria Mariê.

Eu concordei.

— É verdade. Farei isso.

— Não é melhor você dormir um pouco, agora?

Ao ouvir isso, percebi que estava caindo de sono. Apesar de ter dormido profundamente (pelo menos, acho que dormi) no buraco, agora estava com tanto sono que mal conseguia ficar de olhos abertos.

— É, acho que é melhor eu deitar um pouco — respondi, fitando o dorso das mãos bem desenhadas de Menshiki, apoiadas uma sobre a outra em cima da mesa.

— Descanse bastante. Isso é o mais importante agora. Tem mais alguma coisa que eu possa fazer?

Eu balancei a cabeça.

— Agora não me ocorre nada. Obrigado.

— Bem, então acho que já vou me retirar. Se precisar de alguma coisa, pode me ligar a qualquer hora. Devo ficar em casa direto.

Dizendo isso, Menshiki se levantou devagar da cadeira.

— Que bom que Mariê reapareceu! E que bom que eu pude te resgatar. Para falar a verdade, eu também não tenho dormido bem nos últimos dias... Então acho que vou voltar para casa e descansar um pouco.

E foi embora. Como sempre, escutei o som resoluto da porta do carro se fechando e o ronco grave do motor. Acompanhei o som diminuindo até desaparecer, depois me despi e deitei na cama. Pousei a cabeça sobre o travesseiro e bastou pensar um instante sobre o velho guizo (lembrei que havia largado o guizo e a lanterna dentro do buraco) para cair num sono profundo.

57.
Algo que eu acabaria
precisando fazer

Acordei às duas e cinquenta. Tudo estava tão escuro que por um instante achei que ainda estivesse no buraco, mas logo percebi que não. A escuridão absoluta do fundo do buraco era de outra natureza, diferente do escuro da noite na superfície. Acima da terra, por mais escuro que esteja, há sempre um vestígio de luz. É diferente da escuridão em que toda a luz é anulada. Eram duas horas e cinquenta da madrugada, acontecia de o sol estar do outro lado do planeta. Só isso.

Acendi o abajur na cabeceira, saí da cama, fui até a cozinha e bebi vários copos de água. Estava tudo quieto. Quieto demais. Mesmo escutando com atenção, não consegui ouvir qualquer som. Não ventava. Os insetos não cantavam mais, pois já era inverno. Não ouvi nenhum pássaro noturno. Também não ouvi o guizo. Pensando bem, foi bem neste horário que ouvi pela primeira vez o som do guizo. É o horário em que coisas extraordinárias acontecem com mais facilidade.

Eu não conseguiria voltar a dormir. O sono havia me abandonado. Vesti um suéter por cima do pijama e fui para o ateliê. Percebi que não havia entrado lá nenhuma vez desde que voltara para casa, e queria saber o que tinha acontecido com as obras. Principalmente *O assassinato do comendador*. Masahiko Amada estivera naquela casa durante a minha ausência, segundo Menshiki. Talvez ele tivesse entrado no ateliê e visto o quadro. Ele perceberia que era uma obra de seu pai assim que batesse os olhos. Mas eu tinha deixado o quadro coberto, por via das dúvidas. Tinha achado melhor tirá-lo da parede e cobri-lo com um tecido branco. Se continuasse assim, significava que Masahiko provavelmente não o vira.

Entrei no ateliê e acendi o interruptor na parede. O interior do ateliê também estava completamente quieto. Não havia ninguém, é claro. Nem o comendador, nem Tomohiko Amada. Eu estava sozinho ali.

O assassinato do comendador continuava apoiado no chão e coberto pelo tecido. Não vi nenhum indício de que houvessem mexido nele. Era impossível ter certeza, claro, mas algo nele me dizia que não havia sido tocado. Puxei o tecido e ali estava. Exatamente igual à última vez que eu o vira. O comendador estava lá. Don Giovanni, seu assassino, estava lá. Ao seu lado, o servo Leporello engolia em seco. A bela Donna Anna, em choque, cobria a boca com a mão. E, no canto inferior esquerdo, estava o estranho Cara Comprida, espichando a cabeça para fora de um buraco quadrado no chão.

Na verdade, parte de mim tinha ficado apreensiva, pensando se as minhas ações não teriam alterado alguma coisa no quadro. Por exemplo, o alçapão do qual saía o Cara Comprida poderia ter se fechado, excluindo esse personagem da pintura. O comendador poderia estar sendo assassinado com uma faca de peixe em vez de uma espada. Mas o examinei muito minuciosamente e não encontrei nenhuma diferença. O Cara Comprida continuava segurando o alçapão, a cabeça de formato esquisito para fora da terra, e olhando ao redor com olhos arregalados. Uma espada longa e afiada atravessava o coração do comendador, que jorrava sangue. O quadro continuava tendo a composição perfeita de sempre. Eu o admirei por mais algum tempo, depois voltei a cobri-lo.

Em seguida, me voltei para as duas obras nas quais eu estava trabalhando. Estavam lado a lado, cada uma sobre um cavalete. Um quadro horizontal, *O buraco no meio do bosque,* e outro vertical, *O retrato de Mariê Akikawa.* Comparei as duas, atentamente. Ambas continuavam iguais desde a última vez em que eu as vira. Não havia nada de novo. Uma já estava pronta, a outra esperava os retoques finais.

Então virei o quadro *O homem do Subaru Forester branco,* que estava apoiado com a tela na parede, e me sentei no chão para analisá-lo novamente. De dentro da massa de tinta de várias cores, o homem do Subaru Forester branco me encarou. Sua figura não estava desenhada concretamente, mas eu conseguia enxergá-la com clareza. Escondido atrás das grossas camadas de tinta aplicadas com espátula, ele me encarava com seus olhos penetrantes como os de um pássaro noturno. Seu rosto era absolutamente inexpressivo. E ele não queria que eu terminasse a pintura — que eu deixasse sua figura mais evidente. Não queria ser arrastado para fora do escuro e forçado a se expor à luz.

Mesmo assim, um dia eu iria traçar claramente sua imagem. Iria arrancá-lo daquela escuridão, por mais que ele resistisse. Talvez naquele momento ainda não fosse capaz, mas era algo que eu acabaria precisando fazer.

Olhei mais uma vez para *O retrato de Mariê Akikawa*. Eu já havia chegado ao estágio em que não precisava mais dela como modelo. Agora faltavam apenas alguns ajustes técnicos e a pintura estaria pronta. Aquela poderia se tornar uma das minhas melhores obras. No mínimo, eu conseguiria captar o frescor daquela bela menina de treze anos. Eu estava confiante disso. Mas era provável que eu nunca a terminasse. Talvez, para proteger *alguma coisa* em Mariê, eu precisasse deixar aquela obra inacabada. Eu sabia disso.

Eu precisava tomar várias providências, o quanto antes. Uma era telefonar para Shoko e saber como Mariê voltara para casa. Também precisava ligar para Yuzu e dizer que gostaria de me encontrar com ela e conversar com calma, pelo menos uma vez. Quando estava preso naquela câmara negra de pedra, eu tinha decidido que precisava fazer isso. Era chegado o momento. E também precisava conversar com Masahiko Amada, é claro. Tinha que explicar por que havia ido embora de repente do asilo em Izu-Kogen e passado três dias desaparecido (apesar de não fazer ideia de qual seria, de *qual poderia ser*, minha explicação).

Mas, obviamente, eu não podia ligar para todas essas pessoas no meio da madrugada, antes de amanhecer. Precisava esperar por uma hora mais razoável. Ela provavelmente chegaria — se o tempo estava passando normalmente. Esquentei leite em uma panela e fiquei bebendo leite quente, comendo biscoitos amanteigados e olhando pela janela. Lá fora, a escuridão cobria tudo. Era uma escuridão sem estrelas. A alvorada ainda demoraria a chegar. Estávamos na época do ano em que as noites são mais longas.

Eu não sabia o que fazer para passar o tempo. O mais razoável seria voltar para a cama e dormir, mas eu não estava com sono. Não tinha vontade de ler nem de trabalhar. Sem nada melhor para fazer, resolvi tomar um banho de banheira. Abri a água quente e, enquanto a banheira enchia, deitei no sofá e fiquei olhando para o teto.

Por que será que precisei atravessar aquele mundo subterrâneo? Para entrar nele, tive que esfaquear o comendador com minhas próprias mãos. Ele deu sua vida como sacrifício e passei por várias provações naquele mundo escuro. Tinha de haver algum motivo para isso, é claro. Era um mundo cheio de perigos inquestionáveis, de medo real. Lá, as coisas mais absurdas podiam acontecer e não causavam estranhamento algum. E, pelo jeito, ao conseguir sobreviver a esse mundo, ao passar por esse processo, pude libertar Mariê de *algum lugar*. No mínimo, ela voltou para casa sã e salva, conforme o comendador previra. Mas, para mim, era impossível identificar qualquer relação concreta entre o que eu vivi no subterrâneo e o retorno de Mariê.

Talvez a água daquele rio tivesse algum significado importante. Pode ser que alguma coisa em meu corpo tenha se transformado quando eu a bebi. Eu não conseguia explicar de maneira lógica, mas sentia isso fisicamente. Graças a essa metamorfose, consegui passar por um túnel apertadíssimo pelo qual deveria ter sido impossível, fisicamente, me esgueirar e cheguei ao outro lado. E, para me ajudar a superar meu terror intenso de lugares fechados, Donna Anna e minha irmã Komi me guiaram e me incentivaram. Não, talvez Donna Anna e Komi fossem *uma só coisa*. Talvez aquela mulher fosse Donna Anna e, ao mesmo tempo, Komi. Talvez elas tenham me protegido da escuridão e, ao mesmo tempo, protegido Mariê Akikawa.

Mas, afinal, onde é que Mariê ficara confinada? Mais do que isso: será que ela realmente estivera presa em algum lugar? Será que o fato de eu ter entregado o seu amuleto de pinguim ao barqueiro sem face (não que eu tivesse outra opção) havia lhe causado algum mal? Ou, ao contrário, será que aquela miniatura servira para protegê-la, de alguma maneira?

As dúvidas só se multiplicavam.

Talvez todos esses episódios fossem se esclarecer pelo menos um pouco pela boca da própria Mariê, que finalmente reaparecera. Tudo o que eu podia fazer era esperar por isso. No entanto, talvez no fim nada ficasse mais claro. É possível que ela não se lembrasse de nada do que tinha lhe acontecido. Ou que, mesmo lembrando, decidisse não falar a respeito com ninguém (como era o meu caso).

Seja como for, eu precisava me encontrar a sós com Mariê ali, no mundo real, para conversar com calma. Precisávamos trocar informações sobre o que nos acontecera durante aqueles dias. Se possível.

Mas será que *aquele era mesmo o mundo real?*

Corri os olhos mais uma vez sobre tudo ao meu redor. Era uma cena familiar. O vento que entrava pela janela tinha o mesmo aroma de sempre, e eu escutava sons conhecidos.

Porém, talvez isto parecesse à primeira vista ser o mundo real, mas na verdade não fosse. Talvez eu estivesse enganado. Talvez, depois de entrar naquele buraco no asilo em Izu-Kogen e atravessar aquele reino subterrâneo, eu tivesse chegado às montanhas nos subúrbios de Odawara pela porta errada, três dias depois. Eu não tinha nenhuma prova de que o mundo para o qual eu havia voltado era o mesmo mundo que eu deixara.

Eu me levantei do sofá, me despi e entrei na banheira. Esfreguei mais uma vez todo o corpo com sabonete, minuciosamente. Lavei os cabelos com cuidado. Escovei os dentes, limpei os ouvidos com cotonete, cortei as unhas. Até fiz a barba (apesar de ela ainda não ter crescido muito). Coloquei uma cueca limpa. Vesti uma camisa branca de algodão recém-passada e uma calça de sarja cáqui com o vinco bem marcado. Fiz o meu melhor para encarar aquele mundo real da maneira mais correta possível. Mas a alvorada ainda não chegara. Tudo continuava completamente escuro lá fora. Cheguei mesmo a me perguntar se não continuaria assim para sempre, sem que a manhã nunca chegasse.

Mas, pouco depois, amanheceu. Eu fiz café e torradas, que comi com manteiga. Não havia quase nada na geladeira. Só dois ovos, um leite já velho e umas poucas verduras. Pensei que precisava ir comprar comida naquele dia mesmo.

Enquanto lavava a xícara de café e o prato na cozinha, percebi que já fazia tempo que não encontrava minha namorada. Quando foi a última vez que a gente se viu? Sem checar meu diário, não saberia dizer a data precisa. Mas fazia bastante tempo. Tantas coisas aconteceram, uma após a outra — coisas incomuns, inimagináveis —, que nem percebi que ela não tinha telefonado.

Por que será? Ela costumava ligar umas duas vezes por semana: "E aí, tudo bem?". Eu não tinha como falar com ela. Ela não me dera o número do seu celular e eu não usava e-mail. Então, mesmo que eu quisesse encontrá-la, só me restava esperar que ela entrasse em contato.

E então, pouco depois das nove horas, justo quando eu estava pensando sobre minha namorada, ela ligou.

— Tenho uma coisa pra te falar — disse ela, sem nem me cumprimentar.

— Tudo bem, pode falar — respondi.

Eu estava encostado no balcão da cozinha, com o telefone na mão. As nuvens espessas que cobriam o céu estavam começando a se dispersar, e o sol do começo de inverno espiava timidamente por entre elas. Parece que o clima estava melhorando. O assunto sobre o qual ela queria falar, por outro lado, não parecia ser muito agradável.

— Acho que é melhor a gente parar de se encontrar — disse ela.

— Uma pena, mas é preciso.

Pela sua voz, eu não saberia dizer se ela realmente achava uma pena ou não. Ela falava sem entonação nenhuma.

— Por vários motivos.

— Vários motivos — repeti o que ela disse.

— O primeiro é que o meu marido está começando a ficar desconfiado. Acho que ele está captando uns sinais.

— Sinais — repeti.

— As mulheres acabam dando uns sinais nessas horas, sabe? Começam a se vestir e maquiar melhor, mudam de perfume, resolvem fazer dieta, esse tipo de coisa. Eu fui cuidadosa para não dar na vista, mas mesmo assim...

— Entendi.

— E o principal é que não dá pra continuar nessa situação pra sempre.

— Nessa situação — repeti.

— É, essa coisa sem futuro. Sem solução.

De fato, ela tinha razão. Nossa relação não tinha, sem dúvida, futuro nem solução. E o risco era grande demais. Eu não tinha muito a perder, mas ela tinha uma família exemplar e duas filhas adolescentes, matriculadas em uma escola privada.

— E tem mais um motivo — disse ela. — Estou com um problema sério com minha filha. A mais velha.

A sua filha mais velha... Se eu não estava enganado, era uma menina estudiosa, obediente e que nunca tinha causado nenhum conflito.

— Um problema sério?

— Ela acorda de manhã e não quer sair da cama.

— Não quer sair da cama?

— Ei, você pode parar de repetir tudo o que eu digo?

— Foi mal — me desculpei. — Mas o que está acontecendo? Ela não sai mais da cama?

— É. Já faz umas duas semanas que ela não sai de lá, de jeito nenhum. Não vai para a escola. Fica só de pijama, o dia inteiro, na cama. A gente fala com ela e ela não responde. Praticamente não come, mesmo quando eu levo a comida no quarto.

— Você falou com um terapeuta ou coisa assim?

— Falei, claro — disse ela. — Conversei com o terapeuta da escola, mas não adiantou nada.

Refleti sobre a questão, mas não havia nada que eu pudesse dizer. Nem sequer conhecia a menina.

— Então, acho que não vou mais poder te ver — disse ela.

— Porque você precisa ficar em casa e cuidar dela?

— Também por isso. Mas não só.

Ela não falou mais nada, mas entendi mais ou menos o que ela estava sentindo. Estava apavorada e se sentia culpada, como mãe, por suas ações.

— É uma pena, de verdade — falei.

— Acho que eu devo estar mais chateada do que você.

Talvez, pensei.

— Queria só dizer uma última coisa — falou ela, com um suspiro fundo e curto.

— O quê?

— Acho que você pode se tornar um artista muito bom. Ainda melhor do que já é.

— Obrigado — falei. — Isso me dá ânimo.

— Adeus.

— Se cuida.

Depois de desligar, fui para a sala, deitei no sofá e fiquei olhando para o teto e pensando sobre ela. Reparei que, apesar de vê-la com tanta frequência, nunca tinha me ocorrido a ideia de pintar seu retrato. Por que nunca tive esse impulso? Por outro lado, fiz vários esboços, em um pequeno caderno, usando um lápis 2B, praticamente desenhos de um só traço. A maioria eram desenhos dela nua, em poses sensuais. Até com as pernas bem abertas, exibindo a vulva. Também a desenhei transando. Eram todos rascunhos simples, mas bem realistas. E absolutamente depravados. Ela gostava muito desses esboços.

— Você é muito bom nesse tipo de desenho indecente. Faz num instante, como se não fosse nada demais, mas são muito sexy.

— É só brincadeira — eu falei.

Eu fazia um esboço atrás do outro, depois arrancava as páginas e jogava fora. Se eu os deixasse no caderno, alguém poderia ver. Mas talvez devesse ter guardado pelo menos um, discretamente. Como uma prova, para mim mesmo, de que ela realmente existira.

Eu me levantei devagar do sofá. O dia estava só começando. E eu precisava ter várias conversas.

58.
Parece que estou ouvindo sobre os belos canais fluviais de Marte

Liguei para Shoko Akikawa. Já eram nove e meia da manhã, e a maioria das pessoas está começando suas atividades cotidianas. Mas ninguém atendeu ao telefone. Depois de vários toques, a ligação caiu na caixa postal. *No momento não podemos atender, por favor, deixe seu recado após o sinal...* Eu não deixei. Talvez ela estivesse muito ocupada com todas as providências a tomar em relação ao desaparecimento e o retorno da sobrinha. Liguei mais algumas vezes, dando um intervalo entre as ligações, mas ninguém atendeu.

Depois disso, pensei em ligar para Yuzu, mas desisti. Não queria ligar para o seu escritório durante o horário de trabalho. Era melhor esperar a hora do almoço. Se desse tudo certo, a ligação seria curta. Não era assunto para uma conversa longa. Na prática, era só eu dizer que queria encontrá-la em breve e perguntar se ela concordaria em me ver. A resposta seria apenas sim ou não. Se fosse sim, combinaríamos um dia e hora. Se fosse não, acabaria por aí.

Então, com o coração pesado, liguei para Masahiko Amada. Masahiko atendeu em um instante. Ao ouvir minha voz, soltou um enorme suspiro.

— Você está em casa?

Respondi que sim.

— Posso te ligar de volta daqui a pouco?

Disse que podia. O telefone voltou a tocar em quinze minutos. Ele devia estar ligando pelo celular, do terraço do prédio ou de algum lugar assim.

— Onde é que você se meteu, hein? — perguntou ele, com uma dureza incomum. — Você desapareceu daquele quarto sem falar nada, fiquei sem saber aonde você tinha ido! Fui até a casa em Odawara, pra ver se você estava bem!

— Eu sinto muito, de verdade.

— Quando você voltou?

— Ontem, no fim da tarde.

— E onde você passou todo esse tempo, de sábado até terça?

— Para falar a verdade, eu não tenho nenhuma memória desses dias — menti.

— Quando deu por si, você estava em casa, e não se lembra de nada, é isso?

— É, isso.

— Quê? Você está falando sério?

— Não sei como explicar.

— Isso está me cheirando a mentira, cara.

— Acontece toda hora, em filmes e livros.

— Ah, deixa disso. Se eu estou vendo tevê e aparece essa história de amnésia, eu desligo na hora. É forçado demais.

— Até o Hitchcock usou isso!

— Em *Quando fala o coração*? Esse filme é um Hitchcock de segunda — disse Masahiko. — Mas e aí, o que aconteceu *de verdade*?

— Por enquanto, nem eu entendi direito o que aconteceu. Não estou conseguindo conectar direito os vários fragmentos. Talvez minha memória volte com o tempo… Se isso acontecer, eu te explico melhor. Mas agora não dá, desculpa. Espera mais um pouco.

Masahiko pensou um tempo e por fim respondeu, resignado:

— Tá bom. Por enquanto, vamos ficar com essa história de amnésia. Mas não teve a ver com drogas, bebida, doenças psiquiátricas, uma mulher mau caráter, abdução por extraterrestres, coisa assim, né?

— Não. Não cometi nenhuma infração às leis ou aos bons costumes.

— Que se danem os bons costumes — disse Masahiko. — Me diz só uma coisa.

— O quê?

— Como foi que você saiu do quarto em Izu-Kogen no sábado? Aquele lugar é super bem monitorado. Tem várias pessoas famosas internadas lá, então tomam muito cuidado pra não vazarem informações pessoais. Tem a recepção na entrada, guardas vigiando o portão vinte e quatro horas por dia, câmeras de segurança… E você simplesmente desapareceu, em plena luz do dia, sem ser visto por ninguém nem ser filmado pelas câmeras. Como fez isso?

— É que tem um atalho — falei.

— Um atalho?

— Um caminho por onde dá pra sair sem ninguém ver.

— Mas como é que você sabia da existência desse negócio? Você nunca tinha ido lá antes, tinha?

— Seu pai me mostrou. Quer dizer, ele me deu uma dica, indiretamente.

— Meu pai? — disse Masahiko. — Você não está falando coisa com coisa. A cabeça do meu pai é basicamente uma couve-flor cozida, hoje em dia!

— Essa é uma das coisas que eu não sei explicar.

— Bom, tudo bem — suspirou Masahiko. — Se eu estivesse falando com uma pessoa normal, estaria bravo, mandando parar de zombar da minha cara. Mas no seu caso eu desisto. O que posso fazer com um sujeito perdido desses, um inútil que passa a vida pintando?

— Obrigado — agradeci. — E seu pai, como vai?

— No sábado, quando terminei a ligação e voltei para o quarto, você tinha sumido e o meu pai estava totalmente apagado. Não abria os olhos por nada, estava respirando bem fraquinho. Fiquei em pânico, não sabia o que tinha acontecido! Não que eu tenha achado que foi sua culpa, mas nessa situação qualquer um acharia.

— Eu sinto muito, de verdade — falei. E não estava brincando. Mas, ao mesmo tempo, estava muito aliviado por Masahiko não ter encontrado o cadáver esfaqueado do comendador, nem um mar de sangue pelo chão.

— É o mínimo, né. Bom, aí peguei um quarto em uma pousada ali perto para ficar com meu pai, mas depois a respiração estabilizou e ele melhorou um pouco, então voltei para Tóquio no domingo à tarde. Estou cheio de trabalho… Mas no fim de semana pretendo ficar lá de novo.

— É pesado.

— Fazer o quê… É como eu falei outro dia: morrer é uma tarefa e tanto. Quem mais pena é a própria pessoa, obviamente, então não posso reclamar.

— Gostaria de poder te ajudar de algum jeito — falei.

— Não tem como ajudar... — disse Masahiko. — Se você não der trabalho extra, já ajuda. Ah, é, mudando de assunto... No caminho de volta pra Tóquio, passei na sua casa pra ver se estava tudo bem com você, e enquanto eu estava aí, apareceu o tal Menshiki! Um cavaleiro elegante de cabelos brancos, em um belo Jaguar prateado.

— É, eu encontrei com o Menshiki e ele me contou que você esteve aqui e que conversaram.

— Só conversamos um minuto na porta de casa, mas achei um sujeito interessante.

— É um sujeito *muito* interessante.

— O que ele faz?

— Não faz nada. Tem dinheiro de sobra, não precisa trabalhar. Ele compra e vende umas ações e coisa assim na internet, mas diz que é tipo um hobby, um passatempo lucrativo...

— Mas que maravilha, hein? — disse Masahiko, admirado. — Parece que estou ouvindo sobre os belos canais fluviais de Marte. Onde os marcianos passeiam em longos barcos de proas pontiagudas, remando com remos de ouro. Fumando cigarros de mel pelos ouvidos. Só de ouvir, meu coração já se aquece. Ah, é! Por acaso você encontrou aquela faca que eu deixei aí outro dia?

— Desculpa, não encontrei — falei. — Não sei onde foi parar... Eu te compro outra.

— Não, relaxa. Ela deve ter feito igual você. Se meteu em algum lugar e perdeu a memória. Uma hora dessas ela volta.

— Pode ser — falei.

Então a faca não tinha ficado no quarto de Tomohiko. Assim como o cadáver do comendador e o mar de sangue, ela desaparecera. Talvez alguma hora ela voltasse para casa, como disse Masahiko.

E assim acabou nossa conversa. Falamos de nos encontrar em breve e desligamos.

Em seguida, peguei minha perua Corolla empoeirada e fui até um shopping em Odawara. Entrei no supermercado para comprar comida, junto com as donas de casa do bairro. As donas de casa não têm um ar muito animado pela manhã. Não devem acontecer coisas muito emocionantes no dia a dia delas. Também não deve acontecer de elas andarem de barco numa Terra de Metáforas, por exemplo.

Joguei no carrinho tudo o que vi pela frente — carne, peixe, legumes, leite, tofu —, peguei a fila do caixa e paguei. Não precisei de sacola plástica, pois tinha comigo uma bolsa de tecido, e assim economizei cinco ienes. Depois fui até uma loja barata de bebidas e comprei uma caixa com vinte e quatro latas de cerveja Sapporo. Voltei para casa, arrumei as compras e guardei tudo na geladeira. Embalei e coloquei no freezer o que precisava ser congelado. Coloquei só seis latas de cerveja para gelar. Depois esquentei água em uma panela grande e fervi aspargos e brócolis para fazer salada. Também cozinhei alguns ovos. Tudo isso me manteve ocupado por certo tempo, mas ainda estava cedo. Pensei em seguir o exemplo de Menshiki e lavar o carro, mas logo desisti. Ele voltaria a ficar coberto de poeira em um instante. Valia mais continuar preparando verduras na cozinha.

Pouco depois do meio-dia, liguei para o escritório de arquitetura onde Yuzu trabalhava. Na verdade, eu preferia esperar mais alguns dias e conversar com ela quando tudo estivesse mais assentado, mas quis fazer logo o que eu tinha decidido na escuridão daquele buraco. Senão, eu podia acabar mudando de ideia. Ainda assim, só de pensar que ia falar com a Yuzu, sentia o fone pesar na minha mão. Uma moça jovem atendeu, eu disse meu nome e pedi para falar com a Yuzu.

— É o marido dela? — perguntou a moça, simpática.

Eu disse que sim. Na verdade, eu já não devia ser, mas não era o caso de explicar todos os detalhes.

— Um minuto, por favor — disse ela.

Ela me deixou esperando bastante tempo, mas eu não tinha nada para fazer, então continuei ali, apoiado no balcão da cozinha, com o telefone na orelha, esperando a Yuzu atender. Um corvo grande voou bem perto da janela, batendo as asas. Suas elegantes penas negras reluziram sob a luz do sol.

— Alô — disse Yuzu.

Nós nos cumprimentamos rapidamente. Eu não fazia a menor ideia de que tipo de cumprimentos um casal recém-divorciado deveria trocar, nem com que grau de intimidade deveria conversar. Então me limitei ao básico: Tudo bem? Tudo. E você? Como uma chuva passageira de verão, essas poucas palavras foram tragadas num instante pela terra seca da realidade.

— Eu estive pensando e queria te encontrar pessoalmente, pra conversar sobre várias coisas — falei, de uma só vez.

— Várias coisas? Que coisas? — perguntou Yuzu.

Eu não esperava que ela respondesse com essa pergunta (não sei por que não previ isso), então por um instante não soube o que dizer. Que várias coisas eram essas?

— Na verdade, acho que eu ainda não sei bem... — gaguejei.

— Mas você quer falar sobre *várias coisas.*

— Quero. É que, pensando bem, a gente chegou nesta situação sem conversar direito nem uma vez.

Ela pensou um tempo, depois respondeu:

— Então... na verdade, eu estou grávida. Podemos nos ver, sem problemas, mas minha barriga já está grande. Não se assuste, tá?

— Eu sei. O Masahiko me falou. Disse que você pediu pra ele me contar.

— É, pedi — disse ela.

— Não sei sobre a barriga, mas se você não achar ruim, eu gostaria de te ver.

— Você pode esperar um pouco? — disse ela.

Eu esperei. Pelo jeito, ela estava virando as páginas de sua agenda para checar quando estava livre. Enquanto isso, fiquei tentando lembrar como eram as músicas da banda The Go-go's. Não achei que eles eram tão bons quanto Masahiko defendia, mas talvez ele estivesse certo e eu é que não entendesse das coisas.

— Eu posso na segunda que vem, de noite — disse Yuzu.

Eu fiz as contas. Hoje é quarta. Segunda é daqui a cinco dias. É o dia em que Menshiki coloca as latas e garrafas de vidro para reciclar. E um dia em que não dou aulas de desenho. Eu não precisava olhar a agenda para saber que estava livre. Mas com que roupa será que Menshiki sai para colocar o lixo na rua?

— Por mim pode ser na segunda à noite — falei. — É só me falar a hora e o lugar que eu te encontro, por mim tanto faz.

Yuzu falou o nome de um café perto da estação Shinjuku-Gyoen-mae, que me trouxe muitas memórias. Era perto do seu escritório, e, quando ainda vivíamos juntos, era comum nos encontrarmos lá, quando íamos jantar depois do trabalho dela. Ali perto tinha um bar de frutos do mar com ostras frescas e relativamente baratas. Yuzu gostava de comer as pequenas ostras cruas com muita raiz-forte, bebendo vinho Chablis gelado. Será que esse bar continuava lá?

— Podemos marcar lá umas seis e pouco?

Eu disse que sim.

— Acho que consigo chegar na hora.

— Se não conseguir, tudo bem. Eu espero.

Então nos vemos lá, disse ela. E desligou.

Fiquei mais um tempo com o fone na mão, olhando para ele. Eu ia encontrar a Yuzu. A minha ex-mulher, que em breve teria um filho de outro homem. Já sabia o lugar e a hora. Não havia nenhum problema. Mas, naquele momento, eu não sabia se tinha feito a coisa certa. O fone continuava muito pesado. Como um telefone da idade da pedra.

Mas será que existem mesmo, neste mundo, coisas totalmente certas ou totalmente erradas? Neste mundo em que vivemos, às vezes chove trinta ou setenta por cento do tempo. Talvez aconteça a mesma coisa com a verdade. Uma coisa pode ser trinta ou setenta por cento verdadeira. Nesse aspecto, eu invejo os corvos. Para um corvo, ou está chovendo, ou não está. Um dos dois. Porcentagens nem passam pelas suas cabeças.

Depois de falar com Yuzu, passei um tempo sem conseguir fazer nada. Sentei diante da mesa na copa e ali fiquei quase uma hora, basicamente assistindo ao movimento dos ponteiros do relógio. Na próxima segunda, vou me encontrar com a Yuzu. E vamos falar sobre "várias coisas". Não nos vemos desde março. Desde uma tarde quieta e chuvosa de domingo em março. Agora ela está grávida de sete meses. Essa é uma transformação considerável. E continuo sendo só eu mesmo, como sempre. Há alguns dias, bebi da água da Terra das Metáforas e atravessei o rio que divide o ser e o não ser, mas não sei dizer ao certo se isso causou em mim alguma transformação.

* * *

Depois, voltei a pegar o telefone e tentei mais uma vez falar com Shoko. Mas, como antes, ninguém atendeu. Só caía na caixa postal. Desisti e me sentei no sofá da sala. Além desses telefonemas, eu não tinha mais o que fazer. Fazia tempo que eu não pintava e senti certa vontade de ir para o ateliê, mas não me ocorria nenhuma ideia para um novo quadro.

Coloquei na vitrola *The River*, do Bruce Springsteen. Deitei no sofá, fechei os olhos e fiquei ouvindo. Ouvi o lado A do disco 1, depois virei e ouvi o lado B. Realmente, *The River* é um álbum feito para escutar assim. Quando acaba "Independence Day", do lado A, você pega o disco com as duas mãos, muda de lado e pousa a agulha com cuidado sobre o começo do lado B. "Hungry Heart" começa a tocar. De que vale esse álbum se você não puder fazer isso? Na minha opinião, *The River* não deve ser escutado em CD, de uma vez só. A mesma coisa acontece com *Rubber Soul* e *Pet Sounds*. Grandes obras da música exigem um ritual apropriado. Uma postura apropriada.

Seja como for, a performance da E Street Band nesse álbum é impecável. A banda apoia o cantor, que inspira a banda. Por algum tempo, consegui esquecer todos os problemas da realidade e apenas ouvir, com toda a atenção, cada música.

Quando terminei o primeiro disco e ergui a agulha, pensei que talvez devesse ligar para Menshiki. Não nos falávamos desde que ele me socorrera no buraco, no dia anterior. Mas, não sei por quê, não me animei a pegar o telefone. Isso me acontecia às vezes com Menshiki. Ele era uma pessoa muito interessante, no geral, mas de vez em quando era cansativo me encontrar ou conversar com ele. A distância era muito grande. E naquele momento, por algum motivo, eu não queria ouvir a sua voz.

No fim, acabei não ligando, deixei para depois. O dia tinha acabado de começar. Coloquei na vitrola o disco 2 de *The River*, mas, quando estava deitado no sofá, ouvindo "Cadillac Ranch" ("*All gonna meet down at the Cadillac Ranch*"), o telefone tocou. Levantei a agulha, fui até a copa e atendi. Pensei que poderia ser Menshiki, mas era Shoko.

— Por acaso foi você quem telefonou, durante a manhã? — perguntou ela, de saída.

Eu disse que sim, tinha ligado várias vezes.

— Soube pelo Menshiki que Mariê voltou para casa, então liguei para saber como ela estava.

— Sim, Mariê voltou ontem, sã e salva. Ontem de tarde. Liguei algumas vezes para sua casa para lhe avisar, mas parece que você não estava. Então falei com Menshiki. Você esteve ausente?

— Sim, tive que ir a um lugar meio longe, resolver umas pendências inadiáveis. Voltei ontem no final da tarde. Gostaria de ter ligado antes, mas não tinha telefone onde eu estava, e eu não tenho celular — falei. Não era uma mentira completa.

— Mariê voltou para casa ontem no começo da tarde, sozinha. Estava coberta de lama, mas graças a Deus sem nenhum ferimento grave.

— Onde ela esteve durante todo esse tempo?

— Eu ainda não sei — disse Shoko, quase num cochicho, como se tivesse medo de a ligação estar grampeada. — Mariê não me diz o que aconteceu. Como nós havíamos feito um pedido de busca para a polícia, eles vieram aqui em casa e fizeram várias perguntas, mas ela não respondeu absolutamente nada. Ficou muda. Então eles desistiram e disseram que vão voltar depois, quando ela estiver mais tranquila, para saber o que houve. Porque agora ela está de volta em casa e sabem que está segura, pelo menos. Ela também não responde às minhas perguntas, nem às do pai. Você sabe como essa menina é teimosa.

— E estava coberta de lama?

— Sim, o corpo todo. Seu uniforme estava rasgado e ela tinha arranhões nas pernas e braços, mas nada que chegasse a precisar de cuidados médicos.

Era exatamente igual ao meu caso. Suja de terra, com a roupa rasgada. Será que ela também passou por um túnel apertado para voltar a este mundo, como eu?

— E ela não fala nada? — perguntei.

— É, desde que voltou ainda não falou nem uma palavra. Não fez nenhum som, na verdade. Parece que roubaram a língua dela.

— Será que ela sofreu um choque muito grande, que a deixou muda?

— Não, não acho que seja isso. Acho que só decidiu não falar e está calada de propósito. É a minha impressão. Isso já aconteceu outras vezes, quando ela fica muito brava, por exemplo. Ela é assim. Quando decide fazer alguma coisa vai até o fim, haja o que houver.

— Você acha que aconteceu alguma coisa ilegal? — perguntei. — Será que ela foi sequestrada, ficou presa, algo assim?

— Eu não sei bem... Mas, como ela não quer falar, a polícia ficou de voltar para interrogá-la depois — respondeu Shoko. — E... se você não se importa, eu gostaria de lhe pedir um favor.

— O quê?

— Você poderia se encontrar com Mariê e conversar com ela, só vocês dois? Eu acho que em alguns assuntos ela se abre mais com você. Então é possível que para você ela diga algo...

Segurando o telefone na mão direita, pensei sobre isso. Não tinha ideia do que eu devia contar a Mariê se estivéssemos sozinhos, nem como poderia falar. Eu tinha meus próprios enigmas, e ela (certamente) tinha os dela. Juntando um enigma com outro, será que encontraríamos alguma resposta? De qualquer maneira, é claro que eu não poderia me recusar a vê-la. Tínhamos alguns assuntos para tratar.

— Tudo bem. Posso conversar com ela — respondi. — Onde você gostaria que fosse?

— Nós podemos ir à sua casa, como de costume. Acho que assim seria melhor. Se não for incomodar, é claro.

— Certo, está bem — falei. — Eu não tenho nenhum compromisso. Podem vir quando for mais conveniente para vocês.

— Pode ser agora mesmo? Hoje seria bom, porque ela não foi à escola. Quer dizer, se ela concordar em ir comigo.

— Por favor, diga a Mariê que ela não precisa falar nada. Que eu tenho algumas coisas para contar a ela — falei.

— Está bem. Vou repassar sua mensagem precisamente. Desculpe o incômodo — disse a bela mulher, e desligou com delicadeza o telefone.

Vinte minutos depois, o telefone tocou. Era Shoko.

— Iremos à sua casa às três da tarde, está bem? — disse ela. — Mariê concordou em ir. Quer dizer, ela assentiu com a cabeça uma vez, bem de leve.

Eu disse que estaria à sua espera.

— Muito obrigada — disse Shoko. — Estou completamente perdida, sem saber o que está acontecendo nem o que devo fazer...

Eu queria dizer que estava exatamente na mesma, mas achei que não era esse o tipo de resposta que ela buscava.

— Não sei se serei muito útil, mas farei tudo o que puder — falei. E desliguei o telefone.

Depois, olhei discretamente ao redor, pensando que talvez fosse encontrar o comendador em algum canto. Mas ele não estava ali. Senti saudades dele — de sua figura, de seu jeito esquisito de falar. Provavelmente não o veria mais. Eu o tinha matado, atravessando seu pequeno coração com a faca afiada de Masahiko Amada para libertar Mariê de algum lugar. Agora, eu precisava saber *que lugar* era esse.

59.

Até que a morte nos separou

Enquanto Mariê não chegava, fiquei olhando de novo o seu retrato, quase pronto. Eu conseguia visualizar claramente como ele ficaria se eu o terminasse. Mas eu não o terminaria. Embora fosse uma pena. Ainda não sabia explicar exatamente por que não poderia seguir até o fim daquela pintura. Não havia uma argumentação lógica. Eu apenas sentia que *tinha de ser assim*. Com o tempo, eu provavelmente descobriria o porquê. O fato é que eu estava lidando com alguma coisa muito perigosa. Tinha que agir com cautela.

Depois disso saí para o terraço, sentei em uma cadeira e fitei, distraído, a mansão de Menshiki do outro lado do vale. O belo e incolor Menshiki, dos cabelos brancos. "Só conversamos um minuto na porta de casa, mas parece um sujeito interessante", dissera Masahiko. "É um sujeito *muito* interessante", fora minha resposta, contida. *Muito, muito, muito* interessante, é o que eu diria agora.

Pouco antes das três, o conhecido Toyota Prius azul subiu a ladeira e estacionou diante da casa, no mesmo lugar de sempre. O motor desligou, a porta do motorista se abriu e Shoko desceu. Ela saiu do carro mantendo os joelhos juntos e girando o corpo, em um movimento elegante. Um pouco depois, Mariê desceu pela porta do passageiro, com gestos lentos e pesados, deixando claro seu aborrecimento. As nuvens que cobriam o céu durante a manhã haviam sido varridas para longe, e agora o céu límpido e azul de começo de inverno se expandia. O vento um pouco gelado que soprava das montanhas despenteou os cabelos sedosos das duas mulheres. Mariê afastou, irritada, os fios que caíram em sua testa.

Mariê estava de saia, um fato raro. Era uma saia de lã azul-marinho, até o joelho. Por baixo, usava meias-calças de um azul opaco. Vestia também um suéter de caxemira com gola em V sobre uma blusa branca. O suéter era vinho escuro. Calçava mocassins castanhos. Vestida assim, parecia uma típica menina saudável e bonita, bem-criada em uma família refinada. Seu lado excêntrico desaparecia. Só seu peito continuava sendo completamente plano.

Shoko Akikawa vestia uma calça cinza claro de corte reto, sapatos pretos de salto baixo, muito bem engraxados, e um cardigá branco e longo, com um cinto marcando a cintura. Mesmo sob o cardigá, o volume de seus seios bem formados era evidente. Ela trazia na mão um tipo de carteira de verniz preto. As mulheres sempre carregam consigo alguma coisa desse tipo. Não consigo imaginar o que levam dentro. Mariê não carregava nada. Sem bolsos para enfiar as mãos, parecia não saber o que fazer com elas.

Tia e sobrinha eram tão diferentes, em idade e em estágio de maturidade, mas ambas eram belas mulheres. Observei as duas por entre as cortinas da janela. Quando apareciam assim, lado a lado, o mundo ganhava um pouco mais de cor. Como quando o Natal e o Ano-Novo chegam, um perto do outro.

A campainha soou e eu abri a porta. Shoko Akikawa me cumprimentou educadamente. Convidei-as a entrar. Mariê mantinha a boca cerrada em uma linha reta, como se tivesse sido costurada. Era uma menina muito determinada. Quando decidia alguma coisa, não voltava atrás.

Acompanhei as duas até a sala, como de costume. Shoko começou um longo pedido de desculpas, dizendo que sentia muito por terem me causado tantos inconvenientes, mas a interrompi. Não tínhamos tempo a perder com essas formalidades.

— Se você não se importa, poderia nos deixar sozinhos por um tempo? — pedi, sem rodeios. — Acho que seria melhor assim. Venha buscá-la daqui a duas horas, por favor. Pode ser?

— Sim, é claro — disse a jovem tia, titubeando um pouco. — Se Mariê concordar, por mim não há problema.

Mariê assentiu com a cabeça, muito discretamente. Ela concordava.

Shoko checou seu pequeno relógio de pulso prateado.

— Então voltarei por volta das cinco horas. Até lá, estarei esperando em casa, podem telefonar se for preciso.

Eu disse que o faria se necessário.

Shoko parecia preocupada. Ficou mais um tempo parada ali, sem dizer nada, agarrada à carteira de verniz. Depois respirou fundo, como quem toma uma decisão, abriu um sorriso simpático e seguiu em direção à porta. Deu a partida no Prius (eu não escutei, mas deve ter dado) e desapareceu ladeira abaixo. Então sobramos na casa apenas eu e Mariê Akikawa.

A menina estava sentada no sofá, os lábios fortemente cerrados, o olhar fixo nos próprios joelhos, unidos e cobertos pela meia. A blusa de pregas estava muito bem passada.

O silêncio absoluto continuou por algum tempo. Então eu disse:

— Olha, você não precisa falar nada, pode ficar calada se quiser. Então não precisa ficar tão tensa. Eu vou falar e você pode só ouvir. Tá bom?

Mariê ergueu a cabeça e me encarou, mas não disse nada. Não concordou nem negou com a cabeça. Ficou só me encarando, sem qualquer emoção no rosto. Olhar para ele era como olhar para uma lua grande e branca de inverno. Talvez Mariê tivesse, temporariamente, obrigado seu coração a ficar como a lua — uma massa dura de rocha, flutuando no céu.

— Antes de tudo, queria que você me ajudasse com uma coisa — falei. — Você pode vir comigo até o ateliê?

Eu me levantei e fui para o ateliê, e pouco depois ela também se levantou e me seguiu. Estava gelado lá dentro. A primeira coisa que fiz foi acender o aquecedor a querosene. Abri as cortinas e vi o sol claro da tarde banhando a face das montanhas. O retrato de Mariê estava sobre o cavalete, praticamente pronto. Mariê olhou para ele por um segundo e desviou o olhar, como se tivesse visto algo proibido. Eu me agachei, tirei o tecido que cobria o quadro *O assassinato do comendador* e o pendurei na parede. Então pedi que Mariê se sentasse na banqueta e o olhasse de frente.

— Eu já te mostrei esse quadro antes, né?

Mariê concordou com um movimento curto da cabeça.

— O título dele é *O assassinato do comendador*. Pelo menos, era o que estava escrito na etiqueta do embrulho, quando o encontrei. É uma obra de Tomohiko Amada. Não sei quando ele a pintou, mas a qualidade é extraordinária. A composição é maravilhosa e a técnica, perfeita. Os personagens, em particular, são muito reais e convincentes.

A essa altura, fiz uma pausa para que aquelas informações se organizassem na mente de Mariê. Depois continuei:

— No entanto, essa obra esteve escondida até agora no sótão desta casa, embrulhada com cuidado para que ninguém visse. Deve ter ficado ali por vários anos, juntando poeira. Só que eu o descobri por acaso e o trouxe para cá. Talvez eu e você sejamos as únicas pessoas que viram este quadro além de Tomohiko. Sua tia também o viu no primeiro dia em que vocês vieram aqui, mas não se interessou nem um pouco, não sei por quê. Eu não sei a razão pela qual Tomohiko Amada decidiu guardar este quadro no sótão. Por que esconder desse jeito uma pintura tão excepcional, que seria considerada uma de suas obras-primas?

Mariê não disse nada, só continuou séria, sentada na banqueta, os olhos cravados no quadro.

— Quando encontrei esse quadro, várias coisas começaram a acontecer, como se tivessem dado um sinal. Várias coisas estranhas. Primeiro, esse homem chamado Menshiki fez questão de se aproximar de mim. Menshiki, que mora do outro lado do vale. Você já foi à casa dele, não foi?

Mariê assentiu rapidamente.

— Depois, nós abrimos aquele estranho buraco atrás do santuário, no bosque. Ouvi um guizo tocando no meio da noite e, seguindo seu som, descobri o buraco. Quer dizer, o som do guizo parecia vir debaixo de uma pilha de pedras enormes. Era impossível movê-las com as mãos, eram grandes demais, pesadas demais. Então Menshiki contratou uma equipe profissional, que removeu as pedras com um trator. Eu não entendi por que ele estava disposto a fazer tudo isso. Até hoje não entendo. Mas o fato é que ele dedicou muito dinheiro e esforço para mover toda a pilha de pedras e, embaixo dela, apareceu aquele buraco. Um buraco redondo de cerca de dois metros de diâmetro, com paredes de pedra muito bem-acabadas. Não se sabe quem fez essa câmara de pedra, nem para quê, é um mistério. Você também conhece esse buraco. Não é?

Mariê concordou.

— E aí, de dentro do buraco, saiu o comendador. Esse aqui, que aparece no quadro.

Eu apontei a figura do comendador no quadro. Mariê o encarou com atenção, mas não mudou de expressão.

— Tinha exatamente essa cara e usava a mesma roupa. Mas tinha só sessenta centímetros de altura. Era muito compacto. E falava de um jeito um pouco esquisito. Parece que eu era o único que conseguia vê-lo, não sei por quê. Ele me disse que era uma IDEA e que estava preso naquele buraco. Ou seja, eu e Menshiki o libertamos quando abrimos o buraco. Você sabe o que é uma IDEA?

Ela fez que não com a cabeça.

— Uma IDEA é, basicamente, um conceito. Mas nem todos os conceitos são IDEAS. Por exemplo, o amor pode não ser, em si, uma IDEA. Porém, são IDEAS que possibilitam que o amor exista. Bom, mas se a gente entrar nesse assunto não vai acabar nunca. E, para ser sincero, eu também não sei as definições exatas. O ponto é que uma IDEA é um conceito, e um conceito não tem forma física. É puramente abstrato. Mas, assim, seria invisível aos olhos humanos. Então, para aparecer na minha frente, essa IDEA pegou temporariamente a forma do comendador desse quadro. Um empréstimo, digamos. Até aqui você entendeu?

— Entendi, no geral — disse Mariê, pela primeira vez. — Até porque eu conheci essa pessoa.

— Conheceu? — exclamei, surpreso, me voltando para olhá-la.

Perdi a fala por um instante. E então me recordei do que o comendador dissera no asilo em Izu-Kogen. *Inclusive, estive com ela agora mesmo. Até conversamos um pouco.*

— Quer dizer que você conheceu o comendador?

Mariê assentiu com a cabeça.

— Onde, quando?

— Na casa do Menshiki — disse ela.

— O que foi que ele te falou?

Mariê voltou a fechar a boca, bem apertada. Tomei aquilo como um sinal de que ela não pretendia dizer mais nada naquele momento e não fiz mais perguntas.

— Vários outros personagens saíram deste quadro — falei. — Tá vendo o barbudo da cara esquisita, no canto esquerdo? Esse aqui.

Eu apontei o Cara Comprida.

— Eu chamo esse personagem de "Cara Comprida". É um sujeito meio grotesco. Ele também era compacto, tinha uns setenta centímetros de altura, e também parecia ter saído do quadro. Surgiu de dentro de um buraco no chão, erguendo o alçapão do mesmo jeito que está fazendo aí, e me levou para o subterrâneo. Quer dizer, eu tive que usar de certa violência para obrigá-lo a me levar.

Mariê olhou longamente para o Cara Comprida, mas não disse nada.

Continuei:

— Então, cruzei esse mundo subterrâneo a pé. Subi e desci morros, atravessei um rio muito agitado, até que encontrei uma bela jovem. Esta aqui. Eu a chamo de Donna Anna, como a personagem na ópera de Mozart, *Don Giovanni*. Ela também era bem pequena. E me guiou até um túnel, que saía de uma parede no fundo de uma caverna. Depois, junto com minha falecida irmã, ela me encorajou e me ajudou a atravessar todo esse túnel. Sem a ajuda delas, talvez eu tivesse ficado preso naquele reino subterrâneo, sem conseguir ir até o fim. E pode ser que (isso não passa de uma suposição minha) Donna Anna seja a namorada que Tomohiko Amada teve quando estudou em Viena, ainda jovem. Ela foi executada, há uns setenta anos, como criminosa política.

Mariê olhava Donna Anna no quadro. Seu olhar continuava desprovido de qualquer sentimento, como a lua branca de inverno.

Ou, quem sabe, Donna Anna era a mãe de Mariê que morreu picada por vespas. Talvez estivesse lá para proteger a filha. Mas não mencionei essa hipótese, é claro.

— E também tem esse homem aqui — falei.

Então peguei o quadro que estava no chão, apoiado de costas na parede, e o virei para que ela pudesse ver a tela. Era meu quadro inacabado, *O homem do Subaru Forester branco*. À primeira vista, era apenas uma tela coberta de três cores de tinta. Mas, atrás dessas camadas espessas, estava desenhada a imagem do homem do Subaru Forester. Eu conseguia vê-lo. Para as outras pessoas, era invisível.

— Você já viu esse quadro antes, não viu?

Mariê assentiu com firmeza, sem dizer nada.

— Você disse que ele já estava pronto, que eu devia deixá-lo assim.

Mariê concordou novamente.

— Eu chamo a pessoa que está desenhada aqui, ou que eu ia desenhar aqui, de "homem do Subaru Forester branco". Eu o encontrei em uma pequena cidade costeira na província de Miyagi. Duas vezes. Foram dois encontros misteriosos, que me pareceram significativos. Eu não sei nada sobre ele. Nem seu nome. Mas, uma hora, senti que precisava pintar seu retrato. Foi um sentimento *muito forte*. Então fui desenhando de memória, mas não consegui de jeito nenhum terminar. Aí ele ficou assim, coberto de tinta.

Os lábios de Mariê continuavam fechados em uma linha reta.

Ela balançou a cabeça.

— Acho esse homem muito assustador — disse ela.

— Esse homem? — repeti, e acompanhei seu olhar. Mariê estava olhando minha pintura, *O homem do Subaru Forester branco*.

— Você está falando deste quadro? D'*O homem do Subaru Forester branco*?

Mariê assentiu com a cabeça. Apesar do medo, seu olhar parecia preso ao quadro.

— Então você consegue vê-lo?

Mariê concordou.

— Dá pra ver que ele está por trás da tinta. Está parado lá no fundo, me observando. De boné preto.

Eu virei o quadro para a parede novamente.

— Então você é capaz de enxergar o homem do Subaru Forester neste quadro. A maioria das pessoas não seria — falei. — Mas acho melhor você não olhar mais para ele. Acho que é algo que você não precisa ver, ainda.

Mariê assentiu, como se achasse a mesma coisa.

— Eu não tenho certeza se o homem do Subaru Forester realmente existe neste mundo ou não. Talvez alguém, ou alguma coisa, tenha apenas emprestado sua figura, temporariamente. Assim como a IDEA pegou emprestada a figura do comendador. Também pode ser que eu esteja apenas vendo uma projeção de mim mesmo. Mas, na escuridão absoluta, isso não era apenas uma projeção. Era *algo* vivo, que se movia, palpável. As pessoas de lá chamavam isso de "DUPLA METÁFORA". Pretendo terminar esse quadro algum dia, mas agora ainda é cedo. Ainda é perigoso demais. Há coisas neste mundo que não devem ser trazidas à luz levianamente. Mas talvez...

Mariê estava me olhando, calada. Eu não consegui terminar a frase.

— Seja como for, com a ajuda de várias pessoas eu consegui atravessar esse reino subterrâneo, passar por um túnel apertado e absolutamente escuro, e voltar aqui para o mundo real. E em paralelo, praticamente ao mesmo tempo, você também foi libertada de *algum lugar* e voltou para casa. Eu não acho que tenha sido só coincidência. Você ficou desaparecida por quase quatro dias, desde sexta. Fiquei desaparecido por três dias, desde sábado. E nós dois *retornamos* na terça. Certamente há alguma conexão entre essas duas coisas. E coube ao comendador a função de conectá-las. Mas agora ele não está mais neste mundo. Já cumpriu sua função e partiu. Sobramos apenas eu e você para fechar esse círculo. Você acredita no que estou dizendo?

Mariê fez que sim.

— Era isso que eu queria te contar hoje. Foi por isso que pedi para conversar com você a sós.

Mariê continuava me encarando.

— Achei que ninguém mais entenderia se eu falasse a verdade. Provavelmente achariam que eu fiquei maluco, só isso. Afinal, é uma história absurda, sem pé nem cabeça. Mas imaginei que você compreenderia. Além disso, não dá pra contar toda essa história sem mostrar este quadro, *O assassinato do comendador*. Não faria sentido. E eu não queria mostrar pra outras pessoas além de você.

Mariê continuava só me olhando, em silêncio. Mas senti que a vida voltava, pouco a pouco, ao seu olhar.

— Tomohiko Amada despejou neste quadro toda a sua força. Ele o impregnou com sentimentos muito profundos. Pintou como quem dá o próprio sangue, como quem corta a própria carne. É o tipo de obra que só se faz uma vez na vida. Ele a pintou para si mesmo e também para pessoas que já não estavam mais neste mundo, como um réquiem. Uma obra para purificar todo o sangue que foi derramado.

— Um réquiem?

— Uma obra para apaziguar as almas, para acalmá-las, curar as feridas. Por isso que as críticas e a admiração da sociedade, assim como as recompensas financeiras, não importavam para ele. Pelo contrário, deviam ser evitadas. Para ele, bastava saber que essa pintura fora criada e que existia em algum lugar do mundo. Mesmo que estivesse embrulhada, escondida em um sótão, que nunca fosse vista por mais ninguém. E eu quero respeitar esse seu sentimento.

O silêncio profundo continuou.

— Você sempre brincou bastante por aqui, usando aquela passagem secreta, não é?

Mariê Akikawa concordou.

— Chegou a encontrar Tomohiko Amada alguma vez?

— Eu o vi, mas nunca conversei com ele. Só ficava olhando de longe, escondida, enquanto ele pintava. Afinal, eu estava invadindo o terreno dele...

Eu concordei. Conseguia imaginar perfeitamente a cena. Escondida à sombra dos arbustos, Mariê espia o interior do ateliê. Sentado sobre a banqueta, concentrado, Tomohiko Amada manuseia os pincéis. Nem passa pela sua cabeça que pode estar sendo observado.

— Você falou que queria minha ajuda — disse Mariê.

— É, falei. Queria que você me ajudasse a fazer uma coisa — falei. — Quero embrulhar bem esses dois quadros e guardá-los no sótão, pra ninguém mais ver. *O assassinato do comendador* e *O homem do Subaru Forester branco*. Porque acho que não precisamos mais deles. E, se der, queria que você me ajudasse a fazer isso.

Mariê assentiu, calada. A verdade é que eu não queria fazer isso sozinho. Eu não precisava apenas de alguém para me ajudar, mas de uma testemunha, um espectador. Alguém de poucas palavras, que pudesse guardar junto comigo o segredo.

Fui até a cozinha e trouxe estilete e barbante. Eu e Mariê empacotamos com cuidado *O assassinato do comendador*. Cobrimos com o papel *washi* original, prendemos com barbante, depois envolvemos tudo no tecido de algodão branco e demos mais algumas voltas de barbante. Amarramos bem firme, para não se soltar sem querer. *O homem do Subaru Forester branco* ainda não estava completamente seco, então me limitei a cobri-lo. Em seguida, levamos os dois quadros para o armário do quarto de hóspedes. Usando uma escada, abri o alçapão (pensando bem, era bem parecido com o alçapão do Cara Comprida) e entrei no sótão. O ar estava gelado, mas era um frescor agradável. Lá embaixo, Mariê ergueu os quadros, que eu peguei e apoiei na parede.

Nesse momento, percebi de repente que não estava sozinho naquele sótão. Senti mais uma presença. Engoli em seco. *Tem alguém aqui comigo.* Mas era só uma coruja. Provavelmente a mesma que eu vira na primeira vez em que subi ao sótão. O pássaro noturno descansava na mesma viga de antes, na mesma posição. E, assim como da outra vez, não se incomodou com minha aproximação.

— Ei, vem cá — sussurrei para Mariê lá embaixo. — Quero te mostrar uma coisa incrível. Sobe sem fazer barulho.

Mariê subiu na escada e apareceu na abertura, curiosa. Eu a ajudei com as duas mãos. O chão do sótão estava coberto por uma fina camada de poeira branca, que certamente sujaria sua nova saia de lã, mas ela não pareceu incomodada. Sentei no chão e apontei para a viga onde a coruja estava pousada. Mariê se ajoelhou ao meu lado e observou o pássaro, fascinada. Era belíssimo. Parecia um gato com asas.

— Essa coruja mora aqui faz tempo — falei, baixinho. — De noite ela sai para caçar no bosque e, quando chega a manhã, volta para dormir. Entra e sai por ali.

Mostrei a abertura de ventilação com a tela rasgada. Mariê assentiu com a cabeça. Eu podia ouvir sua respiração curta e quieta.

Nós dois ficamos imóveis, calados, fitando a coruja. Sem se incomodar com nossa presença, ela descansava discretamente. Nós compartilhávamos, num acordo tácito, o espaço daquela casa. Um vivia durante o dia, outro durante a noite, e assim nós dividíamos por igual o território da consciência.

A pequena mão de Mariê apertou a minha. Ela apoiou a cabeça no meu ombro. Eu retribuí de leve o aperto em sua mão. Eu e Komi passamos muito tempo assim, juntos. Éramos irmãos muito próximos e sempre expressamos nossos sentimentos com naturalidade. Até que a morte nos separou.

Senti a tensão abandonar o corpo de Mariê. Alguma coisa enrijecida no seu interior começava, pouco a pouco, a se desfazer. Afaguei sua cabeça, pousada no meu ombro. Seu cabelo era liso e macio. Ao tocar sua face, percebi que ela estava chorando. Lágrimas quentes como sangue transbordando do coração. Continuei assim, com o braço ao seu redor. Ela precisava deixar as lágrimas correrem, mas não conseguia chorar direito. Há muito tempo, talvez. Em silêncio, eu e a coruja olhávamos por ela.

Os raios do sol da tarde penetravam pela tela rasgada da abertura. Ao nosso redor havia apenas o silêncio e a poeira branca. Um silêncio e uma poeira que pareciam vir de tempos imemoriais. Não se ouvia o vento. A coruja sobre a viga guardava, calada, a sabedoria da mata. Uma sabedoria que também era transmitida desde tempos muito longínquos.

Mariê Akikawa chorou por muito tempo, sem fazer ruído. Só o leve tremor do seu corpo indicava que ela ainda estava chorando. Continuei afagando seus cabelos com delicadeza. Como se subíssemos a correnteza do tempo, rio acima.

60.
Se fosse alguém com braços muito compridos

— Eu estava na casa do Menshiki, o tempo todo. Esses quatro dias — disse Mariê.

Depois de chorar tudo o que tinha para chorar, ela finalmente conseguiu recobrar a fala.

Nós estávamos no ateliê. Mariê estava sentada na banqueta de trabalho, mantendo bem juntos os dois joelhos que apareciam sob a saia. Eu estava em pé, encostado no beiral da janela. Mesmo através das meias grossas, dava para ver que ela tinha pernas muito bonitas. Quando estivessem um pouco mais maduras, certamente atrairiam o olhar de muitos homens. A essa altura, seu peito provavelmente já teria crescido um pouco. Mas, por enquanto, Mariê ainda era apenas uma menina instável, desorientada diante da porta de entrada da vida.

— Você estava na casa do Menshiki? — perguntei. — Não estou entendendo. Pode me explicar um pouco melhor?

— Eu fui pra lá porque precisava descobrir mais a respeito dele. Acima de tudo, queria saber por que ele observa a minha casa toda noite com o binóculo. Eu acho que ele comprou aquela mansão gigante só pra isso. Só pra poder ver a nossa casa do outro lado do vale. Mas eu não entendo por que ele faria uma coisa dessas. É esquisito demais. Pensei que tem de haver alguma razão muito séria.

— Então você resolveu fazer uma visita?

Mariê balançou a cabeça.

— Não foi uma visita. Eu entrei escondida. Só que aí não consegui mais sair.

— Entrou escondida?

— É, que nem um ladrão. Não era meu plano, mas...

Quando acabaram as aulas da manhã, na sexta-feira, Mariê fugiu da escola pelo portão dos fundos. Quando um aluno falta às aulas desde o primeiro horário, os professores logo avisam a família. Mas, se alguém escapa na hora do almoço e cabula as aulas da tarde, não avisam. Não se sabe por quê, mas é assim. Mariê nunca tinha feito esse tipo de coisa, então, se depois levasse uma bronca dos professores, conseguiria inventar alguma desculpa. Pegou um ônibus na direção da sua casa, mas não voltou para lá. Em vez disso, subiu a montanha oposta e foi até a casa de Menshiki.

Mariê não tinha intenção, a princípio, de se esgueirar para dentro da casa. Essa ideia nem lhe passara pela cabeça. Por outro lado, também não pretendia tocar a campainha e fazer uma visita formal. Ela não tinha plano algum. Simplesmente foi atraída por aquela mansão branca, como um pedaço de metal diante de um ímã poderoso. Olhar a casa do lado de fora do muro não esclareceria os mistérios sobre Menshiki, ela sabia disso. Ainda assim, não conseguiu controlar a curiosidade. Seus pés foram sozinhos naquela direção.

O caminho até lá era uma longa subida. Olhando para trás, dava para ver o mar cintilando, ofuscante, entre as montanhas. A casa era cercada por um muro alto e tinha um portão sólido, automático, com câmeras de segurança dos dois lados. No batente do portão estava colado um adesivo de uma empresa de vigilância. Mariê não podia se aproximar de maneira descuidada. Ela se escondeu em um arbusto próximo à entrada e ficou observando. Não viu qualquer movimentação na casa, nem no entorno. Ninguém entrou nem saiu, e não se ouvia nenhum ruído vindo lá de dentro.

Ela já estava desistindo depois de passar meia hora ali, à toa, quando uma van apareceu, subindo devagar a ladeira. Era um veículo pequeno, de entrega de encomendas. A van parou diante da casa, um jovem uniformizado abriu a porta e desceu, com uma prancheta em mãos. Ele foi até o portão, tocou a campainha em uma das colunas e trocou algumas palavras com alguém pelo interfone. Pouco depois, o grande portão de madeira começou a se abrir, o jovem voltou correndo para o automóvel e dirigiu para dentro do terreno.

Não houve tempo para pensar nos detalhes. Assim que o carro entrou, Mariê pulou para fora dos arbustos e correu a toda velocidade para atravessar o portão, que já se fechava. Passou pouco antes que se fechasse. Talvez tenha sido captada pelas câmeras, mas ninguém veio atrás dela. Mais preocupante do que isso eram os cachorros. Do lado de dentro do muro poderia haver cães de guarda, soltos. Mariê nem pensou nisso quando saiu correndo, mas depois que o portão se cerrou essa possibilidade lhe ocorreu. Numa casa daquele tamanho, não seria estranho haver um dobermann ou um pastor-alemão no jardim. Encontrar um cachorro grande desses seria terrível. Mariê não gostava de cães. Mas, felizmente, ela não viu nenhum. Também não ouviu latidos. E, pensando bem, na outra vez que estivera na casa, ninguém mencionou cachorros.

Ela se escondeu à sombra de um canteiro no interior do terreno e observou a situação. Sua garganta estava totalmente seca. *Entrei nesta casa que nem um ladrão*, pensou ela. *Isso é invasão de propriedade — com certeza, o que estou fazendo é ilegal. E as câmeras devem ter gravado provas irrefutáveis.*

Naquele momento, Mariê não sabia se deveria ter tomado aquela atitude ou não. Ao ver a van do entregador entrando pelo portão, correu para dentro quase por reflexo, sem tempo de pensar nas consequências. Não vou ter outra chance! Se eu quiser entrar, agora é a hora, pensou ela, e decidiu em uma fração de segundo. Seu corpo agiu antes que ela conseguisse refletir de forma ordenada. Mas, por algum motivo, não estava arrependida.

Enquanto estava escondida no canteiro, a van reapareceu, subindo a rampa. O portão se abriu mais uma vez, devagar, e o carro saiu. Se Mariê quisesse sair dali, essa era sua única oportunidade. Tinha que correr antes que o portão se fechasse. Assim, estaria de volta ao mundo seguro do qual viera. Não seria uma criminosa. Mas ela não o fez. Ficou parada à sombra das plantas, observando a porta se fechar lentamente. Imóvel, mordendo o lábio.

Em seguida, esperou dez minutos. Contou precisamente os minutos no seu relógio de pulso, um pequeno G-Shock da Casio, depois saiu da sombra das plantas. Desceu o caminho que levava até a casa em passos rápidos, encurvada para não ser pega pelas câmeras. Eram duas e meia.

O que deveria fazer se Menshiki a visse?, perguntou-se. Acreditava que conseguiria se virar, caso isso acontecesse. Menshiki parecia nutrir um grande interesse (ou algo do gênero) por ela. "Eu vim sozinha para dar um oi, mas o portão estava aberto, então acabei entrando! De brincadeira!" Se dissesse isso num tom bem infantil, ele certamente acreditaria. *Esse homem quer muito acreditar em algo*, pensou ela. Ele vai acreditar em qualquer coisa que eu diga. O que Mariê não conseguia avaliar era a natureza desse "interesse" — se era algo positivo ou negativo.

A ladeira terminou diante da porta da mansão. Havia uma campainha ao lado da porta, mas ela não podia tocá-la, é claro. Evitando a rotatória de desembarque diante da porta e correndo de uma árvore para outra, de um canteiro até o outro, para se manter sempre à sombra, Mariê foi contornando no sentido horário a casa de concreto. Ao lado da entrada havia uma garagem para dois carros, com a porta fechada. Um pouco adiante, uma construção elegante, como um chalé, meio distante da casa. Devia ser um anexo para visitas. Para além dele, uma quadra de tênis. Ela nunca tinha visto uma casa com quadra de tênis. Mas, pelo jeito, fazia muito tempo que não usavam aquela quadra. Não tinha rede, o saibro estava coberto de folhas secas e as linhas brancas de marcação já estavam sumindo.

As janelas voltadas para o lado da montanha eram todas pequenas e estavam com as persianas fechadas, então não dava para espiar por elas o interior da casa. Lá dentro, tudo continuava silencioso. Também não se ouviam latidos de cachorros. Só um trinado, vez ou outra, vindo dos galhos mais altos das árvores. Seguindo adiante, Mariê encontrou mais uma garagem, nos fundos da casa, também para dois carros. Parecia ter sido construída depois do resto, para que Menshiki pudesse guardar mais carros.

Atrás da casa havia um jardim japonês, aproveitando a encosta da montanha, com degraus, grandes pedras espalhadas e um caminho de passeio que costurava por entre elas. Os arbustos de azaleia estavam perfeitamente podados, e pinheiros de tons claros estendiam seus galhos altos. Mais à frente havia uma espécie de caramanchão, com uma espreguiçadeira ideal para leitura e uma pequena mesinha para bebidas. Aqui e ali, lâmpadas elétricas e lanternas de pedra.

Então Mariê terminou de dar a volta na casa e chegou à face voltada para o vale. Deste lado se estendia um grande terraço. A menina estivera ali, da outra vez em que visitou a mansão. Era dali que Menshiki observava a sua casa. Mariê soube no instante em que pisou lá fora. Sentiu isso claramente.

Ela forçou a vista na direção de sua casa. Estava logo à sua frente, do outro lado do vale. Esticando os braços através do espaço (se fosse alguém com braços muito compridos), quase daria para tocá-la. Vista deste lado, sua casa parecia tão indefesa. Quando a construíram, não havia nada na montanha do lado de cá. Só recentemente (quer dizer, há uns dez anos) as restrições de construção haviam abrandado e aquela região começara a ser loteada. Portanto, a casa em que Mariê vivia não fora desenhada de forma a evitar os olhares do lado oposto do vale. Era completamente exposta. Com um bom telescópio ou binóculo, daria para ver tudinho do seu interior. Inclusive o quarto dela, se quisessem. Mariê era uma menina cuidadosa e sempre fechava a cortina quando ia trocar de roupa ou coisa assim. Mas era possível que já tivesse se esquecido alguma vez. O que será que Menshiki já vira?

Mariê desceu uma escada lateral e foi para o andar de baixo, onde ficava o escritório, mas as persianas de todas as janelas estavam bem fechadas. Não dava para ver nada lá dentro. Então continuou descendo até um andar que era quase todo de serviço. Havia uma lavanderia, um local para passar roupas, um quarto para uma empregada que morasse no serviço e, no lado oposto, uma academia bem grande, com cinco ou seis aparelhos de musculação. Diferente da quadra de tênis, essa academia parecia ser usada com bastante frequência. Todas as máquinas estavam polidas e lubrificadas. Havia um grande saco de areia para boxe pendurado no teto. A julgar pela fachada, esse andar não era tão cuidadosamente protegido quanto os demais. Várias das janelas não tinham cortinas, permitindo que se visse o interior. Apesar disso, era impossível entrar por ali, pois as portas estavam trancadas pelo lado de dentro. Tinham também adesivos da empresa de segurança para desencorajar a entrada de ladrões. Se forçadas, provavelmente enviariam um alerta.

A casa era gigantesca. Era inacreditável que alguém vivesse sozinho naquele espaço enorme. Devia ser uma vida muito solitária. Era uma construção sólida de concreto, com todos os recursos possíveis para impedir a entrada de estranhos. Só não havia cães de guarda (talvez Menshiki não gostasse de cachorros), mas todas as outras medidas de proteção estavam garantidas.

E agora, o que ela devia fazer? Mariê não tinha ideia. Não dava para entrar na casa, mas também não dava para sair do terreno. Menshiki certamente estava em casa naquele momento, pois ele apertara algum botão para permitir a entrada do entregador. Não havia nenhum outro morador. Exceto o serviço de faxina que vinha uma vez por semana, a princípio ninguém mais entrava ali. Foi o que Menshiki disse, quando Mariê visitou a casa.

Se não havia como entrar na casa, seria preciso encontrar algum esconderijo do lado de fora. Se ficasse circulando daquele jeito ela poderia ser vista. Depois de procurar bastante, encontrou um pequeno barraco de ferramentas no fundo do jardim. A porta estava destrancada. Mariê entrou e se sentou sobre um saco de adubo. Não era um lugar agradável, mas pelo menos não seria captada pelas câmeras. Também parecia improvável que alguém entrasse naquele depósito. Cedo ou tarde, algo aconteceria. Só restava esperar.

Era uma situação opressiva, mas Mariê sentia uma espécie de euforia preencher seu corpo. Naquela manhã, ao se olhar nua no espelho depois do banho, ela percebera um leve volume tomando forma em seu peito. Isso também contribuía para essa euforia. Podia ser só impressão, claro. Só uma ilusão causada pelo seu desejo de que isso acontecesse. Mas ela olhara imparcialmente de vários ângulos e tocara com as mãos, e tinha percebido uma maciez até então inexistente. Seus mamilos continuavam pequenos (nem se comparavam aos da tia, que lembravam azeitonas), mas sentiu ali um prenúncio dos seios que iriam brotar.

Mariê matou o tempo dentro do barraco de ferramentas pensando sobre esse pequeno volume em seu peito. Imaginou como seria se ele crescesse cada vez mais. Qual seria a sensação de viver portando seios fartos? Imaginou como seria vestir um sutiã de verdade, reforçado. Mas isso provavelmente ainda demoraria muito. Afinal, sua menstruação só tinha chegado na primavera daquele ano.

Estava com um pouco de sede, mas dava para aguentar mais um tempo. Olhou o relógio de pulso reforçado. Três e cinco da tarde. Era sexta-feira, dia da aula de desenho, mas Mariê já tinha decidido faltar. Nem trouxera a bolsa com o material. Porém, se não aparecesse em casa até a hora do jantar, sua tia ficaria preocupada. Precisava pensar em alguma desculpa convincente.

* * *

Talvez tenha cochilado um pouco. Não podia acreditar que tinha conseguido dormir, nem por um instante, naquele lugar e numa situação daquelas. Mas, pelo visto, havia adormecido sem perceber. Foi um cochilo curto, dez ou quinze minutos, coisa assim. Talvez até menos. Mas tinha dormido fundo. Quando acordou, sua mente estava perdida. Por um segundo, não soube onde estava nem o que estava fazendo. Tinha a impressão de que estivera sonhando, alguma coisa sobre seios fartos e leite achocolatado. Estava salivando. Então lembrou onde estava: entrei escondida na casa de Menshiki e estou em um barraco de ferramentas no seu jardim.

Foi um barulho que a despertou. Era um ruído contínuo de máquina. Mais precisamente, o som de uma porta de garagem se abrindo. A porta da garagem ao lado da entrada da casa estava subindo, *krrr-krrr*. Mariê saiu imediatamente do barraco e foi até a frente da casa, pisando leve. A porta terminou de subir, o som parou. Então se ouviu o motor de um carro e a dianteira do Jaguar de Menshiki apareceu pela abertura. Ele estava sentado no banco do motorista. A janela estava aberta e seu cabelo branco brilhava ao sol da tarde. Mariê assistiu a tudo isso escondida à sombra de um arbusto.

Se Menshiki se voltasse para a direita, talvez conseguisse ver Mariê, agachada ao lado do arbusto. Era uma moita pequena demais para escondê-la por completo. Mas ele manteve o olhar sempre em frente. Parecia estar refletindo muito seriamente sobre alguma coisa, com as mãos no volante. O Jaguar avançou pelo caminho até desaparecer em uma curva. Acionada por controle remoto, a porta de metal da garagem começou a descer. Mariê saiu correndo de perto do canteiro e escorregou pela fresta logo antes que ela terminasse de fechar, como Indiana Jones no filme *Os caçadores da arca perdida*. Novamente, agiu por um reflexo instantâneo. Ela avaliou, num segundo, que se entrasse na garagem provavelmente conseguiria passar de lá para a sala. O sensor da porta deve ter captado alguma coisa, pois ela pausou por um segundo, mas logo recomeçou a descer e se fechou por completo.

Havia outro carro na garagem. Era um carro esportivo de um tom azul-marinho estiloso, com a capota bege, o tal carro que tanto encantara sua tia na visita anterior. Mariê, que não ligava para carros, mal olhara para ele na ocasião. Tinha um capô muito comprido, com o logo da Jaguar. Mesmo para alguém sem nenhum conhecimento sobre automóveis como ela, era evidente que se tratava de algo muito caro, talvez uma preciosidade.

No fundo da garagem havia uma porta que levava ao interior da casa. Mariê testou a maçaneta e descobriu que estava destrancada. Ela respirou aliviada. Apesar de não ser normal trancar a porta entre a garagem e a casa, Mariê não esperava que estivesse aberta, pois Menshiki era um sujeito muito precavido. Ele devia estar mesmo muito concentrado na questão sobre a qual estava pensando. Fora uma sorte grande.

Mariê passou por essa porta e entrou na casa. Ficou em dúvida sobre o que fazer com os sapatos, mas por fim decidiu ficar descalça e carregá-los nas mãos. Não poderia deixá-los ali. O interior da casa estava absolutamente quieto, como se todos os objetos segurassem a respiração. Mariê estava confiante de que, agora que Menshiki saíra, não havia ninguém lá dentro. Sou a única pessoa nesta mansão. Por algum tempo, posso ir aonde quiser e fazer o que quiser.

Quando Mariê a visitara com sua tia, Menshiki fizera com elas um rápido tour pela casa. Ela se lembrava bem, então tinha na cabeça um mapa geral da disposição dos cômodos. Antes de tudo, foi até a enorme sala de estar que ocupava a maior parte do andar térreo. Dali se chegava ao vasto terraço, por uma grande porta de vidro de correr. Mariê ficou em dúvida: será que podia abrir aquela porta? Talvez Menshiki tivesse ligado o alarme ao sair de casa. Se fosse o caso, ele soaria no instante em que ela abrisse a porta. E a lâmpada de alerta começaria a piscar na empresa de segurança. A primeira ação deles seria ligar para ver o que estava acontecendo, e então Mariê teria que informar a eles uma senha. Parada, com os sapatos pretos na mão, ela ficou refletindo sobre a questão.

Por fim, concluiu que era improvável que ele tivesse acionado o alarme. Não devia ter intenção de passar muito tempo fora, afinal nem havia trancado a porta da garagem. Devia ter ido fazer compras ali perto, coisa assim. Tomou coragem, destrancou a porta e a abriu. Esperou um momento, mas não soou nenhum alarme, nem telefonaram da empresa de vigilância. Ela soltou um suspiro de alívio (se os seguranças viessem de carro até ali, a coisa ia ficar séria) e saiu para o terraço. Lá, deixou os sapatos no chão e tirou o grande binóculo de sua caixa plástica. Eram grandes demais para suas mãos, então tentou usar o parapeito do terraço como apoio, sem sucesso. Olhando ao redor, percebeu que havia um suporte próprio para isso encostado na parede. Parecia um tripé de câmera, era da mesma cor verde-oliva do binóculo, e tinha uma rosca para encaixá-lo. Ela fixou o binóculo no apoio, puxou um banquinho de metal que estava por perto e experimentou olhar pelas lentes. Desse jeito era fácil usar o binóculo, de forma invisível para quem estivesse do outro lado do vale. Certamente era assim que Menshiki costumava usá-lo.

O interior da sua casa era visível com uma nitidez chocante. Através das lentes, tudo parecia ainda mais vívido e claro do que na realidade. Talvez o binóculo tivesse algum recurso ótico especial. Nos cômodos voltados para o vale que estavam com as cortinas abertas era possível ver cada objeto, como se estivessem ao alcance das mãos. Até os vasos de flores ou as revistas sobre as mesas. A essa hora, sua tia devia estar em casa, mas Mariê não a viu.

Foi uma experiência muito estranha ver o interior da própria casa em detalhes de tão longe. Era como se você tivesse morrido (não se sabe como — de repente, estava morta) e estivesse olhando, do além-mundo, a casa onde costumava viver. Um lugar ao qual você pertenceu por muito tempo, mas do qual já não faz parte. Muito familiar e conhecido, mas para onde é impossível voltar. Era uma sensação esquisita de dissociação.

Em seguida, Mariê focou o olhar em seu próprio quarto. Sua janela dava para o vale, mas as cortinas estavam cuidadosamente fechadas, sem frestas. Eram as cortinas cor de laranja, estampadas, que ela conhecia tão bem. Já bem desbotadas pelo sol. Não dava para ver nada através delas. Mas de noite, quando a luz estivesse acesa, talvez desse para ver pelo menos o vulto de quem estivesse lá dentro. Só daria para saber de verdade se ela viesse de noite e olhasse novamente. Mariê moveu devagar o binóculo. Sua tia tinha que estar em algum lugar da casa, mas ela não a viu em nenhuma parte. Talvez estivesse no fundo, na cozinha, preparando o jantar. Ou descansando no quarto. Ambos os cômodos estavam fora do campo de visão.

Mariê desejou voltar imediatamente para aquela casa. Esse sentimento a invadiu de repente. Queria sentar na cadeira tão familiar da mesa de jantar e tomar um chá preto fumegante na sua xícara de sempre. Queria assistir, distraída, enquanto a tia preparava o jantar na cozinha. Como seria maravilhoso se ela pudesse fazer isso. Mariê jamais imaginara que sentiria saudades daquela casa. Sempre a achou vazia e feia. Odiava viver numa casa assim e sonhava em crescer rápido para sair de lá e ir morar sozinha em algum lugar que combinasse mais com seu gosto. Mas agora, do outro lado do vale, olhando o interior da sua casa pelas lentes extremamente precisas de um binóculo, o que ela mais desejava era poder voltar para lá. *Querendo ou não, esse é o meu lugar.* É onde eu estou protegida.

Nesse momento, ela ouviu um zumbido baixo próximo ao ouvido e afastou o rosto do binóculo. Havia uma coisa preta voando ao seu lado. Era um inseto. Grande, de corpo alongado, uma vespa. Da espécie violenta que matara sua mãe, com ferrões muito afiados. Mariê correu de volta para dentro da casa, fechou a porta e a trancou. A vespa continuou rondando por ali mais um tempo, como se quisesse encurralá-la. Chegou a se atirar contra o vidro algumas vezes. Depois pareceu desistir e finalmente foi embora. Mariê relaxou os ombros, aliviada. Sua respiração continuava acelerada, o coração batendo forte. Vespas eram uma das coisas que ela mais temia neste mundo. Seu pai lhe contara diversas vezes que eram muito perigosas. Ela sabia reconhecê-las, pois decorara suas características olhando livros ilustrados. E, em algum momento, começou a acreditar que também iria morrer picada por vespas, como sua mãe. Talvez tivesse herdado da mãe a alergia ao seu veneno. Ainda que a morte fosse inevitável, ela não pretendia morrer tão cedo. Antes disso queria saber, pelo menos por um momento, qual a sensação de ter seios fartos e mamilos bem formados. Morrer antes disso, picada por uma vespa, seria crueldade demais.

Mariê concluiu que era melhor não voltar para o terraço tão cedo. Aquela vespa furiosa ainda podia estar por perto e parecia tê-la tomado como alvo pessoal. Então desistiu de ir lá fora e resolveu examinar melhor o interior da casa.

Primeiro, deu uma volta na sala espaçosa, investigando cada canto. Não notou nenhuma mudança significativa desde a visita anterior.

Tinha um piano de cauda Steinway, com algumas partituras. Uma invenção de Bach, uma sonata de Mozart, um estudo de Chopin, esse tipo de coisa. Não pareciam muito difíceis, tecnicamente. Mariê conseguia ter uma ideia da dificuldade, pois já havia tido aulas de piano (mas não evoluiu muito, se interessava mais pelas artes plásticas do que pela música).

Sobre a mesa de centro com tampo de mármore estavam alguns livros que Menshiki estava lendo, com marcadores entre as páginas. Um volume de filosofia, um de história e dois romances (um deles em inglês). Mariê não conhecia nenhum dos títulos e nunca ouvira o nome de nenhum dos autores. Folheou-os rapidamente, mas o conteúdo não lhe interessou. O dono daquela casa gostava de ler livros difíceis e tocar música clássica. E, entre uma coisa e outra, observava a sua casa usando um binóculo de grande precisão.

Será que ele era só um pervertido? Ou será que suas ações tinham algum tipo de lógica, de objetivo? Será que estava interessado em sua tia? Ou na própria Mariê? Ou nas duas (seria possível uma coisa dessas)?

Em seguida, ela decidiu checar os cômodos do andar de baixo. Desceu as escadas e começou pelo escritório. Lá estava o retrato de Menshiki. Mariê passou algum tempo parada no meio da sala, fitando o quadro. Ela já o vira antes (viera até esta casa só para isso), porém agora, vendo-o novamente, foi ficando com a sensação cada vez mais forte de que o próprio Menshiki estava ali naquele cômodo. Então parou de observá-lo. Evitando voltar o olhar em sua direção, examinou cada item sobre a escrivaninha. Havia um computador de mesa da Apple, muito moderno, que ela não ligou. Com certeza era bem protegido. Ela jamais conseguiria driblar a segurança. De resto, não havia muita coisa sobre a mesa. Um calendário diário, quase sem anotações, só alguns códigos e números incompreensíveis rabiscados aqui e ali. Sua agenda de verdade provavelmente ficava no computador e era compartilhada entre vários aparelhos. Tudo rigorosamente protegido, sem dúvida. Menshiki era uma pessoa muito cautelosa. Não deixava rastros.

Fora isso, só havia sobre a mesa o tipo de material de escritório que se encontra em qualquer escrivaninha. Todos os lápis tinham mais ou menos o mesmo comprimento e belas pontas afiadas. Os clipes de papel estavam meticulosamente separados por tamanho. Um bloco de notas branco e simples esperava, impassível, que alguém anotasse alguma coisa. O relógio de mesa digital marcava fielmente o tempo. Tudo era assustadoramente organizado e sistemático. *A não ser que ele seja um android muito bem-feito*, pensou Mariê consigo mesma, *tem alguma coisa muito esquisita com esse homem*.

Todas as gavetas da escrivaninha estavam trancadas, evidentemente. Menshiki jamais deixaria suas gavetas destrancadas. Não havia muito mais o que olhar no escritório. As estantes repletas de livros, as prateleiras de CD, o equipamento de som de última geração, nada disso atraiu seu interesse. Essas coisas só indicavam seus gostos, não contribuíam para saber que tipo de pessoa ele era. Não estavam conectadas aos segredos que ele (provavelmente) guardava.

Mariê deixou o escritório e caminhou na penumbra pelo corredor, testando a porta dos quartos. Nenhuma estava trancada. Da outra vez que ela estivera naquela casa, Menshiki não lhes mostrara esses cômodos. Ela e a tia foram levadas apenas para a sala no térreo, o escritório, a sala de jantar e a cozinha no andar de baixo (e Mariê usara o lavabo de visitas no térreo). Foi abrindo as portas na ordem. O primeiro cômodo era o quarto de dormir de Menshiki. Era enorme, a chamada suíte máster, com um closet e um banheiro. A grande cama de casal estava perfeitamente arrumada, coberta por um cobre-leito de matelassê. Menshiki não tinha empregada em casa, então deve ter sido ele mesmo quem arrumou a cama. Neste caso, a perfeição não era grande surpresa. Ao lado do travesseiro estava um pijama liso, marrom, cuidadosamente dobrado. Nas paredes havia várias gravuras pequenas. Pareciam ser uma série de um mesmo artista. À cabeceira estava mais um livro pela metade. Ele lia muito, em toda parte. A janela era voltada para o vale, mas não era muito grande e estava com a persiana fechada.

Mariê abriu a porta do closet e se deparou com um lugar espaçoso, cheio de roupas enfileiradas. Eram poucos ternos, muitas jaquetas e blazers. Também não havia muitas gravatas. Pelo jeito, ele não tinha muita necessidade de usar roupas formais. Todas as camisas estavam envoltas em sacos plásticos e pareciam ter acabado de voltar da lavanderia. Muitos sapatos de couro e tênis alinhados nas prateleiras. Mais para o fundo, casacos de espessuras diversas. Era uma coleção de roupas de bom gosto, todas bem cuidadas. Poderia ter saído de uma revista de moda. A quantidade não era grande nem pequena demais. Tudo na medida certa.

Nas gavetas havia meias, lenços, cuecas, camisetas. Tudo dobrado sem vinco e organizado com maestria. Também havia gavetas com calças jeans, camisas polo, blusões de moletom. Uma, grande, era dedicada exclusivamente aos suéteres e estava repleta de belos suéteres de diversas cores. Todos lisos. Mas Mariê não encontrou, em nenhuma daquelas gavetas, nada que lhe ajudasse a desvendar os segredos de Menshiki. Todas as coisas da casa eram incrivelmente limpas, e organizadas de maneira extremamente funcional. Não havia nenhuma sujeira no chão, as molduras na parede estavam todas alinhadas com exatidão.

Mariê só descobriu um fato inegável sobre Menshiki: ela nunca conseguiria morar junto com esse homem. Isso seria impossível para qualquer pessoa normal, de carne e osso. Sua tia era uma pessoa muito organizada, mas jamais conseguiria manter aquele grau de precisão.

O quarto seguinte parecia ser de hóspedes. Havia uma cama, já arrumada. Perto da janela, uma escrivaninha e uma cadeira. Havia também uma televisão pequena. Mas não se via nenhum indício de que ele tivesse sido usado por alguém. Mais parecia estar abandonado há uma eternidade. Pelo jeito, Menshiki não recebia muitas visitas. Aquele quarto só ficava preparado para qualquer situação extraordinária (apesar de ser difícil de imaginar qual), nada mais.

O quarto ao lado deste era praticamente um depósito. Não havia nenhum móvel, só umas dez caixas de papelão no chão, sobre o carpete verde. A julgar pelo peso, deviam estar cheias de documentos. Tinham etiquetas com códigos anotados em esferográfica. E estavam todas bem fechadas com fita adesiva. Mariê supôs que deviam ser documentos de trabalho. Nessas caixas, poderiam se esconder segredos importantíssimos. Mas provavelmente eram segredos de negócios, sem nenhuma relação com ela.

Nenhum quarto estava trancado. Todos tinham janelas voltadas para o vale, totalmente cobertas pelas persianas. Não havia neles ninguém para desejar a luz brilhante do sol nem a vista magnífica. Estavam na penumbra e cheiravam a abandono.

O quarto cômodo no qual Mariê entrou foi o que mais chamou sua atenção. O quarto em si não era muito interessante. Também tinha pouca mobília, só uma cadeira e uma pequena mesa de madeira comum. As paredes não tinham quadros. A falta de adornos dava uma sensação de vazio. Parecia ser um quarto largado, sem uso. Mas quando por curiosidade Mariê abriu a porta do closet, encontrou várias roupas femininas. Não eram muitas, mas havia o necessário para uma mulher adulta viver por alguns dias. Mariê imaginou que alguma mulher se hospedava naquela casa regularmente e guardava suas roupas ali. Franziu o cenho. Será que sua tia sabia da existência de alguém assim na vida de Menshiki?

Mas logo percebeu que estava enganada. Pois o design de todas as roupas nos cabides era de uma época já distante. Os vestidos, saias e blusas eram todos muito elegantes, de marcas famosas, luxuosos, mas eram peças que nenhuma mulher usaria atualmente. Até Mariê, que entendia muito pouco de moda, conseguia ver isso. Provavelmente aqueles estilos haviam sido populares antes mesmo de ela nascer. E todas as roupas rescendiam a naftalina. Deviam estar penduradas ali havia muito tempo. Mas estavam sendo bem cuidadas. Mariê não viu nenhum buraco de traça. Também não estavam desbotando — provavelmente a umidade era controlada de acordo com a estação. Eram tamanho trinta e quatro. A mulher devia ter cerca de um metro e cinquenta e cinco de altura. E, pelo desenho das saias, devia ser muito esbelta. Os sapatos eram tamanho trinta e cinco.

Nas várias gavetas havia roupas íntimas, meias e camisolas. Todas em saquinhos plásticos para evitar a poeira. Mariê tirou algumas lingeries dos saquinhos. Os sutiãs eram tamanho 40-C. Ela tentou imaginar a forma dos seios dessa mulher pelo formato dos bojos. Deviam ser um pouco menores do que os da sua tia (a forma dos mamilos era impossível de adivinhar, obviamente). Todas as lingeries eram requintadas, de boa qualidade, e tinham um toque sensual. O tipo de lingerie elegante que uma mulher adulta e financeiramente confortável compra em lojas especializadas, com a intenção de vesti-la ao se deitar com um homem de quem gosta. Eram de seda e renda delicadas e tinham que ser lavadas à mão com sabão neutro. Não era o tipo de coisa que se veste para tirar mato no jardim. E todas estavam impregnadas pelo cheiro de naftalina. Mariê dobrou-as com cuidado, arrumou-as nos saquinhos como encontrara, e fechou a gaveta.

Aquelas roupas eram de alguma mulher com quem Menshiki tivera um relacionamento íntimo, quinze ou vinte anos antes. Essa foi a conclusão a que ela chegou. E então algo aconteceu e essa mulher tamanho trinta e quatro, com pés tamanho trinta e cinco e seios tamanho 40-C, foi embora deixando para trás aquele conjunto de roupas de bom gosto. Mas por que ela abandonaria essas roupas tão luxuosas? Ainda que algo tenha acontecido e eles tenham se separado, o normal seria que levasse tudo consigo. Mariê não sabia o motivo, é claro. Seja como for, Menshiki cuidava com muito esmero desse bocado de roupas que ficou para trás. Como os anões do rio Reno protegendo o ouro da lenda para as gerações futuras. E ele provavelmente entrava naquele quarto de tempos em tempos, para vê-las e tocá-las. Também devia trocar as bolas de naftalina a cada estação (ele nunca encarregaria outra pessoa dessa atividade).

Onde estaria essa mulher agora? Talvez fosse casada com outra pessoa. Ou quem sabe tinha morrido, de doença ou em um acidente. Mas Menshiki continuava até agora perseguindo sua sombra (é claro que Mariê não sabia que essa tal mulher era sua mãe e *eu* não via nenhum motivo para lhe informar tal coisa. Acho que o único que teria o direito de fazer isso seria o próprio Menshiki).

Mariê se pôs a refletir. Será que isso deveria fazer com que ela sentisse maior simpatia por Menshiki, por saber que mantinha esse carinho por alguma mulher durante tantos anos? Ou deveria achá-lo mais repulsivo, por ele armazenar tão metodicamente as suas roupas?

Ela estava pensando sobre isso quando o som da porta da garagem chegou de repente aos seus ouvidos. Menshiki estava de volta. Estava tão concentrada nas roupas que não ouviu o portão se abrindo nem o carro se aproximando. Tinha que fugir dali imediatamente. Tinha que se esconder em algum lugar seguro. Mas de repente ela se deu conta de algo. De algo *terrivelmente grave*. O pânico dominou seu corpo.

Mariê havia deixado os sapatos no chão do terraço. E o binóculo também estava descoberto e preso ao tripé. Ela correra para dentro da casa assustada pela vespa e largara tudo como estava. Quando Menshiki saísse para o terraço e visse aquilo (e cedo ou tarde ele certamente sairia), saberia que alguém estivera ali na sua ausência. E, pelo tamanho dos sapatos, saberia que se tratava de uma menina. Menshiki era um homem inteligente. Não demoraria a concluir que os sapatos eram de Mariê. Provavelmente a procuraria por todos os cantos da casa, e logo a encontraria ali, escondida.

Não havia tempo suficiente para correr até o terraço, pegar os sapatos e guardar o binóculo. Se tentasse fazer isso, daria de cara com ele no meio do caminho. Mariê não sabia o que fazer. Ficou sem ar, o coração batendo forte, os pés e mãos trêmulos.

O motor do carro desligou e a porta começou a baixar. Em breve, Menshiki entraria em casa. E agora, o que ela devia fazer? E agora…? Sua mente era um branco total. Sentada no chão, Mariê fechou os olhos e cobriu o rosto com as mãos.

— Podem só ficar aí mesmo, bem paradas — disse alguém.

Ela achou que tinha sido impressão sua. Mas não. Ao tomar coragem e abrir os olhos, viu diante de si um pequeno senhor de cerca de sessenta centímetros, aboletado em cima de um gaveteiro baixo. Tinha os cabelos grisalhos presos no topo da cabeça, vestia trajes brancos e antigos e trazia à cintura uma pequena espada. Naturalmente, no primeiro momento, ela achou que estava alucinando. Que o pavor estava fazendo com que visse coisas.

— Não, eu não sou uma alucinação — disse o homem, em voz baixa mas nítida. — Meu nome é comendador. E eu irei ajudá-las, minhas jovens senhoritas.

61.
Preciso ser uma menina corajosa e esperta

— Eu não sou uma alucinação, em absoluto — repetiu o comendador. — Não descarto que haja certa divergência se eu existo de fato ou não, mas, de todo modo, minhas jovens não estão alucinando. E vim para ajudá-las. Creio que minhas jovens senhoritas estão precisando de ajuda, não é verdade?

Mariê supôs que era a ela que ele se referia como as tais "jovens senhoritas". Concordou com a cabeça. Esse sujeito falava de um jeito bem esquisito, mas estava certo. Ela realmente precisava de ajuda.

— Minhas jovens não poderão ir agora buscar os sapatos no terraço — disse o comendador. — Devem desistir de guardar o binóculo também. Mas não se preocupem. Empregarei todos os meus esforços para impedir que Menshiki vá para o terraço. Pelo menos por certo tempo. Porém, quando o sol baixar, não vou mais conseguir. Quando escurecer, ele sairá para o terraço para observar a casa das senhoritas com o binóculo. Faz isso todos os dias. Sendo assim, precisamos resolver a questão antes disso. Estão acompanhando o que estou dizendo?

Mariê apenas assentiu com a cabeça. Estava acompanhando, no geral.

— Minhas jovens devem ficar escondidas aqui mais um pouco — disse o comendador. — Fiquem bem quietas, não deem nenhum sinal de sua presença. Este é o único caminho. Quando for uma boa hora, eu virei informá-las. Até lá, não se movam! Não importa o que aconteça, não façam nenhum ruído. Entenderam?

Mariê assentiu novamente. Será que ela estava sonhando? Ou será que essa pessoa era um duende ou coisa assim?

— Eu não sou sonho nem duende — disse o comendador, lendo sua mente. — Eu sou uma IDEA, e originalmente não tenho forma física. Entretanto, sem forma física você não poderia me ver, o que seria deveras inconveniente, então por ora peguei emprestada esta forma do comendador.

IDEA, comendador... repetiu Mariê para si mesma, mentalmente. Esse homenzinho consegue ler minha mente. E então ela se lembrou, de repente: ele estava naquele quadro comprido que vi na casa de Tomohiko Amada! Esse homem saiu de lá de dentro, tenho certeza. Por isso é tão pequeno.

— Exatamente — disse o comendador. — Eu peguei emprestada a forma daquele personagem do quadro. O comendador. Também não sei muito bem o que significa esse nome, porém é assim que sou chamado, no momento. Bem, esperem aqui, quietinhas. Quando chegar a hora, virei buscá-las. Não é preciso ter medo. Estas vestimentas protegê-las-ão.

As *vestimentas* vão me proteger? Mariê não entendeu bem o que ele queria dizer, mas sua dúvida ficou sem resposta. No instante seguinte, o comendador desapareceu diante de seus olhos. Como o vapor se dissipando no ar.

Mariê ficou no closet, quieta. Conforme o comendador recomendara, tentou ficar o mais imóvel e silenciosa possível. Menshiki estava de volta, já tinha entrado em casa. Deve ter ido fazer compras, pois pelo barulho parecia estar carregando várias sacolas de papel. Quando o som macio dos seus passos, calçados com os chinelos de usar em casa, passou devagar diante do quarto onde Mariê estava escondida, ela conteve a respiração.

A porta do closet era de veneziana e pelas frestas voltadas para baixo entrava um pouco de luz. Não muito forte. Provavelmente ficaria cada vez mais escuro conforme a tarde caísse. Pelas frestas, só dava para ver o chão de carpete do lado de fora. O closet era apertado e preenchido pelo cheiro forte da naftalina. E era cercado de paredes, sem nenhum caminho por onde fugir. A ausência de um plano de fuga era o que mais lhe dava medo.

"Quando chegar a hora, virei buscá-las", dissera o comendador. Só restava acreditar nele e esperar. Ele também dissera que as vestimentas iriam protegê-la. Devia estar se referindo àquelas roupas que estavam ali no closet. As roupas antigas, usadas por alguma mulher desconhecida, talvez antes mesmo de Mariê nascer. Como elas poderiam protegê-la? Mariê estendeu o braço e tocou a barra do vestido florido que estava à sua frente. Era um tecido macio, agradável ao toque. Ficou segurando-o por algum tempo. Não sabia por quê, mas o toque dessa roupa a deixou um pouco mais tranquila.

Se eu quisesse, acho que poderia usar esse vestido, pensou ela. Minha altura não deve ser muito diferente da dessa mulher. Roupas tamanho trinta e quatro devem me servir. Teria que dar um jeito na parte dos seios, já que não tenho volume, mas se eu quisesse, ou se por algum motivo precisasse, poderia me trocar e vestir alguma dessas roupas. Essa ideia agitou seu peito.

O tempo foi passando. O cômodo ficava cada vez mais escuro. O anoitecer estava se aproximando. Mariê olhou o relógio. No escuro não dava para ver os números direito. Ela apertou o botão e acendeu a luz do visor. Eram quase quatro e meia. O sol já estava começando a se pôr. Os dias estavam mais curtos. Quando anoitecesse, Menshiki sairia para o terraço e perceberia, num instante, que havia um intruso na casa. Antes que isso acontecesse, ela precisava ir até lá para guardar o sapato e o binóculo.

Com o coração batendo forte, Mariê ficou esperando o comendador vir buscá-la. Mas o tempo passava e ele não aparecia. Talvez as coisas não estivessem dando certo. Talvez Menshiki não tivesse dado nenhuma abertura. Além disso, Mariê não conseguia estimar de que habilidades dispunha, na prática, esse sujeito — quer dizer, essa IDEA, chamada comendador — nem o quanto podia contar com sua ajuda. Mas, no momento, contar com ele era a única alternativa que lhe restava. Sentada no chão do closet, ela ficou abraçada aos joelhos, espiando o carpete pelas frestas da porta. Às vezes esticava o braço e agarrava o tecido do vestido. Era como uma tábua de salvação.

Quando o quarto já estava bem mais escuro, os passos voltaram a soar no corredor. Passos lentos e suaves, como antes. Chegaram diante do quarto onde Mariê se escondia e então pararam de repente, como se tivessem farejado alguma coisa. Depois de uma pausa, ela ouviu uma porta se abrir. Era a porta daquele quarto. Não havia dúvida. Seu coração congelou, quase parou de bater. Então essa pessoa (devia ser Menshiki; ele devia ser o único na casa) entrou no quarto e fechou a porta, devagar. Mariê escutou a maçaneta se fechando — *cleck*. O homem estava dentro do quarto. Com certeza. Assim como ela, continha a respiração e escutava com atenção, tentando perceber se havia mais alguém ali. Ela podia sentir. O homem não acendeu a luz, ficou parado na penumbra, forçando os olhos para buscar ao seu redor. Por que ele não acende a luz? O normal seria acender logo. Não dava para entender.

Mariê mantinha os olhos fixos no chão lá fora, pela fresta da veneziana. Se alguém se aproximasse, ela veria seus pés. Ainda não estava vendo nada. Mas era evidente que havia alguém no quarto. Uma presença masculina. E esse homem (devia ser Menshiki, quem mais estaria naquela casa, além dele?) parecia estar encarando, imóvel, a porta do closet. Ele tinha captado alguma coisa. Percebido que algo diferente do habitual estava acontecendo ali dentro. Sua próxima ação seria abrir a porta do closet. Era a única opção. Faria isso com facilidade, pois a porta não tinha chave, é claro. Bastava esticar a mão e puxar a maçaneta.

Os passos vieram em direção a Mariê. Um terror violento tomou todo o seu corpo. Suor gelado escorria nas suas axilas. *Eu não devia ter vindo para cá*, pensou ela. *Devia ter ficado em casa, bem-comportada. Na minha casa querida, do outro lado do vale. Tem* algo sinistro *aqui dentro. Algo com o que eu preciso tomar cuidado. Tem algum tipo de consciência em ação aqui dentro. Pode ser que a vespa também fosse parte dessa consciência. E agora* essa coisa *está vindo para cima de mim. Dois pés apareceram pelas frestas da veneziana. Pareciam calçar chinelos de couro marrom, mas estava escuro demais para ver mais detalhes.*

Instintivamente, Mariê esticou o braço e agarrou com toda a força a barra do vestido pendurado. Um vestido florido, tamanho trinta e quatro. E implorou: *me ajude. Por favor, me proteja.*

O homem ficou muito tempo parado diante da porta dupla do closet. Não fez som algum. Não dava para ouvir nem sua respiração. Só ficou ali, imóvel como uma escultura de pedra, observando. O silêncio era cada vez mais pesado e a escuridão, cada vez mais profunda. O corpo de Mariê, encolhido no chão, tremia. Seus dentes batiam baixinho. Ela queria apertar os olhos e cobrir os ouvidos.

Queria varrer para longe qualquer pensamento. Mas não fez isso. Sentiu que não devia fazê-lo. Por mais medo que sentisse, não podia deixar que o pavor a dominasse. Não podia ignorar seus sentidos. Não podia deixar de pensar. Então, com os olhos bem abertos, os ouvidos atentos, ficou vigiando os pés que apareciam pelas frestas, e apertando o tecido macio do vestido cor-de-rosa.

As vestimentas vão me proteger, acreditava ela. *Essas roupas são minhas aliadas. Todas elas, tamanho trinta e quatro, tamanho trinta e cinco, ou 40-C, vão me cercar, me proteger, me tornar invisível. Eu não estou aqui.* Eu não estou aqui.

Impossível dizer quanto tempo se passou. Ali o tempo não era uniforme nem linear. Ainda assim, transcorreu um intervalo de tempo. Em certo momento, o homem estendeu a mão e quase abriu a porta. Mariê sentiu isso e se preparou. A porta se abriria, o homem a veria. E ela veria o homem. Ela não sabia o que aconteceria em seguida. Não tinha a menor ideia. *Talvez esse homem não seja Menshiki* — essa ideia brotou de repente em sua mente. *Mas então, quem é ele?*

No fim, o homem não abriu a porta. Hesitou por um tempo, depois recolheu a mão e se afastou. Mariê não sabia por que ele mudou de ideia no último segundo. *Algo* deve ter interrompido seus movimentos. Em seguida, ele abriu a porta do quarto, saiu para o corredor e fechou a porta. O quarto voltou a ficar deserto. Ela tinha certeza. Não era um truque. Ela estava sozinha. Mariê não tinha dúvida. Finalmente, fechou os olhos e soltou todo o ar retido em seu corpo.

Seu coração continuava batendo acelerado. Batia com estrépito — se fosse um livro, talvez descrevessem assim. Apesar de Mariê não saber bem o que era estrépito. Correu grande perigo. Alguma coisa a protegeu no último momento, mas este lugar é perigoso demais. Aquela pessoa captou sua presença. Tinha certeza. Não podia ficar escondida ali para sempre. Dessa vez se livrou por muito pouco e nada garantia que a próxima vez seria assim.

Ela continuou esperando. O quarto foi ficando cada vez mais escuro. Mas ela esperou. Em silêncio, suportou o medo e a ansiedade. O comendador não se esqueceria dela. Mariê confiava nele. Quer dizer, confiar naquele homenzinho de fala esquisita era a única opção que ela tinha.

* * *

Quando se deu conta, o comendador estava à sua frente.

— Minhas jovens devem sair daqui — sussurrou o comendador.
— Agora é a hora. Vamos, de pé.

Mariê hesitou. Continuou sentada, sem conseguir se levantar. Agora que a hora de sair daquele closet havia chegado, o terror a dominou novamente. Coisas ainda mais assustadoras poderiam esperá-la lá fora.

— Menshiki está tomando banho — disse o comendador. — Ele é um homem muito asseado, evidentemente. Passa um tempo enorme no banheiro. Mas desnecessário dizer que não fica lá para sempre. Esta é a única chance. Vamos, movam-se.

Mariê reuniu todas as forças e conseguiu se erguer. Então empurrou a porta do closet para abri-la. O quarto estava escuro e vazio. Antes de sair, ela se voltou para olhar as roupas penduradas. Respirou fundo, inspirando o cheiro de naftalina. Aquela poderia ser a última vez que ela veria as roupas. Não sabia por quê, mas gostava e se sentia muito próxima delas.

— Vamos, rápido! — insistiu o comendador. — Não há tempo a perder. Peguem o corredor para a esquerda.

Mariê colocou a bolsa no ombro, abriu a porta, saiu para o corredor e seguiu para o lado esquerdo. Subiu correndo as escadas, cruzou a sala imensa e abriu a porta de vidro para o terraço. A vespa ainda poderia estar por ali. Ou talvez tivesse ido embora, pois já estava escuro. Não, ela não era do tipo de vespa que se incomoda com o escuro. De qualquer forma, não havia tempo para pensar nessas coisas. Mariê saiu para o terraço, soltou o binóculo do suporte e guardou-o de volta na caixa plástica. Depois dobrou o tripé e o apoiou na parede, como o encontrara. Tudo isso levou mais tempo do que ela esperava, pois estava tão nervosa que seus dedos não a obedeciam direito. Por fim, recolheu os sapatos pretos do chão. O comendador acompanhava seus movimentos, sentado no banquinho. A vespa não apareceu, o que deixou Mariê aliviada.

— Pronto, assim está bom — disse o comendador. — Agora minhas jovens devem voltar para dentro e fechar a porta. Depois sigam para o corredor e desçam dois andares.

Descer dois andares? Assim ela mergulharia cada vez mais fundo naquela mansão. Não era preciso fugir dali?

— Agora não será possível fugir deste lugar — o comendador leu sua mente e respondeu, balançando a cabeça. — A saída está muito bem fechada. Minhas jovens senhoritas deverão se esconder aqui por algum tempo. No momento, devem fazer o que eu digo.

Só restava a Mariê acreditar nas palavras do comendador. Então ela voltou para a sala e, caminhando sem fazer ruído, desceu dois andares.

A escada terminava no segundo subsolo, perto do quarto de empregada. Ao lado dele ficava a lavanderia, e depois uma despensa. No fim do corredor havia uma sala de ginástica repleta de aparelhos de musculação. O comendador apontou o quarto de empregada.

— Minhas jovens devem se esconder neste recinto — disse o comendador. — Menshiki não entrará aqui. Ele desce para este andar uma vez por dia, para lavar roupa e se exercitar, mas quase nunca entra ali. Então, se ficarem bem quietinhas, não serão descobertas. O quarto tem banheiro e geladeira. A despensa está bem abastecida de água mineral e comida, para o caso de um terremoto. Então as senhoritas não passarão fome. Aqui, poderão passar os dias com relativa tranquilidade.

Passar os dias? Ainda com os sapatos nas mãos, Mariê indagou surpresa (sem falar em voz alta): Passar *os dias*? Isso quer dizer que vou ficar vários dias *neste lugar*?

— Eu sinto muitíssimo, mas minhas jovens não conseguirão sair tão cedo — respondeu o comendador, balançando a pequenina cabeça. — A vigilância neste lugar é muito rígida. Ele é vigiado de perto, em vários sentidos. E, para piorar, não poderei ajudá-las. Infelizmente, o poder de que as IDEAS dispõem é limitado.

— Quanto tempo vou ter que ficar? — perguntou Mariê, em voz baixa. — Se eu não voltar logo para casa, minha tia vai ficar preocupada. Talvez chamem até a polícia, achando que eu estou desaparecida. Aí vai ser complicado...

O comendador balançou a cabeça.

— É uma pena, mas estou de mãos atadas. O único recurso é aguardar.

— Menshiki é uma pessoa perigosa?

— Essa é uma pergunta difícil de responder — disse o comendador. Então franziu o cenho, com ar de quem acha mesmo dificílimo. — O próprio Menshiki não é um moço mau. É um homem correto e mais competente que a maioria das pessoas. Dá até para encontrar nele certa nobreza de caráter, procurando com boa vontade. Porém, há um espaço diferente no seu coração e, como consequência, ele pode acabar atraindo coisas anormais, coisas perigosas. Aí é que mora o problema.

Mariê não sabia o que ele queria dizer com isso, é claro. *Coisas anormais?*

— Aquele homem que ficou parado na frente do closet, agora há pouco, era o Menshiki?

— Aquele era Menshiki e, ao mesmo tempo, não era Menshiki.

— E o próprio Menshiki percebe que isso está acontecendo?

— É provável — disse o comendador. — É provável que sim. Mas ele também está de mãos atadas, nesse quesito.

Coisas perigosas e anormais? Quem sabe a vespa que ela vira mais cedo também era uma das formas dessas coisas, pensou Mariê.

— Precisamente. Recomendo que minhas jovens tomem muito cuidado com as vespas. São criaturas terrivelmente letais — disse o comendador, lendo sua mente.

— "Letais"?

— Coisas que podem levar à morte, é o que eu quero dizer — explicou o comendador. — Por ora, o jeito é que as senhoritas fiquem aqui, aguardando. Se saírem agora, terão muitos problemas.

— *Letal* — repetiu Mariê consigo mesma. Essa palavra soava muito agourenta.

Mariê abriu a porta do quartinho e entrou. Era um cômodo um pouco maior do que o closet do quarto do Menshiki. Tinha uma cozinha simples, com uma geladeira, um fogão elétrico, um pequeno micro-ondas e uma pia. Havia também um pequeno banheiro e uma cama. A cama estava sem lençol, mas no armário tinha um cobertor, um edredom e um travesseiro. Também havia uma mesinha para refeições rápidas, com uma só cadeira. A única janela, pequena, era voltada para o vale. Por entre as cortinas, dava para ver a paisagem.

— Se não quiserem ser encontradas, fiquem aqui bem-comportadas e evitem ao máximo fazer barulho! — disse o comendador. — Entendido?

Mariê concordou.

— Minhas jovens senhoritas são muito corajosas — disse o comendador. — Um pouco imprudentes, quiçá, mas o fato é que são corajosas. E isso é uma coisa boa, a princípio. Porém, enquanto estiverem neste lugar, devem ser *extremamente* cautelosas. Não podem baixar a guarda de maneira nenhuma. Pois este lugar não é como qualquer canto ordinário por aí. Coisas sinistras deambulam por aqui.

— "Deambulam"?

— Ficam rondando, quero dizer.

Mariê assentiu. Ela gostaria de entender melhor por que este lugar não era como "qualquer canto ordinário" e saber que tipo de coisas *sinistras* estavam "deambulando", mas não conseguiu elaborar nenhuma pergunta. As questões eram tantas que ela não sabia nem por onde começar.

— Talvez eu não possa mais voltar aqui — disse o comendador, como quem faz uma confissão. — Há outro lugar para onde eu preciso ir, e outras coisas que devo fazer. Coisas importantíssimas. Então, peço as mais sinceras desculpas, porém, creio que daqui por diante não poderei mais ajudá-las. O restante, as senhoritas terão que superar por conta própria.

— Mas como é que eu vou sair deste lugar sozinha?

O comendador estreitou os olhos e encarou Mariê.

— Escutem com atenção, fiquem de olhos bem abertos, mantenham a mente o mais afiada possível. Este é o único caminho. Assim, quando o momento chegar, minhas jovens saberão. *Ah, a hora é esta!* Minhas jovens são meninas corajosas e espertas. Se ficarem bem atentas, saberão a hora certa.

Mariê concordou. Preciso ser uma menina corajosa e esperta.

— Cuidem-se! — disse o comendador, num tom encorajador. E então acrescentou, como se tivesse acabado de lhe ocorrer: — E não é preciso se preocupar. Os seios das senhoritas crescerão, oportunamente.

— Vão chegar ao tamanho 40-C?

O comendador entortou o pescoço, atrapalhado.

— Bem, sou apenas uma IDEA. Não tenho grande conhecimento sobre o corte de roupas íntimas para madames. Seja como for, ficarão maiores do que agora, muito maiores. Não é preciso se preocupar. O tempo resolve tudo. Para aqueles que têm forma, o tempo é uma coisa magnífica. Não há tempo para sempre, mas enquanto houver é bastante efetivo. Então, podem esperar por isso!

— Obrigada — agradeceu Mariê. Essa certamente era uma notícia animadora. E ela era grata por qualquer coisa que pudesse lhe dar forças naquele momento.

Então o comendador desapareceu de repente. Era realmente como o vapor tragado pelo ar. Depois que ele sumiu, o silêncio ficou ainda mais pesado. Era triste pensar que talvez ela não voltasse a vê-lo. *Já não posso contar com mais ninguém.* Ela deitou sobre a cama sem lençóis e ficou olhando o teto. Era baixo e revestido por placas de gesso brancas, com uma lâmpada fluorescente no centro. Mas Mariê não a acendeu, é claro. Ela não podia acender nenhuma luz.

Quanto tempo ela teria que ficar ali? Estava chegando a hora do jantar. Se ela não voltasse para casa até as sete e meia, sua tia iria telefonar para a escola de artes. E então descobriria que faltou à aula. Essa ideia apertou seu peito. Sua tia ficaria tão preocupada, imaginando o que poderia ter acontecido... Ela precisava dar um jeito de contar que estava tudo bem. Então se lembrou — o seu celular estava no bolso do casaco! Desligado, como sempre.

Mariê tirou o telefone do bolso e apertou o botão para ligar. As palavras "bateria insuficiente" acenderam na tela. Estava totalmente descarregado. Um segundo depois, a tela se apagou. Não era nenhuma surpresa que a bateria estivesse vazia, fazia muito tempo que ela não se lembrava de carregar o aparelho (Mariê raramente precisava do celular, e não tinha grande interesse nem apreço por ele). Ela não podia nem reclamar.

Mariê soltou um suspiro. Devia se lembrar de carregar o celular de vez em quando, pelo menos. Afinal, nunca se sabe o que pode acontecer. Mas agora não adiantava ficar pensando nessas coisas. Guardou o celular desfalecido no bolso do paletó, mas logo o tirou novamente, pois algo chamou sua atenção. A miniatura de pinguim que vivia presa a ele não estava mais lá. Era um brinde que ela havia trocado por pontos em uma loja de *donuts* e que usava havia muito tempo, como um amuleto. Mas onde poderia ter caído? Mariê não fazia ideia. Ela quase nunca tirava o telefone do bolso...

Ela ficou aflita por ter perdido aquele pequeno amuleto. Mas pensou um pouco e mudou de ideia. Podia ter se descuidado e perdido o amuleto de pinguim. Mas, em seu lugar, as roupas daquele closet funcionaram como um novo amuleto e a protegeram. E o pequeno comendador, com seu jeito estranho de falar, a ajudou a chegar ali. Ainda havia *alguma coisa* que a protegia. Ela não devia sofrer por ter perdido o pinguim.

De resto, tudo o que tinha consigo era a carteira, um lenço, um porta-moedas, a chave de casa e meio pacote de chicletes de hortelã. Na bolsa, o estojo, cadernos e alguns livros didáticos. Nada que lhe parecesse ter alguma utilidade naquele momento.

Mariê saiu silenciosamente do quarto e foi olhar a despensa. Encontrou um estoque de comidas para caso de emergência, conforme dissera o comendador. O solo na região montanhosa de Odawara é relativamente estável, então não é uma área que sofre muito com terremotos. No grande terremoto de Kanto, em 1923, a área urbana de Odawara foi gravemente afetada, mas nos subúrbios os danos foram relativamente leves. (Num dos primeiros anos da escola, o projeto de pesquisa de férias de Mariê foi sobre a situação de Odawara depois desse terremoto.) Mas, nos primeiros dias depois de um terremoto, seria difícil obter comida e água, principalmente no alto de uma montanha como aquela. Devia ser por isso que Menshiki mantinha uma boa reserva dessas duas coisas para o caso de alguma catástrofe. Era mesmo uma pessoa muito cautelosa.

Mariê pegou duas garrafas de água mineral, um pacote de bolachas água e sal e uma barra de chocolate e voltou para o quarto. A falta desses itens não daria na vista. Mesmo uma pessoa metódica como Menshiki certamente não ficava contando as garrafas de água. Mariê pegou as garrafas porque queria evitar ao máximo usar as torneiras. Os canos poderiam fazer algum ruído. O comendador lhe instruíra a *evitar ao máximo fazer barulho*. Ela precisava tomar cuidado.

Ao voltar, Mariê trancou a porta por dentro. É claro que não fazia muita diferença trancá-la, pois Menshiki certamente tinha aquela chave. Mas pelo menos ela ganharia um pouco de tempo. Seria, no mínimo, um respiro.

Experimentou comer algumas bolachas, apesar de não estar com fome, e bebeu água. Eram bolachas perfeitamente normais, e água perfeitamente normal. Por via das dúvidas, checou o rótulo das duas, e estavam dentro da validade. Tudo bem. Ela não morreria de fome ali.

Já estava bem escuro lá fora. Mariê abriu um cantinho da cortina e olhou para o lado oposto do vale. Dava para ver a casa dela. Sem o binóculo, ela não enxergava até o interior dos cômodos, mas podia ver que algumas luzes estavam acesas. Apertando bem os olhos, tinha a impressão de ver inclusive vultos. Sua tia estava lá, certamente começando a ficar inquieta por Mariê não ter chegado na hora de sempre. Será que não tinha algum jeito de telefonar para ela? Com certeza havia um telefone fixo em algum canto. Mariê poderia dizer só "eu estou bem, não precisa se preocupar" e desligar. Se fosse rápida, provavelmente Menshiki não perceberia. Mas não havia nenhum aparelho no quarto onde estava, e ela não vira nenhum nos cômodos próximos.

Não seria possível fugir dali durante a noite, encoberta pela escuridão? Precisaria encontrar uma escada para pular o muro e sair do terreno. Mariê tinha uma vaga lembrança de ter visto uma escada dobrável no galpão de ferramentas do jardim. Mas se lembrou das palavras do comendador. *A vigilância neste lugar é muito rígida. Ele é vigiado de perto, em vários sentidos.* E, por "vigilância rígida", ele não devia estar se referindo apenas ao sistema de alarmes da empresa de segurança.

Acho que é melhor confiar no que diz o comendador, pensou Mariê. *Este não é um lugar comum. É um lugar onde várias coisas deambulam. Eu preciso ser muito cautelosa. Preciso ser muito paciente. Não posso agir de forma precipitada nem tentar apressar as coisas. Vou fazer como o comendador mandou e ficar aqui comportada, observando o que acontece. E esperando a oportunidade chegar.*

"Quando o momento chegar, minhas jovens saberão. Ah, a hora é esta! Minhas jovens são meninas corajosas e espertas. Saberão a hora certa."

Isso, eu tenho que ser uma menina corajosa e esperta. E sobreviver direitinho, para ver meus peitos crescerem, foi o que Mariê pensou, deitada sobre o colchão exposto. Estava cada vez mais escuro. E uma escuridão ainda mais densa ainda viria.

62.
Você acaba indo parar no meio de um labirinto

O tempo passou obedecendo às suas próprias regras, indiferente às vontades de Mariê. Deitada sobre o colchão sem lençol naquele pequeno quarto, ela ficou apenas observando o tempo passar diante de seus olhos, com passos vagarosos, e se afastar. Não tinha mais nada a fazer. Pensou que seria bom ter algum livro para ler. Mas não tinha nenhum e, mesmo se tivesse, não podia acender a luz. Só lhe restava ficar parada no escuro. Tinha encontrado uma lanterna e pilhas na despensa, mas evitava ao máximo usá-las.

No fim, conforme a noite avançava, ela adormeceu. Se pudesse, Mariê gostaria de passar todo o tempo acordada, pois a ideia de dormir naquele lugar desconhecido era agoniante. Mas a certa altura seu sono ficou insuportável. Estava frio demais para deitar sobre a cama vazia, então pegou o cobertor e o edredom no armário, se enrolou nos dois como um rocambole e fechou os olhos. Não havia aquecedor e ela não podia ligar o ar-condicionado. (**Aqui, acrescento uma nota minha sobre a passagem do tempo: provavelmente, enquanto Mariê dormia, Menshiki saiu e veio para minha casa. Passou a noite lá e voltou na manhã seguinte. Portanto, naquela noite Menshiki não estava na sua casa. Ela estava vazia. Mas Mariê não sabia disso.**)

No meio da noite Mariê acordou uma vez e foi ao banheiro, mas não usou água corrente. Se de dia já seria perigoso, naquela quietude da noite as chances de o som da água ser escutado eram altas. Menshiki era um homem atento e minucioso, perceberia qualquer coisinha diferente. Mariê não podia correr esse risco.

Nessa hora, olhou o relógio de pulso. Eram quase duas horas da manhã. A sexta-feira já tinha acabado. Por entre as cortinas, espiou a própria casa na montanha oposta e viu que as luzes estavam todas acesas na sala de visitas. Provavelmente, as pessoas — quer dizer, a essa hora da noite deviam ser só seu pai e sua tia — não conseguiam dormir porque ela ainda não tinha voltado. Mariê pensou que tinha agido mal. Ela se sentiu culpada até em relação ao pai (o que era raríssimo). Não devia ter sido tão imprudente. Apesar de não ser essa sua intenção, foi agindo por impulso e acabou naquela situação.

Mas, por mais que se arrependesse, por mais que se condenasse, não conseguiria voar sobre o vale de volta para casa. Seu corpo não era como o dos corvos. Não era feito para atravessar os ares. Também não conseguia aparecer e desaparecer quando bem entendesse, como o comendador. Mariê era uma criatura desajeitada, presa naquele corpo em desenvolvimento, com as ações estritamente limitadas pelo tempo e pelo espaço. Nem peitos ela tinha! Seus seios pareciam panquecas murchas.

Sozinha, no meio da escuridão, Mariê teve medo, é claro. E não pôde deixar de sentir, agudamente, a própria impotência. *Se pelo menos o comendador estivesse aqui comigo*, pensou ela. Ela queria lhe perguntar muitas coisas. E mesmo se ele não respondesse suas perguntas, seria bom poder conversar com alguém. O jeito esquisito e antiquado como ele falava não impedia que ela compreendesse de modo geral o que ele queria dizer. Mas talvez o comendador nunca mais aparecesse à sua frente. "Há outro lugar para onde eu preciso ir, e outras coisas que devo fazer", declarara ele. A ideia de não voltar a vê-lo a entristecia.

Pela janela, ecoaram chamados de pássaros noturnos. Deviam ser corujas. Encobertas pela mata escura, elas punham em prática sua sabedoria. Mariê não podia ficar para trás, também precisava empregar tudo o que sabia. Precisava ser uma menina esperta e corajosa. Mas o sono a invadiu novamente e ela não conseguiu manter os olhos abertos. Voltou a se enrolar nas cobertas, deitou na cama e fechou os olhos. Foi um sono profundo e sem sonhos. Quando acordou novamente, a noite estava começando a clarear. O relógio indicava seis e meia.

O mundo assistia à alvorada do sábado.

Mariê passou todo o sábado em silêncio naquele quarto. De café da manhã, comeu umas bolachas e uns chocolates e tomou água mineral. Saiu do quarto, foi discretamente até a academia e pegou correndo alguns exemplares de uma pilha de revistas *National Geographic* em japonês (Menshiki devia ter o hábito de lê-las enquanto usava a bicicleta ergométrica ou o *stepper*, pois estavam marcadas por pingos de suor), as quais leu e releu várias vezes. Tinham matérias sobre o habitat dos lobos siberianos, os mistérios das fases da lua, a vida dos inuítes, a floresta tropical amazônica que diminui ano a ano, coisas do gênero. Mariê nunca lia esse tipo de matéria, mas eram os únicos livros à disposição, então leu com tanto afinco que quase decorou tudo. Examinou as fotos com tanta atenção que seu olhar quase atravessou o papel.

Às vezes, quando se cansava de ler, se deitava e cochilava um pouco. E fitava a própria casa na montanha oposta pelas frestas da cortina. Seria bom ter consigo aquele binóculo potente, para poder ver melhor o interior da casa e as pessoas se movendo. Queria voltar para o seu quarto, com as cortinas cor de laranja. Entrar numa banheira quente, lavar bem o corpo todo, vestir uma roupa limpa e deitar na sua cama quentinha junto com seu gato de estimação.

Perto das nove horas da manhã, ouviu alguém descer devagar as escadas. Eram passos de homem, com chinelos de usar em casa. Devia ser Menshiki. Tinha o seu jeito característico de andar. Ela gostaria de poder espiar pelo buraco da fechadura, mas a porta não tinha buraco. Então ela se encolheu no chão do quarto, no canto, o corpo todo tenso. Se a porta se abrisse, ela não teria para onde fugir. O comendador dissera que Menshiki não iria olhar o interior do quarto, mas ninguém sabe o que pode acontecer. Neste mundo não há certeza absoluta. Mariê tentou ficar invisível e evocou a memória das roupas do closet, implorando: *que nada aconteça*. Sua garganta estava completamente seca.

Pelo jeito, Menshiki viera lavar roupa. Era provável que lavasse todo dia, naquele horário, as roupas do dia anterior. Ele colocou as roupas no cesto, acrescentou o sabão, girou o botão para escolher o programa e ligou a máquina. Mariê escutou com atenção cada uma dessas etapas. Os sons eram surpreendentemente claros. O cesto da máquina começou lentamente a girar. Terminado esse processo, Menshiki foi à sala de ginástica para se exercitar. Isso parecia ser parte de sua rotina, fazer musculação enquanto lavava a roupa. E ouvir música clássica durante os exercícios. Música barroca começou a soar das caixas de som embutidas no teto. Bach, Handel ou Vivaldi, alguma coisa assim. Mariê não entendia o suficiente de música clássica para diferenciar entre esses três.

Mariê esperou cerca de uma hora, ouvindo o ruído mecânico da máquina de lavar, o barulho regular dos aparelhos de musculação e a música de Bach, Handel ou Vivaldi. Foi uma hora tensa. Era improvável que Menshiki percebesse que estavam faltando algumas *National Geographic* na pilha, ou algumas garrafas de água, pacotes de bolacha e barras de chocolate da despensa. Pensando nas quantidades totais, eram mudanças muito insignificantes. Mas ninguém sabe o que pode acontecer. Ela não podia relaxar. Não podia se descuidar.

Por fim, a máquina terminou a lavagem e emitiu um apito alto. Menshiki caminhou devagar até a lavanderia, passou as roupas da lavadora para a secadora e ligou a máquina. O cesto começou a girar ruidosamente. Depois de confirmar que estava funcionando, Menshiki subiu devagar as escadas. Seu horário de exercícios matinais parecia ter chegado ao fim. Provavelmente iria tomar mais um banho demorado.

Mariê fechou os olhos e soltou um longo suspiro de alívio. Menshiki deveria voltar dali a uma hora, mais ou menos. Viria pegar as roupas secas. Mas ela tinha a impressão de que o perigo maior já havia passado. *Ele não percebeu que estou escondida aqui. Não sentiu minha presença.* Essa ideia a tranquilizou.

Então, quem é que estava diante da porta daquele closet? Era Menshiki e, ao mesmo tempo, não era Menshiki, fora a resposta do comendador. O que ele queria dizer com isso? Ela não compreendia o sentido. Essa história é complicada demais para ela. Mas esse *alguém* sabia direitinho que ela estava escondida (ou que alguém estava escondido) no closet. No mínimo, pôde sentir claramente uma presença. Mas, *por algum motivo desconhecido*, essa pessoa não abrira a porta. Que motivo poderia ser esse? Será que aquelas roupas antigas e elegantes realmente tinham funcionado como uma proteção?

Mariê gostaria que o comendador explicasse melhor as coisas. Mas ele foi embora. Não havia mais ninguém para lhe explicar nada.

Durante todo o dia de sábado Menshiki não pareceu colocar nem um pé para fora de casa. Pelo que Mariê conseguia ouvir, as portas das garagens não foram abertas e nenhum motor de automóvel foi ligado. Menshiki desceu para o subsolo, pegou a roupa limpa e seca e, com elas em mãos, subiu as escadas devagar. Só isso. Não apareceu nenhuma visita naquela casa, numa rua sem saída no alto das montanhas. Não houve nenhuma entrega de pacotes ou de cartas registradas. A campainha passou o dia inteiro muda. O telefone tocou duas vezes. Era um som distante e vago, mas dava para ouvir. Na primeira vez atenderam no segundo toque, e, na segunda vez, no terceiro toque (por isso ela sabia que Menshiki estava em algum lugar da casa). O caminhão de lixo da prefeitura subiu devagar a estrada, tocando "Annie Laurie", depois se afastou devagar (sábado era dia de coleta de lixo comum). Fora isso, não se ouvia som algum. A casa estava quase totalmente quieta.

A hora do almoço de sábado passou, se transformou na tarde, e o cair do sol já se aproximava.

(Novamente, uma nota minha relativa à passagem do tempo. Enquanto Mariê estava escondida naquele pequeno quarto, eu assassinei o comendador, no quarto do asilo em Izu-Kogen, agarrei o Cara Comprida que apareceu de dentro do chão, e desci para o subsolo.)

Mas ela não encontrou nenhuma oportunidade de escapar daquela casa. O comendador afirmara que ela precisaria esperar pacientemente pela "hora certa".

"Quando o momento chegar, minhas jovens saberão. Ah, a hora é esta!", dissera ele.

Mas a *hora certa* não chegava nunca. E Mariê estava ficando cansada de esperar. Ela não era boa em esperar pacientemente. *Até quando eu vou ter que ficar aqui, quieta?*

No final da tarde, Menshiki começou a praticar o piano. A janela da sala devia estar aberta, pois o som chegava até o quarto onde Mariê estava escondida. Parecia ser uma sonata de Mozart, em tom maior. Ela se lembrava de ter visto essa partitura em cima do piano. Ele tocou uma vez todo o movimento lento, depois voltou e repetiu alguns trechos para treinar. Ia corrigindo o dedilhado até ficar satisfeito. Em alguns trechos, o dedilhado desafiador deixava o som desigual, o que o incomodava. De forma geral, a maioria das sonatas de Mozart não é difícil, mas às vezes, ao tentar tocá-las de forma satisfatória, você acaba indo parar no meio de um labirinto. E Menshiki é um homem que detesta, particularmente, pisar em um labirinto assim. Mariê ficou escutando os passos dele percorrendo, determinados, os caminhos tortuosos. O estudo durou cerca de uma hora. Depois disso, chegou aos seus ouvidos o baque da tampa do piano de cauda se fechando. Mariê notou nesse som um eco de irritação, mas não uma irritação muito intensa. Uma irritação moderada e elegante. O sr. Menshiki é uma pessoa que nunca perde as estribeiras, nem mesmo quando está (ou achava que está) sozinho em uma grande mansão.

Depois disso, foi uma repetição do dia anterior. O sol se pôs, tudo ficou escuro, os corvos voltaram gritando para seus ninhos na montanha. As luzes foram se acendendo, pouco a pouco, nas casas do lado oposto do vale. As luzes da casa de Mariê continuaram acesas madrugada adentro. Dava para ver, por essas luzes, que estavam preocupados com seu bem-estar. Pelo menos, era o que Mariê sentia. Era aflitivo não poder fazer nada para aliviar o sofrimento de quem estava lá dentro.

Em contraste, na casa de Tomohiko Amada, também do outro lado do vale (ou seja, a casa onde *eu* moro), as luzes não se acenderam. Como se ninguém mais morasse ali. Mesmo depois que a noite caiu, nem uma única lâmpada foi acesa. Não se via nenhum sinal de haver gente lá dentro. Mariê ficou intrigada. Onde será que está o professor? Será que ele sabe que eu estou desaparecida?

A certa hora da madrugada, Mariê voltou a ser assaltada por um sono intenso. Sem tirar o blazer do uniforme, ela se embrulhou no cobertor e no edredom e adormeceu tremendo de frio. *Se eu tivesse um gato aqui comigo, ficaria um pouco mais quentinha*, pensou antes de cair no sono. Por algum motivo, sua gata de estimação quase não miava. Só ronronava. Então as duas poderiam se esconder juntas, sem problemas. Mas sua gata não estava ali, é claro. Mariê estava totalmente sozinha. Presa no breu daquele quartinho, sem nenhuma rota de fuga.

E então a noite do domingo clareou. Quando Mariê acordou, o quarto ainda estava na penumbra. Os ponteiros do relógio indicavam que faltava pouco para as seis. Os dias estavam ficando cada vez mais curtos. Chovia lá fora. Uma chuva discreta e silenciosa de inverno, do tipo que você só percebe ao ver os pingos que se formam e escorrem nos galhos nas árvores. O ar do quarto estava úmido e gelado. *Seria bom se eu tivesse um suéter*, pensou Mariê. Sob o blazer de lã, vestia apenas um colete fino de tricô e a blusa de algodão. E uma camiseta de manga curta embaixo da blusa. Era uma roupa para usar durante as horas mais quentes do dia. Como ela gostaria de ter um suéter de lã...

Ela se lembrou que havia um no closet *daquele quarto*. Um suéter de caxemira *off-white* que parecia bem quentinho. Se ela pudesse ir até lá e trazê-lo... Vestindo-o sob o blazer, ficaria bem mais aquecida. Mas sair daquele quarto, subir as escadas e ir até o andar de cima era perigoso demais. *Principalmente ir àquele quarto*. Então o jeito era aguentar só com o que trazia no corpo. Não estava tão frio que fosse impossível de suportar, é claro. Ela não estava numa terra de temperaturas tão severas como a dos inuítes. Estava nos subúrbios de Odawara, e ainda era começo de dezembro.

Mas o frio daquela manhã chuvosa de inverno era do tipo que se infiltra pouco a pouco no corpo. Parecia que ia chegar até os ossos. Mariê fechou os olhos e pensou sobre o Havaí. Quando era pequena, viajara para o Havaí com a tia e suas amigas dos tempos de escola. Numa praia em Waikiki, ficava brincando no mar com uma pequena prancha e, quando se cansava, deitava na areia branca para tomar sol. Fazia calor, tudo era tranquilo e agradável. Bem lá no alto, as folhas dos coqueiros se agitavam. As nuvens brancas corriam em direção a alto-mar. Mariê olhava tudo isso e tomava limonada gelada, tão gelada que suas têmporas latejavam. Ela se lembrou dessa viagem muito concretamente, de cada detalhe. Será que algum dia iria novamente para um lugar assim? Ela daria qualquer coisa para poder ir.

Pouco depois das nove soaram novamente os passos macios de chinelos de Menshiki, descendo as escadas. Ele ligou a lavadora, colocou música clássica para tocar (dessa vez parecia ser uma sinfonia de Brahms) e passou quase uma hora se exercitando nos aparelhos. Uma repetição da mesma rotina. Só a música era diferente, de resto era milimetricamente igual. Não havia dúvida que o dono daquela casa era uma criatura de hábitos rotineiros. Passou a roupa da lavadora para a secadora, e uma hora mais tarde veio buscá-la. Depois disso, Menshiki não desceu mais, e não parecia nem um pouco interessado no quartinho.

(Mais uma nota minha: Na tarde daquele dia, Menshiki esteve na minha casa e conversou rapidamente com Masahiko Amada, que por coincidência havia passado para ver como eu estava. Mas, não sei por quê, também desta vez Mariê não percebeu que ele havia saído.)

Para Mariê, era uma grande sorte o fato de Menshiki ser uma pessoa que age de forma regrada, seguindo uma rotina, pois assim ela também podia se preparar psicologicamente e planejar as próprias ações. Nada é mais desgastante emocionalmente do que quando coisas inesperadas acontecem uma após a outra. Mariê decorou os hábitos de Menshiki e foi se adaptando a eles. Ele praticamente não saía de casa (pelo que ela podia perceber). Trabalhava no escritório, lavava a própria roupa, fazia a própria comida e, quando chegava a noite, estudava piano no Steinway da sala. Às vezes o telefone tocava, mas não com frequência. Só algumas poucas ligações por dia. Pelo jeito, ele não gostava muito dessa tecnologia. Devia resolver as comunicações de trabalho — não se sabe se eram muitas ou poucas — pelo computador do escritório.

Menshiki fazia o geral dos serviços domésticos sozinho, mas contratava um serviço de faxina semanal. Ela se lembrava de ter ouvido isso da boca dele mesmo, da outra vez que visitara aquela casa. Não é que ele não gostasse de limpar a casa. Via isso como uma forma de arejar a cabeça, assim como cozinhar. Mas era impossível, na prática, limpar sozinho aquela casa enorme. Então ele era obrigado a pedir ajuda a profissionais. Menshiki dissera também que, quando essa equipe vinha trabalhar, ele passava boa parte do dia fora de casa. Que dia da semana seria isso? Quando a equipe chegasse, talvez Mariê conseguisse escapar. Devia ser um grupo com várias pessoas, que entraria de carro no terreno, trazendo material de limpeza, e durante o trabalho o portão seria aberto e fechado várias vezes. Além disso, Menshiki estaria fora. Não seria difícil fugir de dentro da casa. Talvez aquela fosse a única chance.

Mas ela não ouviu nada que indicasse a chegada dessa equipe. A segunda-feira passou sem novidades, da mesma maneira que o domingo. A peça de Mozart tocada por Menshiki ficava um pouco mais correta a cada dia, mais bem amarrada. Ele era uma pessoa muito atenta e muito perseverante. Estabelecia uma meta e seguia em sua direção sem descanso. Era admirável. Mas, mesmo que conseguisse aparar todas as arestas de sua interpretação de Mozart, quão agradável seria sua performance, musicalmente? Mariê se perguntava isso, ouvindo com atenção o som do piano que chegava aos seus ouvidos desde o andar de cima.

Ela sobrevivia à base de bolachas de água e sal, chocolate e água mineral. Comeu também algumas barrinhas de castanhas e experimentou um pouco de atum enlatado. Não encontrou nenhuma escova de dente, então ela os escovou com o dedo, usando a água mineral. Leu todas as revistas *National Geographic* que estavam na academia. Adquiriu muitos novos conhecimentos, sobre a tigresa que devorava pessoas na região de Bengala, os macacos raros de Madagascar, as mudanças geográficas do Grand Canyon, as condições da mineração de gás natural na Sibéria, a expectativa de vida dos pinguins no polo Sul, a vida dos nômades que habitam os planaltos do Afeganistão, os severos ritos de iniciação enfrentados pelos jovens do interior da Nova Guiné. Essas informações sobre o mundo natural poderiam se mostrar úteis algum dia. Também pode ser que nunca tivessem utilidade alguma. De qualquer forma, era a única coisa que havia para ler. Então Mariê devorava as *National Geographic* em japonês, uma após a outra.

E, de vez em quando, colocava a mão por baixo da camiseta e avaliava o volume dos seus seios. Mas eles nunca pareciam maiores. Chegou até a achar que estavam menores do que antes. Ela também pensou sobre a menstruação. Pelas suas contas, ainda faltavam dez dias até o começo da próxima. Se ficasse menstruada enquanto estivesse escondida ali, seria meio complicado, pois não havia produtos para isso em lugar nenhum (no estoque de produtos de emergência havia papel higiênico, mas não absorventes. Pelo jeito, o dono da casa nem lembrava da existência das mulheres). Mas ela provavelmente daria um jeito de sair dali antes disso. *Provavelmente.* Ela não poderia passar dez dias naquela situação.

Na terça-feira, perto das dez horas da manhã, o carro da equipe de faxina finalmente apareceu. A voz animada das mulheres descarregando o material de limpeza entrou pela janela, vindo do jardim lá em cima. Naquela manhã, Menshiki não havia lavado roupa nem feito exercícios. Sequer aparecera no subsolo. Então Mariê já estava esperançosa, considerando essa possibilidade (tinha de haver algum motivo considerável para Menshiki alterar sua rotina). E estava certa. Menshiki entrou no Jaguar e saiu de casa assim que a grande van da empresa de limpeza entrou.

Mariê arrumou correndo o quartinho e reuniu as garrafas de água e as embalagens vazias de comida num saco de lixo. Deixou o saco num lugar bem visível. A equipe de limpeza certamente cuidaria disso. Dobrou o cobertor e o edredom direitinho, como estavam antes, e os guardou no armário. Com muito cuidado, apagou qualquer indício de que alguém havia passado vários dias naquele cômodo. Depois colocou a bolsa no ombro e subiu as escadas sem fazer barulho. Calculou o momento certo para cruzar o corredor sem ser vista por ninguém da equipe. Seu coração acelerou ao pensar *naquele quarto*. E, ao mesmo tempo, sentiu certa saudade das roupas no closet. Gostaria de vê-las mais uma vez, sem pressa. De tocá-las. Mas não havia tempo para isso. Ela precisava agir rápido.

Conseguiu sair pela porta da frente sem ser vista por ninguém e subiu correndo pelas curvas da ladeira de entrada. Tinham deixado o portão aberto, como ela imaginava. Não ficavam abrindo e fechando todas as vezes que um funcionário precisava entrar ou sair. Mariê atravessou o portão fingindo naturalidade e saiu para a rua.

Será que posso sair assim tão tranquilamente deste lugar?, se perguntou, ao passar pelo portão. Não deveria acontecer algo mais difícil e intenso? Como as provações severas e dolorosas pelas quais passavam os jovens da Nova Guiné que apareceram na *National Geographic*? Não seria necessário, como *símbolo*, que algo assim acontecesse? Mas essa dúvida só cruzou sua mente por um instante. A sensação de liberdade por ter conseguido escapar era forte demais.

O céu estava totalmente encoberto por nuvens pesadas, que pareciam prontas para derramar uma chuva gelada a qualquer momento. Porém, Mariê ergueu o rosto para o céu e respirou fundo várias vezes, sentindo uma felicidade sem tamanho. Sentia-se como na praia em Waikiki, olhando as folhas dos coqueiros lá em cima. Ela estava livre. Seus pés podiam levá-la para onde ela quisesse. Não precisava mais ficar encolhida no escuro, tremendo. Ficou muito feliz, muito grata por estar viva. Foram apenas quatro dias, mas o mundo exterior lhe parecia vívido e brilhante. Cada uma das plantas ao seu redor exalava vitalidade. O perfume do vento fazia seu peito se agitar.

Mas ela não podia ficar enrolando por ali. Menshiki poderia ter esquecido alguma coisa e voltar para pegá-la. Ela precisava sair logo. Para não chamar a atenção de ninguém, desamassou o uniforme o melhor que pôde (ela dormira vários dias enrolada nas cobertas vestindo aquele uniforme) e penteou os cabelos com as mãos, então desceu a montanha com passos rápidos e o ar mais casual que conseguiu produzir.

Em seguida, atravessou a estrada e subiu a encosta do lado oposto. Mas não foi direto para a própria casa. Antes, passou na minha, pois tinha um plano, só que não havia ninguém em casa. Tocou a campainha até cansar, e não houve resposta.

Mariê desistiu, entrou no bosque atrás da casa e foi até o buraco atrás do santuário. Mas o buraco estava coberto por uma lona azul, que não estava lá antes. Uma lona firmemente amarrada em estacas fincadas na terra. Em cima dela, havia pedras para fazer peso. Não dava nem para olhar lá dentro. Enquanto Mariê esteve presa, alguém — não se sabe quem — havia tampado o buraco. Devem ter achado que era perigoso demais deixá-lo aberto. Mariê parou diante do buraco e escutou com atenção por um tempo, mas não ouviu nenhum ruído vindo lá de dentro.

(Nota minha: se ela não escutou o guizo, isso deve significar que eu ainda não havia chegado ao buraco. Ou, então, aconteceu de estar dormindo justo nessa hora.)

Começaram a cair uns pingos gelados de chuva. *Preciso voltar logo para casa*, pensou ela. *Minha família deve estar preocupada.* Mas, quando chegasse, teria que explicar para todo mundo onde esteve durante os últimos quatro dias. Não podia apenas falar a verdade e dizer que se esgueirou para dentro da casa do Menshiki e ficou escondida lá dentro. Se dissesse isso, seria uma dor de cabeça. Deviam ter informado a polícia do seu desaparecimento, e se a polícia soubesse que ela entrou sem permissão na casa dele, com certeza ela sofreria alguma punição.

Por isso, tinha decidido dizer que caíra por acidente naquele buraco e ficara presa lá por quatro dias. Até ser encontrada, por acaso, pelo seu professor — isto é, *eu*, que a socorrera. Ela tinha inventado essa desculpa e pretendia me convencer a participar da mentira. Só que agora eu não estava em casa e o buraco estava coberto pela lona, impedindo que qualquer um entrasse ou saísse dele. Isso inutilizou a história que ela tinha criado (se tivesse dado certo, eu teria que explicar para a polícia por que Menshiki e eu nos demos ao trabalho de contratar um trator para abrir aquele buraco, o que, por si só, resultaria em uma situação bem inconveniente).

Fora isso, só lhe ocorria fingir amnésia. Era a única maneira. Não se lembrava de nada do que lhe acontecera durante esses quatro dias. Sua memória estava completamente vazia. Quando deu por si, estava sozinha no meio da montanha, nos fundos de sua casa. O jeito era afirmar isso. Ela vira uma história assim em um programa de televisão. Não sabia se as pessoas engoliriam essa desculpa. Provavelmente lhe fariam muitas perguntas, tanto sua família quanto a polícia. Talvez a levassem para uma clínica psiquiátrica ou coisa assim. Mas o jeito era insistir que não se lembrava de nada. Desarranjar os cabelos, enlamear braços e pernas e fazer um ou outro arranhão, como se tivesse passado todo esse tempo no meio da montanha. O jeito era tentar fazer essa performance.

E então ela pôs isso em prática. Não dava para dizer que tinha sido uma performance muito boa, mas ela não tinha outra opção.

Essa foi a história que Mariê Akikawa me confessou. Quando estava terminando essa parte, Shoko retornou. Ouvimos seu Toyota Prius estacionando diante da casa.

— É melhor não falar nada sobre o que te aconteceu de verdade. Não conte pra mais ninguém. Vai ser um segredo entre nós dois — falei para Mariê.

— Claro — respondeu ela. — Não vou contar pra mais ninguém, é claro. E, mesmo que eu contasse, acho que não acreditariam.

— Eu acredito.

— Será que assim o círculo vai se fechar?

— Não sei — falei. — Talvez ele ainda não esteja totalmente fechado. Mas acho que o resto vai dar para resolver. Tenho a impressão de que a parte mais perigosa já passou.

— A parte *letal*.

Eu concordei.

— É, a parte letal.

Mariê fitou meu rosto por uns dez segundos. Depois falou baixinho:

— O comendador existe de verdade.

— Sim, ele existe de verdade — afirmei.

E eu o matei com minhas próprias mãos. *De verdade*. Mas isso eu não podia dizer, é claro.

Mariê assentiu com a cabeça, só uma vez. Ela provavelmente guardaria aquele segredo para sempre. Seria um grande segredo, só entre nós dois.

Se eu pudesse, queria contar a ela que as vestimentas daquele closet, que a protegeram de *algo*, eram roupas que sua falecida mãe usava nos tempos de solteira. Mas não podia fazer isso. Eu não tinha esse direito. O comendador também não devia ter. Provavelmente, o único neste mundo que tinha esse direito era Menshiki. Mas ele jamais o exerceria.

Todos nós vivemos a vida carregando conosco segredos que não podemos compartilhar.

63.
Mas não é o tipo de coisa
que você está pensando

Eu e Mariê compartilhamos um segredo. Um segredo importante, que só nós dois sabíamos no mundo. Eu contei a ela exatamente o que vivi no mundo subterrâneo, e ela me contou, exatamente, o que viveu na mansão de Menshiki. Também éramos as únicas pessoas que sabiam sobre os dois quadros, *O assassinado do comendador* e *O homem do Subaru Forester branco*, embrulhados e escondidos no sótão da casa de Tomohiko Amada. A coruja também sabia, é claro, mas não falaria nada. Ela só engolia, em silêncio, os segredos.

De vez em quando Mariê vinha me visitar (vinha pela passagem secreta, escondida da tia) e juntos nós analisávamos meticulosamente, em ordem cronológica, as experiências pelas quais nós dois passamos ao mesmo tempo, e tentávamos encontrar pontos em comum entre elas.

Eu estava preocupado se Shoko Akikawa não ia perceber a coincidência entre os quatro dias em que Mariê estivera desaparecida e os três dias em que eu "viajara para longe" e ficar desconfiada. Mas pelo visto essa ideia nem lhe passou pela cabeça. E a polícia também não deu atenção a esse fato. Eles não sabiam da existência da "passagem secreta" e consideravam que a casa onde eu morava ficava do lado de lá da crista da montanha. Não fui sequer interrogado pela polícia, pois não era considerado um dos vizinhos. Tudo indica que Shoko não lhes informou que Mariê estava posando como modelo para uma pintura minha. Deve ter achado que essa informação não seria necessária. Se a polícia soubesse que o desaparecimento de Mariê e o período em que eu estivera ausente foram concomitantes, eu provavelmente me veria em uma situação bem delicada.

No fim, eu não terminei o retrato de Mariê Akikawa. Estava praticamente pronto, faltavam apenas alguns toques finais, porém eu temia o que poderia acontecer caso eu o terminasse. Quando aquele quadro estivesse pronto, Menshiki certamente faria tudo o que estivesse ao seu alcance para adquiri-lo. O que quer que ele tivesse me dito, eu sabia que isso iria acontecer. E, pessoalmente, eu não queria entregar o retrato de Mariê Akikawa a Menshiki. Não queria mandá-lo para seu "templo". Poderia haver algo de perigoso lá. Assim, no final das contas, essa obra permaneceu inacabada. Mas Mariê gostou muito ("esta pintura representa muito bem como eu penso hoje em dia", disse ela) e perguntou se poderia ficar com ela. Então entreguei a ela, com prazer, o retrato inacabado, junto com os três rascunhos que fizera antes, como prometido. Ela disse que o fato de o quadro não estar pronto o deixava ainda melhor.

— É legal, porque se o quadro não está pronto, é como se eu também não estivesse pronta — disse ela.

— Não existe ninguém totalmente pronto. Todo mundo é sempre incompleto.

— Até Menshiki? — perguntou ela. — Ele parece tão completo...

— Acho que mesmo ele deve ser incompleto.

Menshiki não é completo, de jeito nenhum, pensei. Era justamente por isso que ele continuava buscando, noite após noite, a imagem de Mariê do outro lado do vale, através do binóculo. Ele não podia evitar. Era só graças a este segredo que ele conseguia existir neste mundo de forma equilibrada. Devia ser, para ele, como o bastão que equilibristas de circo usam para andar na corda bamba.

Mariê sabia que Menshiki observava o interior de sua casa com o binóculo, é claro. Mas ela não falou sobre isso com ninguém (além de mim). Nem contou à sua tia. Continuava sem saber por que ele precisava fazer uma coisa dessas, mas, por algum motivo, não tinha vontade de tentar descobrir. Ela só deixou de abrir as cortinas do próprio quarto. As cortinas laranja, desbotadas pelo sol, ficavam sempre cuidadosamente fechadas. E de noite, quando ia trocar de roupa, sempre apagava a luz do quarto. Quanto ao que fazia no resto da casa, não se incomodava muito por saber que estava sendo espionada diariamente. Chegava a achar divertido o fato de ser observada. Quem sabe, *ser a única que sabia disso* tinha um significado especial para ela.

Segundo Mariê, o relacionamento da tia e Menshiki continuava. Uma ou duas vezes por semana, sua tia pegava o carro e ia até a casa dele. E esses encontros pareciam ter uma natureza sexual (Mariê disse isso com vários rodeios). Sua tia não contava aonde ia, mas Mariê sabia, é claro. Quando voltava, a jovem tia tinha sempre o rosto mais afogueado. Apesar de tudo — apesar de qualquer espaço diferente que o coração de Menshiki tivesse ou deixasse de ter —, Mariê não podia impedir sua tia de se relacionar com ele. Só lhe restava deixar que os dois trilhassem o próprio caminho como quisessem. A única coisa que ela desejava era que essa relação não a envolvesse, conforme progredia. Queria poder observar esse turbilhão de longe, preservando sua posição separada.

Mas eu desconfiava que isso não seria fácil. Mais cedo ou mais tarde, em maior ou menor grau, esse turbilhão sem dúvida a tomaria sem que ela percebesse. Pouco a pouco, seria carregada desde a extremidade mais distante até chegar ao centro. Menshiki certamente considerava a existência de Mariê ao se relacionar com Shoko. Não importa se suas ações foram planejadas ou não, ele não poderia deixar de fazê-lo. Ele era assim. E essa união era resultado de minhas ações, mesmo que acidentalmente. Menshiki e Shoko Akikawa se viram pela primeira vez na minha casa. Foi Menshiki quem quis isso, e Menshiki era um homem extremamente habituado a conseguir o que desejava.

Mariê não sabia o que Menshiki pretendia fazer com os vestidos tamanho trinta e quatro e os sapatos que estavam no closet, mas supunha que ele continuaria, para sempre, escondendo e preservando cuidadosamente essas roupas de uma amante do passado, ali ou em algum outro lugar. O que quer que acontecesse entre ele e Shoko, Menshiki não conseguiria jogar fora nem queimar aquelas roupas. Elas já haviam se tornado parte de sua psique. Parte das coisas que deveriam ser adoradas em seu "templo".

Eu decidi parar de dar aulas na escola de artes em frente à estação de Odawara. Pedi desculpas ao administrador do curso, dizendo que eu precisava me concentrar mais na minha própria produção. Ele se contentou razoavelmente com minha explicação. "É uma pena, você é muito elogiado como professor...", disse. Não parecia estar dizendo isso só da boca para fora. Eu agradeci. Continuei dando aulas até o final daquele ano, e enquanto isso ele arranjou alguém para me substituir. Uma ex-professora de artes do ensino médio, com uns sessenta e cinco anos. Era uma mulher com olhos que se assemelhavam aos de um elefante, mas parecia muito boa pessoa.

Menshiki me telefonava de vez em quando. Sem nenhum assunto particular para tratar, só falávamos sobre amenidades. Nessas ocasiões, ele sempre perguntava se não havia nada de novo com o buraco atrás do santuário, e eu sempre respondia que não. De fato, não havia nenhuma novidade sobre o buraco. A lona azul continuava a cobri-lo firmemente. Não havia indício de que alguém a tivesse removido. As pedras colocadas para fazer peso continuavam lá. E nada estranho ou suspeito voltou a acontecer em relação a ele. Não escutei mais o guizo de madrugada, não vi o comendador nem qualquer outra criatura. O buraco só seguia existindo, discreto, no meio do bosque. As moitas de capim brutalmente esmagadas pelas esteiras do trator recuperavam pouco a pouco a vitalidade e estavam voltando a escondê-lo.

Menshiki achava que fiquei naquele buraco durante todo o tempo em que estive desaparecido. Ele não saberia explicar como fui parar lá, mas havia me encontrado no buraco, esse era um fato real e incontestável. Então, ele nunca conectou o meu desaparecimento ao de Mariê Akikawa. Para Menshiki, o fato de esses dois eventos terem ocorrido simultaneamente era um mero acaso.

Tentei averiguar, discretamente, se Menshiki tinha alguma suspeita de que alguém havia passado quatro dias escondido dentro de sua casa, mas nada indicava que sim. Menshiki não fazia a menor ideia de que isso tinha acontecido. Sendo assim, o homem que ficou parado diante do closet no "quarto proibido" não devia ser o próprio Menshiki. Então, quem poderia ser?

Apesar de telefonar de vez em quando, Menshiki deixou de aparecer na minha casa. Talvez, depois de ter conseguido Shoko Akikawa, não considerasse necessário continuar interagindo pessoalmente comigo. Ou talvez sua curiosidade em relação a mim, como pessoa, tenha se esgotado. Talvez fossem as duas coisas. De qualquer maneira, isso não me incomodava (apesar de às vezes eu ficar triste por não escutar mais o ronco do motor V8 do seu Jaguar).

Entretanto, por ele me ligar vez ou outra (ele sempre ligava às oito horas da noite), suponho que Menshiki ainda sentia necessidade de manter algum tipo de conexão comigo. Talvez o fato de ele ter me contado seu segredo, de que Mariê Akikawa *talvez* fosse sua filha, lhe pesasse um pouco. Não acho que ele estivesse preocupado com a possibilidade de eu deixar isso escapar para alguém — como Shoko ou Mariê. Ele não duvidava da minha capacidade de guardar segredos. Sabia ler as pessoas bem o suficiente para perceber que os guardo bem. Mas contar um segredo tão profundamente pessoal, para quem quer que fosse, era uma atitude *muito atípica para Menshiki*. Quem sabe, guardar um segredo sozinho por toda a vida fosse exaustivo demais, mesmo para alguém com uma força de vontade tão grande quanto ele. Ou então ele precisava tanto da minha colaboração naquele momento que achou que valia a pena contar. E eu devo ter parecido razoavelmente inofensivo.

Porém, não importa se ele tinha me usado de forma premeditada ou não, o fato é que eu tinha que ser grato a ele. Afinal, quem me salvou de dentro daquele buraco não foi ninguém menos que ele. Se Menshiki não tivesse aparecido, trazido a escada e me alçado para a superfície, é provável que eu tivesse definhado, preso lá dentro. Pode-se dizer que nós dois socorremos um ao outro e que, assim, estávamos quites.

Quando contei que havia entregado a Mariê o quadro *O retrato de Mariê Akikawa*, sem terminá-lo, Menshiki não disse nada, apenas assentiu com a cabeça. Foi ele quem encomendou essa obra, mas talvez agora já não precisasse tanto dela. Talvez achasse que uma obra inacabada não tinha valor. Ou talvez estivesse pensando alguma outra coisa.

Alguns dias depois dessa conversa, fiz uma moldura simples para *O buraco no meio do bosque* e o ofereci a Menshiki. Coloquei o quadro no porta-malas do Corolla e fui até a casa dele (essa foi a última vez que nos encontramos pessoalmente).

— Gostaria de lhe dar isto, como agradecimento por ter salvado a minha vida. Fique com ele, por favor — falei.

Menshiki pareceu gostar muito do quadro (também achei que o resultado tinha ficado bom, como pintura). Insistiu para que eu aceitasse um pagamento, mas recusei definitivamente. Eu já recebera dele uma quantia excessiva e não pretendia receber mais. Não queria criar novas dívidas entre nós. Agora, éramos apenas vizinhos, cada um do seu lado do vale. Se possível, eu preferia manter nossa relação nesses termos.

No sábado da semana em que fui resgatado do buraco, Tomohiko Amada faleceu. Passou três dias em estado de coma, desde quinta-feira, e seu coração foi parando de bater. De maneira muito calma e natural, como uma locomotiva que, ao chegar à última estação, vai parando devagar. Masahiko passou todo o tempo ao seu lado. Quando o pai morreu, ele me ligou.

— Foi uma morte muito tranquila — disse. — Eu gostaria de morrer tão calmamente assim, quando chegar a minha hora. Ele estava até sorrindo um pouco.

— Sorrindo? — repeti.

— Talvez não fosse um sorriso de verdade. Mas era algo próximo. Pelo menos foi o que eu achei.

Eu escolhi as palavras.

— Sinto muito pela morte do seu pai, mas fico feliz de saber que ele partiu tranquilamente.

— Até o meio da semana ele ainda estava um pouco consciente, mas não parecia ter mais nada a dizer. Ele viveu mais de noventa anos, fazendo sempre o que quis. Não devia ter nenhum arrependimento — disse Masahiko.

Ele tinha arrependimentos, sim. Carregava em seu coração algo muito pesado. Mas só ele mesmo sabia, concretamente, o que era isso. E, agora, ninguém nunca saberá.

Masahiko continuou:

— Acho que agora as coisas vão ficar meio corridas. Meu pai era um homem famoso, afinal de contas, então agora preciso resolver várias coisas em relação à sua morte. Preciso cuidar de tudo, como seu único filho e herdeiro. Daqui a pouco, quando as coisas assentarem, a gente conversa com mais calma.

Agradeci por ele ter ligado para contar da morte de seu pai e desliguei.

A morte de Tomohiko Amada parecia ter criado um silêncio ainda mais profundo no interior da casa. Bom, era de esperar. Afinal, Tomohiko vivera muitos e muitos anos naquela casa. Passei vários dias junto a esse silêncio. Era denso, mas não desagradável. Uma quietude pura, desconectada de tudo. Uma série de eventos tinha chegado ao fim. Era essa a sensação que ele passava. O que havia ali era a calma que surge quando questões importantes finalmente alcançam sua resolução.

Numa noite, passadas umas duas semanas desde a morte de Tomohiko, Mariê apareceu, como um gato arisco, conversou um pouco comigo e voltou para casa. Não ficou por muito tempo. Agora sua família a vigiava mais estritamente, então ela não conseguia escapar tão fácil de casa.

— Acho que meus peitos estão crescendo, devagar — disse ela. — Outro dia fui comprar sutiã com minha tia. Sabia que tem sutiãs pra principiantes?

Eu respondi que não sabia. Olhei para o peito dela, mas através do suéter de lã Shetland não dava para ver volume algum.

— Ainda não dá pra ver muita diferença… — falei.

— Estou usando um com bojo bem fino. É que, se eu começar logo por um que dá muito volume, todo mundo vai saber que eu estou usando enchimento. Então tenho que começar do mais fino e ir aumentando aos poucos. É bem elaborado, sabe.

Mariê foi minuciosamente interrogada por uma agente da polícia sobre onde estivera durante aqueles quatro dias. A policial a tratou com delicadeza, no geral, mas a pressionou algumas vezes. Mesmo assim, Mariê insistiu que estivera vagando pelas montanhas, que tinha se perdido no meio do caminho e sua mente se apagara, não se lembrava de mais nada. Que devia ter comido e bebido o chocolate e a água mineral que sempre carrega na bolsa da escola. De resto, não deu mais nenhuma informação. Fechou a boca como um cofre à prova de fogo. Ela sempre foi boa nisso. Uma vez convencida de que não fora um caso de sequestro para pedir resgate, a polícia recomendou que a levassem para ser examinada em um hospital específico. Queriam saber se ela não havia sofrido abuso sexual. Quando ficou claro que não havia nenhum indício disso, pareceram perder o interesse profissional. Foi só uma menina no começo da adolescência que passou uns dias fora de casa, passeando por aí. Não era uma ocorrência particularmente incomum.

Mariê jogou fora todas as roupas que usou durante aqueles dias. O blazer azul-marinho, a saia xadrez, a blusa branca, o colete de tricô, os sapatos de couro, tudo. Comprou um novo conjunto de uniforme. Queria recomeçar do zero. Depois disso, voltou à sua vida de sempre, como se nada tivesse acontecido. Só parou de fazer aulas de desenho (ela já estava um pouco velha para a turma infantil, de qualquer jeito). O retrato (inacabado) que eu fizera dela ficou pendurado no seu quarto.

Eu não conseguia imaginar que tipo de mulher Mariê se tornaria. As meninas dessa idade se transformam num piscar de olhos, tanto externa quanto internamente. Se nos encontrássemos dali a alguns anos, talvez eu nem a reconhecesse. Então, fiquei feliz por ter registrado, de alguma maneira, a imagem da Mariê de treze anos, ainda que o retrato tenha ficado inacabado. Pois, no mundo real, não há nenhuma imagem que permaneça para sempre.

Liguei para o agente de Tóquio com quem costumava trabalhar e disse que queria voltar a pintar retratos. Ele se alegrou com a notícia. Estavam sempre precisando de pintores competentes.

— Mas você não tinha decidido que não pintaria mais retratos comerciais? — disse ele.

— Hoje em dia, penso um pouco diferente — falei. Mas não expliquei de que forma pensava. Ele também não perguntou.

Eu queria passar um tempo só trabalhando, sem pensar em nada. Queria produzir em massa esses retratos "comerciais" comuns, um depois do outro. Além disso, esse trabalho também me daria estabilidade financeira. Eu mesmo não sabia dizer até quando continuaria vivendo assim. Não conseguia prever o futuro. Mas, naquele momento, era isso que eu queria fazer. Trabalhar concentrado, com as técnicas que já dominava bem, sem atrair nada desnecessário para o meu interior. Fazer qualquer coisa que não me pusesse em contato com IDEAS, METÁFORAS e afins. Que não me enredasse nos complicados assuntos pessoais de um homem riquíssimo e misterioso, morador do outro lado do vale. Que não me fizesse trazer à luz uma obra-prima escondida e, como resultado, ter que me arrastar através de um túnel apertado e escuro. Naquele momento, era isso o que eu mais desejava.

Eu e Yuzu nos encontramos para conversar. Sentamos em um café perto do trabalho dela, tomando café e Perrier. Sua barriga não estava tão grande quanto eu tinha imaginado.

— Você não pretende se casar com o pai da criança? — foi minha primeira pergunta.

Ela fez que não com a cabeça.

— No momento, não pretendo.

— Por que não?

— Só sinto que é melhor não.

— Mas você pretende ter o bebê, né?

Ela assentiu discretamente.

— Claro. Nem daria mais pra voltar atrás.

— Você está morando com ele?

— Não. Moro sozinha, desde que você saiu.

— Por quê?

— Em primeiro lugar, porque ainda não me divorciei de você.

— Mas eu assinei e carimbei os documentos que recebi outro dia! Achei que era óbvio que o divórcio já estava finalizado.

Yuzu se calou e pensou um pouco antes de responder.

— Para falar a verdade, eu ainda não dei entrada nos documentos do divórcio. Não sei por quê, mas não consegui fazer isso e acabei deixando tudo parado. Então, legalmente, continuamos sendo marido e mulher, como se nada tivesse acontecido. E, mesmo que a gente se separe, legalmente esta criança será considerada sua. Mas é claro que você não precisa assumir nenhuma responsabilidade sobre isso.

Eu não entendi direito.

— Mas, biologicamente, esse bebê que você vai ter é daquele cara, né?

Yuzu ficou me encarando, sem abrir a boca. Depois falou:

— As coisas não são tão simples.

— Como assim?

— Eu não sei bem como dizer... É que não estou totalmente certa de que ele é o pai dessa criança.

Agora foi minha vez de fitar seu rosto fixamente.

— Você não sabe quem te engravidou, é isso?

Ela assentiu. *Não sei.*

— Mas não é o que você está pensando. Eu não saí dormindo com todo mundo que vi pela frente. Eu só transo com uma pessoa em cada época. Por isso que uma hora eu parei de fazer essas coisas com você. Não foi?

Eu concordei.

— Me senti mal por isso, mas...

Concordei novamente. Yuzu continuou.

— Além disso, eu também me preveni muito bem com esse outro cara. Eu não pretendia engravidar. Como você sabe, sou uma pessoa muito cuidadosa nesse assunto. Mas, quando vi, estava grávida.

— Por mais cuidado que se tome, essas coisas sempre podem acontecer...

Ela balançou a cabeça novamente.

— Mas as mulheres desconfiam, nessas horas. Temos um tipo de intuição pra isso. Acho que os homens não sabem como é essa sensação.

Eu não sabia, é claro.

— Mas, no fim, você decidiu ter a criança — falei.

Yuzu concordou.

— Mas você nunca quis ter filhos. Pelo menos, não comigo.

— Eu nunca quis ter filhos. Nem com você, nem com ninguém.

— E agora você vai pôr no mundo essa criança, da qual não tem certeza quem é o pai? Se quisesse, poderia ter feito um aborto, mais cedo.

— Eu considerei essa opção, claro, e fiquei em dúvida.

— Mas não fez.

— Eu tenho pensado, ultimamente... — disse ela. — Que apesar dessa vida que eu levo ser minha, claro, talvez a maior parte do que acontece nela seja decidido e conduzido em outro lugar, sem relação comigo. Quer dizer, talvez só pareça que eu tenho livre-arbítrio, sendo que na verdade não sou eu quem decide nenhuma das coisas importantes. E pensei que o fato de eu ter engravidado devia ser um sinal disso.

Eu continuei ouvindo, sem falar nada.

— Talvez soe fatalista, mas foi o que eu senti, *de verdade*. Um sentimento muito direto, muito forte. Então eu falei: se é assim, vou ter e criar essa criança sozinha. E aí vou ver o que me acontece em seguida. Começou a me parecer uma coisa importantíssima.

— Eu queria te perguntar uma coisa — falei, num impulso.

— O quê?

— É uma pergunta simples, você pode responder só sim ou não, e eu não vou dizer mais nada.

— Tá bom, pode perguntar.

— Será que eu posso voltar pra sua casa?

Ela franziu um pouco o cenho. Ficou me olhando um tempo.

— Você quer voltar a morar comigo, como casal, é isso?

— Se der.

— Tá bom — disse Yuzu, com a voz calma. Não hesitou antes de responder. — Você continua sendo meu marido, e a casa continua como estava quando você saiu. Se quiser, pode voltar.

— Você ainda está namorando com aquele homem? — perguntei.

Yuzu balançou a cabeça.

— Não, já terminamos.

— Por quê?

— O principal motivo foi que eu não quis dar os direitos de paternidade da criança a ele.

Eu fiquei calado.

— Ele levou um choque muito grande quando soube disso. Bom, talvez fosse de esperar — disse ela. E esfregou o rosto com as duas mãos.

— E se for eu, você não se incomoda com isso?

Ela pousou as mãos sobre a mesa e me olhou com atenção mais uma vez.

— Você mudou um pouco? Tem alguma coisa diferente no seu rosto…

— Não sei sobre meu rosto, mas acho que aprendi algumas coisas.

— Talvez eu também tenha aprendido algumas coisas.

Eu peguei a xícara e tomei o resto do café. Depois falei:

— O pai do Masahiko faleceu e parece que ele está meio atrapalhado por causa disso. Talvez leve um tempo pra tudo se acalmar. Mas quando as coisas estiverem mais tranquilas, acho que no comecinho do próximo ano, devo conseguir organizar minhas coisas, sair daquela casa e voltar para o apartamento em Hiroo. Tudo bem se eu fizer isso?

Ela encarou meu rosto longamente. Como quem olha uma paisagem saudosa que não via há algum tempo. Depois estendeu o braço e pousou de leve a mão sobre a minha, que estava na mesa.

— Eu queria tentar de novo com você — disse Yuzu. — Para falar a verdade, já estava pensando nisso há um tempo.

— Eu também estava — falei.

— Não sei se vai dar certo…

— Eu também não. Mas acho que vale a pena tentar.

— Daqui a pouco tempo eu vou ter uma criança sem pai definido. Você não se importa?

— Por mim, tudo bem — falei. — E, se eu disser isso talvez você ache que eu fiquei maluco, mas acho que eu posso ser pai dessa criança. Potencialmente. Tenho essa impressão. Sinto que talvez meu pensamento tenha te engravidado de longe. Na forma de um conceito, usando um caminho especial.

— Na forma de um conceito?

— Uma hipótese.

Yuzu pensou sobre isso por um momento, depois falou:

— Se for verdade, é uma bela de uma hipótese.

— Talvez não dê pra ter certeza de nada neste mundo — falei. — Mas pelo menos a gente pode acreditar em alguma coisa.

Ela sorriu. Esse foi o fim da nossa conversa nesse dia. Ela pegou o metrô de volta para casa e eu dirigi minha perua Corolla empoeirada até a casa no alto da montanha.

64.
Uma forma de graça

Vários anos depois que voltei para a minha esposa e retomamos a vida a dois, um grande terremoto atingiu toda a região leste do Japão, no dia 11 de março. Sentado diante da televisão, vi as cidades costeiras das províncias de Iwate e Miyagi serem destruídas uma após a outra. Era a região por onde, certa feita, eu viajara sem rumo definido, dirigindo meu velho Peugeot 205. E alguma dessas cidades devia ser aquela onde encontrei o homem do Subaru Forester branco. Mas na tela eu via apenas ruínas, construções derrubadas e quase completamente desfeitas pelo monstro gigantesco do tsunami. Não identifiquei nada que as conectasse *àquela cidade* por onde passei. E, como eu não me lembrava de seu nome, não tinha nem como saber quão atingida ela fora pela catástrofe, ou como estava agora.

Passei vários dias apenas olhando a tela da televisão, sem palavras, sem poder fazer nada. Não conseguia sair da frente dela. Ansiava por encontrar naquelas imagens qualquer cena, qualquer coisa, que se conectasse às minhas memórias. Sentia que, se não o fizesse, algo precioso que estava guardado dentro de mim seria carregado para longe, desapareceria sem deixar rastros. Tive vontade de pegar o carro imediatamente e ir para lá. Ver, com meus próprios olhos, o que é que restava. Mas eu jamais poderia fazer isso, é claro. As estradas centrais foram despedaçadas, isolando as cidades e vilas. Os recursos básicos — energia, gás, água — estavam completamente destruídos. E mais ao sul, em Fukushima (perto de onde eu deixara meu finado Peugeot), vários reatores nucleares estavam em estado de *meltdown*. Não havia a menor condição de me aproximar de lá.

Eu não estava feliz quando viajei por esses lugares, de maneira nenhuma. Sentia uma solidão extrema e carregava comigo uma tristeza incompreensível. Eu estava perdido, em vários sentidos. Ainda assim, segui viajando por entre aquelas pessoas desconhecidas, percorrendo suas atividades cotidianas. E talvez isso tenha sido muito mais significativo para mim do que eu achei na época. Durante essa viagem, de maneira quase sempre inconsciente, abandonei muitas coisas e apanhei muitas outras. Eu me tornei uma pessoa um pouco diferente depois de ter cruzado todos esses lugares.

Pensei no quadro *O homem do Subaru Forester branco*, que eu havia escondido no sótão da casa em Odawara. Será que aquele homem — fosse ele uma pessoa real, ou qualquer outra coisa — continuava vivendo naquela cidade? E aquela mulher magra com quem eu passara uma noite estranha, será que ainda estava lá? Será que os dois conseguiram escapar com vida do terremoto e do tsunami? Como estariam o motel e o restaurante daquela cidade?

Às cinco horas da tarde, eu ia buscar minha filha na creche. Isso era parte da minha rotina (minha esposa já voltara a trabalhar no escritório de arquitetura). A creche ficava a uns dez minutos da nossa casa, a passos de adulto. Na volta, levando minha filha pela mão, eu caminhava devagar. Se não estivesse chovendo, sentávamos em um banco num pequeno parque no caminho, para descansar e observar os cachorros da vizinhança em seus passeios. Minha filha gostaria de ter um cachorrinho pequeno, mas nosso prédio não permitia animais domésticos. Então, ela tinha que se contentar em ver os cães do parquinho. Às vezes a deixavam brincar com algum, pequeno e manso.

O nome de nossa filha era Muro. Foi Yuzu quem escolheu. Ela viu esse nome em um sonho, pouco antes da data prevista para o parto. Estava sozinha em uma grande sala de tatames, que se abria para um vasto e bonito jardim. Na sala havia uma mesa baixa para escrever, de estilo tradicional, sobre a qual estava uma folha de papel branco. Na folha, havia apenas um caractere, 室 (lê-se *murô*), primorosamente grafado em nanquim preto. Yuzu não sabia quem o escrevera, mas era uma caligrafia belíssima. Foi esse seu sonho. Quando acordou, a cena ainda estava clara em sua memória. Então decidiu que o nome da criança que iria nascer deveria ser Muro. Eu não me opus, é claro. Quem daria à luz a criança era ela. Pensei de repente que talvez tivesse sido Tomohiko Amada quem escreveu esse caractere. Mas foi só uma ideia que me ocorreu. No fim das contas, aquilo era apenas um sonho.

O fato de o bebê ser uma menina me alegrou. Por ter passado a infância junto a minha irmã, Komi, a ideia de ter uma menininha por perto era reconfortante. Também fiquei feliz por ela chegar ao mundo já tendo um nome definido. Nomes são, afinal, muito importantes.

Quando chegávamos em casa, Muro assistia ao noticiário comigo. Eu tentava evitar que ela visse as cenas em que o tsunami invadia as cidades. Achei que eram impactantes demais para uma criança pequena. Então cobria seus olhos com as mãos quando apareciam essas imagens.

— Por quê, papai? — perguntou Muro.

— É melhor você não ver. É cedo demais pra você.

— Mas é de verdade, né?

— É, sim. É uma coisa que aconteceu de verdade, longe daqui. Mas você não precisa ver todas as coisas que acontecem, só porque são verdade.

Muro passou um tempo pensando sozinha sobre o que eu tinha dito, mas não entendeu direito, é claro. Ela não conseguia compreender eventos como tsunamis ou terremotos, nem o que significava a morte. Mesmo assim, eu cobria bem os seus olhos para que não visse essas cenas. Compreender algo e ver algo são duas coisas diferentes.

Uma hora eu vi de relance, no canto da tela, o homem do Subaru Forester branco. Ou então achei que tinha visto. A câmera mostrava um grande navio pesqueiro que fora carregado para o topo de um morro, distante da costa. E, ao lado dele, estava *aquele homem*. Como um cuidador de elefante ao lado de um animal que já não pode cumprir sua função. A imagem logo foi substituída por outra, então não tenho certeza se realmente era o homem do Subaru Forester branco. Mas aquela figura alta, de casaco de couro preto e boné preto com o logo da Yonex, parecia muito com ele.

Depois disso, o homem não apareceu mais. Eu o vi por apenas um segundo, e logo cortaram para outro ângulo.

Além de assistir às notícias sobre o terremoto, eu continuava pintando os meus retratos "comerciais" para pagar as contas. Movia os pincéis sobre a tela quase automaticamente, sem pensar em nada. Essa era a vida que eu queria. E era isso o que as pessoas queriam de mim. Esse trabalho também me garantia uma renda certa, o que também era algo de que eu precisava. Eu tinha uma família para sustentar.

* * *

Dois meses depois do terremoto de Tohoku, a casa onde eu havia morado em Odawara foi destruída por um incêndio. A casa no topo de uma montanha, onde Tomohiko Amada passara metade de sua vida. Masahiko me ligou para dar a notícia. A casa ficou vazia por muito tempo, desde que eu saí de lá, e Masahiko estava sempre preocupado com sua manutenção. O incêndio mostrou que ele estava certo. A casa pegou fogo no final do feriado prolongado de maio, antes do alvorecer. Os bombeiros foram acionados e correram para apagá-lo, mas a essa altura a velha construção de madeira já estava quase totalmente queimada (o grande caminhão de bombeiros demorou para conseguir subir pela estrada estreita e sinuosa). Por sorte, havia chovido na noite anterior, então o fogo não se espalhou para a mata ao redor. A investigação dos bombeiros não conseguiu descobrir o motivo do incêndio. Disseram que podia ter sido um curto-circuito, ou quem sabe um ato criminoso.

Assim que soube disso, pensei sobre *O assassinato do comendador*. Aquela obra deve ter ardido junto com a casa. E o meu *O homem do Subaru Forester branco* também. E a grande coleção de discos. Será que a coruja do sótão conseguiu escapar ilesa?

O assassinato do comendador era sem dúvida uma das obras-primas de Tomohiko Amada, e o fato de ela ter sido consumida pelo fogo era uma perda dolorosa para o mundo das artes japonesas. Somente um número muito limitado de pessoas a vira (entre elas, estávamos eu e Mariê Akikawa. Shoko também, ainda que apenas por um instante, e também o próprio pintor, Tomohiko Amada, é claro. Talvez fôssemos os únicos). Essa pintura preciosa, nunca divulgada ao público, fora consumida pelas chamas e já não estava mais neste mundo. Eu não podia deixar de sentir certa culpa. Deveria tê-la mostrado ao mundo, como a "obra-prima escondida de Tomohiko Amada"? Em vez disso, eu a embrulhara novamente e a devolvera ao sótão. E agora esse quadro maravilhoso estava reduzido a cinzas (os esboços dos personagens do quadro, que eu fizera em um caderno, deviam ser tudo o que restava em relação a esse quadro). Sendo eu mesmo um pintor, ainda que ordinário, isso me causava bastante dor. *Um quadro tão maravilhoso...* Talvez minhas ações fizessem de mim um traidor das artes.

Entretanto, ao mesmo tempo, pensei que talvez essa fosse uma obra que *precisava ser perdida*. A meu ver, a alma de Tomohiko Amada estava impregnada naquela pintura de maneira forte demais, profunda demais. Era uma obra esplêndida, sem dúvida, mas tinha, ao mesmo tempo, o *poder de invocar alguma coisa*. Um poder perigoso, eu diria. E, realmente, o fato de eu tê-la descoberto acabou fazendo com que um círculo se abrisse. Talvez não fosse apropriado trazer algo assim à tona, exibi-lo aos olhares de todos. Talvez o próprio artista tenha sentido o mesmo. E justamente por isso decidiu não mostrá-la a ninguém e guardá-la no sótão. Se fosse isso, eu havia apenas respeitado o desejo de Tomohiko Amada. E, de qualquer jeito, agora o quadro já fora tomado pelas chamas, e ninguém poderia fazer o tempo retroceder.

A perda de *O homem do Subaru Forester branco* não me causou grande pesar. Era provável que algum dia eu enfrentasse novamente o desafio desse retrato. Mas, para isso, precisava me tornar uma pessoa mais determinada, um artista mais robusto. Quando sentisse novamente o desejo de pintar "minhas próprias obras", eu refaria, num formato totalmente distinto, de um ângulo totalmente distinto, o retrato do homem do Subaru Forester branco. E, quem sabe, esse se tornaria o meu *O assassinato do comendador*. Se isso acontecesse, significaria que herdei de Tomohiko Amada algo muito valioso.

Mariê Akikawa me ligou logo depois do incêndio e conversamos por uma meia hora sobre a casa que havia queimado. Essa casa foi muito importante para ela. Ou, mais do que a casa, o cenário do qual ela fazia parte. Ou quem sabe os dias em que esse cenário foi parte fundamental de sua vida. Isso incluía também a figura de Tomohiko Amada enquanto vivo. O artista que ela conheceu estava sempre enfurnado no ateliê, sozinho, concentrado na pintura. Ela o via de longe, através do vidro das janelas. Mariê parecia lamentar sinceramente que esse cenário houvesse se perdido para sempre. E eu compartilhava da sua tristeza. Aquela casa significava muito para mim, ainda que eu tivesse morado lá por menos de oito meses.

No fim da conversa que tivemos ao telefone, Mariê me contou que seus seios estavam bem maiores. Nessa época, ela já estava no segundo ano do ensino médio ou algo assim. Eu não a via desde que saíra daquela casa. Só nos falávamos por telefone de vez em quando. Eu não tinha muita vontade de visitar novamente a casa e não houve nenhum motivo que me obrigasse a fazê-lo. Era sempre ela quem telefonava.

— Ainda não estão muito grandes, mas cresceram um pouco — disse Mariê, como quem confidencia um segredo. Demorei certo tempo para compreender que ela estava falando dos seus seios. — Como o comendador previu.

Que bom, respondi. Pensei em perguntar se ela tinha arranjado um namorado, mas refleti melhor e desisti.

Sua tia, Shoko Akikawa, mantinha o relacionamento com Menshiki. A certa altura, confessou a Mariê que estava namorando com ele. Disse que os dois tinham *uma relação muito íntima*. Que talvez levasse, eventualmente, ao casamento.

— Caso isso aconteça, você gostaria de morar com a gente? — perguntou a tia.

Mariê fingiu que não tinha escutado. Como sempre fazia.

— E aí, você pretende ir morar com Menshiki? — fiquei curioso e também perguntei.

— Acho que não — disse ela. Depois acrescentou — Mas não sei bem...

Não sabe bem?

— Pelo que entendi, você não tem lembranças muito boas daquela casa do Menshiki, tem? — perguntei, um pouco confuso.

— Mas eu ainda era criança quando essas coisas aconteceram, já parece um passado distante. E, acima de tudo, não consigo nem pensar em morar sozinha com meu pai.

Um passado distante?

Para mim, tudo parecia ter acontecido ainda ontem. Falei isso, mas Mariê não fez nenhum comentário. Talvez ela desejasse esquecer completamente tudo o que tinha vivido naquela mansão. Ou, quem sabe, já tinha mesmo esquecido. Ou, conforme crescia, também tinha começado a achar Menshiki uma pessoa interessante. Talvez sentisse nele alguma coisa especial, algo que os dois compartilhavam junto com os laços sanguíneos.

— Queria muito saber o que aconteceu com aquelas roupas que estavam no closet, na casa do Menshiki — disse Mariê.

— Aquele quarto te atrai, né?

— É que aquelas roupas me protegeram — disse ela. — Mas ainda não sei bem. Se eu entrar na faculdade, talvez vá morar sozinha em outro lugar.

Talvez seja uma boa, falei.

— E o buraco atrás do santuário, o que aconteceu com ele? — perguntei.

— Continua igual — disse Mariê. — Ainda está coberto pela lona azul, mesmo depois do incêndio. Talvez com o tempo as folhas secas cubram tudo, aí ninguém vai nem saber que tem um buraco ali.

O velho guizo ainda devia estar no fundo daquele buraco. Junto com a lanterna de plástico que peguei emprestada do quarto de Tomohiko Amada.

— Você não viu mais o comendador? — perguntei.

— Nunca mais, desde aquela vez. Hoje em dia acho até difícil acreditar que ele existia de verdade.

— Ele existia, sim — falei. — É melhor acreditar.

Mas talvez Mariê fosse se esquecendo de tudo isso, pouco a pouco. Ela estava entrando no final da adolescência, sua vida ficaria cada vez mais ocupada e complexa. Talvez ela não tivesse mais tempo para lidar com coisas sem sentido como IDEAS e METÁFORAS.

Às vezes me pergunto que destino teve aquela miniatura de pinguim que entreguei como pagamento ao barqueiro do rio, o homem sem face. Era minha única opção para poder atravessar aquela corredeira. Agora eu só podia rezar para que, onde quer que esse pinguim estivesse — talvez indo e voltando entre o ser e o não ser —, ele continuasse olhando por Mariê.

Eu continuo sem saber de quem Muro é filha. Uma análise de seu DNA provavelmente responderia a essa questão, mas não tenho desejo de saber o resultado de um exame desses. Pode ser que algo aconteça e eu descubra, eventualmente. A verdade sobre quem é o seu pai pode vir à luz algum dia. Mas qual o significado dessa "verdade"?

Legalmente, Muro é minha filha, e sinto por ela um amor profundo. Adoro o tempo que passamos juntos. Para mim, não importa quem é ou deixa de ser seu pai biológico. Esse é um detalhe insignificante, que não mudaria coisa alguma.

Quando eu viajava por Tohoku, perambulando de cidade em cidade, tive em sonho uma relação com Yuzu enquanto ela dormia. Eu me infiltrei nos seus sonhos e o resultado foi que ela concebeu uma criança e, pouco mais de nove meses depois, deu à luz. Isso é o que eu gosto de pensar (ainda que de forma totalmente discreta, só comigo mesmo). Sou o pai dessa menina, como IDEA, ou quem sabe como METÁFORA. Assim como o comendador apareceu na minha casa, assim como Donna Anna me guiou pela escuridão, eu engravidei Yuzu, em um outro mundo.

Mas não farei como Menshiki. Ele construiu toda a sua vida equilibrada entre a possibilidade de Mariê ser sua filha e a possibilidade de ela não ser. Colocou as duas possibilidades em uma balança e tentava ler, na oscilação sutil e infinita entre elas, o sentido da própria existência. No meu caso, não havia necessidade de tramar um plano tão elaborado (e não muito natural, para dizer o mínimo). Porque, por sorte, tenho a capacidade de *acreditar*. Porque, mesmo lançado nos lugares mais estreitos e apertados, nas terras mais selvagens e desoladas, eu acredito, sinceramente, que algo irá me guiar. Foi isso o que aprendi ao viver tantas experiências incomuns enquanto morava naquela casa no alto da montanha, nos arredores de Odawara.

O assassinato do comendador se perdeu para sempre em um incêndio na madrugada, mas essa obra extraordinária continua existindo dentro de mim. Consigo ver o comendador, Donna Anna e o Cara Comprida diante dos meus olhos, vividamente. São tão claros e concretos que sinto que eu poderia estender a mão e tocá-los. Ao pensar neles, sou preenchido por um sentimento muito tranquilo, como se eu observasse as gotas de chuva caindo na superfície de uma represa. Dentro de mim, essa chuva nunca para.

Provavelmente viverei o resto de minha vida na companhia deles. E Muro, a minha pequena filha, é o presente que eles me deram. É uma forma de graça. Não posso deixar de sentir isso.

— O comendador existiu de verdade — falei para Muro, que dormia fundo ao meu lado. — É melhor você acreditar.

1ª EDIÇÃO [2020] 1 reimpressão

ESTA OBRA FOI COMPOSTA PELA ABREU'S SYSTEM EM ADOBE GARAMOND
E IMPRESSA EM OFSETE PELA LIS GRÁFICA SOBRE PAPEL PÓLEN SOFT DA
SUZANO S.A. PARA A EDITORA SCHWARCZ EM ABRIL DE 2021

A marca FSC® é a garantia de que a madeira utilizada na fabricação do papel deste livro provém de florestas que foram gerenciadas de maneira ambientalmente correta, socialmente justa e economicamente viável, além de outras fontes de origem controlada.